河出文庫

# 須賀敦子全集

## 別巻
## ［対談・鼎談篇］



河出書房新社

目次

須賀敦子全集　別巻［対談・鼎談篇］

## 対談・鼎談Ⅰ

対談・鼎談Ⅱ

机の本ベッドの本

# 須賀敦子全集　別巻〔対談・鼎談篇〕

# 対談・鼎談 Ⅰ

# 西欧的なるものをめぐって

対談者　辻邦生

辻　知識人という存在を考えた場合、フランスですと、多少は自分の専門ということもありますけれど、割合に一貫して納得できたり説明できたりする気がします。ドイツやイギリスでも、文学者やインテリは比較的よく摑める感じがするんです。ところが、イタリアのインテリゲンツィアというのはどうもよくわからないんですね。例えば、国としては破産状態にありながら、すごく立派な映画が作られたり、豪華な画集が出たりするが、でも大学はパンク状態だとか、絵画の世界からは何も伝わってこないとか、政治、行政、教育、文化、演劇など知識人や芸術家が働く分野が一つ一つ切り離されてバラバラな印象を感じ、イタリアでは知識人というのは実際はどうなんだろうと、かねがね不思議に思っていたんですが、須賀さんの『ミラノ　霧の風景』を拝読して、そのことを内側から理解する手掛りが摑めたという思いがしました。

私がフランスに初めて行った時に一番最初に感じたのは、御本の中でも書かれている〝石の文化〟ですね。その中にイデーというものが投射されていて、外在化された形でイデーを目にすることができたという喜びでした。そして、そういうものが根底に生きていて、それが人間の結びつきを作り上げているという想いが強くしました。須賀さんは、ヨーロッパに行かれて、自分のいるべき場所に来たような感じを受けたと書かれていて、実は私もそういうふうに思ったわけですけれども……。

須賀　最初は二年フランスにおりまして、それからイタリアに住んだのですが、私はフランスではとても生きてゆけないという気がしました。一つにはお金がありませんでしたし、ちょうどベトナムのディエンビエンフーの直後で、私は小さいものですからよくベトナム人に間違えられて、すごく差別されたんですね。それからフランス語というのは、とても早口ですし、なかなかうまく発音できないんですね。それであれあれという間に議論が終ってしまう感じで、その後イタリアに行ったものですから、「ああ、この国なら自分の根が下ろせる」というような気がしました。

辻　イタリアの国境を越えますと、もう汽車の中から雰囲気が違って、「チャオ」と気軽に言葉をかけるとか、何か人間関係に温かい感じがありますよね。

須賀　そうですね。イタリア語の場合、私には言葉そのものが音としてきれいだということがまずあって、この言葉なら私の口の中でちゃんと言えるというような気持がありました。ちょうど地方から出て来た人が東京に来ると、いつも何か嫌な気持がするというような感じがフランスにいるとずっとあったんですが、イタリアに行ったらなぜかなかったんですね。

辻　よくわかりますね。私はフランスに行きまして、骨組みがきちんとあって輪郭が明確な石の建物にまず体が合うまで非常に疲れたんですけれども、例えばローマの壮大なサイズの空間に圧倒されるというようなことはありませんでしたか。
須賀　パリからローマに行った時はすごく楽だと思いました。古代の建築というのは、フランスの建物のように隅々まで頭脳的に考えられているのと違って神経質ではないですから。人間の頭で考え尽したものよりも大きいものがこの国にはあるということと、子供の時にかなり厳しい教育を受けたものですから道にゴミが散らかっていたりするとうれしくてしようがなかったりして、ここでなら自分がもう一回計画のし直しができるのではないかという気がしました。ずいぶん子供っぽかったとは思いますけど。
辻　いいえ、とんでもない。私などもフランスで勉強したあげく、一番惹かれる国というとイタリアなんですね。『マカロニ』という映画がありまして、戦争中に兵隊として一緒に戦ったアメリカ人とイタリア人が、二十何年か経って再会するんですね。片やポケットにクレジットカードをたくさん入れている銀行の重役、片や子だくさんの人のいい庶民という設定です。この二人が出会った時に見えてくる文明の落差の問題ですね。アメリカ人は、経済的には豊かのようだが疎外されて何ら喜びのない生活にイタリアに来て初めて気づき、かつての自分を取り戻すというストーリーなんです。そういうことが可能な国として、現在ではスペインとかギリシアとかトルコとかという周辺の国をいろいろ考えられますけれど、でも文明の重さと同時に人間の生命感を持ち得る国はイタリアぐらいしかないのではないかと思います。それで、どうにもイタリアが好きでたまらないという感じですね。

須賀　そうですか。最初に勉強に行ったのがペルージャでして、空の青さを見ただけでもう、いかれてしまったんです（笑）。

辻　よくわかりますね。

須賀　考えている暇もないうちに、イタリアに飲み込まれてしまったというような時期があって、今はそれほどには思いませんが、その頃は一つの言葉がちょうど花を一つもらったみたいに美しく思えました。フランス語って、「ブジュ、ブジュ」って言いますよね（笑）。それがイタリア語は最後まできっちり言ってくれるという感じで、それが何か驚きだったような気がします。それからフランスだと、ちゃんと言わないとみんな向こうを向いちゃうというところがあり、それがものすごく悲しかったのですが、イタリアに行くと、最後まで聞いてくれて、しかもこっちが言いたいことを言えるまで、いろいろと手伝ってくれたりするというのが私にとってありがたかったんですね。

辻　フランスに行ってフランス人が冷たかったり、合理的に割り切れたり、経済感覚が発達していたりするのを見ても、それは、フランスの歴史や文明の動きから何となく説明できるような気がするんですね。ところが、イタリアのあの青い空から、突然イタリア人のああいう鋭さ、例えばファッションでもそうですが、冷たい知的な美しさを作り上げますでしょう。そこのところが何か結びつかないんですけれども。

須賀　それには恐らく、ローマとミラノの違い、北と南の違いということがあると思いますが。ミラノなぞはやっと百年前に外国の軍隊から解放されたわけですし、今度の戦争でもドイツに占領されていたということが非常に傷となって残っています。ですから、今はもうないでしょうが、私が初めて行った頃は「ドイツ人に道を聞かれたら反対を言う」というようなことがありました。

辻　五〇年代は戦後のにおいが残っていましたね。それはフランスでもありましたが。北イタリアでドイツ語が通じるというのは、私達から見ると本当にびっくりしますね。あそこはオーストリア領だったわけだから当然なのですが。トリエステあたりに行くと、ウィーンかどこかの町を切り出してそこに置いたというような感じがします。ヴェネツィアとあんなに近いのに全然違っていて。

須賀　ミラノはもともとゲルマンの血が入っていたこともあると思いますが、かなりオーストリア人に教育されたんじゃないかと思いますね。今ミラノ・ファッションと言われているものも、オーストリアの色が入っているんですね。ですから、ウィーンの直系だと思います。スカラ座もマリア・テレジアが建てたものですし、これはミラノ人が聞くと恐らく怒ると思いますが、ミラノの文化というのはウィーンなしには成立しないんじゃないかと思うんですが。

辻　それは面白いですね。レストランに入るときも、ローマから順々に北の方に上がってゆくと、ボーイが食事を持ってくる早さがだんだんと早くなって、ミラノに着くと東京と同じ早さになる……。

須賀　その代わりに不味くなってくるんですね。ミラノで変なレストランに入ると食べられないものがありますが、ローマや、特にボローニャあたりですとそういうことはあり得ないんですね。やはり、ミラノはイタリアとしてはかなり異質なんじゃないかと思います。ミラノが工場みたいになっていて、そこで生産して、まとめて、それを輸出するというような場所なんではないですか。それにしましても、依然としてローマはローマの歴史を考えていますし、フィレンツェはフィレンツェの歴史を考えていますし、イタリア全体はまだ統一されてはいませんね。あそこは教皇領だったからいい加減なことを考えているとか、あそこはオーストリア領だったからこういうふうに考えるとか、トリノなぞはフランス系ですのでそれをミラノ人は何となく嫌がっているとか、本当に都市国家がまだ残っているんですね。

辻　なるほど。フランスの場合は十七世紀にルイ大王が中央集権国家を作ったわけですが、やはり言葉の問題がありますね。例えばラシーヌがフランスの南の方に旅行した時、言葉が通じなかったという話があります。現在も方言としてはブルターニュ、プロヴァンス、バスクなどに残っていますが、ほとんどフランス語は統一されましたね。それは日本語の場合も同じですけれど。そういう意味では、イタリアは違いますね。

須賀　ローマやフィレンツェの人は、ミラノなんて田舎だと言って嫌いますが、事実ミラノ弁というのは音としてあまりきれいではなくて、まるでドイツ語みたいだとか、馬がしゃべっているみたいだとか悪口を言います。その一方で、ミラノからたった五〇キロ北にベルガモというところがありますが、ミラノの人間は「あいつはベルガマスコだ」という表現でそこの言葉をおかしがるんです。例えば東京で言えば埼玉県の浦和ぐらいかしら、そんな近いところの言葉を、「あいつはベルガマスコだ」と言って気絶しそうなくらいに笑うんです（笑）。

辻　そうすると、シチリアなぞへ行くと全く別の……。

須賀　私、行ったことないんです（笑）。もう想像つきません。あそこはいわばエスニック・イタリアで、ヨーロッパとはちょっと違うように思います。こんなこと言うと、また怒られちゃう（笑）。

辻　ところで、イタリアのインテリゲンツィアは階級的にはどうなんですか。イタリアは貴族や金持ちと庶民との間に差があって、ヴィスコンティの映画なぞにはそのあたりが表現されていますし、その一方ではユダヤ人差別はイタリアが一番少ないともいいますね。そのへんはどういうふうに説明したらよろしいんですか。

須賀　伝統的には、イタリアのインテリはお金持ちだったわけです。それが六八年の学生闘争から大きく変わって誰もが大学に行くようになりました。私が初めてイタリアに行った頃は、大学へ行く階級と行かない階級というのが本当にはっきりと分かれていました。

辻　それはフランスでも同じでしたね。例えば、ポール・ニザンの『アントワーヌ・ブロワイエ』という小説がありますが、主人公は地方の町の機関車のメカニシアンとしては最上の地位まで行くわけですが、町のそばにシャトーを持っている上流階級の子弟はソルボンヌでギリシア・ラテンをやっているというような差が歴然とあるんですね。ただ、そういうメカニシアンが労働総同盟に入ってレジスタンスをする時に、上層インテリと連帯関係を持って精神的な共同体を作ってゆくということがあるのですが、イタリアではどうですか。

**須賀**　やっぱり、レジスタンスのあった場所ではそういう関係が生まれるのだと思います。レジスタンスの時には、貧しい人もお金持ちもすべてが一緒になって闘ったので、そこに連帯感が生まれたんだと思います。ですから、そういう経験を経ている人間は、六八年の学生闘争を一緒になって後押ししたんですね。イタリアの場合はそういう運動がずっと続いていたわけですが、日本の学生運動を向こうで新聞で読んでいると、どうして急に蜂起しちゃったんだろうという印象で、よくわからなかったですね。

**辻**　内側にいると必ずしもそうではなくて、学生運動としては平和国家を実現する、デモクラシーを作るということが戦後ずうっと続いていたわけです。ところが、戦後日本の経済的発展は本来国家なり民族なりが持っている一種の基本的な意味の役割を括弧に入れてしまった結果ですから、そこには本当の意味のデモクラシーも平和国家も育っていないという認識があるのです。その反面、日本の経済的大成長は社会福祉とかその他の面で本来社会主義がやるべきことを資本主義の枠内で実現してしまったので、社会主義的運動の方向が足をすくわれるような形で挫折することになる。そういう局面と学生運動が関連してきますので、ヨーロッパの学生運動とは違うかもしれませんね。

須賀　違いますね。イタリアでは六八年を境にして、大学は白と黒ぐらいに変わりましたから。ですから、ある意味では私達日本人が敗戦の時に六・三・三制になったというぐらいに、六八年以前と以後は違って、あんまり多くの人間が入ってきて大学に教室がないとか、そんなふうでした。私達教える側で一番困るのは、いろんな職業学校から大学に入ってくることです。ラテン語を知らない学生がイタリア文学の授業に出てきても何を読ませたらいいのかわからないわけです。そしてその反面、昔からのインテリの家に育った子供達もいて、彼等はものすごく勉強するわけで、その辺のギャップがとても大きいんです。ですから、同じ大学で学位を取ったといってもその人のインテレクチュアルの程度というのはわかりませんね。

辻　フランスの場合も同じようなことがありますね。ただ、国家的な形としてはグラン・ゼコール、エコール・ノルマル、エナなどの学生達には特別な待遇を与え、彼等が実際に社会に出ると、かつての日本の高等文官のようにすでにスタートのラインから一般の人と違って主要な役割を与えられます。彼等は、言ってみれば、現在のフランスの混沌とした状態を一つの方向に引っ張っている人々で、実によく働きますし、頭がいいからいい仕事もするのです。イタリアの場合、そういった社会の核になるような若者は制度的に存在するのですか。

須賀　ありません。銀行とかで活躍している人達を見ても、ほとんど絶対にどこの大学を出たということを言わないんですね。その人が実力でどういう人間かということを非常に大事にするという部分と、これは私なぞはよく知らないことですが、縁戚関係とかコネを大事にしている部分があります。ですから、コネがないと何もできないということを若い人達はよく言っていますね。

辻　フランスの場合でも、例えばグラン・ゼコールの同級生であることが一生の絆であったりします。たとえ社会党と保守派に分かれても、やはり底の方ではつながっていますし、大学から企業、企業から大学へというような交換も日本では信じられないくらい自由に行われていますしね。

須賀　そういう点、東京大学があるというような日本から見れば、イタリアよりもフランスはわかりやすいですね。

辻　そうですね。どうしてもイタリアのインテリというのはわかりにくい部分があります。ところで、日本の出版が非常に盛んであるということと日本の経済的な繁栄とが見合っているような部分がありますが、イタリアの場合、ちょっと前のあの経済状態に対してなぜこんなに出版が盛んなのか不思議だったのですが……。

須賀　好きなんでしょうね、あれ（笑）。作家にしても、もらうお金ってものすごく少ないんですよ。私が川端康成の『山の音』を翻訳した時も、今のお金にして二万円ぐらいもらっただけですから。半年とか一年かけてそれだけですから、とても食べてはいけませんね。イタリアでは、翻訳は大学の先生が若い時にするものということになっていて、「あいつはもう偉くなったから翻訳なんかしないよ」というふうなことを言うわけです（笑）。

ですから、翻訳の質は良くないですね。作家にしても、本当に作品だけを書いて生活している人はとても少ないです。お父さんがお金持ちだったり、株を持っているとか……。
辻　フランスのように出版社の原稿読みというのは……。
須賀　それも私がやってた時は一回六百円ですからね。六千リラをもらった時は、本当に「あっ!」という感じでした（笑）。
辻　インテリは生きにくいですね。
須賀　そうですね。ただ、みんな好きでやってるんだからしようがないという感じです。その代わり、私が出版社と翻訳のことで手紙でやりとりしたりしますと、向こうから来る手紙の書き手というのが、毎週文芸紙に書いている人とか、新聞に書いている人とか、有名な評論家とか、そういう人が出版社で働いているわけです。例えば、ウンベルト・エーコなども、ボンピアーニ出版社で「あいつまた下らないこと言って歩いている」なんてみんなにからかわれていたのが、ついこの間という感じです。
辻　日本のように官僚機構ががっちりと整備されていて、大臣が替わろうが、状況が変わろうが、官僚機構は絶えずマシーンとして通じているわけですが、イタリアはそこが全く違いますね。
須賀　それが日本の強さかもしれません。ローマのお役所なんて、アポイントメントを取るのが本当に大変で、夕方四時頃に電話をすると「家に帰ってまだ戻って来ない。六時頃もう一度かけてくれ」と言うので六時頃すると「もう帰った」なんて言われるんです。

辻　あれだけ生きることが好きで、時間にとらわれたくなかったり、空間に義理をたてることがなかったりする人達が、そういうものから抽出された箱の中に入ることなんてまず不可能ですね。
須賀　でもミラノでは、私の家で夜中の二時頃まで飲めや歌えで騒いでた人が、次の朝八時半に電話をかけるとちゃんと会社に出てたりするわけです。ミラノというのはそういうところです。
辻　フランスでもそうですね。それは体力ですか、意志力ですか、それとも習慣ですか。
須賀　やっぱり習慣でしょうね。こんなもんだと思っているから何ともないんだと思います。時間というのはかなり習慣的なものがありますでしょ。大人はそんなに寝なくても大丈夫なんじゃないかと思いますけど（笑）。楽しければ……。日本は仕事場が楽しくないんじゃないかしら（笑）。
辻　楽しくありませんね。世界で一番楽しくない国の一つですね。一番豊かではあるのですが楽しくないですね。だって、顔つきを見ればわかります。目が輝いている人なんて、百人に一人会えればいい方でしょう。会ったら、その人の後をつけて行きたいくらいです（笑）。秘訣は何だか知るためにね。そう考えますと、イタリアというのは、エーコみたいな人が出てくるわけですから〝近代の終り〟みたいな意識が強くある一方、非近代的なというか、超近代的な生き方がずうっと続いている部分もあるわけですね。
須賀　例えばフィレンツェの人と話していると、だんだん腹が立ってくることがあるんですね。小さい店がいいとか、手工業がいいとか言われると、「ミラノでみんな苦労してるからそんなこと言ってられるのよ」というふうに言いたくなっちゃうんです（笑）。

辻　日本ではご承知の通り、いろいろな経済的なトラブルがあり、反省期に入ったところがあります。若い人達は遊びやゆとりの時間をより大切にしたり、都会よりも故郷の方がいいとか……。近代的なものに対する反省といいますか、近代そのものが生み出した価値観ではすくい上げることができなくなったというようなことが起こっています。

須賀　イタリアでは、ミラノはそういう問題にぶつかっているけれどカターニアではぶつかっていないというふうに、バラバラなんですね。今度ヨーロッパが一つになったらイタリアは空中分解を起こすんじゃないかと思うくらいに、いろんな歴史の層が場所によって違うというような問題が出てくると思います。一人のリーダーが出るとか、一つのリーディング・パーティが出るということは、イタリアでは何の意味もないわけです。各地方がそれぞれに考えていかないとどうしようもない。一方では恐らくまだ、「うちの娘がどこどこの男に取られたから殺しちゃえ」というような次元で話していて、それがミラノとかでは、エコロジーがどうとかと言って騒いでいる。だから時代が違うわけです。あんなに国の中で違った時代を地方によって生きている国はないかもしれません。

辻　イタリアでは割と粗末な格好をして旅行するせいか、恵んでもらう方が多かったんですが、サレルノでは車の窓をこわされてカメラ一式をごっそり盗られたんです。もっとも、その直後に大地震があって、これはやはり神罰が下ったのだと思いましたけど（笑）。サレルノの町に入った途端、町中に微塵になったガラスがあちこちに散っているんで、初めは「ここのドライヴァーは運転が乱暴だぞ。あんなに衝突している」と思ってたらそうじゃなくて、窓ガラスを破った結果なんですね。いかにたくさん盗っているかということだったんです。

須賀　ナポリなぞでも、泥棒する才覚があるというふうな言い方をしますね。「あいつは泥棒もできないやつだ」というように馬鹿にされるわけです（笑）。全くものの考え方が違うんですね。

辻　それはすごく賛成ですね。ぼくも盗られた瞬間はむっとしましたが、すぐかくも盗みに熱中する情熱は現代では讃えられるべきだと思いました。それに対抗してこっちも盗られない才覚をいろいろと考えるわけですから。

須賀　日本の二世の人がペルーから来て、その人が「人ごみを歩いていると帽子を盗られる」と言うんです。「そういう時、どうするの？」と聞くと、「またポンと取り返せばいいんだよ」っていうふうに言ってましたけれど、ナポリあたりでもそういう感じで、不思議とユーモアがあるというのか、腹が立たないんですよね。ゲームに負けたという感じなんです。ミラノにはそういうことはないですね。

辻　スタンダールが「イタリアにしか恋愛はない」というふうに言いますでしょ。彼の場合は情熱恋愛ですけれど、そういうものは北と南ではやはり違いますか。

須賀　情熱恋愛ってどういうものかしら（笑）。

辻　スタンダールの定義に従えば、虚栄心とか経済状態とかに関係なく、純粋に相手の魂を誠実に愛してしまうということですね。

須賀　それはスタンダールの美しさであって、イタリアの美しさではないような気はしますけれど、ゲーテなぞもイタリアのそういうどこかロマンティックな部分に強く惹かれていますね。

辻　つまり、ぼくら北の男が南に行きますでしょう。すると、何か豊満な、本当に果物が熟れたような美しさに接しますと、この素晴らしい肉体に素晴らしい魂が住まないはずはないと……。

須賀　それはとんでもないことなんで（笑）。

辻　私が最初にイタリアを知ったのはスタンダールなんですけど、スタンダールはとにかくミラノが好きだったわけで……。

須賀　私もそうでした。

辻　フランスから国境を一つ越えてイタリアへ入ると、人間関係が全く違うというふうに感じられて、やはり家族が本当に結びついていて、絆というか、温かさがありますね。特にフランスからイタリアへ行くと、そういうものが実に新鮮に、美しく響くんですね。それはやはりイタリア体験としては、素晴らしい国がまだあるという感じですね。

須賀　そういう感激はわかりますね。ただ、今お話を伺っていて私はミラノのことを考えたんですが、ミラノというのは個というのがハッキリしていてすごく冷たいんです。私はあそこの町に住んだことで、とても教育されたというのか、強くなったというのか……。
辻　そういう厳しさ、個というものを徹底的に鍛えるためには、むしろパリに行かれた方が良かったと思うことはありませんか。
須賀　そうですね、でもあそこだと私はボロボロになっちゃって（笑）、毎日泣いて暮らしたかもしれないですね。私はパリでは生きられなかったという感じを自分では持っておりますし、恐らくドイツでも駄目だろうと思います。やはり、ミラノにいたのがちょうど良かったと思ってますが……。
辻　やはり個という問題ですね。フランスの場合、フランス革命の前には一つの共同体とか町とかに温かさがあったといいますね。フランス革命がそうした社会を崩壊させて、個の集まりとして結びついた契約社会にしたというところに、問題の大きな根源があるように思います。当時、ヨーロッパのあらゆるところで、フランス革命を通過した様々な知識人達はゲーテにしろ、ヘルダーリンにしろ、ヘーゲルにしろ、どうしたらそういう解体した社会の中の個をもう一度昔のような共同体にすくい上げることができるかということを考えたわけです。
　現在私達は、十九世紀を通って、二十世紀の大半を通過して、こうした冷たい人間関係になってしまったけれども、かえって、行くところまで行ったためにそこからもう一度、人間の連帯というか、もっと深い意味での精神的なものを見つけ出せるんじゃないかとも思うのです。フランス哲学では、デコンストラクションという、ヨーロッパの理性中心の考え方に対して一つの反テーゼを出すことによって新しい地平を開こうという考え方が起こったわけですが、そういうことが可能になるためには、どうしても近代の〝個〟というものを通過しないとできないんですね。

須賀　そうですね。ですから、日本でよく「もうヨーロッパから学ぶものはない」とかって言うのを聞きますが、個の確立を一回きちんとしてから崩壊するなら崩壊しろ、確立もしてないものは崩壊もできないんだからって言うんです。私はイタリア文学なりヨーロッパ文学を教える時、これからはもう流行《はや》らないかもしれないし、みんなが東南アジアに出かけて、こういう世界こそが美しいというふうになるかもしれないけれど、私はヨーロッパというものがこういうものだったということだけはきちんと教えて、一つのドアを閉める役目を果たしたいと頑なに思っているんです。そのことを自分でちゃんと理解してから、次の段階に行ってほしいですね。浪花節からいきなり南の島に行ってしまったら……。

辻　そうですね。

須賀　あまりにも大事なものを一つ忘れてるような気がするんですけど。私、ときどき学生にも言いますが、新幹線が走ってることは素晴らしいことだと思うけど、例えばジョルダーノ・ブルーノが今の自然科学の基礎になるようなものの考え方を始めた時に結局は死ななければならなかったということ、そういう傷を誰も知らないで、新幹線に乗って狭い狭いなんて言ってるんじゃあんまり悲しいような気がして（笑）。人間の営みが延々と続いてきて、今のイタリアがあり、今のヨーロッパがあって、その後でアメリカがあって、新幹線が走るのだというようなことを小学校から教えなきゃいけないんじゃないかという気がします。

辻　本当にそうですね。ヨーロッパから日本人は様々なものを学んだわけですけれども、学び方の中で一番欠落していたのは、今おっしゃったような、人間の生き方の内面につながってくる様々な倫理とか、感性とか、そういうものを通しての苦しみとか、迷いとかというものですね。それらを飛び越えて、一種の成果として作り上げてゆくための効率のいい部分だけを学んでしまった。まあそれ以外に学びようがなかったということも言えますけれども。でもその結果、こんなに喜びを感じられなくなった国にしてしまったということは、どこか非常に大きな点で間違ったと思いますね。

タルコフスキーがイタリアで撮った『ノスタルジア』という作品の中で、最後にドメニコという人物が、いわばキリストのパロディなんですが、死ぬ前に「ローマのカンピドリオの銅像の上に立って、自分の体に火をつけて死ぬんですが、死ぬ前に「われわれの文明は間違った道を進んできた、もう一度ここから戻ろう」と切々とした訴えをするんですね。でも、そのそれはほとんど世界に聞こえないという感じがするんですね。ヨーロッパの人達にも、アメリカの人達にも、まして東京の人達には聞こえないんですね。

須賀　私はイタリア人によく怒るんです。「あなたたちがぐずぐずしてるから、フランスはあんなに立派に見えるのにイタリアは何もしてないように見える。頑張って！」って言うんですけど。彼等は内輪もめばかりしていて、自分達の文化を一つの流れにして外に誇示するということに興味のない人達なんで、これはどうすればいいのかって感じです。あるいは、日本の大学で言えば、これだけ西洋のことをやるんだったら古典からやらなきゃいけないとか、フランス文学科があってどうしてスペイン文学科とかイタリア文学科がないのかとか、むしろロマンス語学科というふうにやっていくべきだとか、問題は山積みですね。

辻　おっしゃる通りですね。そういう意味では、文学部をなくそうとか、第二外国語をやめようとかという形で、経済効率のいいものだけを求める方向で着々と進んでいるわけですからね。若者達の間に、給料が少なくても働くことよりも考える時間とかゆとりの時間がほしいという考えが浸透し始めてはいますが、スコーレが学問に結びついてゆくにはどのぐらい時間がかかるか、これはほとんど絶望的な距離を感じますね（笑）。すぐにスキーに行ったり、サーフィンをやったり、ダイビングをやったりというのが待ち構えていますからね。

須賀　例えば奥さん達が英会話を習ったりしてますけど、「会話する内容がなくて何をしゃべるの？」って言っちゃうんです、思わず（笑）。言いたいことがあれば、学校で習った英語で大丈夫よというふうに言うんです。何もペラペラしゃべらなくたっていいんだから、言いたいことをもっとためなきゃいけないのに、そういうことが日本では疎かにされすぎて、上っ面だけがもてはやされる傾向がありますね。

辻　近代とか、最近の言葉で言えばポスト・モダンとか、そういうことは本当に長い歴史の中のごく一部の問題でしてね。一番大切なことは、そうした本当に長い時間の中で、人間が持ち続けてきた知恵や、生きてゆくぎりぎりのところで紡ぎ出した形といったようなものをしっかりと見据えることだと思うんです。いつもそこに戻り、そしてそこから始めるというようにして、次の世代によりいい世界を作り出す責任がありますね。

**須賀**　日本の子供達を見ていると、親の犠牲者というか、社会の犠牲者という気がしてきます。塾の問題にしても、あれは良くないということはみんな知っていて、でもそれから逃れられないような状態になっていますでしょ。ただその反面、そういうところをひょっとして通ってきたかもしれないような若い人達が、イタリアに来ると次の日から役に立つという感じで（笑）、私達の頃は一年なり、二年なり死んでいたわけですから（笑）、結局は個人の問題かなという気がします。

**辻**　人間が生きてゆく上で様々な条件や状況があり、本来持っている願いと現実の歪みとがぶつかり合った時に絶えず悲劇というものが起きます。ある意味で世界史というのはそうした悲劇の連続だと思いますが、でもそういうものを通して根源にある人間の生きる形というものが刻み出されるのです。そうしたものは、ギリシア以来ずうっとヨーロッパを通じて非常に明確にありますし、日本にも万葉以来ずうっと美しく続いているのです。

　現在、私達がたまたま置かれている状況とは、資本主義末期の、こんなにも巧みに作られているかと思えるような巧妙な装置みたいなものだと思うんです。様々な幻影で人を迷わすように編み目が織られていて、そういう中にすっぽりと包みこまれているので、何かをはっきりと見たと思った瞬間に、もうそれは幻影になっているんです。ですから、社会と、その社会に反するものとを絶えず持ち続けることが大事であり、しかもそれに形を与える作品はいつも独立したものでなくてはいけない。社会とべったりくっついていても駄目だし、精神の中にすっぽりと埋め込まれてしまってもいけない。つまり、私達の外に出て、しかも私達の精神をそこに生きたものとして形にしなければいけないのではないかと思います。

# 豊富な知識が本の楽しさを倍加する
## ――『山といへば川』『モーツァルトとは何か』『南の島のティオ』

対談者 向井敏

『山といへば川』

向井 まず、丸谷才一さんの『山といへば川』(マガジンハウス)からまいりましょう。書評を主とした文章の集で、今まで『遊び時間』(全三冊。大和書房)の題で編まれてきたものの続篇に当たります。書評集を書評するほど厄介なことはないんですが、しかしこの本は今日の日本の書評のトップレベルを行くものとして逸するわけにはいかない。丸谷さんは作家、随筆家、文芸評論家として隠れもない名声の持ち主だけれども、書評家としてもめざましい業績をあげてきた人です。昭和三十年代のはじめごろから今日まで、じつに三十年以上にわたって倦むことなく書評にかかわり、ほんの片手間仕事と見られていた書評を本格的に取り組むに価する高レベルの仕事に引きあげるのに力をつくしてきた。その最新の成果がこの本に収められた書評です。

須賀　二十年まえに、私がイタリアから日本へ帰ってきたころ、丸谷さんの小説『たった一人の反乱』（講談社）を読んで、ああこれでやっと、現代小説理論の視点で作品を書く人が日本にも出てきたな、と非常に安心したことがありました。私がイタリアに行った一九五〇年代の終りには、日本の小説も批評もまだまだ近代をひきずっていましたから。それまでの私自身の不勉強もありましたが、ヨーロッパでかなり書評を読むような環境におりまして、文芸批評と作品の関係が日本と違うな、と感じました。丸谷さんの書評をまとめて読むのは、今回初めてで、まず取りあげられた本の分野の広さに驚きました。そして、それぞれの切り口の鮮やかさが印象に残りました。また、本を読む楽しさと同時に、書評も読んで楽しいものだという点を大事になさっている。ただ、ひとつ欲をいえば、数は多いけれどどれも短いことでした。

向井　日本の書評の最大の欠陥ですね、この短いということが。新聞書評の場合だと長くても千二百字どまりでしょう。意をつくすためには少なくとも二千字の紙幅が要るというのが、丸谷さんの年来の主張の一つです。しかし、この人の書評は短いなら短いなりに工夫をこらしていて、しばしばうならされる。

須賀　それはほんとうにそうです。短い中ですべてを言いつくす。これはたいへんな芸ですね。教えられました。

向井　それに、取りあげる本の分野の広さ、これも驚異ですね。高度に学問的な本を論じるかと思えば、『ベスト　オブ　丼』（文藝春秋）の楽しさを手にとるように伝える。

須賀　たとえば『チェッリーニ　わが生涯』（新評社）というルネサンス時代に生きた人間の回想とどんぶりの本を両方とも読んでみたいと思わせてしまう。
向井　取りあげる本の種類のことで見のがせないのは、和歌、俳諧、近代詩、訳詩、詩論など、詩歌の分野に属する本にことに力を入れていることでしょう。この本に収めた七十二篇の書評のうち、詩歌関連の本の書評が十七篇もある。こんな芸当のできる書評家は丸谷さんだけじゃないかな。和歌文学こそ日本文学の基軸だという持論のある人ならではの眼配りですね。
須賀　私もそう思いました。たとえば、篠田一士さんの『現代詩大要』（小沢書店）についての一篇。それから石川淳の作風について、彼がヨーロッパ文学を「あまりにも本式に学んだため、自分の文学的方法を確立するのにひどく手間がかかつた」、そして、そのおかげで、江戸に出発点を置いた、と指摘されていますが、卓見と思います。日本では国文科と英文科が伝統的に別々のことを言ってきましたが、これはイタリアでも似ています。イタリアの国文学者、というのかイタリア文学者は、自国の文学しか知らなかった。ところが、ヨーロッパの文学はヨーロッパの文学を知らないと批評できないということが、表面化して論じはじめられたのがイタリアでは六〇年代からだと思います。その辺のことを丸谷さんは正確にとらえていらっしゃる。
向井　イタリアでもそうなんですか。何だか親しみがもてるな（笑）。今、須賀さんがおっしゃったことは個人の読書歴にも当てはまりそうですね。日本の読書人は若いときは岩波文庫の赤帯、つまり海外文学に熱中して、日本の古典など眼中にない。それがかなりの年配になるときまって黄色の帯、つまり日本の古典に手をのばすでしょう。

須賀　年をとるとやっぱりお刺身がいいというような（笑）。

向井　小説家も年をとると古典回帰を必ずやるんですが、丸谷さんの場合はずっと早くから古典に眼を向けていたようですね。

須賀　情緒からでなく、方法論として回帰されたからいいんですね。常にヨーロッパ文学なり英文学が背後におありだし。

向井　書評の話に戻りますが、丸谷さんは最初の三行で人を惹きつけなきゃいけないと、よく言うでしょう。その絶品を一つ紹介しておきましょう。小津次郎の『シェイクスピア伝説』（岩波書店）の書評の書き出しです。「伊勢松阪の小津家は二人のすぐれた文学研究者を世に送つた。一人は現代の小津次郎で、彼の専門は『ハムレット』『ヴェニスの商人』『リチャード三世』その他である。もう一人は江戸後期の小津弥四郎で、その専門は『古事記』と『源氏物語』である」。そして、ついでのようにこう書き添えるんです。「念のために言ひ添へて置けば、弥四郎は後年、本居宣長と名を改めた」（笑）。

須賀　この本は高校生に読んでほしいと思いました。本というのはどういうものか、若いうちにわかってほしい。大学生では遅すぎます。私は、若いとき小林秀雄の主観的な批評に疑問を持ちながら、自分で批評の道具を持たなかったために、これに反論できないという、みじめな経験をしました。丸谷さんがその仇をとってくださったという気がして嬉しいでした（笑）。

『モーツァルトとは何か』

向井　小林秀雄は批評家というより殺し文句の名手だったとかねて思っているんですが、その殺し文句の最たるものの一つが「モオツァルトのかなしさは疾走する」。それ以来、日本の文学者の書くモーツァルト論はこの文句の解釈に終始してきたみたいだけれど、そういった小林秀雄的曲解を組織的にくつがえしたのが池内紀さんの『モーツァルトとは何か』（文藝春秋）ではないか。そう思うんですが、いかがでしょう。

須賀　まず第一に『モーツァルトとは何か』という表題が嬉しいでした。「誰か」でなくて、「何か」というのが。おっしゃる通り、小林秀雄さんのモーツァルト、あるいはヨーロッパというものは、小林さんのモーツァルト、小林さんのヨーロッパであって、実在の姿ではないと思います。池内さんはまさにこの点を衝いてくださったわけで、とても意味のある本でした。

向井　語りおろしという形をとっているせいで軽く見られやすいんですが、内容はじつに濃い。従来のモーツァルト論がみんな上っすべりに見えてくる。そのテコになっているのが、モーツァルトの生きた時代についての池内さんの精密な知識ですね。時空を超越した存在とされがちなモーツァルトを彼の生きていた十八世紀ヨーロッパに引き戻し、証拠固めをしたうえで、その時代の申し子だったと結論づける。感嘆すべき手並です。

須賀　細部で申しますと、たとえばザルツブルグがまったくイタリアを向いた場所だという指摘。これには本当にびっくりしました。また、子供の天才音楽家たちが、ヨーロッパ中を走り回っていた事実。これまでモーツァルトというのは、なんとなく悲しげで親の犠牲者のように考えられてきたのが、「あの人一人が走り回ってたんじゃないんだ」と、ほっとしました。いまでもザルツブルグは田舎と思いますが、引用されているモーツァルトの手紙を読んでも、やはり当時のオーストリアは田舎だったんだ、と感じました。

向井　モーツァルトの手紙にしきりに出てくるスカトロジーや卑猥な表現、あれをモーツァルトの天衣無縫な性格の証しと見立てる人が少なくないんですが、池内さんは当時はみんなが当たり前のこととして口にしていたことなんだ、モーツァルトを特別扱いすることはないと釘をさしていますね。当時の馬車旅行は排泄物をまきちらして走っていたことなどをことこまかに説明したりしながら。

須賀　もしかすると、ヨーロッパでも、モーツァルトのそのような面はあまり理解されていないかもしれません。

向井　当時のヨーロッパはほとんど国境がないにひとしい状態だった、という指摘も面白いですね。

須賀　ヨーロッパではその感じは常にありまして、イタリアで、ドイツ人が山を下りてくる、という言い方があるんです。イタリアへ下りてきたドイツ人が裸になって海へ入る写真が、四月の初めごろに新聞に必ず載りますが、それを見るとイタリア人は、「ああ、また春が来た」と感じる（笑）。日本の桜前線みたいですね。話は戻りますが、私は文学史を語るとき、方法論として常に時代の背景を考慮しなくてはならない、と思っていましたが、池内さんはまさにそれをしておいでになる。
向井　モーツァルトの生きた時代は「人生は楽しむものだという認識」が行きわたっていた時代だった、だから同じような認識と感覚を持つ今の新しい世代はモーツァルトを「われらの同時代人」としてとらえるかもしれない、という見方も説得力がありました。

『南の島のティオ』

向井　おしまいに池澤夏樹さんの『南の島のティオ』（楡出版）。童話仕立ての連作短篇で、子供だけでなく、大人も十分楽しめるし、それに、扱われている世界がこの作家の原点というか、一番落ちつける世界らしいのも興をひかれます。物語の舞台は南洋のある小さい島。その島の地図が添えられていますね。『ロビンソン・クルーソー』の挿絵のような。
須賀　『宝島』とか『ピーター・パン』にもありますね。
向井　主人公はその島でホテルを経営している一家の子供のティオ。このティオが見聞した旅行者や島の住民たちのエピソードが語られるという仕立てです。受け取った人が必ずその場所を訪れるという不思議な絵葉書を作る男の話だとか、島の象徴である山に登ろうとしてやってきた若い男と女が島の魅力にとりつかれて文無しになるまで逗留する話だとか。

**須賀**　だから童話にとどめておくのがもったいないというか……。もったいないというと子供に失礼かな（笑）。たとえばいまおっしゃった「帰りたくなかった二人」や、それから「ホセさんの尋ね人」など、本当に小説にしてほしい素材ですね。

**向井**　この物語は主題も世界も池澤さんの処女長篇『夏の朝の成層圏』（中央公論社）と同質で、発想の時期もたぶん同じころかと思われます。それともう一つ、この人は宇宙との交感体験とでもいうべき精神現象に強い興味を示し、さきにカラコルム西方の山岳地帯を舞台にその種の超常現象を描いた「帰ってきた男」という好短篇を書いているんですが、この『南の島のティオ』でもやはり超常現象のエピソードを配していますね。

**須賀**　私も池澤さんの作品は去年、『読書癖』（みすず書房）に触発されてほとんど全部読みました。短篇のなかでも、「帰ってきた男」はとくに好きな作品です。『南の島のティオ』の最後の一篇、「エミリオの出発」で、よその島からやってきたエミリオという男の子が、自分の島に帰る決意をし、それを手伝ったティオに「世界の音楽」というものを、貝を耳にあてて聞かせてあげるシーンがありますが、これは「帰ってきた男」の原点なんだ、と思いました。また、この本にも散見される池澤さんならではの素晴らしさは、たとえば、飛行機に給油すべきガソリンをジェット用のケロシンと間違えたため飛べなかったとか、日本から流木を捜しにきた女性が、それを運搬するための木枠をどうやってつくるかとか、そういった具体的な手続きを、とても正確に魅力的に書いていられる点です。めずらしい作家だと思いました。

向井　そういった着実で正確な描写があるからファンタジーが生きてくるんでしょう。ただ、この物語にはあからさまに勧善懲悪というのではないんですが、小さな教訓めいたものが時折まざっていて、少々気になります。童話仕立てのせいなのかな。でもやはりないほうがいいな。

須賀　私も同じ意見です。ご自分のお子さんを念頭に置いてお書きになったのかな、だから教訓を入れないといけなかったのかな、と思いながら読みましたが、少々残念でした。子供用の本ということを、少し意識されすぎたのではないでしょうか。たとえば宮澤賢治の場合は、まったく子供、大人を意識しないで書いているように思うのですが。

向井　そういえば、近作の『タマリンドの樹』（文藝春秋）にも、使命感のようなものがかなり濃く出ていて、とまどった覚えがあります。

須賀　心優しい池澤さんらしさを大切にしてくださいって、そう思います（笑）。

# ゆらめく伝統の陰翳――映画『めぐり逢う朝』を通して

対談者　アラン・コルノー

## ヨーロッパでの反響

須賀　あなたの最新作映画『めぐり逢う朝』（一九九一）は、ヨーロッパでたいへんな評判だったそうですが、そのことについてご自身ではどうお考えですか。

コルノー　私にとっても、やや意外だったと言わざるをえないのです。というのも、これはヨーロッパにおける大衆的な成功であって、とりわけフランスでは一種の社会現象にさえなったのですから。最初はちょっとその理由がつかみかねました。ヒットさせようと思ってつくる種類の映画ではないわけです。なのに、観客動員数は、フランスやまた幾つかの国で、この種の映画の通常の数をずっと上回っています。ですから、この映画特有の現象ということになるでしょうね。それは幾つかの仕方で分析できるでしょう。

まず、感情的な現象です。この映画に人びとは直接感動してくれました。泣いている人がいました。これは大衆の感受性によります。

また、特に今日のフランスに関連していえば、フランスのアイデンティティーの動揺、根源の動揺ということがあげられます。この動揺は長らく隠されてきたのが、昨今、徐々に表面化してきたものです。

別の答えは、この映画が非常に単純なテーマをもっていて、それが大衆的なものになりえたということです。師匠と弟子、父と娘、夫と妻、亡き母との関係——母親が亡くなっているというのはこの映画の重要なテーマです。そして、おそらく光と影という伝統的テーマも。以上はいつも強く人びとに訴えかける要素です。これ以上の原因となると、自分でもよくわからないのです。

須賀　この映画が成功したことは、まさにひとつの事件といえるのでしょうね。

コルノー　ありがたいことに、つねに驚きというものは存在します。ご存じでしょうか、フランスでは、ここ二、三年、まったく予想外の映画が大ヒットしています。シネアストの側でも、観客の側でも何かが起きつつあるに違いありません。わたしの考えでは、多様化の傾向の中にあって、「変わった」映画に以前よりもチャンスがめぐってくるようになっているのです。アメリカ映画の圧力は、世界中で、ヨーロッパでも、フランスでも、相変わらず非常に強い。それでも、アメリカ映画に追従するのではなく、この圧力から逃れようとする映画、なにか純粋にオリジナルなものを表現しようとする映画に、当然場合によりますが、ある時期から運が向いてきています。これは注意深く調べてみなければならない事柄で、楽観するのは危険ですが……。

須賀　前作の『インド夜想曲』（一九八九）のときは、今回のような成功というのではまったくなかったのですね。

コルノー　そうです。しかし、あの映画も異例なヒットを記録しました。すでに、というわけです。『インド夜想曲』にはほとんど人が入らないだろうと予想していました。特にストーリーもなければ、劇的な解決もこれといってないのですから。ところが映画はこの予想を裏切って、フランスでは、予想を三倍上回る観客が入ったのです。しかし、この映画が文化的な受け方の枠にとどまったことは事実です。それに対し、『めぐり逢う朝』は、この枠をはるかに超えてしまいました。

## 『陰翳礼讃』とフランス・バロック

須賀　私は谷崎潤一郎の『陰翳礼讃』をイタリア語に翻訳したことがあるのですが、あなたがこのテクストに心酔していらっしゃるということをいろいろな方から聞いています。

コルノー　私の谷崎との関係は、ずっと昔からのものです。というのは、『陰翳礼讃』はフランスでは、今から二十年以上も前に訳されていまして、私はそれを自己形成期に読んでいます。それは私の映画上の形成期でもあって、日本の文化伝統は、私にとってとても重要なものでした。谷崎のほかにも、井上靖、三島由紀夫とか、その他いろいろな日本の作家の作品を読みました。それから、大きな影響を及ぼした日本のシネアストたち、まだフランスではそれが続いているシネアストたちがいます。特に溝口健二です。彼は私たちの世代にとっての巨匠のひとりです。シネマテークでは、今日までに六五年、六八年、七〇年と五回のレトロスペクティブが催されていて、非常に影響力をもった映画作家です。小津安二郎が彼に続きました。彼らの作品全部がぼくたちの精神形成に役立っています。『めぐり逢う朝』の仕事でパスカル・キニャールに出会い、彼が私と同じ趣味をもっていることがわかりました。彼は十七世紀に惹かれています。また、ローマ帝国にも惹かれています。彼が私に見せてくれた『めぐり逢う朝』のためのテクストの中には、本当に東洋と日本の影響が濃厚にありました。師匠と弟子との関係、芸術と真理、虚妄と真実、影と光……。こうしたものすべてが、きわめて短く、ややアルカイックなかたちで、非常に凝縮され、収斂されています。そんなこともあって、私は私でこの映画をつくるにあたって、以前からの自分のオブセッションから出発し、『陰翳礼讃』を読みかえし、形式的には、正確に、キニャールと同じ道を辿りました。主題についても、サント・コロンブが次第に入ってゆく隠棲に関しても、また、固定ショットによってねらった、単純で静的な撮影方法に関しても、そしてテーマ自体に関しても、私は谷崎から、形式的というのか、おそらくは哲学的でもある方法を学んでいたのです。

須賀　哲学的というのはどういうことでしょう?

コルノー　厳密には哲学的とはいえないかもしれません。もっぱら形式的な官能性です。そして、それは伝統の解体の中にあります。谷崎は、文化の価値観が動揺した時代に生きたのですから。彼が陰翳を礼讃しなければならないのは、陰翳が消えつつあるからです。

『陰翳礼讃』は、日本家屋の中に西洋の白い厠を設置できるかどうか、というところから始まっています。ですから、それはすでに侵蝕しあう二つの世界を前提にして、伝統家屋の中の陰翳へと回帰してゆこうという希求があったでしょう。じっさい、私の映画の中の十七世紀はそれなのです。サント・コロンブは自分の小屋に閉じこもることになります。しかし、光線は直接的には通過しません。ヴェルサイユ宮殿の中にも光が射しこみません。しかし、自然のほうからやってくるマラン・マレという人物は、いつも光のうちにいます。

須賀　あなたは光にほとんど倫理的な価値を与えていらっしゃいますね。

コルノー　まさにそのとおりです。一切を劇的に、そして倫理的につくりました。映画は音楽的な二相のあいだで、ほとんどすべてが展開されています。オブジェとか声など、ほかにも谷崎的なものが美術担当者にとっても、カメラマンにとっても、いっぱいあります。私と映画をつくるつもりなら、『陰翳礼讃』を暗記しておかなければいけない、とみなに言っていました（笑）。

須賀　それでは、フランス的明晰《クラルテ》のほうはどうなるのでしょうか。

コルノー　フランス的明晰は、私の見るところ、傷口を秘めた明るさです。そして、それがこの映画にある新しさなのです。フランス・バロックのなか、ヴェルサイユ宮殿のなかには、抑圧された怒りや暴力が存在し、それがフランス・バロックのオリジナリティーを形成していると私は考えています。バロックは、ドイツでは爆発的で、自己表現をためらわなかった。イタリアでは、それは誘惑であり、スペインでは、暴力と死です。しかしフランスでは、バロックは困惑であり、抑圧されているのです。

須賀　古典性によるゴール的、ケルト的精神の制圧ですね。

コルノー　そうです。強い力によって制圧された国民性です。それにしても、フランス人は、バロックを考えるとき、バロックという用語をしりぞけ、ロココを考えてしまいます。バロック期はロココ以前に存在しているというのに。けれど、今日では、音楽家のおかげで、またこうした映画やヴェルサイユ宮殿の新しい解読が試みられ、パスカル・キニャールらのおかげで、バロックはその官能性において、すなわち矛盾、幻像、そして影と光において再発見されつつあると思うのです。ヴェルサイユ宮殿は、内部の装飾という点では、錯乱した宮殿と見なすことができますが、同時に非常に穏やかなファサードや完全に幾何学的なフランス式庭園を備えています。それら全体が、バロックをあらわし、またつねに制御しているわけです。つまり、これがフランス精神です。そして、フランス音楽であり、マラン・マレの音楽です。サント・コロンブのほうは、「死」に憑かれていて、マレより中世の闇をひきずっているのです。

須賀　『陰翳礼讃』は、私たちにとってある意味で教育的な書といえます。谷崎は日本人が失いつつあるものを保存したいと思っていたのですから。基本的には外国人を意識して書かれた本というよりも、むしろ日本人への警告として書かれたものではないでしょうか。

コルノー　いいえ、私が自分のために谷崎をえらび取ることをお許しください（笑）。彼は永遠なものについて語る大作家、世界に対する読みをもち、私たちのうちのスキャンダラスなもの——ひとは光の面と闇の面を兼ね備えています——に対する読みさえも具えた大作家でしょう。今日のヨーロッパやフランスでは、谷崎は日本の読者に対するほど直接的には語りかけることはたしかにないでしょう。どちらにせよ、私は私の方法で谷崎を理解しているつもりです。

私はこれをパセティックなテクストと解釈しています。平穏なテクストではありませんし、古典的なテクストでもありません。喪失についてのテクストです。正しいか誤っているかは議論になるところでしょうが、それはおいておきましょう。ともかく、私はこれを調書のようなものとして、つまり現状を理解しようとして挑発的にならざるをえないような状況下に、ある危機に対応して書かれたものとして理解しています。こういったテクストに目をつぶるわけにはいきません。いまやヨーロッパやフランスでも、自分たちが今日どこにいるのかを理解するためには、十八世紀、十九世紀、二十世紀など、先行する世界をしっかり検証せざるをえなくなっています。こうしたことをすっかり忘れてしまえば、なにもわからなくなってしまいます。

ヴェルサイユの中を照明する必要があるでしょうか。いいえ、あの内部は照らすようにはできていません。陰の中でロウソクの光によって眺めるようにできているのです。ここにも『陰翳礼讃』が提示したのと同じテーマがあるわけです。

須賀　『陰翳礼讃』を初めて読んだとき、私は谷崎が大いに西洋の光を誤解していると思いました。西洋ではなにもかもが照明されていると彼は書いていますが、そんなことは全然ないわけでしょう。

コルノー　これはポレミックなテクスト、状況のテクストですからね。そのとき、谷崎が西洋の光の可能性を過小評価していることは確かです。彼は西洋の光の科学を過小評価している。しかし、偉大なテクストというものは、つねにポレミックなものでしょう。

## 『インド夜想曲』について

須賀　『めぐり逢う朝』の前に『インド夜想曲』をつくられるとき、すでにこの「陰翳」という考えをおもちでしたか。

コルノー　もちろんです。そして、それはアントニオ・タブッキにも負っています。あらかじめ感じていたのは、『インド夜想曲』の主人公が陰翳＝影との関係でインドを旅するということでした。大きな違いは、タブッキのテクストでは、西洋人の男が、見たところ精神的な危機もなくインドを訪れ、ある出会いを通じて自分のうちに危機を抱えていることを発見して、光に対する影の存在を知るのです。当時、私はこうしたことを、まだはっきりとは感知しておらず、今回ほど方法的ではありませんでした。『めぐり逢う朝』では、二人の人物の光と影というかたちで、陰翳の主題がもっと明確になっています。

須賀　それに、あなたはタブッキの短篇集『とるにたりない小さな誤解』のなかの人物でシャミッソーの小説の主人公の名をもった、ペーター・シュレミールのエピソードも付け加えていらっしゃいますね。

コルノー　シュレミールについては、もっと違った事情があります。私はタブッキに、『インド夜想曲』のなかにシュレミールを登場させたいという許可を求めました。
須賀　彼は不満でしたね。
コルノー　いいえ、満足していましたよ。
須賀　いや、最初は……。
コルノー　最初はそうでした。私に困ってしまうと言いました。タブッキは、シュレミールのテクストは『インド夜想曲』のなかにあったのだけど、遊びの要素の濃い『インド夜想曲』には劇的すぎると思って、削除したものだからとも言いました。それでも私は映画をより劇的にするため、彼に許可を求めたのです。
須賀　わたしもタブッキと同じ印象を抱いて、ほとんど激怒してしまったのですが（笑）。
コルノー　よくわかりますけど、読者を象徴する語り手から出発する『インド夜想曲』を映画化するためには、あのエピソードは必要だったと思うのです。話を劇的にし、ひとつの出会いを表現することができました。さもないと、あの西洋人にとってインドでの出会いの意味は皆無になっていたことでしょう。そこで、犠牲者であった西洋人が必要だったのです。しかし、これは歪曲であって歪曲ではないのです。初稿の『インド夜想曲』にはシュレミールがいたわけですから。
須賀　結局、タブッキは満足したのですね。
コルノー　そうです。彼は何度も映画を観てくれましたし、映画についてとても美しいテクストを書いてくれました。

## サント・コロンブのジャンセニスム

須賀　ところで、あなたはサント・コロンブのジャンセニスムをどう解釈していらっしゃいますか。彼は本当にジャンセニストだったのでしょうか。

コルノー　いいえ、あれはパスカル・キニャールの創作です。音楽の話をドラマティックにするためのね。パスカル・キニャールは、サント・コロンブをジャンセニスムの影響下、つまりルイ十四世の絶対権力に対してブルジョワ的で反抗的なジャンセニスムの影響下に設定するという、とてもいいアイデアを案出してくれました。私たちの設定では、サント・コロンブ自身がジャンセニストというのではなく、ポール・ロワイヤル修道院の一般的な影響下にいるのです。そのおかげで、私たちはより直接的に十七世紀の暗部に潜入して、より大きな対立を描くことができたし、これまではっきりと提示されなかった十七世紀の一面を示すことができました。普通、十七世紀をあらわすためにはヴェルサイユ宮殿とか、ルイ十四世、カトリックの世界といったものを見せます。でも、ジャンセニスムという非常に厳格で、閉鎖的で、世俗権力に懐疑的であった世界は、すでにフランス革命を先取ってさえいるのです。

須賀　あなたもコロンブのように、ほとんどジャンセニスト的な厳格さに惹かれていらっしゃるのではないでしょうか。

コルノー　そのとおりです。一種の秘密結社的な面——これはとても重要な点です——があり、精神の共同体、世俗の拒絶、権力の拒絶、政治の拒絶、そしてまた弾圧された少数派として……。どれも私たちにとってとても有意義なことです。それに、もうひとつ重要なことは、ジャンセニスムの世界が、この映画の、非常に独特な美学的・形式的ヴィジョンに到達することを私たちに許してくれたということです。私たちは静物画の画家のほうへ、フィリップ・ド・シャンパーニュのほうへ、自然のほうへ、プロテスタントやジャンセニストが、公の絵画、ルイ十四世の栄光などを拒絶していたところへと歩みよりました。

十七世紀はバロックだとフランス語で言うとき、ふつう「精神」を除外しています。また、十七世紀は古典主義だとも言われますが、それだけではありません。フランスの十七世紀はまずバロックです。バロックとは、外見としての古典主義、あるいはヴェルサイユのルイ十四世と非常に強い内的葛藤とのあいだに横たわる矛盾から生まれたものです。この意味で、フランス十七世紀はバロックです。だから、リュバン・ボージャン——彼もやはりマージナルな存在でしたが——の絵画は、世紀に対してほとんど革命的なものだったのです。

ボージャンの絵画

須賀　『めぐり逢う朝』のなかには、音楽と絵画の出会いが描かれていますね。また、ラトゥールを意識されているとも思いました。

コルノー　大いにラトゥールを意識しました。それに、映画のなかでミシェル・ブーケが演じている画家、リュバン・ボージャンもです。彼のタブローが二枚出てきますが、ひとつは『巻き菓子のある静物』と呼ばれているもので、これは全体を入れました。そしてアトリエでボージャンが制作しているタブローのほうは、『チェス盤のある静物』です。この二枚のタブローに映画の母胎があります。その雰囲気、色彩、全体的印象、抽象的感覚、そして象徴。私たちは、いくらかフランス絵画について研究しました。ラトゥールとか、シャンパーニュも。肖像やコスチュームはシャンパーニュに多くを負っています。

須賀　レンブラントのことは考えませんでしたか。

コルノー　考えはしましたが、それほどではありません。オランダ絵画がもっているものは、フランス絵画に結びつくにはちがいないのですが、私たちは直接的にフランス絵画へ回帰することを望みました。フランスに見出され、私の興味を大いに引きつけるもの、それは、十六世紀末から十七世紀初めの「ヴァニテ」と呼ばれる非常に重要でオリジナルな静物画の運動が存在したということです。この時代、ひとつひとつのオブジェが象徴的な解読の鍵であったということが重要なのですが、次第にこの鍵は失われました。十八世紀にも静物画は依然としてありますが、すっかり装飾的になっています。美しい花々や葡萄はあっても、生と死についての象徴を通した省察はもはやありません。私たちは、この象徴の味わいを映画に組み込もうと試みたのです。

ボージャンの静物画のおののオブジェは、記号化されています。本当にそれらは、人生の「虚しさ《ヴァニテ》」であるわけです。巻き菓子は、乾いた糧、葡萄酒は蒸発してしまう生命、葡萄酒を隠している瓶のまわりの藁は外的・物質的要素の象徴です。また写実主義の外見をもちながら明暗《キアロスクーロ》法も遠近法も、すべてが虚偽の象徴です。つまり実際は、これは抽象的で、完全に精神的な絵画なのです。当時、こうした絵画は、瞑想のために書斎に掛けるという、まったく私的な目的で購入されていました。したがって、この絵画は全然公的なものではなく、やや反時代的、反動的で、ルイ十四世の宮殿を飾った絵画とは少し異なっていることになります。こうした絵画が本当にこの映画と切っても切れない関係にあり、まさにここに、この映画の鍵があります。

## 女性の死と芸術

須賀　サント・コロンブの亡妻の存在は、何を意味するのでしょう。

コルノー　彼女は死んでいるからこそ、映画を支配しているのだと思うのです。この映画はふたつの死から始まります。サント・コロンブ自身の世俗的生の死、そして妻の死。一切がこれらふたつの死によって決定されています。サント・コロンブの妻への度はずれた愛情は、彼女の死から始まっていると思います。彼女が生きていたあいだは、彼は妻をあのように見てはいなかったと私には思えます。人が死んだ時点から哀惜が始まる、これはバロック期の大きな主題のひとつです。そしてこの哀惜が男に自分の芸術を歌いあげることを許すのです。女が眼の前にいて、愛が現存すれば、芸術表現をすることは不可能です。

パスカル・キニャールに負うところですが、この映画にあって、男たちの歌は崩壊する女の肉体、マドレーヌとサント・コロンブ夫人の肉体から立ち昇るのです。これは、別に私が自分で発明したものではなく、歴史的に実在する主題です。芸術的想像をめぐる男女関係は、少なくともフランスでは、かなり長いあいだ、そうしたものであったと思います。哀惜、涙、永遠の愛といった主題……。逆に、具体的な生身の女に対しては、男は攻撃的でした。男は女が死ぬことを欲したのです。

もうひとつ重要なことは、サント・コロンブの弟子が師の教えを身につけるのが、マドレーヌを通して、マドレーヌを夢中にさせることを通してである、ということです。彼はそうすることで、師匠にまで至ります。

須賀　それにしてもマランはマドレーヌに対し、ひどく冷淡ですね。

コルノー　彼は彼女を利用しています。ただ、何年も後、彼もまた哀惜を抱き、戻ってくることになります。でもやはり彼は彼女を殺すことになります。

須賀　あなたのおっしゃる「哀惜」は宗教的な「悔悟」よりも、ずっと文学的ですね。

コルノー　もちろん宗教的ではありません。ここでは、キリスト教的な罪への悲しみよりも、はるかに哀惜や涙が語られています。たしかにこの映画には宗教的感情や宗教的印象がつきまとっていますが、しかし宗教とは違います。

須賀　もっと人間的なものですね。

コルノー　ええ。西洋では、東洋も同じでしょうが、芸術的に偉大な時代は民衆全体が宗教的な時代だと思います。しかし、今日私を感動させるものは、宗教の身振り、祈る人物の身振りであって、宗教が対象とするところではありません。対象がなんであろうと、私にとってどうでもいいのです。そのかわり、暗闇があり、宗教的オブジェがあり、ロウソクがある教会へ入ると、あるいは教会の典礼に私は感動してしまいます。

### 普遍性と固有性

**須賀**　あなたは、よりフランス人的になろうとすることで少しずつ一種普遍的なものへと近づいていているように思います。これは興味深いことです。というのも、普遍的なものとは宙に浮いているようなものではないのですから。とかくそう思われるのですが。

**コルノー**　抽象的な普遍性など存在しません。世界化《モンディアリザシオン》に抗して進むべきです。文化があるとすれば、それは根のある文化であって、世界的文化など不可能です。本当に自分自身であろうとしたとき、ひとははじめて普遍的になれるのです。アメリカの大作家フォークナーは、自分の村について語りました。そのとき彼は普遍的です。溝口も、ラシーヌもそうです。

　戦後、そして今日に至るまで、ひとはそんなことはもう古いと言ってきました。今後は誰もが、テレヴィジョンによって、同じ文化、同じアイデンティティーを持って暮らしてゆくことになるだろう、と。そんなのは嘘ですよ。

**須賀**　西洋と東洋にはさまれている日本人にとって、問題はかなり複雑です。

コルノー　日本に来て、私が驚いているのは、ここには本当の近代があり、アメリカよりもモダンだということです。ポスト・モダンです。でも、これは私の単なる思いこみかもしれませんが、日本のアイデンティティーが失われたとは感じられません。日本は世界のなかで一種の実験室と言えるでしょう。

須賀　私たちにとっては、厄介なことに、です。今日、新しい普遍性を見つける方向に皆が歩き出すべきだと私は信じています。かつては仏教とかキリスト教といったものが普遍的な価値として信じられていましたが、もうそれだけでは足りないようです。文化的には二重のことが、外に向かって開くと同時に、自己のうちで深められることが必要となってきます。しかし、答えが見つかったわけではありません。

コルノー　日本についてはあまり知らないので、フランスのことを私は話しましょう。この問題は、フランスではきわめてアクチュアルなものとなっています。十年あるいは十五年前まで、ひとは今とは違って、まだ前衛の概念とか、経済の概念でものを考えていました。文化の前進や経済の進歩といったことを話していたのです。ところが、今日、三本のフランス映画、すなわちリヴェットの『美しき諍い女』、ピアラの『ヴァン・ゴッホ』、そして私の映画が、同一の問題を提出しています。三本の映画はそれぞれ非常に異なっていますが、すべて、ひとつの単純なこと、創造とはどのようなことなのかということを、後方へ再出発することによって、すなわち三十年来左翼が誇ってきた全体的言説を忘却することによって、見出そうとしているのです。

## 一九六八年がもたらしたもの

須賀　五月革命の年、六八年に、あなたはなにをしていらっしゃいましたか。
コルノー　すでに私は助監督として映画の世界にいたのですが、六八年の運動には参加しました。私にとって六八年はとても重要ですが、引き続いて起きたことは深刻で、知的、文化的な衝突をもたらしてしまいました。文化が公的なものであることはフランスの伝統的な特色ですが、そのころマージナルだと自称していた連中が知的な権力を掌握し、実際は制度を敷くに至ったのです。私の考えでは、それは非常に悪い、未来のない、テロリスム的なことです。
たとえば文学では、構造主義が権力を握り、ヌーヴォー・ロマンが、もうそれまでのような方法で小説を書いてはいけないと言いました。不条理なことです。映画では、ゴダールなど、「カイエ・デュ・シネマ」の第三世代による独裁がありました。音楽では、かつてはマージナルだったブーレーズが、セリー音楽を書かなければ音楽家ではないと言いました。これらは六八年以降、またフランスの伝統の悪い面で、「ヌーヴェル・アカデミスム」を形成してしまったわけです。今日では、状況が変わりつつあります。今の人はこれらからより自由になっています。
須賀　ある意味で一種の左翼ファシズムといったものがありましたね。私はいつもこのことを考えます。というのも、あの当時、私はミラノにいて、左翼の人たちと多くの接触があったのですが、彼らはとかく拒否、排除を中心に動いていました。そうした左翼ファシズムに私は困惑しました。

コルノー　私は六八年に参加しましたが、なぜかかたよった運動、たとえばフランス式の毛沢東主義《マオイスム》などには、決して賛同しませんでした……。

私が軽く接触したのは、反スターリン主義としてのトロッキー主義でした。トロッキーはつねに芸術に自由を認めていたからです。たぶん、そうした芸術的な場で、私はヒステリックな一般的潮流からやや救われていたのでしょう。

私たちより後の世代は、ずっと自由になっていると思いますよ。たとえば映画を引きあいに出すと、現在は、まったく自由な、理論なしの若い監督たちがいます。映画界で起きた、非常に矛盾した出来事をご存じでしょうか。最初の「カイエ・デュ・シネマ」には、トリュフォー、シャブロール、ゴダールなど、戦後すぐに台頭した世代の人たちがいます。一般的に言って、その背後にいた思想的な師は、アンドレ・バザンで、彼は実践的カトリックでもあり、またワンシーン・ワンショットの理論を広めました。なぜなら、彼はワンシーン・ワンショットこそ、神秘的な映画をつくりうる唯一の方法だと考えたからです。すなわち、それはミサみたいなものかもしれない。モンタージュがないおかげで、ワンシーン・ワンショットは人生の神秘的なものを表出できるというわけです。まったくの幻想と私は思いますが、たしかに、ひとつのキリスト教的、カトリック的立場ではあります。そこへ若者たちや、作家が集まってきて、バザンを師と仰ぎ、レジスタンスの左翼から由来する概念によって戦線を築いたのです。ゴダールやシャブロールによる、ワンシーン・ワンショットの理論化は、アメリカ映画に対する讃嘆にもとづいています。ルノワールを例外として、フランス映画はだめだということになりました。ルノワールは彼らの父としての位置を占めました。これが第一期です。

第二期は、六八年から始まります。それまでの伝統は、彼らが左翼化しながら続きます。そのころゴダールが毛沢東主義者《マオイスト》になります。ワンシーン・ワンショット理論は、バザンという起源を忘却しながら続きます。まだ今日でも、三十年まえの教えを唱える人はいますが、それはもはや何ものにも対応していません。

フランス映画にはルノワールがいますが、デュヴィヴィエもいるのです。デュヴィヴィエはルノワールと同じくらい重要です。今日デュヴィヴィエの名誉回復をする必要があります。

## 東洋について

**須賀**　東洋、たとえばインド、日本についてどのようにお考えですか。

**コルノー**　インドと日本は非常に違っているように思うのです。私は東洋の専門家ではありませんが、ただ、私は、今からずいぶん前にインドに出会い、深い衝撃を受けました。それは音楽のせいです。まず、パリでインド音楽を聴き、インドに行ってみたいと思いました。そしてインドを見るわけですが、インドが私のオブセッションを変えたということのほか、何も言うことがありません。今は、インドまたはインド゠ヨーロッパの思考と、アジアの思考には、変化についてそれぞれ異なった問題があるように思いますが、それがどういうことにあたるかは私にはわかりません。たぶん、それを理解するために映画をつくるべきなのでしょう。

須賀　ヨーロッパ、フランスやイタリアで暮らしていたとき、これは東洋的だとか、あなたは東洋人らしい考え方をすると、皆から言われるたびに、それがどういうことかよくわかりませんでした。

コルノー　そうでしょう、紋切り型のひとつですね。私はフランスでは戦闘的なんですよ。おまえたちは西へ、アメリカへ行き過ぎるという過ちを犯している、とみんなに言っているのです。ヨーロッパ人はもっと東へ行って学ぶべきだと思いますね。東へ行くとなれば、私はロシアへ、インドへ、そしてアジア、日本へ行きます。忘れてならないのは、紋切り型をやめにしようと努力することです。紋切り型は、インドも日本もいっしょくたにして、誤解を生み出します。

須賀　日本人がヨーロッパのなかの違いについて、あるいはヨーロッパとアメリカをいっしょくたにしてしまうみたいにですね。

コルノー　そう、そのとおりです。そうすまいとすることが、ささやかなこととはいえ、私たちにできることでしょう。私は、インドと日本は文化的な差異があることをはっきり意識していますが、専門家ではありませんから、分析はできません。

**須賀**　そうした考えをおもちなのは、あなたが私よりもずっと後の世代に属するからでもあるのではないでしょうか。

**コルノー**　私の世代という点では、次のような単純なことを言っておかなければなりません。ジャズのおかげで、いや、すべての音楽芸術、バロック音楽などのおかげで、ヨーロッパ以外の音楽へのドアが開かれたのです。日本の音楽、インド音楽、バリ島音楽などの聴衆が、私の世代に拡大していきました。こうしたことは、フランスではそもそも今世紀初めにあったのですが、七〇年代にさらに新しい事態が生じたわけです。最近、パリ市庁で聴いた三味線の演奏会は満員でしたが、日本人ばかりでなく、たくさんフランス人も来ていました。今やインド音楽は、私たちにとって重要な芸術で、パリには通の聴衆がいます。

**須賀**　音楽が少しずつ状況を変えていったわけですね。

**コルノー**　そうです。音楽は文学よりも近づきやすいものですから。

それに対し、現在の大問題は、日本映画に期待している私たち映画ファンがいるのに、新しい日本映画を観ることが前より難しくなってしまっていることです。

（新橋波夫訳）

# 女の遊び

対談者　大竹昭子

――仲の良いお二人ですが、長いお付き合いなのでしょうか。

大竹　一昨年の暮れ頃が最初ですから、ちょうど一年と少しですね。

須賀　お会いした回数というのは、すごく少ないわね。

大竹　でもとても印象に残ってます。

須賀　昨年の夏、ある晩、おうちに招んでくださったのね。それがすごく楽しかったの。四人ぐらいでずっと夜、喋って。

大竹　あれはすごく遊び的な時間でしたよね。たまたま用があって須賀さんとお電話してたら、ちょうどお仕事が終わる時で「今日、遊びたい雰囲気なの。うちに来ない？」とおっしゃったんです。でも、つい最近、招ばれたばかりだったから、いや、今度はうちに来てくださいと。須賀さんは学校が四谷で、私は四谷に住んでいるので、じゃ帰り道に寄ってくださいよ、という感じになって。三時ぐらいだったので、近くのすぐ来られる友人だけ招んで、慌てて三時間ぐらいで用意しました。

須賀　私はもう百人ぐらいに話したわよ、私の友達にすごい人がいて、三時に決めて、四人ぐらいワァワァ招んじゃうのよ、それで食べても食べても食べきれないくらいのものが、それもちゃんといい時間に出てくるのって。
大竹　私、前もって何日のいつと決めておくと、一週間中、頭の中がそれでいっぱいになっちゃって、他のことに手がつかなくなっちゃうんですよ。時にはそれもいいけど、突然、三時で六時、その三時間ぐらいにすごく集中する、そういう即興的なのってとても遊びを感じるんです。その時にたまたま来られる人だけ集うという偶然性も面白いですものね。
須賀　その二週間ぐらい前に私がやったのね。好きなのね、人がうちに来るのが。
大竹　私もそう。目の前で人がおいしく食べてるの見るの、大好き。
須賀　私も。自分は食べなくていい。それで「おいしい」なんて言われたら、もう本当に抱きしめたくなるのね（笑）。永遠に作っていたい。
大竹　それもあらかじめ周到に準備されたものでなくてね。
須賀　そうね。食器とかそういうものも別にいいもの揃えてないし。よく雑誌に載ってるじゃない？　ああいうの見るとふるえちゃうわね。わざとバラバラに買ったり、そういうふうにしないと気持が悪くて。この間もうちの本棚がいっぱいになって、どうしても作り直さないとという感じで、こうしましょうと言われたんだけど、そうなると本当の部屋らしくなるから嫌だと言ったの。私は常に何となく仮住まいをしてるみたいな、本当はこのうちで遊んでいるんだ、という感じになっていたいのね。

――お二人の言う遊びは、履歴書に書く趣味とはまったく違うんですね。
**須賀**　ゴルフとか、ああいうものにもしも行けと言われたら、私は死んじゃうと思う（笑）。聞いただけでもうジンマシンが出る（笑）。だって普段着でいることが好きなんですよね。ミラノで一回、山に行ってて、友達の別荘に寄ったわけね。何とか君いますか、と聞いたら「あいつ、今、ゴルフに行ってる」と言われて、それじゃあと果てしないゴルフ場をトボトボ歩いて、山越え川越えという感じで行ったら、その人がポツーンと一人でやってたの。あぁ、こういうのなら私でもできると思ったんだけど。だから私は、形を作って遊ぶというのが嫌なんじゃない？
**大竹**　そうなんですよね。理不尽な気がするんです。「遊び」と「仕事」とか、真面目なものとそうでないものというふうに線が引かれるというのは。全部が遊びといえば遊びだし、全部が真面目だといえば真面目という気がする。趣味というのは嫌なんですよ。
**須賀**　嫌いだなぁ。私、愕然としちゃう、そういうのを聞かれると。この間、私が京都に行ったの知ってる？
**大竹**　知らない、知らない。
**須賀**　連載が一つ終わって、くたくただったの。どうにかして気分転換したいと考えたら、日曜日の午後から月曜日にかけて空いてた。それで、おっ、という感じで、行ったの。行って、ホテルに着いたら夜。寝て、次の朝早く起きて、行きたいところが二つあったので、行って、朝からお昼までほとんど全部歩いて、午後一時半ぐらいの電車で帰ってきたんです。それですっごい休まったの。そんなふうに、あぁ、こういうことをやりたい、と思った時に自分に許してやるというのかな、そういうのが私にとってはいちばんの遊び。
大竹　一人遊びですよね。そこって、須賀さんと共有できる部分じゃないかと思ってるんです。全然違う自分になっているような感じがあるんですよね。ある日ポコッと空いた時に、上野の美術館に行って、コーヒー飲んで帰ってくる。たったそれだけのことだけど、絶対、一生のうちに輝く記念すべき一日というのができたりするでしょう。
須賀　私、一回やってみたいのは、電車の終点まで行くことね。私は日比谷線でしょう。そうすると東武動物公園行きというのがあって、これはもう憧れの的で、そこへ一回行ってみたいと思うわけ。どんな動物がいるのかなと。名前だけに惚れてるわけよね。北千住も行ってみたいし。桜木町は何ということもないけど、東武動物公園なんていうのはすごい名前だと思うのね。
大竹　わかる。ただ意味もなく乗物に乗るの、私もすごく好き。外国に行くと時々やります。ガイドブックには行くべきところがいっぱい出てるんだけど、わざわざここまで来てそうしなくてもって思っちゃう。
須賀　私、ロンドンにいた時によくやった。バスに乗って終点まで行く。
大竹　夕暮れになって、終点まで行くと引き返す時間がなさそうで、もう降りなきゃと思うんだけど、あまりに魅了されて降りれなくなるの。
須賀　バスというのはレールがないから、どこで曲がるかわからないから、すごいスリリングなのよね。
大竹　いろんな番号のバスが来ても、外国だと全然わからないから、当てずっぽうで「79、いいみたいだな」とか言って乗っちゃう。
須賀　それで終点の名前がよかったりね。私はだから、わりと終点の名前というのが好きなのかもしれないわね。
大竹　私は動き出す瞬間かな。ああいう時というのは、いちばん自分に許してあげているという感じがしますね。自分にしたいことをさせてあげてるという。
須賀　そうそう。子どもの時に親が厳しかったというのかしら。あなたもそうなんじゃない？
大竹　ええ、厳しかったですね。
須賀　そうでしょう。それでわりと自分に対しても厳しくなってしまっているから、ときに放ってやりたいというのかな。私、子どもの頃、麻布に住んでいた時に、近所のおばさんが麻布十番まで買い物に行くというのが羨ましくて羨ましくて、十番というところはどんなにすごいところだろうと思ってね。子どもの足だと三十分かかったんじゃないかと思うんだけど、ある日、そのおばさんにくっついていったの。うちへ帰ったら、やっぱり怒られたんですけど。
大竹　前に、神戸にいらした頃、裏山に上がって一人で町の音を聞いてたっていうお話を伺ったでしょう？　ああいう遊びって懐かしいですね。勝手に好きにイマジネーションしていいし、そのことを誰も邪魔しないでしょう。本当に自分の世界があるというか、あるいは世界と自分が同化してしまっているとも言える。私は異国にいて乗物に乗ったりとかすると、自分が消えるような感じがするんです。
須賀　それ、寂しくない？
大竹　すごく好き。透明人間みたいな感じがしていい。
須賀　嫌だわ。私は寂しいのが好きじゃない（笑）。透明になると困るんだな。あなたのほうが強いと思う。
大竹　そうかな、快感だけどな。
須賀　困る（笑）。どこかに帰れるとわかってないと怖くない？
大竹　そうですねぇ……その時にいちばん自分になっているという感じがするけどなぁ。人を好きで、人と肌を寄せたいという部分と、世の中と自分との間に小さな穴をあけて、そこからのぞき見ていたいという気持がある。そういう二つの自分の往復が面白いというのかな、そういうのをしたいと、いつも思ってますね。日常のルーティンとちょっと流れが変わったなと思ったときに、ふっと何か出会うものがあって、そこで過ごした時間がかけがえのない記憶に結びついていく、そういう時間はすごく好きですね。
須賀　それで、普段の場所にそういうものが起こることが好きじゃない？
大竹　そうです。わざわざじゃなくて、ふっと風が吹くように起こる。
須賀　そう。本当に変わったものが欲しいなら、歌舞伎を観に行くのよ。昨日も友だちと話したのね。熱帯魚というのは嫌いだと。あんまりキラキラピカピカしてるから、こっちもきれいにして見なきゃいけないような感じになっちゃって辛いのよね（笑）。私、よそいきというのは嫌い。
大竹　私もそうです。だから先ほどの話でも、何とか焼の皿が揃って、どこにも破綻がないようなところに座らされるよりは……。
須賀　まだお鍋をテーブルに持っていくほうがずっといい。
大竹　そうですよ。それから通の世界、蘊蓄、ああいうのもだめなんですよ。
須賀　そう。何だっていいじゃないって気がするわね。そういうことで人の上に上がろうとする根性が嫌（笑）。そう思わない？
大竹　破綻があったり、形がとどまらなかったりするところに、物のエネルギーってあるんじゃないかと思うんです。通とか蘊蓄の世界は、先細りなんですよね。
須賀　あなたって、そういうふうに言えるから偉いわよ（笑）。私は何となく嫌、でしかないの、理論も何もなくて。
大竹　そんな！
須賀　いや、ちょっとあるわよ、私より（笑）。ところで、あなたが沖縄に行くのも遊びだったの？
大竹　もともとは取材の仕事です。だから本当に縁という感じ。沖縄は、さっきから話してる「遊び」にすごく近いものがあって、つまりあそこは遊びのための遊びというのはないんですよね。生活が苦しいところだから。そのかわり生活と遊びの一線がなくて、全部が一緒になってる。

須賀　もともと人間はそうだったんだろうと思うわね。やっぱり会社なんていうのができちゃったからいけないんじゃないかな、学校とかね。

大竹　そう。遊びのない社会というのは、ちょっとズレてたりする人間は絶対に受け入れてもらえないでしょう。沖縄は京都的遊びの世界との対照にあると思うんですよね。京都の遊びは遊びのための遊びでしょう。美は美のための美だし、懐石料理も、味のためというより美のため。何事もきっちり様式美化するんですよね。

須賀　非常にしんどいわよね。

大竹　ある種の演劇的体験としては面白いんだけど。

須賀　だから私が思うに、動的な生き方というのが私たちは好きなのね。絶対に一つところに止まりたくない。止まるぐらいなら死んじゃったほうがいいと思ってる。

大竹　そうそう。自分の十分後が予想つかないようなところがある（笑）。社会の中で生きているから、ある程度は明日は何時というアポイントがあるけど、どんな日になるか予想がつかない部分を残しておくのがすごく楽しいですね。合間にとてもいいハプニングがうまい具合に起きると、それは本当にすてき。

須賀　だけども、動の中で止まっているものを自分の中で常に追い求めているという反面があるんだな。芯になるものというか。自分の中に静かな一点が常にないと不安だというのはあって。
大竹　それは確かにそう。
須賀　だけども、それにはまっちゃいけないという感じもある。全部火になっているところで一つだけ水みたいなものが自分の中にいて欲しい。
大竹　わかる。そういう自分の振幅みたいなものが、すごく好きだし、見てて面白いですね。
須賀　だから、その水を守るために動き回ってる感じね。……だからお不動さんに水かけるのかしら……（笑）。

# 歴史的都心《チエントロ・ストリコ》を豊かに育むイタリア

対談者　陣内秀信

## エレガントな地方都市

須賀　陣内さんのご本を拝見しましたら、このごろ西欧人が東京にきてこの街をおもしろがるということを書いていらしたんですが、じつは私も、槇文彦さんの本の書評の書きはじめに似たことを書いたんです。特にイタリアなんかの若いインテリたちが東京へくると、おもしろいっていいますね。

陣内　やっぱりそうですか。こちらが意外に思うほどですよね。

須賀　そう。ひとむかし前は、何だこの街は、城壁もないし、高速道路が傍若無人に走っていて、ほんとうにいやな街だといわれてましたけれど。今でも東京にいる商社とか外交官の奥さんたちなどは、とってもいやだといっているようですね。

陣内　ステレオタイプ化されたイメージをもってきて、そのまま……。

須賀　そうなの。街はこうでなければならないと思いこんでいる人たちは、東京はだめだといいます。

陣内　ところが、好奇心をもって動きまわる若い人たちにとっては、非常に変化に富んでいて、しかも落ち着く場所もけっこうある。カオティックでがちゃがちゃしているだけじゃなくて。

須賀　やっぱり最近東京はずいぶんきれいになったんでしょうね。着るものなんかも、お金さえあれば、個性はなくても、日本人だって一応のレベルには達しますから。イタリアからパリーゼという作家がきたときに、日本人はすごくちゃんとしている、着るものも正確なものを着ているし、ビルも正確につくってあるというんです。ニートという言葉が英語にありますけれど、そういう感じだというのね。きちんとしている。それは飛行場からきたときにすでに思った、と感心していました。私はあまり感心されると気味が悪くて（笑）。

陣内　東京もすごくリッチになったけど、イタリアもリッチになりましたね。まあ、もとから豊かだけれど、この二十年ぐらいはすごいんじゃないですか。

須賀　リッチですよね。それこそ四駆なんていうのが、日本より二年ぐらい先に北イタリアを走りまわっていたし。

陣内　特にヴェネト地方はすごいみたいですね。大企業中心でない小さな家族経営のベネトンふうの会社が、がんばっているんです。オフィスなんかも小さいのがいっぱいあって。そういう活気がいちばんいいかたちでヴェネトに現れていて、街はすごくエレガントです。

須賀　ヴェネト地方というのはたしかにそうですね。

陣内　小さな街が栄えているというのは、これはむかしからなんだけれども、ますますその傾向が強くなってきている。特に北イタリアはすごいですね。むかしから田園が豊かで、別荘、ヴィラがあったりして、小さな、ほんとに個性的な街がよく保存されながら活気もある。信じられないですね。企業もベネトンみたいに、そういうローカルなところから出てくるので経済力もあるわけです。まあ、イデオロギー的にはちょっと保守的な面はありますけれども。

須賀　だから私、ほんとうは好きになれない（笑）。

陣内　地方の小さな街だけど感覚はコスモポリタンで、たとえば企業なんかはイタリアという枠にとらわれないで、すぐＥＣのほかの国とやり合っちゃう。不思議な変な感じがあるんです。

須賀　私はイタリアで最初に着いたのはジェノワなんです。そのころはイタリアのイの字もわかっていないし、自分がイタリアに住みつくなんて思ってもいないから、夢を見ているみたいな顔をしてふうっと通り過ぎた。一年後にパリからペルージャに勉強に行って、いちばんびっくりしたのは、電車をほうぼうで乗りかえないといけないようなあんな山の上の街に、ブティックやなんかのすばらしいのがあってね。今考えたら、ニットで有名なルイザ・スパニョーリがそうだし、パスタのブイトーニの本社がペルージャなんですよね。そういうふうにイタリアを代表する一流の会社があんな地方にあって、銀器なんかのすばらしい店が街にあって、自分がいったいどういうところにきているのか、最初行ったときにはさっぱりわからなかった。
陣内　ぼくは一九七一年に学部を卒業して、その夏休みに……。
須賀　私の二十年後だわ（笑）。がっかりする。
陣内　ですから、ずいぶん遅くはじめてイタリアに行ったんですけれども、そのときにイタリアの中部を中心に中世都市みたいなところをまわったんです。ペルージャからグッビオまで。須賀先生より二十年後でも、日本の若者なんかはまだあまり行ってないし、特に田舎町には全然行かないという状況で、バスがどこから出るかもわからない。でも、そうやって何とかたどり着いた山奥の街がすばらしいんですよ。
須賀　私は五四年ですから、まだ小さい町へだれかのところを頼って行くときには、ひょっとしたらお米をもっていかなきゃいけないかと考えるような日本から出てきている人間でしょう。それでペルージャに行ったらほんとにきらきらしているし。
陣内　そういうのを見て、驚いちゃいましたね。
須賀　豊かというんでしょうか。貧しいというんでしょうか（笑）、私が下宿していたおうちでは、家でパンを一週間分こねて、それをこんな大きな板にのせて、女中さんが街の共同パン窯にもっていって焼くんです。
陣内　今でもイスラム圏に行くと残っていますね。
須賀　そして、りっぱな四階建の家なんだけれども、ガスがなくて、炭火の熾《おき》みたいなもの、朝、薪を入れて、それの残ったものでお料理をしている。アイロンも中に炭を入れてやっていました。一見、田舎ふうなのに、話していることなんかはかなり文化レベルが高くてびっくりしました。田舎だから遅れているという感じがぜんぜんなくて。

陣内　日本では東京のイメージが常に全国に流れていて、みんなまねをしますよね。原宿がまねされたかと思うと、そのあと一極集中で大きなビルを建てるのがブームになってまたそれを全国でまねする。東京のイメージがステレオタイプ化して、その時点、その時点で伝わっていく。だけど東京にはもっといろいろな顔がある。さまざまな人間がうごめいていて、さまざまな街があって、その総和として東京がある。それなのに、みんな同じパターンで東京をまねするのは困ったことですね。

須賀　フォルガリアという山村で夏をすごしたとき、私たちの家の向かいに住んでいた家族の息子が、パドヴァの大学の建築学部を卒業したんです。そこの家はほんとに貧乏で、子供たちはみな苦学してやっと大学を出てます。その彼が、今は村の建築を一手にひきうけてやっている。そんなに人口があるわけではない。おそらく一万人に足りないというような小さな村ですけど、そこから外に出ようとは絶対しないのね。

陣内　そこが不思議なのですが、若い人材を小さな町がひきつける。だから、またそこに文化が蓄積されていく。

須賀　しかも、そんな山の中の寒村でも、ここはこういう景色だからこういう建物は建てられないというのが、厳しく決まっているのです。

陣内　古いものを大切にするということでは、ヨーロッパの中でもイタリアがいちばん厳しくしたんです。チェントロ・ストリコということですね。
須賀　歴史的都心というのかしら。
陣内　そうですね。ヒストリカル・センター、これがイタリアでは存在しつづけている。目にも見えますが、むしろ心の中で、チェントロというのが合い言葉になっているんですね。

## 制約がうむ密度の高いデザイン

須賀　私が日本に帰ってきて三、四年たったころかな、オリベッティで翻訳の仕事をもらっていたころに、「a＋u」から、建築史家のタフーリのものを訳させてもらったことがあります。私はそのときはじめて記号学的な都市の読み方というものに接したんですが、これは大変だと、レヴィ＝ストロースから勉強しました。ところが、あの論文を訳したおかげで私は、あ、これだ、これだ、こういうふうに文学作品を読めばいいんだとわかって。ショックでした。
陣内　タフーリが来日したときに通訳をなさっていましたね。
須賀　前に翻訳したおかげで、タフーリがだいたいどういう人かわかっていたので、論旨にすらすらついて行けて。
陣内　ほんとうにすばらしいレクチャーとすばらしい通訳でした。ウィーンのお話が……。

須賀　そう、ウィーンのリンク・シュトラッセとニューヨークのセントラルパーク、都市の真ん中に緑の空間をもつことが都市にとってどんなに大切なことかという、あれはすばらしい講演でした。タフーリが神様みたいに見えました。イタリアの建築学部というのは、社会的政治的にずいぶん重要な発言をしてきましたね。

陣内　建築家の社会的な存在も全然ちがうし、建築はいちばん重要な文化の一つですから、そういうところに優秀な人材もくる。単に設計とかデザインとか計画だけではなくて、その背景にあるものがすごいんですよね。

須賀　ウルビーノで現代詩人のウンガレッティについての学会があって、一週間泊まったことがあるんです。大学都市なんですが、教育学部の建物は外から見るとルネサンスそのままの建物なのに、中は全部近代建築に変えてある。まずびっくりしたのは、建物の中の階段でした。坂道の街だから、道路から建物に入って講堂に行くのに階段を下りる、その階段がらせん形で、一つの段の幅がものすごく広いんです。一週間いましたが、最初の二日ぐらいは、日本から行った足で下りると歩幅が狭いものだから、下りにくいなと思っていたんです。三日目ぐらいになって慣れたら、こっちの歩幅も大きくなる。これは人間の歩く姿が美しくなるんじゃないか、すごいことだと思いました。

陣内　ちょこまかしないでね。

須賀　それで、とても感心してたら、それはウルビーノの街路のむかしからある階段のかたちをそのまま、建物の内部にもってきたんだという話をきいたんです。馬の歩幅につくってある階段なんですね。それがすばらしかったのと、講堂の椅子が、朝八時から夕方四時まで座ったきりなのに疲れなかった。その二つに私は、まいったと思いました。ウルビーノなんて、ミラノから行こうとしたら、途中でローカル線に乗りかえていかなければならないという辺鄙な場所なんですよ。

話は変わりますが、ヨーロッパの建築家は、ずいぶん日本の建築家をうらやましがりますでしょう。新しいものをどんどんつくれるから。

陣内　だけど、あまりにも簡単につくれすぎると、考えなくなりますよね。仕事をこなしていくので精一杯ということになります。今はちょっと事情が変わっていますけれども。そしてクリティシズムがなくなる。

須賀　そうですね。日本の自由詩と同じです。形式の規制が全然ない、韻をふまない、シラブルも定型をすべて捨てた。自由詩になってから日本の詩はとても貧しくなってしまった。それと同じですね。

陣内　ほんとうにそう思います。そこに固有の制約条件があるはずなんですよ。その中で考えて、最もいいものをつくる。ヴェネツィアなどでも、外側はあまり変更できないわけです。たとえば屋根裏部屋からちょっと窓を出すのだって、許可をとるのが大変なんです。

須賀　自由に住宅は建てられない。

陣内　街のはずれの近代ゾーンでないと建てられない。外はパブリックな性格をもっているから変更が難しい。だけど中は、建物の歴史的重要性に応じてなんだけれども相当自由なんです。だから、みんなその枠の中で考えてデザインするので、非常に密度の高いデザインが生まれるわけです。壊して更地にしてゼロから自由に建てるんだったら、すぐできてしまうわけですけど。

建築家的スピリットを維持していくうえでは、イタリア的なほうがいいんです。というのは、日本だと大企業的な大きいもののほうがいいということになって、ビルをぼーんと建てる。そうすると、建築産業になってしまうわけです。イタリアの場合は手作り的なもので、頭で考え、その現場で古い建物の中をクリエイティヴにつくり変えていく、まさにデザイン的行為なんですよ。家具から照明、インテリアから建築デザイン、アーバンデザイン、いろいろな次元を考えていって、総合的な空間をデザインするというのが、イタリア人の建築家にはありますよね。それは日本では非常に育ちにくいと思うんです。かつてはあったのだけれども、だんだん建設業界の規模が大きくなっていくとね。

**須賀**　日本もやっとこれだけお金があるようになって、新しいトレンドのものはつぎつぎとやってみたのだから、今度はそれ以前を掘り返してみるべきではないでしょうか。

陣内さんのご本を読んでいて、日本橋が被われて、上を高速道路が走っているというお話は、私もずっと前から考えていたんだけど、陣内さんの世代が日本の政治を動かす時代がきたら、もういちど蓋をあけて、高速道路はほかのところを走らせるというようなことをやらないといけないと思いますね。

ミラノでは、十九世紀の終わりごろに建てた何でもない建物でも、壊してはいけないんですよね。このあいだ行ってみたら、建物を通して向こう側の空が見えるようなのがいくつもあって、あれは何なのってきいたら、外を壊してはいけないから、中を全部とりはらって、中を新しくしているんだ。たいへんなお金がかかるのだけれども、街並みを壊さないためにああいうことをやっているといっていました。お金があるというのは、そういうことをするためなのでしょう。

**陣内**　日本では、やっかいなことをすぐ排斥しますね。単純で簡単にできることばかりやっていて、お金もそこにつぎこんでいる。やっかいなことを辛抱強く、技術をそこでまた発明しながらやっていく、そして集積していくというところに、お金をかければいいと思うんです。

二年前にヴェネツィアに長く滞在したときに、雑誌の取材でヴェネトの四都市を中心にだいぶ住宅を調べてまわったんです。いろいろな階層のもの、地理的にも、古いセンターにあるもの、郊外のもの、田園の中にぽつんとあるもの、タイプも、コンドミニアム、あるいは一九二〇年代の東京の同潤会アパートとよく似たものなど、これはヴィチェンツァにあるのですが。それをどこへ行っても、みんな大切に使っているんです。だから、不動産価値が落ちることはない。むしろ古い建物のほうが上がるんです。それは歴史的に十八世紀までのということではなくて、十九世紀でも二十世紀初めでも、ていねいに使いこんで設備を更新していって、価値が上がっていくわけです。今できる安普請のものよりも、ずっと価値が上がっていくわけです。日本は逆で、できたときが最高で、どんどん落ちていくでしょう。

須賀　あれはほんとうに不思議ですね。

陣内　だから物理的寿命ではなくて、日本では社会的寿命が決定的に重要なんです。設備がだんだん追いつかなくなるから壊してしまうんだけれども、これは努力すれば変えていけるわけですよね。結局、価値観、イメージなんですね。

須賀　日本の絵のマーケットと同じで、日本の中だけで変な日本の値段というのを作ってしまうわけでしょう。世界のどこへ行っても通用しないような日本独自の基準、私たちは知らない間にそれに毒されてしまっている。日本では家は二十年たったら古いんだといわれるけれども、そんなはずはない。私の主人の母が住んでいたのは鉄道員の家なんです。映画の『鉄道員』そのままの。質素な家で、私が最初に行ったころは大きなストーブが一戸にひとつで、家中をあたためていたのですが、それをセントラルヒーティングに直した。ひと夏、みんな頭がおかしくなりそうなくらいにガチャガチャやって、やっとセントラルヒーティングができて。ミラノで私の住んでいた家も築四十年でした。

街がつるんとなってきた

陣内　日本とヨーロッパ、イタリアとのちがいは、都市が拡大していくことがいいと信じている文化圏の日本、アジアはみんなそうなんだけれども、それと、ある程度の規模で抑えたほうがいいというのとのちがいです。この価値観の相違はかなり大きいと思いますね。

ライフスタイルにも全部はね返ってくるわけです。大きくしていく原理の働いている日本では、中心は効率のいいオフィスになって、人は住めなくなる。遠くから一時間以上かけて通う。都心で催し物、演劇などがあっても、なかなか見に行けない。人を家に呼ぶといっても、夜帰ることを考えるとだめだということになる。

**須賀**　私は阪神間で育ったんです。あのへんは住宅しかないでしょう。お芝居はない、映画はない。いわゆる下町もないし。考えようによっては、かなり淋しいところなのです。

**陣内**　ぼくは法政の建築で教えていて、新入生がどこからきているかというのは非常に興味があるんです。どのへんで育ったかによって、キャラクターがわかるところがあります。五年ぐらい前までは地方都市の個性的な町、東京では中心部、下町、山手線の内側からずいぶんきていたんです。ところが、今は首都圏の高度成長期にスプロールしたニュートラルなゾーン、自然をつぶしてできていったところが多い。これはぼくらの大学だけではなくて、ほかのところに聞いてもそうなんです。

だいたいそういうところは同時期につくられているものですから、お年寄りはあまりいないで、ジェネレーションが共通していますでしょう。すると、モノカルチャーになってしまうわけです。下町のように芝居を見に行くというような体験は、ほとんどの人がもっていない。そういう人に建築教育というのは非常に難しいんです。建築だけでなく、文学でも、そんなところでは文学的体験というのは難しいと思いますよ。

**須賀**　そうなんですよね。ペラペラというのか、キラキラというのか、人間が住むのではないようなところだと思うのね。

陣内　前に上海に行ったときに……。

須賀　あなたはいったい、どこに行かなかったの？（笑）

陣内　アルプスの北は、あまり行ってないんです（笑）。

須賀　あ、それは私もです。

陣内　だいたい緯度が同じところに行っているんです。上海に行って、向こうに留学していた日本の若い人たちと食事をしたときに、おもしろいことを教えてもらったんです。上海には、「郊外に一軒家をもつよりは都心にベッドを一つもつほうがいい」というフィーリングがあるんです。上海の都心というのはほんとうに魅力的なんです。

須賀　それは私より十五歳ぐらい年長の叔父たちからずいぶん聞かされました。

陣内　フランス、イギリスの建設したおしゃれな建物がいっぱいありますし、中国人が住んでいた一九二〇年代、三〇年代の集合住宅、アパートもなかなかいいんです。経済力がなかったからということもありますけれども、そういうものがよく残っているんです。つくられたとき以上に高密に住んでいて、環境が悪くなっているところもあるんだけれども、家の中はともかく、街がすごく刺激がある。揚子江から入っていく川があって、船でアプローチしていたわけです。そこの正面に公園、プロムナードがあって、汽笛が聞こえるんですが、その向こうにアールデコの時代の中高層の建物がずらっと並んでいて、ほんとうにすばらしい。街は活気にあふれていて刺激がある。だから、郊外に住んだのでは……。

同じアジアでも、東京が空洞化しているのに対して、これだけちがう。
須賀　上海というのは、かなり特別なのではないかとも思うけど。
陣内　中国独特のものとヨーロッパのものがミックスした不思議なハイカラさがあるんですね。
　東京でも、日本橋にずっと住んでいたというお年寄りに話を聞くと、子供のころから青年時代にかけて、毎日身のまわりで縁日、催し物があって、ほんとうに刺激的で楽しかったといいますね。
須賀　最近は、つるんとなってしまったわね。
陣内　今、情報雑誌がいっぱいできて、各企業のショールームや小さなミュージアム、シンポジウム会場、いろいろな施設ができていて、たしかに催し物の数は増えていると思うんです。ただ、それはある種の情報みたいな……。
須賀　一時、下北沢がわっさわっさしていたころがあったでしょう。ああいう感じがなくなったわね。今行っても、なんかつるんとしているでしょう。七〇年代の下北沢というのは生きていた。それが、今行ってみるとほんとにつまらない。同じラーメン屋でも、もう精神的に落ちぶれたわね。
陣内　阿佐ヶ谷も昔は演劇青年とか左翼の人たちが集まるところだったんだけれども、そういう人たちが一日中たむろしていたのでは、お店を経営する論理からいえば全然採算に合わないので、なくなっていってしまうんです。

須賀　今の若い人たちは、お金がないと遊べないんじゃないかしら。だから、うちの学生なんか、お金をつくることばっかり考えていて、先生、アルバイトですといって、さっさと帰ってしまう（笑）。

陣内　彼らは忙しそうですよ。

須賀　おたくでもそうですか。

陣内　特に工学部の建築というと、設計の課題などがあって忙しい。それでも、遊び上手だから遊ぶ。遊ぶための軍資金はアルバイト。忙しそうですよ。余白、空白がない生活だから、自分のことを考える余裕がない。

須賀　むかしは夜中に友だちの家まで送っていって、また送らせて帰ったりなんていうことをやっていたわけでしょう。今はそういうことはやらないのね。ああいうときに、私たちは果てしなくいっぱい話をしていたのが、あの人たちは心配もしないで、銭さえあれば大丈夫というような顔をしているから、悲しくなっちゃうわね（笑）。

陣内　その中で、ちょっとおかしいんじゃないかと気がついている若者もいるんです。そうすると、妙にぼくらの世代と気が合って（笑）、向こうもようやく気が合う仲間を見つけたという感じで、喜んでしゃべってくるんです。

須賀　二十年ごとなのかしら。私もわりとあなたたちの世代と合うのは、学生時代に何もなくて、日本はいったいどうなるんだろうという話ばっかりしていたからかもしれない。それで私はイタリアにしけこんじゃったという感じで、あそこにはまっていたわけでしょう。それから日本に帰ってきて、慶應にしばらく勤めていたんですけれども、学生がみんなブルージーンズをはいている。日本も変わったんだ、女の子が大学にブルージーンズで来るようになった、よしと思ったら、みんなブルージーンズをはいてだんな探しをしているということがわかった（笑）。あのころヨーロッパでは、ブルージーンズをはくということは、体制に対する批判だったわけよね。それでがっかりしちゃって……。
陣内　日本にもそういう時期があったんですが、帰っていらっしゃるのがちょっと遅かったんですよ。ぼくも仲間の中では初めてブルージーンズをはいたんです。
日本の場合は、学生や若者が問題提起したり騒いだりしたんですけれども、社会全体がまじめに考えるという方向に行かなかったから、どどっと高度情報化社会になってしまった。人間が考えてつくっていくとか抑制力になるということなしに、テクノロジーと消費ばかりが進んだでしょう。抑えるものがないんですよね。みんなテクノロジーの発達には興味がありますからね。特に若い人はそうですね。それによって意識も変わり、生活スタイルも変わる。というか、人間関係がいちばん変わりますよね。恐ろしいぐらいに変わる。
須賀　ピコピコってパソコン・ゲームなんかとつきあっているだけですからね。
陣内　七〇年代というのは、ちょっとわかりにくい時代で、不透明で、もやもやしていた。だけど、その中ではいい方向にも行ったんですね。たとえば街の歴史を振り返るとか、生活のクオリティを考えようとか、アメニティとか、いろいろなことを考えた。だけどもう一方では、次の経済的な時代が来ていて、その準備をしていた時代なんです。そして八〇年代のある段階から、金融投資とか情報化投資とか、わあっと一気に行ってしまって。人間の側から抑えるファクターがないんですね。

イタリアでは人間ががんとあるから、テクノロジーといっても、それは自分のほうが使うものであると考える。イタリア人もコンピュータは大好きですよね。だけど、人間が使うのであって、使われるというのではない。

**須賀**　私は、日本のようなかたちが東南アジアやアフリカにぱあっと広がっていくのではないかとすごく心配なんです。

**陣内**　奇妙な感じがするのは、モロッコとかシリアというイスラム圏もおもしろいものですから行くんですが、バザールの小さな店でピコピコやっているんですよ。普通はステップを踏んでそこまで行くんですね。日本もこんなに速かったけれども、一応ステップを踏んで徐々にきた。それが、急に前近代からポスト・モダンのものがぽんと入っていって、人間はどうなるんだろうか。たくましいから、こなしていくでしょうけどね。

**須賀**　いつか『ジョルダーノ・ブルーノ』という映画があったんだけれども、ごらんにならなかった?

**陣内**　見ておりません。

**須賀**　イタリア文化会館でやったんです。ジョルダーノ・ブルーノは十六世紀に、いわゆる「自然科学」の基礎のところを考えていたために、教会当局に弾劾されて死んだ人です。ヴェネツィアにずっと避難していて、それがついに捕まってローマで処刑されるまでの話なのです。自然科学というものはこういうふうに変わっていくにちがいないといった人なのですが、最後に処刑されるわけです。
　私がその映画を見てものすごく感激したのは、ヨーロッパでものの考え方というのは、そういう犠牲者を出しながらずっと進んできたわけでしょう。その進んできたある時点のところを、日本はひょいとスープの上澄みをとるみたいにして、新幹線を走らせてしまうわけですよね。その間に死んだ人がいるなんて、だれも考えない。そこをとばしていいのかなという気がするんです。そのへんは学校でもっとちゃんと教えなければいけない。小学校から、成功したことばかり教えるでしょう。
**陣内**　たとえば自由が獲得された背景にはいろいろな犠牲がある。その上に成り立って、われわれが享受しているものがあるのに、結果だけぽんととりますからね。
　近い過去のことも、学生は何も知らないんです。びっくりしてしまうんですけど、七〇年前後の一連のことも何も知らないんですよ。
**須賀**　だけど、あれも教えるべきですよ。
**陣内**　教えるべきなんです。だから、ぼくはできるだけ話すようにしているんです。日本の社会がこういうふうに一見繁栄し、あまり深刻な社会問題もないように見えるここまできている。だけど、そこに至ったプロセスをほんとうに知らないんですよね。ちがう世代の年上の人、じいさん、ばあさん、両親ともあまりしゃべらないと思うので、肉体化したところから伝わるチャンスがないんですよ。縦のつながりがない。

須賀　それは私が日本に帰ってきたとき、すごく感じました。横のつながりばっかりで、同年代だけでペチャクチャしゃべっている。

陣内　都市空間自体がだんだんそうなってきて、ここは若い人だけ、ここは年寄りだけ、ここは住宅地だけという感じでしょう。ちがうものを組み合わせて同居させるということが、アジアや日本には本来ずいぶんあったと思うんだけれども、だんだん純化されてきて、同じものでないとやっかい、煩わしいということになる。

須賀　だから、病人は病院にとじこめる、これはだめなのね。

陣内　そうなると、伝達されるということがなくなってくる。あるいはちがう発想で考えるというきっかけがなかなかないので、みんな同じような思考体系、消費行動になりますね。卒業論文のテーマを選ぶのに、今の若い人はみんな困るんですよね。イタリアに建築の勉強をしに留学するのも、テーマがなかなか見つからないみたいで、悩んでいるんです。

須賀　先生、論文を書きたいんだけど、何にしましょうと聞きにきます。好きなものはないのときいても、ないですというのね。私なんか、一生、好きなもののためにぐれちゃった人間だから、好きなものがないなんていうのは、ほんとにびっくり仰天です。

陣内　でも、彼らの立場に自分を置いて考えてみたら、そうなのかなと納得してしまう面もありますね。

# わが内なるヨーロッパ

対談者　池澤夏樹

池澤　『ミラノ 霧の風景』でぼくたちはみんな須賀さんの熱心なファンになり、次を待っていた。その一方で、あれがあんまりいい話ばかりだったので、もうタネがないのではないか（笑）、一番いい材料は全部使ってしまったのではと不安に思いながら、今度お書きになった『コルシア書店の仲間たち』を手にとりました。ところが、まだまだこの先何十冊分かありそうだという、うれしい誤算とともに読み終わりました。

なぜぼくたちはこれを読んでいてこんなに幸福感を味わえるんだろうか。本というのはいろんなものを与えてくれるし、その中には知識とか興奮とかいろいろあるんですが、この本の場合、一行ずつ読んでいくことがそのままある幸福な雰囲気の中に身をひたすことになる。その幸福感は何なんだろうと、あまり分析的にならないよう、読みながら考えてみたんです。

まず、これは一つ残らず人との出会いの話である。食べ物の話もあるしストリートの話も劇場の話もあるけれども、それら全部が知り合っただれかを介して思い出される。だから結局は人を語っている。しかも、これがヨーロッパ的だと思うんですけれども、人が大変に人らしい。ひとりひとり、人格の深さが何段階もあって、つき合ううちにだんだん奥へ入って親しくなる。それはぼくも少し知っているヨーロッパの特に知識人たちの奥行きの深さだと思います。

一人の人と知り合った時、まず最初に知識人であるか、あるいは実業家か貴族かというような大ざっぱな分け方がある。その上で、そのカテゴリーの中でどれだけはずれた人であるかという具体的な顔が見えてくる。

それから、それら知人たちに関するエピソードが実にうまく書かれている。過去の整理の仕方、切り取り方、文章としての提出の仕方、つくづく見事なもので、読者はまるで自分もタイムマシンでその場に行って、あちらこちらでいろんな人に会って話している須賀さんを肩ごしに見ているような、そういう安心感と楽しさがありました。

その上で、これは本当の話だろうか、ちょっと話がうますぎるというものもある。具体的に言いますと、たとえば「家族」という章。ニコレッタのドイツ人のご主人の顔がヒットラーに似ていて、左翼系の人が集まるコルシア書店の中ではみんなが「ちょっとあれはまずいよ」と。これは本当かなあ、と思ったんです（笑）。つまり、一つ一つを短篇小説として読めば読めてしまう。ぼくが一番短篇らしくてうまいと思ったのは「小さい妹」。七十近くになって再婚したお父さんに子供ができる。その何十歳も年の離れた妹を、困惑しつつも非常にかわいがる男の話ですね。もしフィクションとして提出されても、そう受け取って、楽しめるだろうと思います。

須賀さんは過去を切り取って整理して、一つのまとまった文章にするときに、決してうそを書いているのではないけれども、見事な調理の仕方をしていらっしゃる。

それではフィクションとは何かということが気になります。最終的に読み手が受け取る感動の質が同じならば、フィクションとノン・フィクションの区別はないかもしれない。しかし、他人の話をインタビューで聞いて普通に書かれるノン・フィクションの本はこんな密度になりようがないんです。須賀さんがイタリアに滞在していらした期間のあれだけ濃密な生活全体から得たその素材の量は、インタビューぐらいで聞いてその気になって書いたノン・フィクションとは全然違う。

フィクションならそれをまねることができるのかもしれない。ぼくは作家ですから、ノン・フィクションのすごいのを読むとくやしくてね（笑）。つまり、本当ならこれは小説家のやるはずのことではないか。というふうなことを交えて、さまざまな感想を持ったわけです。まだまだこういう話を書くんですか？

須賀　さあ、わかりません。私は書きながら、もうこれで終わりだ、終わりだと思っていました。書き終わったときは、もうこれで一生、ミラノの人たちのことを書くまいと。それでいて、イタリア映画などを見ると、そうそうこういう人もいたな、とまた思い出し始める。

ミラノの生活の中でつき合いが一番深かったのはコルシア書店の人たちで、彼らについてはほとんど書き終わったように思います。

私はあの人たちとたしかに密度の濃いつき合い方をしたわけですけれども、そのときはそう意識していなかった。うっかり十三年もいましたが、日本に帰って時間がたったから密度が濃くなったということがあるのではないかとも思います。また時間がたったことで距離を持てたということ。すぐ後に書いたとしたら、自分がその中におぼれてしまう。

池澤　自分の体験を文章にするのはなかなかむずかしいことで、ぼくは自分自身のことはほとんど書けないんです。

須賀　うしろめたい気持ちはありますね。

池澤　自分の中で確定されていない過去を、書くことで一つに固めてしまうのは恐ろしいという気がします。その点で、須賀さんのはあまりにうまくできている。

須賀　私も私自身のことをそのまま書くのは好きでないし、自分の友人について書くのも少々うしろめたい。時間的にも距離的にも遠いという二つの理由が私を油断させたと思います。油断して書いたのが、案外自由に書けたということになったのかもしれません。

「今日の会話はうまくできた」

池澤　もう一つ、大変に楽しかったのは、コルシア書店という、単なるサロンというと緩すぎるし結社というほどきつくはない、そういう知的交流の場、それからそこに集まる人たちの様子。

ヨーロッパの知識人は、日本の知識人とまるで違う。実に融通無碍に互いに話し合うし、党派をつくっても固まらないし、ともかく議論をする。それが議論のための議論であれ、その中から確かに何かが生まれてくる。そういう場で人柄が提示できる。社会に対してすねてない。

彼らの話しぶり、出会い方、けんかの仕方と和解の仕方。ぼくがアテネ滞在の三年でわずかに垣間見たものが、『コルシア書店の仲間たち』には大変に詳しく生き生きと書いてある。

須賀　ヨーロッパでは知識人がいばってますね。労働者がいばっているのと同じように知識人もいばっている。ブルジョワもいばっていて、みんながいばり合ってる。ひとりひとりが自分の店を張っているという感じで。

ですから、たとえば新聞記者が私に何か質問するときでも、こちらがうんといばってものを言わないと、あっという間に小さな箱に入れられて日本人形にされてしまう。ですから、おそらくイタリアにいるときの私と、日本にいるときの私とは違う人じゃないかと思って少し怖いことがあります。

池澤　ちょっといばってみていただけませんか（笑）。

須賀　あのね、日本語だといばれないいんです。

池澤　それは言葉そのものの機能かもしれないですね。ヨーロッパ人は議論のときまず「ノー」と言ってしまう、それから理由を考えたりするでしょう。

須賀　そうですね。侵食されないようにと考えてないと、うっかりしていると、向こうの日本人に対するイメージを押しつけてきますから。それをはね返し、押し返し。
池澤　そういう体験はぼくにもあります。ぼくが日本についての説明をしても、「いや、そんなはずはない」と（笑）。
須賀　そうなんです。だからある意味でうるさい人たちだし、最終までこちらの考えていることを言い通さないと話が前にいかない。すべてがお互いの行き過ぎを指摘しながら修正し合っていって、それで仕事ができていくという感じですから。
　イタリア語は自分にとって、その国で覚えた言葉なので、よけい、私はイタリアに入ったときには人格が変わるのかもしれません。たとえば、日本人とイタリア人が交渉するときに通訳などで両者のあいだに入ると、たいへんなことになります。日本の人から、「きみは祖国を裏切るのじゃないか」と言われたりして。
池澤　両者のあいだに余りに距離があるので橋を架けると、両方から、相手側についているように見えてしまう。
須賀　イタリア人にとっては、どっちについてるなんていうのはそんなに問題じゃないんですけれども、日本の人には非常に大きな問題ですから。イタリア人は、どちらが、どれだけより論理的に話せるかと、まるでゲームみたいな感じで話を進めますね。
池澤　ご本の中で、どなたかの家に呼ばれて、いろんな話をして、帰り道で「きょうの会話はなかなかうまくできた」という場面がありましたね。あの話術なんですね。

須賀　そうですね。ですから話のうまい人がいる日といない日ではずいぶん違って。あの人は正直すぎて自分をなまでぶつけてくるからダメだとか。

## ミラノ人がミラノ人でいられた時期

池澤　イタリアにいらっしゃったときはお幾つでしたか？
須賀　最初にフランスから行ったときは二十四でしたかしら。二度めのときはもう二十八。初めローマに二年いました。それからミラノに行ったんです。
　ローマにいたときは女子学生寮に泊まっていたものですから、いまから考えると何もわかってなかった。けんかなんかはでにやりましたけど。結局、経済的な苦しみをわかち合わないと本当にその国はわからないんだなと思います。ですからローマの学生時代の思い出なんて、本当に三ページ書いたら終わるかもしれません。人間としての交渉がなかったからだと思います。
池澤　でも、それは準備期間であった。
須賀　そうですね。言葉の点でもそうだし。
池澤　あれだけ人とのおつき合いをするための語学力は相当なものであろうと、とても感心したんですが。
　それに、あのころはイタリアはいい時期だったんでしょうね。
須賀　戦後二度めに経済が繁栄したかなりいい時期で、政治も安定していました。ミラノでも非常に安心してみんながミラノ人でいられたときだったと思うんです。現在のイタリアは政治的にひどくもめています。

たとえば、最近レーガ・ロンバルダという政党ができまして、それがかなり右翼で、北だけで独立しようという運動なんです。そんな連中が騒いでいて、ローマ人以下南の人たちがみな北イタリアに対して腹を立てているというような、不幸な政治状態です。

こういうふうにものごとがうまく進まなくなってみると、ミラノというのは、外から見るとあんなにゲルマン的な町だったのかなと思います。

池澤　ロンバルディアはゲルマン系だという説がご本にも出てましたね。

須賀　ええ。イタリアの中で一番ものごとを長く続けて考える人たちで、何ごとにも地道です。その反対もありますが。ミラノ人は成金趣味だというふうにも言われますから。イタリアの古い文化に対する一つのアンチテーゼみたいなところがあるんです。

池澤　なるほどね。

須賀　東京と関西の関係にどこか似ている。ミラノ人は働けば働くほど南の政治家たちにお金を持っていかれるという被害意識を持っているわけです。

池澤　海外で暮らすとき、それがその国のどういう時期だったか、これはなかなか大事です。こちらにいると、どこそこに行って何年過ごしてきたというだけでしかとらえないけれども。

ぼくはギリシアに三年ほどいたんですけれども、ちょうど軍事政権が倒れて、その後、最終的に社会主義政権になるんですが、その間の保守中道の時代、いまから思えばずいぶんいい時期でした。おととし久し振りに行ってみたら、ずいぶん荒れてしまっていた。それこそ歩道の補修もちゃんとやってなくて歩きにくい、自動車のラッシュはいよいよひどくなっているし。政治というのは確かに国を変えるものだなと思いました。
須賀　私のいたころは、夜中にひとりで電車を待っていることができた時代です。イタリア人は、女の人が一人で夜中に電車を待ってるという光景が嫌いだから、必ずだれかが送ってくれますが、以前は実際には絶対大丈夫だったんです。何も起こらなかった。それが今は「とんでもない」という感じで、タクシーに乗っても、家の扉をこちらが開けるまで運転手が見ていてくれる。
池澤　それだけ長い、人生の相当部分を自分の生まれた国の外で過ごされる。長くなったのは結果にせよ、どこかで覚悟はされたと思うんです。それは須賀さんの人生にとってというと大げさだけれども、どういうことでしたか？　もともと日本から外へ出たいとお思いになりました？
須賀　思いました。非常に浅はかな思い方ですが、日本にいてはどうにもならないという感じ。
　戦争が終わったときにワーッとアメリカなりヨーロッパが入ってきた。私はカトリックの学校でしたから、向こうからシスターとかそういう人が大勢来る。来たばかりのときはすごい新鮮なヨーロッパ人なわけです。「ああ、これがヨーロッパか」と思っていると、何カ月かたつうちにだんだんヨーロッパらしさが薄れていく。これはどうしたことだろうと思って、どうしてもなまのヨーロッパ人、なまのヨーロッパというものは私たちが見たり、読んでいるものと違うんじゃないかと思って、自分の求めているものを得るためにはヨーロッパに行かないと覆いがはずれないという気持ちがありました。行きたいという気持ちがあまりに強くて、行くことによって人生がどういうふうになるかとは浅はかにも考えなかったわけです。

池澤　でも、それはそうだと思うんです。だれでも自分の人生を設計することはできないので。目先のものを追っていって、気がつけばそういうことに。

須賀　ええ、そんなことになっている。

池澤　気がついて振り向かれた視線の先にあったものがあんまりきれいで整っているから、こういうことを思い出してお書きになられるというのは、よく出来た人生であるな、と。読むほうはそういう感慨もあるんです。

須賀　実際は決してそんなにまとまってなかったし、試行錯誤の連続でした。

一時、日本文学をイタリア語に翻訳することで、こういう仕事が自分にはあったのかなとも思いましたが、それだけでは自分のすべてが表現されているとは考えられなかった。イタリア語でものを書くということもずっと考えていたわけですけれども、その最中に主人が死ぬということがあったものですから、そのことでかなりいろんなものが中断したんです。イタリアにおそらく一生住むだろうと思って、そのための準備もしていたのですが、それがうまくいかなくて挫折したという感じでした。

でも、一生住むつもりだったから、書店の友人たちとも非常に深いつき合いがあったと思います。その人たちと一緒に生きていくんだという気持ちでしたから。けんかをするときも、どこか「あさってもあるんだ」という感じでやっていたと思います。

池澤　翻訳ではなくてイタリア語をつかって何か書かれるというのはどのくらい困難でしょうか。

須賀　それがまた浅はかにも、私はむずかしいとも何とも思わないで実は書き始めたんです。結局、作品はどこにも発表しないで終わったわけですけれども、何篇か書いて、友達に読んでもらって、これなら充分いけるから何点か集まったら、という話をしていて。短篇のフィクションでした。それでやり続けたんだけれども、そのうちに……、一番の理由は経済的なものだったと思います。あそこにいると結局積み重ねの仕事がないわけで、いまになって、たとえばイタリアの大学から、「どうしてあのとき日本に帰っちゃったの、あのままうちで教えてくれたらよかったのに」なんて言われるんですけれども。そのころは、日本はイタリア知識人にとってある種の敵だったわけですね、ベトナム戦争でアメリカに加担しているというようなことで。どうにかして仕事を見つけなければというときに、ちょうど日本に帰ってこないかと言ってくれた人がいたので。

だけれど、日本語をあれほど忘れてるとは思わなかったので、ひょいひょいと帰ってきてしまって、帰ったとたんに日常の日本語の感触がすべてないことに気づきました。本を読むとか手紙を書くとかは、もとのままだったんですけれども、たとえば赤ん坊を見ると、やっぱりイタリア語であやしてしまう（笑）。私は子供が一番日本で苦手だった。何をどう言ってやれば喜ぶのかわからないし。子供は敏感です。いくら化けていても、それをちゃんと感じてる。それから犬とか猫とかの反応が違うんですね（笑）。

## ヨーロッパという地の安心感、解放感

池澤　ぼくの場合、ヨーロッパに行って、なんであんなに解放感があって楽しかったんだろうと後になってよく考えました。一つには、ぼくはそれほどの決意はなくて、しばらく遊びにいったのがただずるずると長引き、最初は一年かなと思って行ったのが三年になっただけで、お客さまの気楽さというのはあったでしょうね。その国のすべてに対して責任をとらないでいい。納税もしてなかったし、選挙権もない。ただそこに住んで、たとえば選挙のときの大騒ぎを見ながら「やれやれ、元気な人たちだ」と思って、それで済んでたわけです。またそれ以上に、ギリシアとイタリアがどのくらい違うかよくわからないんですが、まずヨーロッパという土地の安心感。まず、人がみな大人だと思うんだな。大人がしっかり要所要所にいる。
須賀　そうですね。
池澤　ここ何十年かは日本は特にひどくて、文化全体を子供のほうにシフトして、その利ざやを大人たちがかすめとってる気がする。ぼくが行ったのは七五年から七八年ですが、

あの時期でも、社会そのものの安定感というんですか、あれは気持ちのいいものでした。
**須賀**　まあ、イタリア社会には安定感というのはめったにないんですけれども（笑）。私は地理的な開放感というのがあると思う。全部大陸でつながっていて、何かがあったら、歩けばどこかに着くというのがとても大きな開放感ですね。ですから、政治的に反対したければ、自分がその国が政治的、文化的にいやになれば、よそへ逃げられるということ。何かそこから大きな自由が出てくるような気がして。
　その意味では、ヨーロッパで日本人に似ているのは、アイルランド人とか、イギリス人とか、島の人ですね。ギリシアはどうですか？
**池澤**　ギリシアもつながっている、つまり国境線というものがあるんだということは、たとえばユーゴとの関係でぼくはずいぶん感じました。戦争直後の戦闘的な左翼、連合国でなくてソ連側についた人たちが戦って負けるとユーゴに逃げていく。だから、ギリシア系のユーゴ人というのがいまでもいるわけです。そういうことができるんだなと思いました。
　ミラン・クンデラの『存在の耐えられない軽さ』の中で、プラハの騒動のとき、主人公たちはスイスに逃げるんですね。ちょっと気になって測ってみたら、たった五〇〇キロですね。東京—大阪でしょう。オーストリアに入ってそれからスイスかな、地続きというのはやっぱり人が動く理由でもあるし、混ざりつつその中で自分を維持しようと少し身構える理由でもあるし、開放感でもある。
**須賀**　ミラノなんか、一番近い国境まで五〇キロですからね。土曜日に私たちはよくスイスに安いガソリンを買いに行きました。ほとんど空になっている車でミラノを出て、最後の国境の坂のところを転がり落とす（笑）。「もうダメだ」とか言いながらオイルメーターに赤いサインがともっているのを転がり落として、「いやあ、よかった、今度も着いた」なんて。

## 文章に直角に立つセンテンス

**須賀**　ものの考え方を言葉の視点で言うと、ヨーロッパでは一つのセンテンスが独立しているという感じが強い。その独立したセンテンスをまとめて文章にしていく。そういったセンテンスの持つロジックの開放感がすごくあるんじゃないでしょうか。向こうの人と話をしていると、センテンスの簡単さがとても楽に感じられる。うまく言えないですけれども。

**池澤**　確かに言語として明確なんです。そして、文章の流れに対してセンテンスが直角に立っているんです。

**須賀**　なるほど、いい表現ですね。

**池澤**　一つのことをセンテンスの頭からピリオドまで言うと、その内容はそっくり向こうに伝わる。一つ一つをきちんとパッケージして出しているみたいな気がしますでしょう。あれは言葉の力というものだと思います。

**須賀**　すごいですよね。そのかわり、ふと口にした言葉が思いがけない重さを持って相手にとられる危険もあるわけです。その危険を承知の上で、ものを一つ言うのにも責任があるということが、日本語の中での責任のとり方とは違うんじゃないかという気がします。

その点、私は日本の社会は楽だと思う。いっぱい逃げ場をつくったセンテンスを言うわけですよね。その逃げ場をおたがいに鑑賞しながら、お互いに「そうだ、そうだ」と思うことで一つの雰囲気をつくり、その中で会話が成り立っている。

若いときはそれから逃れるのに必死で。あれは悪だと思ってました。いまは、それもずいぶんおもしろいことではないかと思えるようにはなりましたが。

池澤　国会答弁なんかを見てると、ぼくはまだ悪だと思いますよ（笑）。

須賀　あれは困りますね。でも、国会答弁はイタリアでもすごいのをやってます。

いま、大統領が決まらなくて大変なんです。与党から出した候補を、急に与党がその人をいやになったわけです。そのあたりの様子をテレビで見てますと、こんなばかげたことが世の中にあるだろうか、という。

池澤　埼玉の知事選（笑）。まあ、政治家というのはどこの国でもその国民とは全然違う人種なのかもしれない。

須賀　だからいまイタリア人はみんな絶望してますよ。大統領になり手がないというのもおかしな国です。

池澤　地中海的性格というのかな、それはあるんだろうと思う。実はぼくはイタリアには行ったことがないんですが。

須賀　えっ、そうですか。

池澤　あの頃は、アテネから国外に出るというと、エジプトかトルコに行くか、マルタか、スペインか。つまりりっぱな国は後回しにして、なるべくそうでないところを見て回ろうと思って、あとはひたすらギリシアの田舎に行ってました。イタリアは知らないんですが、スペインなんかを見て回っても、地中海的と言えるものがあるような気がしました。

　ギリシアの国立劇場がギリシアの古典劇をやる。それは全くのギリシア劇なんです。ところが、冬になると、観光客向けの古典劇をやめてたとえばロルカをやる。そうすると、夏はちっとも上手だとは思えなかったんだけれども、ロルカはうまい。実に生き生きとやっている。つまりギリシア人にとっては、古代のギリシア人よりも現代のスペイン人のほうが近いんじゃないかという印象を持ちました。そしてそれをずいぶん楽しんで見ました。

須賀　それはあるでしょうね。イタリアでも、たとえばギリシアの古典劇をイタリア語でやるわけですけれども、これは夏の催しものという感じで、彼らがまじめになるときは冬。一方ではオペラをやって、もう一方ではヨーロッパ演劇ですね。ゴルドーニなど、方言の多い演劇はヴェネツィアとかナポリを中心にやっていて、ヨーロッパのもの、たとえばストリンドベリとかブレヒトなどをミラノでストレラーらの演出でピッコロ・テアトロ劇場がやっていました。

　その反面、モリエールなんかはほとんどしません。フランスとイタリアというのはお互いに微妙にいやがっている。フランスは何となくイタリアを軽蔑してるし、イタリアは軽蔑されることを怒ってるし、すねてるんです。

池澤　よくけんかをしますね、ワインの輸入の問題とか。

須賀　フランスの人の悪口を言ってれば、イタリア人はすべてご機嫌がいい。ドイツの悪口もそれはもう日常茶飯事。ことにミラノはドイツ的なくせにドイツがすごく嫌いですから。

池澤　日本と朝鮮半島の二カ国もそうかもしれない。少し似ていて違うとか、経済の発達する段階が違うと。

ギリシアのバス、イタリアのバス

須賀　山岳人間と平地人間ということで言うと、イタリア全体もそうですが、ローマのあたりにアペニン山脈のほうから来た人たちがいます。中部イタリアでは、山の人間はだいたい軽蔑される。もともと平地の人間は山の人間を羊飼いに雇ったわけです。山の人間は貧しいけれども頭がいいと言うんですね。靴の大きい人は頭がいいということわざがあって、それは、足のことではなくて山靴のことなんですね。ミラノの辺では、アルプス人間と平地人間というように分ける。山の人間は清潔だし思索的かもしれない。ミラノのあたりの、ポー川の平野の人間はいわばつまんない人たちですけれども、よく働く人たちで。

池澤　日本人みたいですね、つまんないけれどもよく働くって（笑）。

須賀　そして金持ちなんですね。荷車の袋から麦がこぼれると、荷車の通ったあとはすぐ畑になるというぐらい土地が豊沃なんです。それをその人たちは耕しに耕して何百年やってきたわけですから。

山の人たちはかなりな悪条件と戦いながらやってきて、そのかわり山の、たとえば肉はおいしいとか。野菜も山のほうがおいしいです。ワインも丘陵。

池澤　そういうことを行ったばかりのときは知らないわけですね。知らない土地について生活の知恵を一つ一つ身につけていくって、あれは楽しいものですね。土地の生活のマニュアルが身についていく。最初ぼくはバスの乗り方ひとつ覚えただけでもずいぶんうれしかった。ギリシアのバスって複雑で、同じ行き先のはずなのに違うルートを通ったりするんですよ。その違いが行き先表示のどこに書いてあるのかというのがなかなかわからなくてね。

須賀　日本人のある友人が、日曜日の集まりにずいぶん遅れてくるから、「どうしたの？」と聞いたら、バスのお客が二人しかいなくて、そのころはまだ運転手と車掌が乗ってたんですけれども、途中で停まってコーヒーを飲むことにしたというんですね（笑）。バスを乗りこなすのが、もっとも難しいですね。どこへ行っちゃうかわからないときもありますが。

池澤　バスに年寄りとか妊娠している女性が乗ってくると、客はサッと席を譲ろうとする。これは普段はだらしないギリシア人にしては、本当に感心するほど早いんです。車掌も「だれか席を譲ってください」と命令的に言いたいんだけど、乗客はめったに隙を与えない。それは見事なものでした。
須賀　イタリアでも五〇年代、それから六〇年代の初めはそうでした。いまはもう我勝ちです。
池澤　だから十年遅れてギリシアもそうなるでしょう。
須賀　そうかしら、ダメになるかしら。
池澤　まずワンマンバスになってしまったから。車掌さんには権威があったんですがね。
それからもう一つ、乗ったところで車掌にお金を払って切符を買うんですけれども、大きな札を出すと、いま車庫から出てきたばかりでおつりがないから待ってくれと言う。次々にお客が乗ってきて小銭がたまったところで、おつりを用意しますが、そのときにはもう満員で身動きがとれない。すると車掌は「これ、前の人の分」と言ってだれかに渡す。そのお金が手から手に渡って必ず本人のところに来るんです。
須賀　すごい、それはギリシア人、偉い。イタリアでそんなことしたら、絶対途中でなくなりますよ（笑）。いま、お客は後ろから入って、切符は外で買い、乗ったところでガチャンという機械でスタンプを押すんだけれども、そのガチャンとやるのは外国人ばかりで、イタリア人はほとんどただ乗りしてるんです。

## 自分の言葉を求めてイタリアへ

池澤　ぼくは海外で暮らすことの楽しいところだけをちょっと味わって、本気でどうしようかというところでしっぽを巻いて帰ってきてしまったから、少しずるかったと思うんです。須賀さんと自分の場合とを比べて、向こうの社会への溶け込み方がまるで違うのは、一つは時間の違い、行ったときの決意というか意気込みの違い。それから、須賀さんは向こうで結婚なさった。ぼくは家族連れだった。それもずいぶん違うでしょうね。

須賀　ことに女が外国人の場合は、そうかもしれない。私が日本人で彼がその土地の人であったということが大きいと思います。夫が日本人で妻がイタリア人の場合は、奥さんが日本化する。もちろん、このごろ若い人たちの間ではその反対もありますけれども。

池澤　それでも『コルシア書店の仲間たち』にあるような雰囲気というのかな、インテリたちが集まって、ワインがあって、議論をして、「このあいだあいつが出した詩集はちょっとダメだ」とかそういう話をしている。ああいう雰囲気は同じで、こちらも少し身に覚えがあって、なかなかなつかしい感じでした。つまり、もっとあっちにいれば、まさか自分でギリシア語の詩集を出したとは思いませんが、何か書いていたかもしれないなという気持ち。あたかも、たどらなかったもう一つの人生を横目で見るような。

　ぼくは最終的には日本語で仕事するしかないと思っていたから、あれ以上日本を離れていると日本語そのものができなくなって、どっちつかずになってしまう、そんな恐れで戻ったんじゃないかな。

須賀　私の場合は、日本の大学生時代、授業がほとんど英語だったんです。そんなこともあって、自分の中の世界が日本語だけでは足りないという気持ちが強く、それをどういう言葉であらわせばいいのかという問題を抱えていた。ところが英語という言葉が自分にはどうも何か、大事なところで裏切られるという感じで、足りない。大げさにいうと、私はイタリアに着くまで言葉を探し歩いていた。イタリアに行ったときに初めて、この言葉なら自分全体を表現できるかもしれないと、本当に浅はかに思ってしまったんです。

池澤　それはすごいことだなあ。それを聞いただけで今日の対談は成功ですよ。

須賀　そして住み始めてからも長いこと、自分はイタリア語でならかなり生きられると思ったわけです。やっぱりダメだと思ったのは、主人が死んでからですけれども。イタリアの小学校で英語を教えないかと言われたこともあるんです。ところが、イタリア人の子供が英語をどういうふうにわからないのかが自分にはわからない。ここで「ああ、自分は外国人だな」という気持ちになったんです。

もう一つは、たとえば市役所とかそういうところに勤めるということはありえました。ところが公文書の書き方が全然わからない。いま私が日本で公文書を書けと言われたら、何となく覚えられそうな気がする。イタリア語の公文書は一生かかってもわからないんじゃないかと、そのころはそう思いました。これは日本語に早く還らなければいけないんじゃないかな、と。

池澤　ぼくの場合でも、日本語で自分をすっかり表現できると思えない。つまり、日本語は剛性が足りない、どこかひと押しするとぐにゃっとしてしまうみたいな。それがいやでね。英語を横目で読んでいると、なるほどしっかりしている。だけど、英語というのは変に裏に含みがあるところが多いし、いやに例外もある。

　ギリシア語のときは、こんなに文法が大事なのかと思いました。文法さえ身につけば、実に簡潔に、つまり最小限の単語数で言いたいことが言える。日本語の場合は文法以外のものがたくさんからみついている。だいたい文法なんかないに等しい。ギリシア語のロジカルなところ、それは美しいと思いました。美しいんだけれども、そのロジカルなもので表現しながら、なおかつもう一つ深い含意まで伝えるとなると、それはとてもできなかった。

　しかし、ぼくの場合でもそうだけれども、須賀さんでも、自分の生まれた国に対して最初から持っていた違和感といいますか、これは何なんでしょうね。

須賀　イタリア人なんか絶対にそういう違和感はないようですからね。もう少しあればいいと思うぐらいになくて。でも、日本人には案外たくさんいると思う。

池澤　そうかもしれませんね。ぼくもまさか自分だけが例外だとは思ってないんです。たとえば読書する子供には、必ず自分が住んでいる「ここ」以外の場所があるわけです。ファンタジーというのはそういう原理でできてますからね。そして、現実の世界でも「ここ」でないどこかに憧れるという気持ちが生まれる。

　ただ、それをずっと後まで持って育った子供は、青年期から社会に入っていくところで挫折をしたときに、ほかへ行けば何とかなるんじゃないかと思う。そうやって日本の社会との相性の悪さをほかに転化するというずるさ、それがぼくにもあったと思うんです。ほかにもいろいろ動機はあるんだけれども、基本的には、どうもこの社会とは相性が悪い。不満ばかり多くてこちらの気持ちもゆがんでしまいそうだから、いったん出てみようということだったような気がします。

須賀　私の場合は女だったし、あの時代に女が仕事をしていくことそのものが何となく胡散臭いことだった。もっともカトリックになったこと自体で、みずから胡散臭さを選びとったわけですが……。それでどうにかして自分が胡散臭くない世界に身を置きたい、でないと、変になってしまうという危機感はあったと思います。それと、知らないものを知りたい、自分が本だけで読んでいたものを実際に体験してみたい。その好奇心が大きかったと思うんです。

でも、フランスに最初に行ったら、「これじゃない」という感じで。フランスからイタリアに勉強に行って「ああ、これだ」と直観したわけです。あのころは安いから夜汽車ばっかりでフランスとイタリアの間を行き来してたんですけれども、夜の暗い汽車の中で、隣りのコンパートメントでイタリア人が話をしているのが聞こえてくると、何かこう、故郷に帰ったみたいな気がして。

それは、私がもともと関西の人間で、東京に来て何となく違和感があったのとどこか似ていた。それでイタリアにのめり込んでしまった。また、最初に行ったペルージャという町が小さかったのがよかったんじゃないかと思います。ヨーロッパの小さい町というのはいいですね。

言葉の問題でいうと、フランス語って、いわゆるクラルテ（明晰）というのを言いますよね。だけど、自分には何かこれに全部入っていけないものがある。言葉に拒否されたという気持ちがあったんです。それはもちろん、おそらく最初にパリに行ってしまったからよくなかったのかもしれません。

フランス語は私は学校でしか習ったことがないものですから、チーズをどこに売ってるのか知らないとか、タクシーひとつ乗れない。本当にものも言えないという感じだったんです。

イタリアに行って小さな家に下宿し、そこの子供たちに相手にされながら、いきなり日常生活の言葉が身についた。やっぱり私という人間は、はじめから抽象的なことから入るとだめになってしまうらしいです。生活がないとだめな人間みたいで。

池澤　言葉を求めてイタリアに出会うまでの過程というのは、興味深いお話ですね。自分というものがまずあって、その自分を表現する言葉を探して転々とする。

須賀　そうですか。それはあんまり人に言ったことありません。恥ずかしいし、そんなに変な人間って世の中にいないし。

池澤　小説の中でそういう人を出すと、「リアリティがない」って批評家にいじめられますよ（笑）。

でも、ぼくはすごくわかるな。ありうる話だもの。

クリストフ、アンゲロプロス、タブッキ

須賀　いま外国語で書いている、たとえば『悪童日記』のアゴタ・クリストフみたいな人がいきなりフランス語で書き始めるということが、私はすごく身につまされる。こういう人がヨーロッパにもいるんだな、と。同じ横文字ですけれども、ハンガリー語とフランス語はかなり違うだろうと思うし。言葉を自分で選ぶ人が出てくるという変な時代なんじゃないかしら。

池澤　あの人はぼくは天才だと思うな。

外国人なんだからと基礎フランス語でいいことにして、その限定の部分をおもしろく使うでしょう。こういう手があったか、と思いました。

ただ、小国の人間は外国語で書くことをある程度強いられるケースがありますね。たとえば、詩人はどんな小さな言語からも出る。詩というのは片手間でというか、ほかに職業を持ちながら書けるし、読み手のほうも詩集は安いから手軽に買える。そういうふうに、つまり経済とは別のところで成立する。ところが小説となると、これはまずあるサイズの市場がなければならない。それから、そこに本を読む能力と時間の余裕のある中産階級が相当いなくちゃならない。そうすると、その言語そのもののサイズが文学の形をある程度決めてしまう。小さい言語で育った人間が小説を書きたかったら、大きい言語を身につけるほかかない。そういう場合もあるわけでしょう、政治的状況だけではなく。

たとえばギリシアで言いますと、小説家もかろうじていますけど……、少ないですけどね。詩は非常に盛んです。映画となると、以前は才能のある人はコスタ＝ガブラスのようにフランスかアメリカへ行く。最近、ぼくがずっと字幕の翻訳をやっているテオ・アンゲロプロスみたいに、ギリシア国内でがんばってギリシア語で映画を作って、外国の人が見たければ自分らの国語に訳しなさいということが言える人が出てきたんですね。

国のサイズとその文化の型というのはたしかにかかわりがあるんだけれど、その辺は日本にいると全くわからない。一億何千万のものすごく大きな国だということに気がついてない。

**須賀**　私の訳しているアントニオ・タブッキが今度ポルトガル語で小説を出したんです。彼はポルトガル語が非常に好きで、「この話を私はポルトガル語でしか書けなかった」というのが書き出し。ポルトガルで起こった話で、イタリア人とポルトガルの詩人との話を組み立てて、とてもおもしろいんです。それが今度イタリア語に訳されたのを私は読んだわけです。タブッキ自身ではなくほかの人が訳したんですが、文体がまるでタブッキが書いたみたいなんですね。やっぱりポルトガル語とイタリア語ってこんなに近いんだなという感じはしました。ポルトガルでもずいぶん売れていて、イタリアでもベストセラー。

**池澤**　タブッキを読んでると、彼の才能はもちろんすごいけれども、後ろで応援しているものがたくさんあって、いいなあと思います。日本であんな話を書こうと思ったら、ほんとに孤立無援という気持ちになるだろうな。

タブッキの『インド夜想曲』を読むというのはおもしろい体験だったんです。あれを読みまして、自分でもこんな話が書けたらいいなと思ってたら、矢島翠さんが「池澤さんが書くような話です」と葉書をくださった。やっぱり何か共通のものがあった上で何か足りないからぼくはこんなに魅かれたんだ、というなかなか複雑な感慨を持ったんです。

須賀　矢島さんは私にも「池澤夏樹さんのお好きそうな小説なのでお送りしておきました」という手紙をくださいました。

池澤　ほとんど動物的な勘で手に取りました。あのぐらい肩の力を抜いてフラフラと話を進めて、ひょいと自分は外へ出てしまうということをぼくはやりたいのかもしれないですね。

須賀　タブッキが尊敬しているポルトガル人のペソアという詩人がいます。子供のときに南アフリカに移住して、そこで英語を完全にする。英語でものを書き始めるんだけれども、大学を出てからポルトガルに帰って、また母国語で詩を書く。何人かの架空の詩人を想定したうえで、それぞれの詩人の作品として書いた。たとえばリオデジャネイロで生まれた人物とか、いろんなふうにして。自分をバラバラにして考えてみるという作業がタブッキをおもしろがらせたんじゃないかと思うんです。

タブッキ自身ももともと何か別の分野の勉強をしていて、パリに行ったんですが、その勉強が芽が出なくて鬱々としていたときに、ペソアという詩人を発見して、「ああ、これだ」という感じで、彼はポルトガル文学にのめり込んでいくわけです。

ですから、自分の言葉でないものに憧れた人間として、彼と話しても非常な親近感を覚える。言葉の孤児っていうのか。彼もそういう気持ちが私に対してあるようです。それでいて、彼の書くイタリア語は正統なイタリア語ですから、すべての人から好かれるんですね。

池澤　それは須賀さんの訳を読んでいても、何となくわかります。つまり、言葉をきちんと正面から扱った上で、文学として新しい、自分らしいことをする。

須賀　そうですね。

## 日本人のあるべき姿など何もない

池澤　ただ一方で、ぼくは外国語で書きはしないけれども、しゃべってるとき、ちょっと違う自分になった気がする。あの芝居っ気というのかな。つまり、日本にうんざりすると同じように、自分というものにも少しいやになったときに英語なりギリシア語でしゃべると、もういっぺんつくりなおした人格でその場にいるような、あの感じはなかなかいいものなんですね。

須賀　いいですね。私は自分ではわからないんですけれども、友達に「イタリア語でしゃべってるときのきみと、日本語でしゃべってるときのきみは違う」と言われたり、フランス語でフランス人としゃべると、まわりから「けんかになるからやめてください」と言われたり（笑）。外国語だと、何か荷物を降ろしたような気持ちがするというのか、新しい自分でものが言える。
池澤　背後につきまとった日本的なるものをいっさい知らん顔してもらえるわけでしょう。それは外国で暮らしだしたときも感じましたけどね。知らないことはあるし、苦労はするけれども、でも、周囲に対する日本的配慮というかな、あれはとりあえずしなくてもいい。帰ってきたときがつらかった。
須賀　ですね。あれは二度とやりたくない。私がいま教えている学校には帰国子女がたくさんいますが、彼女たち、彼らの気持ちがとてもわかる。私は、日本人はこうでなければならないということはないんだ、とその人たちに言うんです。いろんなふうに日本人がなっていかないと日本はダメになるから、大変だろうけどそのままでやりなさい、それを通していけば必ずどこかに出るから、と。
池澤　日本の側も早くわかってくれるといいんだけれども。つまり、文化というのはバラエティがあるほうが強いんですけどね。
須賀　そうなんですね。日本の国そのものがバラエティで始まったわけでしょう。それを、いつのまにか「この島々だけ」にすりかえてしまった。
池澤　「てんぷら」なんてポルトガル料理を日本料理にすりかえる。明治以降は、ナショナリズム。政治と経済は国内統一したほうが強いですからね。バラエティが強みになる分野と弱みになる分野があって、弱みになる分野ばかりを前へ前へ出したから、お金の話だけになってしまった。

須賀　役に立つものだけ日本に入れて、あとはできるだけ知らん顔をしようということが多かったような気がします。そして、自分と違うものは排除するという子供っぽさみたいなものを感じますね。

池澤　異質なものに出会ったときの姿勢がわからないんだな。とりあえずそっぽを向く。

須賀　あれは変ですね。

池澤　たとえば外国人から道を聞かれて、手真似でも教えるということをしないで、ヘラヘラ笑って逃げる。ギリシアだと、知らなくても教えてくれますよ（笑）。

須賀　最近ナポリの友達から聞いた話ですが、「女の人が道がわからないと言って訊ねてるのに、男が、わからないなんて言えると思う？　そういうときに、教えないというのは恥なんだよ」と言うから、「だって、ウソよりもいいじゃない」って私が言うと、「冗談じゃない、ウソのほうがずっといいよ」って。私は愕然としてその人の顔を見てたんですけどね。その一方、ドイツ人なんかにはわざと反対側を教えたりするんです（笑）。右に曲がりなさいというところを「左に曲がれ」と言って、「アッハッハ、あいつダメだよ」なんて。

サン＝テグジュペリが今の地球を見たら

須賀　池澤さんはサン＝テグジュペリのことを書いていらっしゃいますが、私も、おそらく十年くらいあの人にのめりこんでいたというのか、圧倒されて、自分などもう何も書けないという感じで。

池澤　ぼくもずいぶん夢中で。ただ、意地でフランス語を習わなかったものですから、翻訳で読んでわかるかぎりしかわからなかったからそれで済みました。『城砦』を精読する一方で、彼が乗って死んだP38ライトニングのプラモデルをつくったりして。

須賀　彼が戦争中にああいうふうな行動に出て死んだということは、私たちの世代にとって非常にショックだったわけです。戦争中私たちは工場に行って働いて思考の自由を失っていた。戦争が終わったとき、『夜間飛行』や『南方郵便機』を読んで、よその国では、ちゃんと自分のあたまでものを考えて何かをやっていた人間がいたということを知って、本当にめげた。ものの考え方と文学が一つの生き方とつながっている。これ以上のものはないと思って、サン＝テグジュペリ以外のものは読めない時代がありました。『星の王子さま』を子供のときに読んですごいと思ったけれども、最近読んでみたらつまんなかった、と言った人がいるんですけどね。

池澤　それは相当悪い育ち方をしましたね（笑）。

　ぼくは子供のころはよくわからなかった。あれは子供にわかる話ではないと、まあそうは言いませんけれども、それでわかったつもりになってると怖いと思います。

須賀　でしょうね。あれは大人の本でしょうね。

池澤　人生のいろんな場面に何度も出てくる本ですけれども。

須賀　あの中のいろんな話は自分のからだの中に入ってますよね。汽車のガラス窓に鼻を押しつけて外を見てる子供とか、どこかへ行ってしまうおじさんとか。バラがいるから光っている星とか。

池澤　恥ずかしいと思いながら、お酒を飲んで恥ずかしさを忘れる男とかね。西へ飛ぶ飛行機に乗ったとき、夕日を見ながら思い出します。いつまでも夕日を追いかけて飛んでいく。

須賀　あの人のは、空から見た地球なんですね。

池澤　いまにして思えば、まだ人の営みがそのまま人の幸せになる、彼の言う「農夫たち」ね。地面の下で眠っている森を手のひら一枚で押さえている、つまり、雑草を抜くことで森になるはずの土地を畑にしているという、いかにもフランス人らしい地面への信頼、農夫への信頼があったわけでしょう。彼の戦争に対する絶望は絶望としてわかるけれども、でも、まだいい時代だったんじゃないか。いま我々が直面しているのはそれどころじゃなくて、もっとずっと非人間的な、とんでもない敵ですね。ナチズム相手のつらさからは何ものか出てくるだろう。だからまだ人同士の絶望がある程度わかると思う。いまの荒涼とした、人のいない地球のイメージについて、サン＝テグジュペリに聞いてみたいですね、どう思うかと。

須賀　地球のことを考えると絶望的というのか……。ヨーロッパの若い人たちはそれを感じている人が多いですね。特に経済的に発達した土地、イタリアで言うと、南の人たちは日本の若い人たちに似ていて、まだこの世の中で自分がもらうものがたくさんあると思っている。だけども北の若い人たちは、もうダメという感じで、ぼくたちが何かを変えないと全部がダメになると言うんですね。ギリシアはどうですか?

池澤　まあ南のほうの人にすれば、上を見て比較すれば、ヨーロッパ全体の中で自分たちは低い。特にギリシアなんか無理をしてECに入って、入ったときに国民所得が先進国の半分ですからね。そうすると単に下請けに組み込まれるだけじゃないかという感じなんです。伸びたい時期の人に対して、伸びてもしかたがないんだよ、とはなかなか言えないし、伝わらないですね。

二つの国に両足をかけて生きていく。あっちからこっちへピョンピョン飛んで、いくつもの文化を体験する。ずいぶん大変だけれども、本当はそれをやる人がもう少しふえてくれると少しは居心地がよくなるんじゃないかな。こんなこと、戦後四十何年もたってまだ言ってるって、実に遅れてると思うんですが。

須賀　私もそう思います。

池澤　昔、アテネでお小遣い稼ぎにガイドをやってまして、日本から来る観光客の方を連れて歩いたけど、なんにも見てないわけです。だいたいどこの国のどういう町にいるかもほとんどわかってない（笑）。ただボーッとしてて、写真を撮って、おみやげを買って。

須賀　「あれは映画にもありました」と言うでしょう。

池澤　「ああ、写真と同じだ」とかね。

だけど、それでもともかく自分の国以外に国というものがあって、そこに人が住んでいて、何か食べて、家を建てて、生活を営んでいる、それだけ見て帰るだけで何かになるだろうと思って、あまり誠実にお相手したとは言えないけれども、そのくらいのことは伝えようとしました。だけど、それを何十年積み重ねてもこんなものかな。

## アンチテーゼとしての土地

須賀　二つの国を歩いていると、たえず不安なわけです。自分の国に対しても、言葉に対しても、何か常に危惧を持っているというのか自信がない。けれども、そういうふうに人間が自信がないということが大切な場合もあるんじゃないかと思うんですね。あんまりこの国だけがいいというふうな考え方でないほうがいい。

池澤　この国だけがいいというのは、ほかを知ると言えないことですよね。

　ぼくは日本に戻ってしばらく、「なんでこの国では……」という言い方をして、そのたびにみんなに嫌われた（笑）。あっちがいいというのではなくて、違う部分に目がいくわけですよね。「じゃあっちへ行けばいいじゃない」ってけんかになる。あの言葉はなかなか通じなかったな。

　ここ一年くらいぼくは沖縄に熱中し、ずいぶん行って異文化を学んできた。さっき言ったバスの乗り方じゃないけど、似ていて違うものを一つ一つ身につけていくのが大変に楽しいんですね。それはたぶん知的な趣味として最もすぐれたものだと思う。いくらでも奥行きがあって、こちらの視線に応じて柔軟に奥まで見せてくれる。身につけようとすれば協力してくれる。段位をもらうわけではないけれども、学ぶべきことが無限にある。その上で、自分たちの本来の住みか――沖縄が相手だから「国」とは言いません――に対する批判の目も肥える。

楽しいということではギリシアの場合と同じかもしれません。ただ、昔は日本に対する自分の立脚点がなかったから、なるべく遠くへ行きたかった。全く違うものを見た上で判断をしたかった。比較の対象が欲しくてぼくは一度海外へ出たんじゃないか。この国はどうのこうのと言うについては、ほかの国のやり方を見るべきではないかと思ってね。それと同じことを沖縄ぐらい近いところでやれるようになったというのは、少しはこちらに批判の視点ができたからかなと思いますけどね。

須賀　私はタブッキに触発されて、ポルトガルに行きたいという気持ちが強くあるんですが、反面では、ポルトガルに行って今度はポルトガルにつかまったらどうしようという恐れもあって（笑）、この二、三年、我慢してきたんです。フランスとかドイツなどと違って何かまだ言葉ではつかめないものがたくさんあるような気がする。それと、政治的にりっぱにやってる国――ポルトガルがそうでないというわけじゃないですけど、お金持ちとか文化遺産がはっきりしてるとか、そういう国じゃない国に行ったら、何かまた発見することがあるのではないか。

私は戦争中に育ったものだから、そして性格的にも、何か自分の中にファシズムみたいなものがあるという気持ちがたえずする。それのアンチテーゼをいつも探して、自分の中の安全弁にしておきたいというのか。たとえば私はイタリアの友人たちのことを考えたら、二度と自分は軍国主義にはならないような気がする。あの人たちがああいうところで困ったような顔をしてるな、ということを思い出すから。これと似たような場所としても自分がポルトガルを求めているんじゃないかという気がする。ヨーロッパでありながら、ヨーロッパじゃない国でというふうな。あそこは地中海ではないんですよね。

池澤　しかもはずれですね。

　その一方で、ぼくは自分とギリシアとの仲はひとまず終わったと思ってます。けれど、こうやって自分は異文化を次々に消費しているんじゃないか、そういう懸念も自分の中にはある。一個所にしばらくいて「ああ、おもしろかった」と言ってお客さまで終わって帰ってくる。また次のところに行く。いや、それはそれだってちっともかまわないはずだけれども、次々に原生林を切り倒していく日本の商社のようなことはしたくないとも思ってね。

須賀　イギリス人の小説家が、ずいぶんたくさん外へ出てますでしょう。イギリスという国は日本みたいに息苦しいところがあるのかもしれないという気がするんです。イギリス人があやって外国に行って外国でものを書くということは、バイロンの昔からすでに、やっぱりどこか自分の国の息苦しさがあったんじゃないかな。

池澤　一番徹底してるのがロレンス・ダレルで、あんなイギリス嫌いっていない。オックスフォードに入学しようと思っている間の一、二年が過ぎると、すぐに外へ出て、外務省の一番下っ端の文化アタッシェか何かになって外国を転々として、晩年はプロヴァンスに住んで死ぬまで帰りませんでしたね。

日本の教育で身についた西洋、欧米というのは、すごく功利的に、こちらにとって入れられるところだけだったんだと思います。非常に巧妙に日本サイズに切り刻んだ上でしか入れてないと思う。だからかんじんなところが何もわからない。だから行ったときに驚くんですよ、本当はこうだったのか、と。ずるいや、だまされてたと思うわけです。

**須賀**　日本の子供が読む外国もの、アンデルセンにしてもグリムにしても、みんなロマン主義以降なんですよね。西洋の骨格はギリシア・ローマでできているんだけれども、日本では古典は巧みに省きますね。だから文法抜きで言葉を教えたみたいなもので、西洋語にグラマーがなかったら、これは何も教えてないのに等しい。ロマン主義以降が日本人は好きだというのが私には口惜しい。ドイツがヨーロッパに入ってこないと、日本人にはヨーロッパがないんです。同じ意味で中世もないし、ギリシア・ローマもない。そこを徹底的に勉強させると、日本の歴史だってもっとよくわかると思うのですが。

イタリアでも、日本、それからアジアに対する理解はほとんどゼロです。それから比べると、日本人なんてずいぶんよく知ってる。日本のイタリア学とイタリアの日本学とを比べただけでも、日本のほうが早くからイタリアの研究をしている。けれども比例してイタリアをよく知っているとは必ずしも言えない。

**池澤**　そこの違いだと思います。イタリアは日本文化の一割も知らないでしょうが、日本はヨーロッパ文化の三割を知って十割わかった顔をしているんですね。

その起源が、日清・日露戦争の勝利であり、いまの経済戦争の勝利とか、そういうおごりなんじゃないかな。わかってないんだと思ってたほうが、まだ傷は浅いんですけどね。

須賀　でも日本の西洋研究者は、かなりきっちりした態度で西洋を見きわめようとしているかもしれません。視野は狭いけれど。

それに西洋の文学の受容にしても、こんなに外国文学部が各大学にあっても、そのわりに浸透してないというのか、読まれてないというのか。

## 現世に違和感を持つ人々のために

須賀　ギリシアの詩は、韻律の規則は厳しいですか。
池澤　厳格には違いないけれども、ぼくはそれより文法の制度があんまりうまくできているんで、それに感心してます。自分で詩を書くのでないとき、それがどれくらい厳しいかはよくわからない。つまり読んでいると、リズムはわかるし韻を踏んでいるのもわかる。けれど言葉を選ぶときに、韻律がどれだけそれを制限するかというのはよくわからないです。ブランク・ヴァースみたいな書き方をする人もいるし。あそこもつくづく詩の国ですから。
須賀　イタリアもそうですね。二十世紀の作家と詩人というふうに並べると、詩人のほうが、よい作品を多く書いていてヨーロッパレベルで大きな人が出ている。韻律の勉強が詩を書くものにとって絶対必要なんですね。それは私も驚きました。脚韻とか、一行のシラブルの数とか。イタリアには十一音節行というのがあって、イタリア人が心地のいい詩行だと思うのはそれなんです。それぞれの語のアクセントを巧みに使って、「いい詩行」を組みたてるのに夢中になる。日本では、たとえば自由詩というと、むやみに「自由」だけが闊歩する。

池澤　実にむずかしい言葉なんだな、日本語というのは。わかるけど説明できないことばかりでね。読点の打ち方だって、みんなあれだけ迷ってるんだから。

須賀　私もあれは全然わからない。それでいて、国語の先生になおされると、どうも納得できない。

池澤　だれでもそうなんですよ。だれでも自分の中に一種のルールがあるんだけれども、そのルール自体が言語にならないんです。

英語の大きな辞書を見ると、後のほうに「パンクチュエーション」という一覧表があって、たとえばコンマはどういうときに使うか、箇条書きしてあるんです。日本語ではできないでしょう、どういうときに読点を使うか、なんて。

須賀　読点に関する限りイタリア語は簡単明瞭です、どこでコンマが出るかというのは。だれが書いても同じになる、それでないと間違いなんです。

池澤　きのう、吉田健一さんの文体模写でちょっと文を書いたんですけれども、これは読点を使わなきゃいいんだから楽だった（笑）。

須賀　話がとびますが、池澤さんの小説は日本でない場所が舞台になることが多いですね。
池澤　現世を否定して彼岸に憧れると言いますかね。基本にあるのは日本批判。つまり、いまいるこの場所のこのあり方について、違うとかいけないとは言えないけれども、ぼくには合わない。異物を持ち込んでひっかき回したいんですね。そのためには、ここでないどこか、あなたたちでないほかのだれかを書きたい。動機の基本にあるのはそれだと思うんです。

だから、ここでないどこかをでっちあげて、そこで話を書いて、それを持ってくる。彼岸に渡れる者と渡れない者の両方を書く。だいたい女性のほうが偉くて強くてりっぱだとぼくは信じていますから、女性の導きで向こうに渡ろうとする男がいて、渡れる場合と渡れない場合がある。そういう型を気がつかずに自分でつくっていたなと今ごろになってわかった。

基本にそういう、自分と日本との関係、自分と現代社会の関係というのが、ギリシアに行く前からあって、その関係をいかに小説という形で表現するかに延々と腐心してきたという気がします。

最終的にぼくはこの国で違和感を持って生きている人たちに読んでもらいたい。というのはつまり、ぼくがなぜこんなに違和感を持っているかわかってほしい。だから、ある意味では明らかに裏返した日本を書いてるんですよ。裏返しているけど、日本以外の何でもない。

だから、架空の土地については、いくらでも裏返せるからやりやすいけれども、たとえば沖縄はなかなか舞台として使えません。いまでも沖縄は大和とはさまざまな面で違う文化を持っていると思いますけれども、だからといって、沖縄を舞台にして大和の人に読ませる話を書くのはむずかしい。つまり、その場合は沖縄の人も読者になってきてしまうから、あんまりウソが書けない。その場合には、両方の位置関係を正確に書かなきゃならないし、そうなると今までやってきたのとはまるで違う種類の仕事になるなと思うんです。

須賀さんの場合にも、須賀さんがミラノでお暮らしになった体験が意味があるのは、日本に持ってきた場合、海を越えた場合ですよね。国境を越えたところで値打ちが生じるわけでしょう。

**須賀**　ええ。イタリアの友達に何人か日本語の読める人がいますが、『ミラノ　霧の風景』を読んで、訳したいけれども、ぼくたちには役に立たない部分もあると言いますね。とてもそれはおもしろいと思うし、そう言われることで、「ああそうか、やっぱり自分は日本人である自分のために書いてたんだな」という気持ちがします。

自分の中の世界をだれにとっても納得のいくように、ひとりの人間の体験としてあらわすときに、日本語で表現するのが一番自分にとっては結果的には適当だったということが、当然のことなのにずいぶん長いことかかってわかったわけです。そして、私の言ってることの多くは確かにイタリア人にとっては意味ないかもしれない。日本の文化の一つの過程として結局は本を書いたんじゃないかということが、書いた後からわかってきたんです。

新しい日本語表現を創る

池澤　須賀さんは日本に帰ってこられてからこのご本を出されるまで二十年かかったでしょう。その二十年のあいだに起こった作用というかな、須賀さんの中で体験がある形に定着して、整理されて、日本語として出るまでになった、その間の成熟の過程、それにぼくはとても興味がある。ある種の日本との和解なのかな。

須賀　究極的に日本に受け入れられたという安心感が私の中に生まれたんだろうと思います。私はずっと、何となく人に受け入れられない人間だというのを子供のときから感じていたものだから、考えたことをそのまま言ってはいけない人間だというふうに思っていて、最初にそれを言っていいと言ってくれた社会がイタリアだったわけです。そこで安心感を持って書き出したら、また日本に帰ることになった。ところが、日本に帰ってまたおっかなびっくりで「私はどうしたらいいのでございましょう」という感じで生きていた。ですから二十年のうちの最初の十年は、一方では、失ったものに対する打撃が大きくて、とてもミラノのことは思い出したくなかった。あれを思い出すとまた厄介なものが外に出てくるから、あれはふたを閉めておいたほうがいいという感じがありました。

もちろん日本語に対する危惧みたいなものもありました、自分がもう一度この国の言葉に戻れるかどうかという。すべてがおさまった時点で、究極的には、安心したというのが一番大きなものだと思います。

池澤　歳月の力ですね。
須賀　そうですね。やっぱりここが帰ってくるところだったというふうに思います。でも、あのままイタリアにいたらどうしてただろうと考えることもあります。おそらくイタリア語で書いてたでしょうけど。
池澤　どっちか一方しかできないというのが残念ですね。
須賀　そうですね。
　私が書いたものは日本語ではほとんどありえない表現をしていることが時々ある、と指摘されたことがあります。それは、いい意味で言って下さっているんですが。辻邦生さんたちがヨーロッパのことを書き始められたころに、私は、「ああ、日本でこういうことが書かれるようになったな」と思いました。私がヨーロッパに渡ったころは、私の中の世界は日本語では書けないものだった。自分にはそれだけの力がないから、だれかがやってほしいと思っていた。自分にはできないと信じているわけ。ところが外国で暮らす日本人について書かれた小説などを見てたら勇気づけられて、書けるかもしれないと思い始めたんです。日本語自体が変わったのでしょうね。池澤さんのお書きになるものだって、古い日本語にはなかったことをりっぱな文学の言葉としてお書きになっているわけで。こういうことは私にとっては大きな力になるんです。
　そういう先駆者があったから、日本の方も私のものをあんまり変とは感じずに読んでくださって。翻訳調だというふうにお叱りも受けますが。

池澤　ぼくはあの文体を大変に心地よい気持ちで読みました。

須賀　そうですか。ほっとします。私は確かに日本語の表現が子供のときから変だったんじゃないかと思うんです。学校のころから、よく笑われたし叱られたんです。

人はそして国境を越える

池澤　日本の場合は南米に渡った人と満洲に行った人以外は外国に出るということがなかった。彼らはあまり成功しなかったから、ものを書くゆとりを持ちえなかった。短歌くらいはつくったでしょうけど。だから、我々が思っている以上に世界は流動的だということがわからない。亡命者と難民と移民なんて、そんな区別はないんですよ。そうやって人は動いているものです。

というこことにたまたま少し早く気がついたんですね、いかに人は国境を越えるかということに。あえて政治的発言をしてしまえば、今の日本人は難民に対して自分たちとまるで異質な存在だと思ってるけど、たとえば満洲から引き揚げた人々、あの人たちは相当難民に近い状態だったわけでしょう。それをケロッと忘れてるんです。だからボート・ピープルの話なんかも、まるで自分たちに無縁な話としてしか伝わらない。そういう少し意地の悪い見方をする視点は、外へ出ると身につきますね。

この二十年、日本人はずいぶん自信をつけました。外に学ぶものはないと思ってるでしょう。前は、コンプレックスにせよ、ともかく行って、見て、持ってこなければ全然ダメだ、何よりダメな日本と思ってたわけです。今の自信のほうが問題だと思いますがね。
須賀　私も、二十年前に日本からイタリアに来る人たちに「もうヨーロッパから学ぶものなんてなんにもありませんよ。早く帰っていらっしゃい。日本はすてきですから」と言われて、それを聞いただけで帰りたくないと思いました。これはたいへんなところに自分は帰っていくぞと思った。本当に夜中に目が覚めるくらいイヤですね、「日本はもう外国に学ぶところはない」なんて。

# ドラマで聞くイギリス現代小説――『*The Loved One*（今は亡き愛しの人）』

対談者　小野寺健

この対談は、二十世紀英国の作家イーヴリン・ウォーの小説『ラブド・ワン』を多少ラジオ・ドラマ風に脚色したものを流し、小野寺が解説するという教養番組のいわば付録として行われたものである。同書の翻訳には吉田誠一訳『囁きの霊園』（早川書房）が、その他に、吉田健一訳『ブライズヘッドふたたび』（ちくま文庫）、同訳『黒いいたずら』（白水社）が、またコンラッドの『闇の奥』には中野好夫訳（岩波文庫）がある。

小野寺健

小野寺　この『*The Loved One*』という作品は、風刺作品の性格が非常に強いものですけれども、根底には信仰を持っている人による現代文化に対する批判があると思います。須賀さんはカトリシズムの信仰をもっていらっしゃる方ですので、今日はそのようなお立場からも、ぜひこの作品についてのお話を伺いたいと、楽しみにしておりました。『ヴェネツィアの宿』を読ませていただいた時に、「カティアの歩いた道」という、お若い頃にお親しかった、そして日本で再会なさることになった、一人の信仰者のことを書いておられたエッセイに非常に私は感激したのですが、そうした信仰の面で、先生の全般的なご感想をまず伺わせていただければ。

須賀　私は、この作品は、もう二十何年前にイタリアで映画を見て最初に知りました。イーヴリン・ウォーについては、ずいぶん前から、こういう作家だというふうに、いろいろな噂を聞いておりまして、読まなければいけないと思いながら、なかなか読む機会がなかったのです。

『*The Loved One*』を読んでみて、とても面白いと思ったのは、これは一九四八年の作品ですよね。その頃にフランスなどでは、カトリックのものの考え方を文学に入れていくという運動というのか、傾向があって、モーリヤックなどが大変活躍していた時代です。それに比べるとイーヴリン・ウォーの作品は、何かこれでいいのかしらというふうな皮肉に満ちていて、いま読んでみると非常にそれが面白いと思いました。

私が映画を見た時には、イタリアで見ましたものですから、アメリカの批判がとてもうれしかったわけですね。それで、「アハハ」という感じでみんなで笑って、かなり評判になったわけです。ところが読み直してみると、非常にいろいろな要素が込み入って入っていて、私がまずびっくりしたのは、文学的というんでしょうか、いろいろな詩人だとか作家だとか、そういう人たちの引用がちりばめられているような作品だということ。ですから、ある意味でブキッシュな作品でもあるわけですね。

小野寺　そうですね。私が「面白い」と言うのも失礼かもしれませんけれども、いまモーリヤックとは違うとおっしゃったのは大変面白い。英文学をやっている人間としてはすぐに思い出すのですけれども、モーリヤックはむしろグレアム・グリーンのほうなんですね。
須賀　そうです。
小野寺　グリーンはモーリヤックから学んでいるはずで、グリーンとイーヴリン・ウォーというのは、どちらもカトリックだということもあって、また年齢も同じと言っていいですから、よく比較されますけれども、作品としての表れ方は非常に違うんですね。グリーンのほうは、日本でも知られていて、推理小説仕立てのような要素もありますし、映画化もされたということでとっつきやすいのですが、ウォーは、私は日本人にはとてもわかりにくい、とっつきにくい作家だという気がするんです。
須賀　そうですね。
小野寺　その原因は、批判精神が風刺という形であらわれてくるということ。風刺というのは、日本ではとかく、意地の悪いことを言ってからかうことだというふうな誤解がありますけれども、そうでなくて、自分自身も一緒に笑い飛ばしてしまうような、一種の美意識だと私は思うんです。そういうタフネスというのは、ちょっと日本文化と違うんじゃないか。
須賀　違いますね。
小野寺　須賀さんがお書きになっているもので、どのご本でしたか、それぞれの人間の孤独が確立していないと話にならないということをお書きになっていたのを非常に印象的に憶えています。私などおよそ確立していないのですけれども、しかし大変大事だと思いますのは、ちょっと話が飛びますがフォースターの『インドへの道』を読んでいました時に、東洋人――あの場合はインド人を念頭に置いて言っているわけですけれども――はホスピタリティとインティマシーというものを混同すると言っていまして、うまいことを言うと私は思いましてね。これはかなり日本人にも当てはまるんじゃないかしら、と。つまり、外国の方がみえたりすると、ちょっと角が立つ言い方になりますけれども、やたらにベタベタするような態度をとって、それがよかったような考え方をする。これは非常に滑稽だし子供っぽいことであって、ホスピタリティというのは個が確立した上でのいわば一つの、ポリシーという言葉もどうかと思いますけれども、人との付き合い方のルールの問題だと私は思うんです。それからもう一つは、いろいろな詩、いろいろな文学作品が出てきたりしてということをおっしゃいましたけれども、これは現代文学の方法の一つであるパロディというか、少し話がむずかしくなってしまいますけれども、典型的な例は一九二二年に出たT・S・エリオットの『荒地』のようなものですし、いまやまさにそれは花盛りなわけで、これは大変高級な面ですね。話題としては。

須賀　そうですね。

小野寺　ただ、どうでしょうか、端的に伺いますけれども、ここに信仰というものがどういうふうにあらわれているか。それを須賀さんが、いま「面白かった」とおっしゃいましたし、それがこの作品のいちばん本当の、作者の意図に合った受け取り方だと思いますけれども、何か抵抗はお感じになりませんか？　何らかの反発とか。

須賀　この人のカトリシズムというのは、私は非常にわかりにくいんですね。

小野寺　そこをぜひ伺わせてください。

須賀　というのは、グレアム・グリーンとかモーリヤックの場合は、人間の個人の魂の問題ということを非常に言うわけですけれども、この人のは、カトリック教会、ローマン・カトリックというものが残した文化について、非常にくっついていく。その文化とは何かというと、おそらくかなり貴族的な文化につながっているんじゃないかということで、この作品の中のアメリカ批判というのも、何か民主主義の批判みたいなところがあって、アメリカは中流階級というものが強いところである、と。お墓そのものが、たとえばこの作品に出てくるペットのお墓なんていうのは、ある意味で中流階級の人たちの考えそうなことで、それを皮肉っているということですね。そのへんで私は、この人のカトリシズムというのは面白いことを考えていて、信仰そのものよりも、むしろ信仰者の社会的な面というんですか、そういうものをかなり皮肉っているんじゃないかということと、アメリカがやはりプロテスタントの国であるということで、プロテスタントの国であるからこういう具合な発展の仕方をしたんだ、というような皮肉が込められている気がするんですが。

小野寺　じつは、この本は出た時には大成功だったのですが、ウォー自身は出る前にはとてもビビったんですね。ことにアメリカで出したら一体どうなるだろう、自分は満身創痍になるんじゃないか、これからの自分の文学者としての生涯に非常なマイナスになるんじゃないかというので大変に躊躇して、事前に親しい人を通じてだいぶ反応を見たらしいんです。
須賀　そうですか。
小野寺　そういうことが日記にも出ておりますし、批評にも出ております。ところが、大うけにうけて、意外にアメリカの人たちは余裕があるということになったらしいのですけれども。彼がもう一つ批評で言っていたのは、じつはアメリカのプロテスタンティズムとヨーロッパのカトリシズムの対比というテーマがあることに意外にみんなが気がつかなかった、というんですね。
　ウォーとしては、いちばん頭にあったのは、やはり物質主義なんですね。ここまで言ってしまうとあとの筋にかかわってくるのですけれども、出てくる人間がみんなロボットみたいで、想像力がない。
須賀　そうですね。それを非常にこの人は嫌いますね。
小野寺　そうなんですね。先ほど須賀さんがおっしゃったとおり、やはりそういう批評が出ております。それはどういうことかと言いますと、彼のカトリシズムというのは信仰の本質自体よりも、まさに彼がこの作品の場だけでなく、わりに一般的に言われていた上流志向ですね。この人は中産階級ですけれども、貴族趣味的なものに対する憧れが強い。それでずいぶん叩かれた面があるわけですが、同時にロマンティシズムも指摘できますね。
須賀　そうですね。

小野寺　それからノスタルジアだというんです。そういうものがウォーの特徴ではないかということを、やはりずいぶん言われていますね。

須賀　そのノスタルジアという感じでは、アメリカ、しかもハリウッドにいるイギリス人たちのコミュニティはとても面白くて、こういうのは必ずあるだろう、と。たとえば、おそらく日本でも、東京のイギリス人たちはああいう話をしながら毎日過ごしているんじゃないか、ということ。それから、この四八年という頃には、まだ国家を大切にするというような思想が非常にあって、私がフランスに行ったのが五三年ですけれども、その頃も日本の大使館が、誰々さんはみっともないから早く帰そう、というようなことを言っていたんですね。

小野寺　日本でも、そういう……。

須賀　ええ。それで、私たち学生が大使館に対して非常に反感を持った時代があるんです。

小野寺　なるほど。

須賀　ですから、とてもうれしくて、読んでいて笑ってしまいました。

小野寺　英国人たちの名誉ということをおっしゃいましたが、じつはこの作品には「アングロ・アメリカンの悲劇」、アメリカにいる英国人の悲劇という副題がついているわけですね。これはおそらく、一つはウォー自身がアメリカからの批判を多少警戒して煙幕を張ったこともあるんじゃないかと思うんですけれども、しかし英国自身を非常に皮肉っていることは事実で、じつは私はこれを再読した時に、前に読んだ時にはそれに気がつきませんでしたので、それがずいぶん皮肉に出ているんだということに興味を持ったのです。フォースターの『インドへの道』なんかでも、イギリス人どもはみんな集まって現地の人とはなるたけ付き合わないようにする。現地の人と付き合いたいイギリス人が出てくると、その人は村八分にされてしまうというような状況があるわけですから、この場合にも、その面は一つの大事なポイントだと思います。

少し話をもどしますが、先ほど先生が、昔はモーリヤックなんかのほうが面白かったけれども、今度読んでみると面白くなったということをおっしゃったのですが、それはどういう点ですか。

須賀　モーリヤックだとかグレアム・グリーンというのは、信仰の中核みたいなところ、神と個人の関係というのか、神と個人の対話ということを非常に気にして書いているわけですね。この人のは、そういうものがない。神と個人の対話というのは、カトリックの中では非常にプロテスタント的なテーマなわけです。ところがこの人は、むしろ綿々と続いてきた俗悪な部分のあるカトリシズムというものを大事にしたいというところじゃないかと思うんです。

小野寺　なるほど。

須賀　それから、若い時というのは、神との対話というようなことは非常に気になるわけですけれども、こういうふうに文化の中のカトリック、それからやはり何か大きな枠組みとしてのカトリックというようなものを扱っているというのは、面白いというのではないんですけれども、かなり気になる視点だと思うんです。
小野寺　須賀さんご自身がイタリアにおいでになった時に、初めは俗悪な印象をお受けになった霊園をごらんになったということをおっしゃっていましたが、その話も少し伺えますか。
須賀　それはジェノワの記念墓地といって、私が最初にヨーロッパに着いて船を降りて、そしてイタリアの人が迎えに来てくれて、たぶんお昼ぐらいに船から降りたのだと思うのですが、夕方に「夜になる前にここの町を案内しよう。いちばん有名なのが墓地だから」と言って連れて行かれたわけです（笑）。
　まず私は、どうして墓地に連れて行かれるのか、よくわからなかった。それで行ってみて、見渡す限り、ある意味では素晴らしい大理石の彫刻があって、ちょうどオペラの世界なんですね。女の人がそのお墓の上で身悶えして悲しんでいる彫刻とか……。
小野寺　それが大理石でできているわけですね。
須賀　大理石です。それが夕方の陽の中で、ずっと見渡す限り続いている。
小野寺　それはかなり大きなものですか？
須賀　等身大、あるいはそれ以上のもの。それから、十九世紀あたりの絵にも見られるような、天使が子供のうしろからついて歩いている彫刻だとか、そういうものがずっとあって、私はほんとにいやだと思ったんですね。
小野寺　そこのところは、むしろ須賀さんご自身の、失礼ですけれども、日本で身につけられた教養というか、感性というか、好みというか、それといわば異文化の衝突ですね。

**須賀**　そうなんですね。本当に、浅はかにも、「ああ、いやだ、いやだ」と思って、信仰のある人がどうしてこんな俗悪な表現を死に対して持たなきゃならないのかと思って、それがいちばんなさけなかった。私は一九四七年に洗礼を受けて、まだほやほやというのか、かなり精神的な信仰というものだったものですから、ああいう、物の形で信仰をあらわされると、どうしていいかわからない。いま考えると、あれはイタリアでも珍しい時期の墓地で、ロマン主義というものが本当にそのまま形にあらわされた墓地だから面白い。そういうふうに見れば何ということはないんですけれども、私は自分とつなげてしまったものですから、「ああ、こんな墓地はいやだ」というふうに思ったわけですね。

この作品を読んでいても、ロマンティシズムと先生はおっしゃいましたけれども、ウォーの信仰にロマンティシズムというものがどこかにある。だけれども、それを自分で少しずつ殺していくようなところもあるんじゃないでしょうか。

**小野寺**　かもしれませんね。少なくとも彼の初期の作品はそうだったんですね。そのロマンティシズムがいちばん最高潮に達したのは、ご存じのようにこれのすぐ前に書いた『*Brideshead Revisited*（ブライズヘッドふたたび）』であって、これはウォーの本領ではないというふうに言われて、結局彼自身も多少後悔して、また、もっとビターなものにもどっていくわけです。

**須賀**　でも、この人の出発点は、ダンテ＝ガブリエル・ロセッティですね。

小野寺　そうなんです。

須賀　そうすると、ラファエル前派のロマン主義というものを非常にもっているんじゃないかという気がして。

小野寺　そうだと思いますね、この人の美意識の根本は。さいしょに出版したロセッティの評伝は知り合いに頼まれてやったお金のための、わりにやっつけ仕事のようなものだったみたいですけれども。それにしても、いちばん最初に書いたものの根本に、この人は元来絵がうまいですし画家になりたかったような人ですから、それがあるということはたしかですね。おそらく。

しかし、最初は非常に辛辣な風刺で、その風刺も風刺、あまりにもすごいので、まず、ふつうの日本人にはとてもついていけないのではないか。

須賀　そうですね。

小野寺　この作品も相当すごいですけれども、私がいちばんそれを感じたのは『*Black Mischief*（黒いいたずら）』で、「冗談じゃない」という感じでした。

須賀　そうですか。その作品は読んでいないです。

小野寺　あれはいまのような時代だったら、イギリスでだって問題になるでしょう。何と言いましょうか、白人の優越感とか……。本人は、「もうそんなものは超越しているんだ」と、きっと言うと思うんです。「自分にも返ってくる批判の矢なんだ。人間を見る目なんだ」というふうに言うと思うんですけれども、とてもいまではちょっと通用しまいと思いますね。
須賀　『*The Loved One*』にも、「どうせアメリカの大学なんていうのは中国語ぐらいしかやってないんだ」というのがあって、私も「ああ、なるほど、そうだ、そうだ」という感じで（笑）。日本人と中国人というのは、あんなに似ているくせに、お互いに自分たちが違う人間だというのがわかっているらしいとか（笑）、いまだとても公には言えないようなことを平気で言ってしまう。
小野寺　そうなんですね。だいたいフェミニズムの立場から見ると、けしからんという点もありますからね。
須賀　そうですね。
小野寺　しかし、それはまず確実に見当違いな批判で、結局、彼は人間自身を別の視点から笑っているわけですからね。
須賀　そうですね。ああいうものを除外していくと、文学そのものが貧しくなると思うんですね。私はとても面白かったし、ある時期のアメリカの大学は本当にそういうことがあったと思いますし。四八年のアメリカの大学というのは、本当にまだ貧しかったですからね。
小野寺　ある批評を読んでいましたら、ウォーはさぞほっとしたろうと思うんですけれども、結局あの頃のE・M・フォースター流のヒューマニズムでは、もうとても二十世紀の文化とは対峙できない、あまりにもひどい、それを、いわば毒をもって毒を制するような強烈な劇薬を彼は処方したんだ――という批評がありました。

須賀　私もそれは大賛成で、フォースターを読むと、何かいらいらすることがあるんですね。

小野寺　これは困りました。フォースターをやっている者としては（笑）。

須賀　「もういい」という感じで。その時代はもう終わって、今度ウォーを読んで、ウォーでももう古いという感じはするんです。やはりこの時代、こんなに自由に風刺ができたのは、何かまだ非常に信じられるものがあったからだ、という気持ちがいたしました。いまはもう教会は権威もなく、まったく尊敬されていないわけだし、そういうことをしても誰も何とも言わない時代になってしまったということがあるんですね。ですから、ますます『*The Loved One*』の風刺もわからなくなってしまうし、そのあたりを正確につなげてこなかった大方の日本の読者というのは、本当に何がウォーの心の中にあったかというのは見当がつかなくなってしまったのではないかという気がしたんです。

小野寺　そうですね。

　ちょっと話をもどしますと、先ほどのイタリアで墓地をごらんになったというご経験の話でふっと思い出したのは、これはプロテスタンティズム、カトリシズムの問題にもつながってくると思いますけれども、私が昔訳しましたマーガレット・ドラブルという現代のイギリスの作家がおります。彼女の『黄金のイェルサレム』の中で非常に面白かったのは、育ったのはイングランドの地方の町で、ウェズレー派のメソディズムの信仰の非常に強いところなんですね。そうすると、母親がじつは大変頭脳も優秀だし、なかなか立派な母親なのですけれども、娘にはそれがわからない。結局、プロテスタンティズムというか、メソディズムが強くて、父親が亡くなった時に、「華美なことはしたくない、お棺なども質素なものでしたい、お墓などもあっさりしたものにしたい、金を使うのは俗悪な人間のすることだ、というのがじつに悲しい。なぜ立派なお墓を建てて上に天使の像があるようなものをつくってはいけないのか。私が美しいものを美しいと言って何が悪いんだ」と言って、これは英文学の専門的な知識に偏り過ぎるかもしれませんけれども、「その時にただ一つ慰めになったのは、『死体は土の下で朽ちていく』という十七世紀のジョン・ダンの詩のような発想の文学に思いを寄せて、ようやくその哀しみを乗り切った」と言っているんですね。

ですから大変素朴に、私が思いますのは、そんなことを言う資格は私にはないのですけれども、カトリシズムについて多少かじったといいますか、公教要理などを読んだりした頃に、プロテスタンティズムに比べておおらかというか、のびのびしていて……。

それから、公教要理というのはじつによくできていると私は舌をまきまして、ピシッと体系に整合性があって、それなりに完成していると思って驚いたのです。そこから先へ行けないのが悲しさですけれども、そういう違いというのが、もうひとつわからないんですね。

**須賀**　それもありますね。私は、現在のカトリックというものが、これからどういうふうになっていくかというのはさっぱりわからないのですけれども、少なくとも五〇年代、六〇年代ぐらいまでは、カトリックとプロテスタントの違いの一つは、形のあるものに対するおそれがカトリックにはないわけですね。プロテスタントはどこかで、形があると、それは罪につながるんじゃないかというおそれを抱いている。ですから、その形が装飾になり、俗っぽさになるというところまで行くわけですけれども、それに行くからカトリックはだめなんだと言うプロテスタントの人たちと、そんなことを言っていたら人間やっていけないというふうに構えてしまうカトリックというものが、二つのヨーロッパの中の対極になっていて、私はその二つの要素が混じり合って闘って削りあって、というようなのが面白くて仕方がないんです。

小野寺　私の知識では、それ以上になると少し無理なのかもしれませんけれども、ちなみに少し今日のために勉強してみましたら、ウォー自身が『*The Loved One*』で書こうとしたことを五つ並べてあるんです。

その一つは、じつはウォーが、いちばん有名な『*Brideshead Revisited*』をハリウッドで映画化したいという話が出て、その契約の交渉のために一九四七年の冬に——一月の末から三月の末くらいだろうと思うんですけれども日記でも正確な日付まではわからないのですが——ハリウッドに滞在するんですね。その時に、フォレスト・ローンという大きなすごい霊園を見せられて、かつそこで、作品中では「エンバーマー」という言葉を使っていますが、死体の化粧師に紹介されて、何度も通ってその化粧師とすっかり昵懇になる。その時にウォーがいちばん喜んだのは、具体的な化粧のための技術なんですね。そういうマニュアルのようなものを見せられて、彼はすっかり喜んでしまった。そこが大変大事なミソだと思うんです。

その霊園の仰々しさと、二番目に挙げておりますのは、さっきも出てまいりましたアメリカにいるイギリス人たちの、同情的に言えばつらさですし、悪く言えば独善性と言いますか、思い上がりですね。ここのところが面白いんですが、イギリスとアメリカは結局、従兄弟同士みたいな、身内同士みたいなものなのに、それが相いれないんだということを書こうとした。

だいたい「アメリカ人」というのはいないので、みんな根無し草の集団なんだ、というふうな見方もしているみたいなんですね。この、根無し草だというのが、三つ目のテーマ。四つ目は、これはちょっとはっきりしない言い方ですけれども、ヨーロッパ人たちは、ここにいいものがあるんじゃないかと思ってやって来て、運がよければここに定着できるけれども、なかなかそうはいかないということがある。

それから最後は、じつは私は、いちばん大きなテーマではないかと思うのですが、英語にもなっております「メメント・モリ（死を忘れるな）」という問題だ、ということを言っているのです。とかく我々には、想像を絶するような残酷さというか、そちらのほうがつい目についてしまいますが、結局ここに彼が盛り込もうとしたのは、すべてをきれいにしてしまって死という非常に冷厳な事実を誤魔化してしまおうとする物質主義なんだ、ということを言っているんです。けれども、それがそのまま受け取られるかどうかというのは非常に不安だったようです。

須賀　ただ物質主義への皮肉だけでなくて、さっきおっしゃったメメント・モリというのか、人間の運命というものを非常にはっきりとどこかでとらえている。それがこの作品をあまり浅薄なものにはしていないということなんでしょうね。

小野寺　私も、『*Brideshead Revisited*』がすごい作品で、それはそうに違いないのですけれども、『*The Loved One*』のほうはずっと落ちるような気持ちをもっていたのですが、今度読み返したり、いろいろな批評を再読したりしてみると、そうではなくて、これは非常な傑作だというふうに認められているのですね。

須賀　ある意味で、これから四十年たっているわけですけれども、現代の皮肉というのか、そういうものが感じられる。たとえば、ジョイボーイ。

小野寺　名前から皮肉ですけれども（笑）。

須賀　「ママにきいてくる」「ママにきいてくる」という、あれなんか、そのへんを歩いたらいっぱいいるんじゃないか、と思って（笑）。それから（主役のような詩人）デニス・バーローの、あの勝手さですね。最後にはすべて自分がひとをいじめて一等の船に乗って（英国へ）帰って行くという、本当に古狸的な勝手さというんですか、そういうもの。いまの人間はみんなそうなんじゃないかという……。

小野寺　こういうことを言うと英国から文句が来るかもしれないんですけれども、デニス・バーローには、私自身の知っている英国人たちのしたたかさと共通するものを感じましたね。
須賀　そうですか。
小野寺　それから一つ最後に、面白いというか、大事だと思いますのは、エーメという純情な若い女性だけがじつは信仰に至る感覚というか、可能性を持っている。ところが彼女には、それを把握し、分析し、表現する知識がない、という批評があるんですね。これは存外大事な視点じゃないかと思います。
須賀　そうですね。
小野寺　デニスのほうは芸術的にものを見てしまうから、これも結局信仰に至り得ない。
須賀　そう。救いには行かない。「タナトジェナス（死から生まれた）」という苗字からして非常に考えさせられるし、「エーメ（愛される者）」という名前もそうですし。
　わりとこの人は、こういう信仰の形が好きなんじゃないですか。無知の者が救われる、というような。私は、ほかのウォーの作品でも、ちょっとそんな気がしたんですけれども。
小野寺　ほかの作品というお話が出たところで、ウォーのお話をするからには、ウォーの最大の作品と言われている、あまりにも有名な『*Brideshead Revisited*』について、最後に須賀さんとお話ししたいと思います。
　いかがですか？　端的に伺いますが、お好きですか、あの作品は。
須賀　そうですね……、私はやはり最初のあたりのほうが好きで、最後の、彼が批判されたという、すべてが信仰に結びついていくあたりは、なにかすごく古臭いような気がしました。

小野寺　そうですか。これは読んでいらっしゃらない方のために一言二言、解説が必要かもしれません。

　この作品は、はっきり言って俗物であるチャールズ・ライダーという男の青春の回想という形をとっているわけですが、その男が第二次大戦中にセバスチャン・フライトというオクスフォード大学時代の親友であった貴族の邸宅に軍人として駐屯して、かつてを回想して、その時にあった邸内の礼拝堂へ行ってみると依然として信仰の灯《ひ》を象徴する火がともっているというところで、彼の改心を暗示して終わるような小説ですけれども、非常に青春の描写が華麗で、美酒、美食、壮麗な建築……。

須賀　素晴らしいですね。

小野寺　それから、これもこの場合、一種の装飾にさえ見えてしまう貴族の一族の信仰上の悩みとか、これ自体が一種の精神の美しさになっているわけで、非常にきれいです。

　語り手のライダーの友人セバスチャンのすぐの妹ジュリアが、年月を隔ててライダーに出会った時に、青春を取り戻そうとするかのように二人が恋に落ちますでしょう？　そして、一時は結婚しそうになるわけですね。ところが、結局ジュリアは最後のところで、踏みとどまる——という言い方自体が一つの価値判断になってしまいますけれども——、結婚できないと言う時のせりふに私は非常に打たれたんです、じつは。いちばん驚きましたのは、「あなたはこれからどうするか」とチャールズ・ライダーにきかれた時に、「どうするかって、別に変わったことはない。私はこれからも間違いを繰り返して生きていくに違いない」と言うところですね。私は、あれは非常に感激しましてね。つまり、これからがんばるんだ、一生懸命やるんだと言うなら何も面白くないのですけれども、「間違いを繰り返しながら生きていくんだろう。そして、またそれを後悔して生きていくんだろう」と。こういう考え方がカトリシズムの真髄なのかな、と私は思ったのです。

須賀　それはそうですね。基本的な思想になっているものはこれだと思うのですけれども、ジュリアのお父さんが死ぬ時に神父さんを呼んでくるかどうかというのでもめるという話で、最後に一生信仰に反対していた人が自然と十字を切ってしまう。それで死んでいく。無意識の中で十字を切って死んでいくというのが、私はやはり、子供の時にそれが大事だと言われていたら死ぬ時にはそうなるだろうと思うんですね。形として。

小野寺　それも、「切ったように見えた」と書いてあるんですけれどもね。

須賀　そう。そういうところで、感激するでないぞと、自分でブレーキがかかっちゃうわけです。

小野寺　なるほど。

須賀　それと、一九四〇年代にはそういうものが非常に教会にとって大切だったということで、いまはもうそれは、そんなこと言っていられないような時代になってしまったということがあるのだと思います。それで、先生はロマンティシズムというふうにおっしゃいましたけれども、そういう不思議な、結局はオプティミズムがあるんじゃないかという気がして、いまの時代はもっと厳しいぞという気がするんです。だから私はむしろ、セバスチャンがアルコール依存症から抜けきれなくて、そして抜けきれないままでモロッコの修道院のやっかいものになりながら生涯を終えていきそうな予感のところで終わっている、それはものすごく感激します。

小野寺　あれは、あの小説の大変な山ですよね。

須賀　そう。ほとんど、あそこで終わってほしかったです、私は。

小野寺　なるほど。よくわかります、お話を伺って。そうですね。結局、この言葉が当たるかどうかわかりませんが、一種の護教文学的なオーソドックスなシーンが出ないで、むしろ破滅するところで終わったほうがインパクトが強い、というわけですね。

須賀　そうなんですね。おそらく、現代そのものはそういう文学的な趣味になっていっているのだと思いますから、この時代に書かれたものとしては、あそこで終わるのがふつうだったかもしれないけれども、ジュリアがどうしても結婚できないとか、お父さんが十字を切って死ぬようだとか、そういうのはほとんど私は心理学的な、肉体的な習慣があらわれるんじゃないかと思うんですね。ですから、むしろ小説としては、セバスチャンという男のほうがよく書けていると思って。

小野寺　それは私もじつは同感です。

須賀　そうですか。

小野寺　はい。あれは大変ロマンティックなんですよね、ある意味で。
須賀　そうですね。
小野寺　ぼくはフランスの詩人ランボーの人生なんかを思い出すんです。これも『*Brideshead Revisited*』を読んでいらっしゃらない方のためにあえて一言言えば、大貴族の家に生まれた息子が、結局信仰を持てないわけですね。常識的に言えば。あれも一つの信仰の形であるということを言ってしまったら、それはそれで、そういう考え方もあり得るんじゃないかとちょっと思いますけれども、その重圧に耐えかねて煩悶して、自らを滅ぼすようにしてアフリカへ行ってアルコール依存症になってしまって、妙なドイツ人と同棲してみたり、病院へ出たり入ったりを繰り返しながら修道院の前で時々掃除をしたりしている。あの中で、セバスチャンの下の妹のコーデリアのせりふだったと思いますけれども、「気がついてみると、おじいさんが死んでいた。『あのおじいさん、そういえば時々来て掃除なんかしてたな』というのもいいじゃない」と言うようなところがあって、ロマンティックなんですよね。
須賀　そうですね。
小野寺　私はよく、子供のことで困ったというふうな話を聞くことが自分の身辺であったりしましても、そういう子供が結局いまの社会に適応できなくて、アフリカあたりへ行ってというのもどうかと思いますけれども、「とにかくどこか日本ではないところへ行って身を滅ぼしていくなんていうのもいいかもしれないが、身近で起こるとやっぱり困るね」──

と言って笑うんですが、なにか、いまの我々にはアピールするところはありますね。あれしかないのかもしれない。
須賀　そうですね。その点コンラッドの『*Heart of Darkness*（闇の奥）』のほうが絶望が強いと思うんですね。私はだから、やはりあちらのほうが本当にカトリック的なんじゃないかと思います。
小野寺　なるほど。これは面白いことを伺いました。読んでいらっしゃる方は多いと思いますが、『*Heart of Darkness*』というのは中編程度だけれどもコンラッドの最高傑作ではないかと言われている作品ですね。アフリカの奥地にいて、あの場合はっきり言って、ある意味ではヨーロッパ文明というものの弱さ、原始と対決した時の人間の心の奥に耐える力がなくて、自ら滅び、朽ちていく。僻地にいる、いまふうに言うと最先端の商社マンの運命ですよね。
須賀　私は現代社会というのは、私たちにはとてももう対抗できない、何か強い、おそろしい力みたいなものがあって、その前でみんな、昔アフリカの奥地に一人で迷い込んでしまった白人というような事態になっているんじゃないか、という気がするんですね。ですから、自分でこれからどういうふうに考えていけばいいかわからないという時代のほうが私には親近感が持てて、信仰にもどったからそれで解決がつくというようなものじゃない、というふうに考えてしまうんです。
小野寺　『*Brideshead Revisited*』で、信仰のない私でもさすがに笑って呆れたのは、レックス・モットラムという代議士が出てきますでしょう。ジュリアと結婚するのでカトリックに改宗するために神父さんについて勉強するわけですが、神父さんが、「ああいう人は手のつけようがない。どうしようもない」と言う。つまり、「知識としてこれはわかったから、じゃ次へ行ってください」というふうに、どんどん……。知識と信仰とはまったく異質のものですよね。あれはさすがによくわかって。

須賀　そうですね。

小野寺　ところが、ああいうタイプ、一種のテクノクラート的な人間が、いま多いんじゃないですか。

須賀　そうですね。あれはイーヴリン・ウォーがいちばん嫌いな人種だと思いますけれども、毎日の問題さえ解決していけば、それですべては解決するというような方向に行く人で、そういう人は巷に溢れているわけですね。おそらく日本の学校はみんな子供たちを、そういうふうな人を理想に教育しているんじゃないかと思うんですね。そういうのでなくて、セバスチャンみたいに、美しいものが好きで、自分で自分を御しきれない、そして滅びていく人間、そういう人たちの深さというのがわかる教育がほしいですね。

小野寺　ほんとにそうです。私もまったく同感です。想像力と感受性が豊かでない人間が増えてしまって、ただ能率ばかりということになったら、何のために生きているのかわからないですものね。

須賀　そうですね。それで、うまく事態を処すことができる人間だけになったら、どんなにおそろしいか。これはやはり一つのファシズムだと思いますね。

小野寺　そうですね。

須賀　そういう意味でイーヴリン・ウォーというのは、なにか非常にねじれてはいるんですけれども、問題の中心みたいなものをどこかでとらえている。

　ただ、この人の信仰に対する考え方というのは、私にはよくわからないのです。それがイギリスのカトリックと大陸のカトリックの違いかもしれないですけれどもね。イギリスというのは常に、英国国教会に対する一つのアンチテーゼとしての信仰ということがある。日本のカトリックもそういう傾向になるのですけれども、アンチテーゼじゃだめなので、そういうところが弱みじゃないかと思うんです。

小野寺　「反体制的」というような言葉を使っても合うわけですか？

須賀　そうですね。

小野寺　少数者のものになってしまうわけですね。

須賀　そうです。それでいいんだけれども、それだけでは本当の人間の豊かさというものとつながらないような気がするんです。では、それがどうやってつながるのかという答えは、私にはぜんぜんないのですが（笑）。

小野寺　非常にむずかしい問題になってきますね。『*The Loved One*』の場合でも、結局出てくる人間たちがみんなロボットになってしまっている。これはすでにお話ししたことですけれども、希望があるのはエーメ・タナトジェナスだけなんじゃないかということですね。

須賀　そうです。『*Brideshead Revisited*』という小説は、大小説という感じがありますし、最初のところの生活の趣味ですね、ああいうのは私はすごく好きなんです。

小野寺　それはわかります（笑）。

須賀　ラリックのガラスが出てきたり、こういう器があったり、「ああ、あの時代」という豊かな時代がイギリスにあったんだなということ、それで、それをまだ享受するだけの教養のある人たちが本当にいたイギリスなんですよね。

小野寺　そうですね。あの中で副官のフーパーというのはライダーが非常に嫌っていますでしょう。そういうことを言うからウォーは反動だというような非難を浴びるわけですけれども、たとえば彼にとっての戦争というのは、人が殺し合うだけの無惨なものではなくて、一種の武勲詩でうたいあげられるようなロマンティックな側面のほうが魅力があるんですね。

須賀　そうみたいですね。

小野寺　そういう想像力がないフーパー、日本で言うとちょうど、戦後教育を受けて、ただ戦争は悪いんだ、悪いんだ式で、戦争のもっている華やかさみたいなものにはまったく気がつかないようでは想像力に欠落がある、という考え方ですね。あれは戦後の社会ではちょっと受け入れられにくいでしょうね。

須賀　結局あれは、四五年に出ていますから、まだ原爆を知らない戦争なんですね。ですから、まだ人間がコントロールできる戦争だったということ、それが決定的な違いなんじゃないでしょうか。

小野寺　それはおっしゃるとおりですね。

面白いと思いますのは、貴族趣味だというのは、これはよく知られていることですけれども、ウォー自身が、戦争の本当の末期の、物がなくて貧寒たる時代に大変ノスタルジックになり過ぎてしまったというので、あとでだいぶ後悔したんですね。再版では少し削っています。私が訳しました時には再版のほうを使ってみたんですけれども、あちこち修正してありました。

須賀　そうですか。

小野寺　にもかかわらず、最近読みました戦後イギリス小説論のようなものでは、「あそこには人間のいちばん自然の欲求であるおいしい食べ物、きれいな衣装、立派な家というものへの憧れをかきたてる面があるから、あの作品は不滅である」と、非常に皮肉なことが書いてありました。

須賀　それはそうかもしれないですね。セバスチャンとチャールズが二人でワインを飲みながら、これだあれだと言っているのなんか、ほんとに三人目にそこにいたかったですね（笑）。

小野寺　ほんとですね（笑）。しかし、あれが出て間もない頃というのは、イギリス自体が非常に窮乏している時代で、みんなが貧しい生活に耐えているところですから、非常にアナクロニズムだという受け取られ方をされたこともわかります。

大変貴重なお話、いろいろ面白いお話を伺うことができまして、ありがとうございました。

須賀　こちらこそ。

# イタリアの都市と文化

末吉雄二・遠山公一・須賀敦子

## 美しいヴェネツィアの言葉

末吉　今日はまず読者の皆さんにイタリアの地図をご用意いただいてからお話を始めましょう。

最近、ちょっとしたイタリアブームのようですが、それには須賀さんが『ミラノ　霧の風景』『ヴェネツィアの宿』など、すてきなエッセイを続けてお書きになったことが、かなり貢献しているのではないかと思うんです。

須賀　そうかしら（笑）。ヴェネツィアには、主人といっしょには行ったことがなかったの。彼に死なれてから、特にこの数年、ヴェネツィアの大学で講義をすることが、あの街とのつながりになってしまったんです。

ヴェネツィアは確かに面白い街だし不思議なところだけれど、別に大好きというのではないのね（笑）。例えば、ミラノとか、ローマに最初に行った時は、ここで勉強するんだ、という気持ちが強かったけれど、ヴェネツィアは初めから旅行者の目で見ていたという感じです。

末吉　僕はヴェネツィアでは全くの観光客です。よく、サン・マルコの広場のカフェーに座っているのが観光の極致というか、観光というのはこういうものだという見本だということを学生にも話すけれども、ヴェネツィアの魅力というのは、そういうまさに観光地というところなのではないかと思っています。自動車もないわけだし、非日常的というか。

遠山　僕は住んでみたいということとは、ちょっと違うんだな。

須賀　私もちょっと住んでみたい。

遠山　僕は最初に、サン・ジョルジョの島の中にある、ジョルジョ・チーニという財団が毎夏に主催しているセミナーに参加して三週間いたのが大きな体験になりました。もちろんトーマス・マンの『ヴェニスに死す』とか、文学的な死を思わせるようなイメージが初めにあったのですが、もっとすごい健康的なヴェネツィアを見たんです。つまり修道院に泊まらせてもらっていて、いつも真夜中に帰って来ると、リキュールを飲ませてくれたりして（笑）。夜飲みに行ったりすると、昼間買い物をした八百屋のおじさんなんかが飲んでいて、「おーっ」とかいって寄ってきて振る舞ってくれるんです。村みたいな感じで、つまりカナーレ（運河）で全部分けられていて、一つずつ分断されているから、その中の一つひとつはみんな仲がいい。市が立ったりしています。

須賀　それは、サン・ジョルジョ？
遠山　いえ、本島です。サン・ジョルジョには通っていました。そこで会った人はすごい親切で、僕はフィレンツェでは街で親切ということをあまり経験したことがなかったから非常に印象的でした。
須賀　ヴェネツィアで〝親切〟だというのはかなり珍しい。
遠山　そうかなあ、道なんか聞いても親切だけどなあ。「トゥット・ディリット（どこまでも真っ直ぐ）」とかいって。
須賀　でも、「トゥット・ディリット」といわれても全然わからないでしょう。
遠山　そう、あんなに曲がっているのに、どうして「トゥット・ディリット」なのかわからないけれど、わかった気になっている。
須賀　ヴェネツィアの人にとっては、いつも真っ直ぐなんです。ここを真っ直ぐ行けばどこどこへ行くといわれても、私は成功したためしがないの（笑）。
末吉　だって、迷路みたいじゃないですか。
遠山　だから曲がるところに来たらまた聞くと、また「トゥット・ディリット」といわれて、でもあの語尾がたゆたうような、全体が波のようなゆっくりした言葉を聞くと、いいですね（笑）。
須賀　言葉がきれいなヴェネツィアは、街路の名前もみんな方言で書いてあるから、それが魅力的なのね。いま私、ヴェネツィアのゲットのことを書いているんですが、「ゲット」も「ゲト」なのね、あの発音が、なんともいいですね。それで私も一回ゆっくり、例えば、加藤周一さんがなさったみたいに一年ぐらい住めたら素晴らしいと思うんだけれども。とはいっても、一年いるとしんどいかもね、ヴェネツィアは。ブロツキーというロシアの詩人でアメリカに亡命した人がヴェネツィアについての小さい本を書いているの。それを読んでも思うのはさっき遠山さんがいった、ヴェネツィアの人は親切だということに対する反論なんです。ヴェネツィアの人は、よそ者を信頼していないのね。自宅に呼ばれるということは絶対ない。ブロツキーも書いているの、自分は十七年間、毎冬にここに来るけれど、まだ一回も自宅に呼ばれたことはない、ヴェネツィア在住の外国人の家にばかり呼ばれると。

遠山　何というか、外から来た人に対して人馴れしているんですね。道を聞かれるとか、そういう非常に表面的な接触に慣れているというか。

須賀　だからよく新聞などで、日本人は人見知りするとか、島国根性だとかいうけれども、それはアメリカから見た日本なんで、結構ヨーロッパ人って人見知りするでしょう。そう易々と自宅に呼んでなんかくれないし。

末吉　人見知りというか、よそ者に対していきなり心を開いてしまうようなことはしませんね。表面的には親切そのものだけども。

遠山　どうして日本は、アメリカと比べるのかがわからない。あんなに日本と違う国はないのにね。

須賀　いやいや、あんなに世界と違う国はないのよ（笑）。それなのになぜかアメリカが、世界の規範みたいにいわれる。アメリカみたいにならなければいけないとでもいうようなことがほうぼうに書いてあるから、私としては非常に心外です。ヨーロッパ人だってみんなアメリカは不思議な国だと思っている。

末吉　そう思いますよ、ヨーロッパは日本と同じで、人間関係でがんじがらめだったり、談合なんていくらでもあるしね（笑）。

遠山　談合のない社会のほうが、不自然ですよ、どう考えてみたって。

須賀　アメリカはお互いの人間が信頼する術がないから全部規則でやれるんだけれども、ヨーロッパではみんなお互いに知っているわけでしょう、あの人はどこから出て来た人間だということを。イタリアでもそういうことからいま、抜け出そうとしているわけだけれども、非常に危ない橋を渡っているとみんながいう。その危ない橋だということを自覚しないで渡ってしまったら、次の世代はかわいそうだと思うの。ちゃんとその先に待っているものを、こうしたらこういうふうになるんだよということを、少なくとも予測してかからないと。

## イタリア人の郷土愛

末吉　閉鎖性といったらフィレンツェも閉鎖的であることで有名ですね。

遠山　そうですね、みんなフィレンツェ人は冷たいという。街の大きさはそうでもないのに、メンタリティーでしたら非常に都会的なところもあるし、イタリア人はみなそうですけれど、オルゴリオーソ（誇り高い）なところがある。

須賀　プライドが高いんです。

遠山　そう、自分たちの街のイタリア文化が世界の中心だみたいな、そういう気位を強く持っていますし、そういうふうにいわれもする。ただ、それは僕の個人的なメリットかもしれないけれども、結構たくさんのフィレンツェ人と付き合って、いい友達もできたし、家にも何度も呼ばれて散々騒いだし、特に強い違和感は持ってないですけどね。

須賀　かえって日本人のほうが容れられるのかもしれない。イタリア人同士で地方が違うと駄目なんです。

遠山　それはありますね。

末吉　僕も最初に留学して、子供が入った学校の同級生でたまたま子供が一番親しくなった子の家族が、ミラノからフィレンツェに赴任して来た家族だったわけ。そうしたら彼らは散々いうわけですよ、フィレンツェ人は全然冷たい、われわれを一切受け入れてくれないと。それから十数年たって行ったら、いまはそんなことは全くなくて、かなり地域の教会組織、パロッキア（教区教会）の中で彼ら家族が一所懸命やっているというので受け入れられたと。そういうパロッキアが地域社会で果たしている機能みたいなものを感じました。

須賀　私の知人のミラノに来ているフィレンツェの夫婦が、もう本当にミラノが嫌だ、こんないやらしい土地はないと、太陽は照らない、雨は降る、物は高いとこぼしてばかりいた。

遠山　フィレンツェも高いけどね、わかる気がする（笑）。

須賀　そういわれると本当に返事のしようがなくて、それじゃフィレンツェへ帰りなさいよといいたくなるんだけれど、その人はコルテマジョーレ石油会社に勤めていた。やはりミラノには大企業の仕事がある。フィレンツェでは家内工業みたいなものばかりだから。

遠山　ミラノの経済力は強いです。

須賀　そうなんです。そういうミラノって嫌な面もあるけれど、あれほど悪くいわれることはない（笑）。

遠山　僕は、パリにいた時と比べてイタリアは本当に過ごしやすかった。というのは、外国に対して差別意識があまりないということ。いまはフィリピンの人とか、アフリカの人が来て、多少事情は変わってきましたけれど、基本的にはイタリアというのは移民を出すほうなので、そういう苦労を知っているところがある。むしろ彼らが差別意識を持っているのは、自分の国の内部の人間に対してなんです。シチリアとか、カラブリアとか、ナポリとか。

須賀　それは大変なものです。

遠山　南へ行けば行くほど、自分たちの街のことをカンパニリスモという、そういうイタリア人特有な郷土愛みたいなものがすごくあります。そこに留学した日本人も染まっていく（笑）。

末吉　留学というのは、フランスに留学した人は全くフランス贔屓になってしまうし、ドイツに留学した人は飲むワインもドイツ・ワインになってしまうという不思議なものだけれど、イタリアの中では留学先のその街が、何か第二の故郷ふうに、このカンパニリスモを全くそのまま受け継いでしまうというところがありますね。

須賀　私はミラノの人というか、北イタリアの人と結婚したでしょう。主人が母親に結婚しますといった時に、相手はだれとだというので、日本人だといったら、全然怒らなかったというのね。ただ一つだけ条件として、日本に行って住むのはやめてくれ、会えなくなるからと。それで、南の人でなくてよかったといったというの（笑）。南の人だったら反対するけれども、日本人だったら何も反対する理由がないって。

遠山　日本はちょっと遠すぎて、尺度の埒外にあるんだと（笑）。フィレンツェ人からすればミラノはドイツ人と同じだという。

須賀　そうなの、私もこの頃だんだんそう思うようになってきた。非常にドイツ的なところがあると思うし、方言がきれいではない。ミラノ弁というのは、根本的に田舎の言葉なんですね。重いんです。ヴェネツィアの軽さもないし、フィレンツェのウイットもないし、ローマのおしゃべりもないし、言葉の人たちではないですね。ミラノで私が惚れ惚れするのは、労働者とか、職人さんとか、そういう人たちが仕事を本当に好きなこと。それでまるでご馳走を食べるように自動車の修繕をしていたり、ああ、この人たちは働くのが好きなんだなあっていう感じはあります。
遠山　それもまたゲルマン的だという感じがしてしまう。
須賀　もちろんそうなの。
遠山　フィレンツェでは、労働は罪だというような意識がある(笑)。
須賀　それでミラノの人には被害者意識があるわけ。おれたちが働いても働いても、南のやつが食っちゃうというように感じるわけです。
遠山　それはある程度事実ですね。
末吉　だけどフィレンツェの職人も夜は遊んでいますけど、そのわりに朝早いじゃないですか。午前中の時間というのがものすごく長いんです。
遠山　八時半ぐらいから一時半ぐらいまでずっと働いている。
末吉　そうです、日本だと、ぐずぐずしてると九時過ぎから仕事を始めて、十一時半ぐらいになるとやめちゃったりして(笑)、午前中が短いですね。午後遅くまでやればいいやという気持ちがあるからでしょうが、イタリアでは逆で、午後はちょっとやればいい。
遠山　イタリアでパーティーに行ったら、それこそ夜中の一時になったりすることがよくあるでしょう。
須賀　一時、二時ですね。私もミラノにいたころ、家にお客を呼んで、十二時に帰ってしまったら、今日はそんなに面白くなかったのかしらと思ってしまう。ところが驚くべきことは、夜中の二時までいっしょにしゃべっていた出版社の連中が次の日はもう八時半に会社に出て、ゆうべはありがとうなんて電話を掛けてくるから、イタリア人は怠け者というのは嘘なのだろうかと思ってしまいますよ。
末吉　本当にそうですね。体力があるというのか、どこでその補充がきくのかと思いますね。やはりシエスタ（昼寝）が有効かな。
須賀　恐らく、する仕事があれば体は動くのではないかと思うの。だから南の人が怠け者だというけれど、歴史的に仕事がないからではないかしら。ナポリの人でミラノの工場に来る人はかなりよく働きますよ。
遠山　でも組織的にサボるのはすごいみたいですよ。それも会社にいるという建て前で家に帰っているというような状態が、組織的にある。それをいかに働かせるかというのが大変なんです。
須賀　でも南というのを全部一つに考えてはいけないわけ。シチリアとナポリとそれからプーリアとでは全然違う。
末吉　その中ではどこが一番、これぞ南イタリアというイメージに近いかといえばやはりナポリですか。
須賀　ナポリ人というのは非常にセンチメンタルで、ものすごく頭の回転がいいんです。それだから付き合って悪くはない。腹が立つこともちろんあるけれど、してやられたという感じがかなり愉快に感じられて、ゲームで負けたみたいな感じなのね、ナポリの人間というのは。プーリア人はちょっととめそめそしている。シチリア人はもうそのプライドの高いこと。ナポリもプライドがすごい高いけれど、シチリアのプライドというのはすごいの、とくにサルデーニャとか、ああいう島の人たちのプライドは、どうなっているのだろうと思うくらいです。

**遠山**　『山猫』などを読むと、そういうところがよく書いてありますね。ああいうところのサルヴァトーレとか、ロザーリオとかいう名前の連中、何か動物に近いくらいで、特に男がすごく精力的です。

## 南と北と

**末吉**　結局、どの地方も独特の文化をもっていて、自分たちの文化に対する愛着がものすごく強い。実際、サルデーニャ島だって、ヌラーゲっていう、小型のピラミッドみたいな紀元前二〇〇〇年頃の巨石文化の遺跡が島中に残っているし、海沿いにはカルタゴの都市遺跡もある。ローマ時代の遺跡は、だから島の歴史にとっては新しいほうに入るわけですよ。シチリアだってローマとはまったく違う文化ですものね。ノルマン時代のパレルモではアラビア語とギリシア語とラテン語が公用語になっていた。トリリンガルだったわけですよね。

**須賀**　シチリアがイタリアの詩の発祥地なんです。それを考えるとアラブの血が入っていたということは、イタリアの文学にとってはものすごくありがたいことだったと思う。

**遠山**　シチリアがイタリアだった期間というのは、どのくらいありますか。

須賀　短いでしょうね。
遠山　アラブだったり、アラゴン家だったり、アンジュー家だったり、イタリア統一の時だってシチリアから入って来たわけですし、第二次大戦の時の連合軍もあそこから入って来たわけです。
須賀　その前はギリシアだったし。
遠山　そういったらイタリア人に対するシンパシーは、どのくらいのものがありますか。
須賀　それは統一後のイタリアが一つになってしまって、私たちはイタリアに行くと全部がイタリア人かと思うけれども、そうではなくてフィレンツェ人であり、ローマ人であり、ミラノ人であり、ヴェネツィア人で、それぞれが違う歴史をもっている。
末吉　いまのユーゴスラビアの状況を見ると、ユーゴスラビアは連邦国家になったからいまの混乱がある。イタリアは何とか幸せだったというか、下手をして間違えたら連邦国家になったっておかしくないところがあったと思うのです。
遠山　いまだってレーガ（北部同盟）が大変なことになっています。
須賀　そうなの、日本人でミラノで日本語を教えている人がレーガはかなり危険な右翼だって。国粋主義というより土地粋主義みたいなのが信条で、私が聞いてびっくりしたのは、日本語なんかを教えるよりも、いまはミラノ弁を教えるべきだ、子供たちや若い人たちに、外国語なんかやる前に、ミラノの方言を教えろというようなことが、かなり真剣に市議会で話されたそうです。そんなことってある？　私たちのもっているイタリアのイメージがガラガラと崩れるというのか、やはり北イタリアの人間はドイツ的なのかしら。
遠山　オーストリアから割譲したようなところは、いまでもすごく祖国に還りたいというような意識があって、祖国のほうはあんな言葉を話すのは嫌だといったりする。名前もドイツの名前ですし、オリンピックのボブスレーの選手なども何とかジンガーとか、マイヤーとかみんな付くでしょう。
須賀　あれはトレント地方の人ね。
遠山　やはりそういう元の国家に対する忠誠心みたいなものがあって、非常に問題がある。
須賀　ボルツァーノとかいわゆるチロル地方に行くと、イタリア語でしゃべると返事してくれないんです。
遠山　僕の友人もタクシーに乗せてくれなかったです。
末吉　それはすごいね。
遠山　友達のフィレンツェ人がミリターレ（兵役）でメラーノに行って、そこの女の子と仲良くなって結婚する時に問題が起きた。あれはドイツ人ではないかと。だってイタリア語をしゃべれない人がたくさんいますからね。しゃべれてもアクセントが強い。しかもイタリア語のボキャブラリーがものすごく少ない。
須賀　私、時々ヴェローナからトレントへ行く途中の、山の上の村に行くんです。そこはスキー場で標高一〇〇〇メートルぐらいあるけれど、村の名から、住んでいる人の苗字から、全部ドイツ語です。それで山の下から来る人のことをイタリア人なんていっている

（笑）。あそこの家に今日はイタリア人が来ているよ、なんていっているわけ。だけれども村人たちはイタリアに対してすごく愛国心がある。それはイタリア政府に頼っていないと自分たちは駄目になるというような教育があるんです。

末吉　その地域は、そういう民族的な血筋があるんでしょうね。

須賀　そうですね。ミラノあたりの方言にはドイツ系、ゲルマン系の音が入っていて、ミラノから五〇キロ北のベルガモ地方の方言なんて馬が嘶いているみたいだってみんないうの（笑）。

遠山　イタリア語とベルガマスコ（ベルガモ方言）とか、方言の辞書がたくさんありますものね。あれはわかりにくいですね。

末吉　シチリアが全く違う文学をずっともってきたというのはよくわかる、都市国家、領域国家が違っていましたから。でも違うにしても民族的にまでそんなに違うかなという気がするんです。

須賀　私、最近になってローマでちょっと気になった話があるんです。四年ほど前にイタリアに何カ月か滞在したことがあって、トラステヴェレに住んでいたんです。それで大学に行くのにバスに乗るでしょう、そうすると一緒に乗っている人のほとんどが有色人種なんです、ベトナム人とか黒人とか。街へ働きに行くのだけれど、トラステヴェレに住んでいる人が多いわけ。ある日ゲットの話を読んでいたら、トラステヴェレというのは、紀元前すでに中央アジアからの難民が来て住んだところなんですって。それであの辺は沼沢地で健康に悪いので、ローマ法王があそこはかわいそうだから、もう少しどうにかしてやれというようなお触れを出したりもしています。ある年、大洪水があって、ユダヤ人だけが川の反対側に渡ってしまった。その渡ったところがいまのゲットだといいます。それを、ある教皇が全部一緒に塀を外に建てろというようなことをいったらしい。

**遠山**　ゲットってヴェネツィアが最初でしょう、スタツィオーネ（駅）から北のほうですね。あれはスペインから追放されて、ヴェネツィアのあそこに住み着いたと聞いたんですが。

**須賀**　そういう人たちもあるらしいです。スペインから来た人も、北から来た人もいるし。びっくりしたのはヴェネツィアのゲットに四つか五つシナゴーグがあるんです。それでスペインの人たち、ドイツ系の人たち、イタリアの人たちと、あの中でお互いに差別していた。

話をローマのトラステヴェレにもどすと、イタリアという国は難民に慣れている国だという感じをもちました。だから、難民、難民といってパニックを起こすことではないんじゃないかという気がした。いま世界中が大変だ大変だといって難民を嫌がって、ドイツなんかでは周りに高い塀を造って、難民あるいは移民の人たちが夜出掛けないようにするというようなことを逸早《いち》く考えたんです。イタリアは確かになんにもしないから、駅の周りなども本当に難民の溜り場みたいになってしまうわけだけれども。

**末吉**　ローマの駅の周りは夜はちょっと怖いですよ。

須賀　でもローマが歴史的にずっと難民を受け入れてきたということに、私はびっくりした。国家の観念がいまほどしっかりしていなかった時代には、難民がいまのような形で問題にならなかった。難民は自然に繁栄した都市に集まった。例えばローマに。気候がいいからかな。それでローマの下町人になってしまうわけ、ちょっと不思議でしょう。
遠山　イタリア人にびっくりするほどきれいな人がいるというのも、そういう血がうまい具合に混ざり合った時に美人が産出されるのではないかと思ったりしますが。
須賀　でも、いま北がやはり難民で大変なんです、トリエステあたり。
遠山　トリエステは特にユーゴと近いからですね。
末吉　いまの世界だと難民といういい方になるんだろうけれど、地中海という世界ではきっと難民という言葉は適切ではないのでしょうね。いってみればそういうもともと人々が動き回っている世界、という感じがありますね。
須賀　そんな感じがありますね。私が一九六一年にトリエステの近くに行った時に、土地の人が向こうに見える山を指して、あの向こう側はスロヴェニアだというんです。それでスラヴ人が夕方になると、肉を買いに降りて来るっていうのね（笑）。それは当時ユーゴスラビア人だったんですよ。けれどもそれがあたかも中世からと同じように、土地の人はただ隣村のやつが降りて来るというふうに考えている。政治が、そういうものを全部国家の概念で分けてしまったから、スラヴ人が入って来たことだけで大騒ぎするというふうになる。

## 田舎に魅せられて

遠山　話題を変えましょう（笑）。須賀さんはどこの風景が好きですか。
須賀　ウンブリアからトスカーナ。
遠山　僕と同じだ（笑）。
須賀　もうあの辺に行くと気もそぞろになる。春なんて気が変になりそうね。
遠山　トスカーナから少しずつ乾いてきて、南トスカーナに入って、ラツィオを覗くかなというところで、ウンブリアの親しげな感じが混ざってきて、ちょっと西日が傾いた時の光の中で、緑と茶と、あのきれいな風景は言葉にならない。そこでサルシッチャ（腸詰め）をかじりながら一杯やったらもう最高（笑）。
末吉　僕は留学で初めて行って、すぐ車を知人から譲ってもらって、ローマからフィレンツェの留学先まで友達と一緒に来たんですよ。ですからずうっとアウトストラーダ・デル・ソーレを通ったので、これが僕の一番最初のイタリアの風景との出会いなんですよ。ですからその最初に見た風景が刷り込まれていて、これがイタリアだと、個人的にはそういう気もしていたんだけれど、皆さんもそうですかね。
須賀　私も最初にペルージャに留学したから、ウンブリアの景色というのは本当にからだに染み付いている。ウンブリアからトスカーナに入っていって、例えばアレッツォの辺に行くと、もうウンブリアとは全然違うでしょう。

遠山　僕は、アレッツォよりもっと西のモンタルチーノとか、モンテ・プルチアーノとかあの辺が好きです。
須賀　すごいすごい。
遠山　あの辺はワインもうまいし。
末吉　ワインがうまいから好きなんじゃないのかな（笑）。
遠山　グレーベ・ディ・キャンティがいい。
末吉　シチリアの春先の風景もいいです。雪のエトナ山とアーモンドのピンクの花の取り合わせが実に美しい。結局、起伏が適当にある風景がいい。
遠山　ミラノからボローニャは水田地帯で真っ平らでしょう。
末吉　あれは退屈ですものね、霧でも出てたら本当にそれこそ悲劇という感じになってしまう。
遠山　また霧もいいという方もいますよ、須賀さんのエッセイは『ミラノ　霧の風景』だもの（笑）。
須賀　やはりボローニャの先の峠を越えたあたりからが圧巻ですよ。
末吉　でもボローニャはいいですよ、近代的だし、いいところもある。ミラノでもないし、それからトスカーナでもないというか。僕は嫌いじゃない。
須賀　エミーリアってあまり好きじゃない。
遠山　通り道ですよ。

須賀　あの辺の人たちはすごく物質的なんです。荒っぽいし、ものの考え方があまりに現実的というか。食べるものは美味しいけれども、でも古くさい美味しさですよね、コッテリしていて（笑）。
遠山　イタリアの料理は大体地方的というか、洗練されてないところがいいでしょう。
須賀　ボローニャではどんなレストランに入っても美味しいという感じではあるけれど。
遠山　フィレンツェでピッツァを食べたら最悪だもの。ピッツァならナポリに行けという。
須賀　ナポリにはピッツァとパスタしか食べる物がない（笑）。
遠山　でも人間がいいじゃないですか、一緒に食べていてとても盛り上がるのはナポリですよ。友達の友達もどんどん来てね、ワーッと盛り上がって、こいつ日本から来たんだぞと、わけわからないけど盛り上がってしまう。
　僕たちの話は結局人間の話になるかもしれないけれど、田舎の美しさというのはカルチャーが、歴史がつくったものだという気がするんです。トスカーナの糸杉だって、ローマの松だって、ウンブリアのオリーヴだって、だれかが植えたものだし、一つの景観が、パノラマがみんなのものであって、それはみんなで楽しむものだという共通の理解がありますでしょう。
末吉　聞いた話だけれど何かウイルスがあって、糸杉が枯れていく。それでトスカーナの景色が変わってしまうというので、それを何とかしようとしているらしいです。
須賀　オリーヴの栽培が、だんだん不可能になっているらしいですね。手作業だから人件費が高くつくので、最近、ブドウ畑もオリーヴ畑もドイツ人が買い占めている。ドイツの資本に飲み込まれていっているんですね。

末吉　キャンティの丘を一つ一つドイツ人が別荘に買っていくという話も聞きます。丘一つは結局そこのマルカ（商標）のついたワインだから、結構大変な問題なんだなと思うんだけど。

須賀　フランスのシャンパンが、ドイツ人やアメリカ人、日本人に買われてしまっているでしょう。

遠山　総体的にイタリア貴族が経済力を失ってきたんですね。

須賀　そう、地主たちが、息子たちの教育をちゃんとやらなかったので消費的人間しかできなかった。彼らは経営能力が全然なくて、売り食いみたいになって、それで駄目になってしまう。

遠山　須賀さんは貴族の人を随分知っていらしたでしょう。

須賀　そうでもないですよ。

遠山　ヴェネトの辺に行ってヴィラの持ち主を一人知ってしまうと、あと芋蔓式になって知り合うでしょう。僕もヴェンデーミア（ブドウの収穫）のお祭りに呼ばれて行ったりすることがありましたが、そうすると私はミラノに暮らしているけれど、うちが苦しいから私のヴィラ、ホテルにするのよなんていう話をするのに、みんなが相槌を打ったりして、嫌らしい感じです（笑）。

須賀　そうよね。ずいぶん昔の話だけど、ウンブリアの地主が、自分の土地をアメリカ人に売りたいが、そのアメリカ人が今日来るので、あなたは英語ができるから来てくれといわれて行ったことがあるの。それは私の下宿先の親類で、何回かそこの家へ行きました。麦刈りのあとのお祭りなんか本当にまだ中世みたいで、地主さんの家に小作の女たちが集まって主人のお客のためにご馳走をつくる。地主さんはお客と大きなホールみたいな部屋で、ルネサンスの絵にあるような感じで長いテーブルを囲んで食べる。ところがその地主さんがピストルを持っているの。それは農民たちが共産党になったから、いつ殺されるかわからないからって。

遠山　ウンブリアは共産党が強いでしょう。

須賀　だけど農民というのは汚くて駄目だというようなことを、もう当たり前のようにいったり考えている人たちが存在して、その人たちが自分の土地を失っていくわけです。だからある意味でなるべくしてなったという感じで、よけい悲しいですね。

遠山　田舎の話ばかりしてきたようですが（笑）、イタリアでチェントロ・ストーリコ（歴史地区）をいかに守るかというのは大問題ですね。そこに絶対人が集まらなくなって、スラム化してしまったらおしまい、人が住まなくなったら家は駄目になりますから。これは日本の条例なんて、消防法がいくらあっても、美しいという観点では全く決まりがないのに比べて、イタリアの場合はそれはすさまじく厳しいですね。

須賀　経済的にガタガタなのに、市街の美観を守る努力は大変なものです。ミラノで、外壁だけになった家がずいぶんあるからあれはなんなのとたずねたら、いま建て替え中だけれど、外は法律で壊せないから中だけ建て替えるのだと。

遠山　すごくお金がかかるんです。銀行やスーパーマーケットなど、中は冷暖房をして現代的なのに、壁一枚残しているから外観は何も変わらないという。

須賀　ウルビーノの大学に行ったことがあるんですが、外は全部ルネサンス時代のままで中は超現代の素晴らしいインテリアなんです。あれは感激したなあ。学校の中の階段の段々がとっても変な階段なの。だれかに聞くと階段の奥行きが馬の歩幅にしてあるんだというのです。人間の足で歩くと少し広すぎるんですけれど。家の中にその街の伝統的な階段を取り入れたわけです。

末吉　マントヴァのパラッツォ・ドゥカーレも、階段を馬で上まで上がれるようになっているし、ウルビーノがそうですね。下の駐車場の広場から、上に上がる階段が渦巻きになっていてね。

須賀　ウルビーノだったかしら、街の外に車を置いておかなければいけないのは。

遠山　ウルビーノは結構入れますよ、ペルージャは下からエレベーターで上がらなければ絶対駄目。

須賀　あるとき、ローマで都心に泊まっていたんですけれども、個人の車は絶対に入れない。すると、友人が共通の知人だったある女の人に対して、きみは親切にしなければいけないというの。あの人には、ちゃんと笑っておかなきゃ駄目と。というのはその女性が都心に住んでいて、車で都心に入れるカードを持っている。飛行場に行く時なんかあの人に頼まなければならないから、だからあんまり冷淡にしては駄目よなんて（笑）。

末吉　でも、街中がいってみれば文化財でできているわけだから、自動車で街に入れなくても当然だともいえますよね。大げさにいえば美術館の中を車で走っているのとあまり変わらない。

遠山　とにかく行く度にここは入ってはいけないとか変わるのに合わせて路線バスも変わるから、路線バスが道を間違えるんです。

須賀　本当？（笑）

遠山　フィレンツェで、路線バスが道を間違えて行き過ぎてしまって、運転手が降りて乗客を探しに行った（笑）。

末吉　乗客と喧嘩して、運転手が頭にきたといって、バスをそこに止めたまま降りていなくなったという事件が、僕が留学中に二回ありましたよ（笑）。

須賀　私ラジオで聴いたんだけど、ローマで街の外に出ようと思う人は、これから自分は街の中心に行くんだと思えというの。中心に向かって走っているつもりになると、必ず外へ出るからと（笑）。

末吉　しかし、ローマでは地下鉄もなかなかつくれない。最高裁判所の地下にもローマ時代の遺跡があったらしいし、ところによっては遺跡が三層にも四層にもなっている。

須賀　コロッセオの近くの何とかいう教会が有名でしょう。

遠山　サン・クレメンテ。
末吉　サン・クレメンテは地上に見えている教会は十二世紀の建物だけれど、その下に初期のキリスト教時代、五、六世紀の教会があって、さらにその下にローマ時代に作られたミトラ教の教会があって、さらにその下にローマ時代の住居跡がある。四層になっています。だからそうした遺跡を守るためには不便は我慢するよりしょうがない。街の中に車をあまり入れないために、わざと不便にしてあるのでしょうね。
須賀　車のナンバーによって都心に入れる日と入れない日があるでしょう、ミラノなんかはスモッグがすごいというので、今日は奇数番号で終わる車しか入れない、翌日は偶数番号の車というわけです。スモッグのひどい日は小学校が休みになったりします。
遠山　今日は、とりとめのない話になりましたけれど、日本の大学の中でイタリアに最も近いのはわが慶應義塾だということでお開きにしましょう。
須賀　どうして。
遠山　だって三田キャンパスのお隣はイタリア大使館だもの。
須賀　そうか（笑）。

# フランス、イタリア　小さな美術館巡り

饗庭孝男・南美希子・須賀敦子

小さな美術館巡り

**南**　海外旅行の楽しみのひとつに美術館巡りがありますが、ルーヴルやオルセー、ウフィッツィ、プラド……といった大きい美術館は、誰もが一度は訪れているでしょうし、作品の点数があまりにも多いので短期間の滞在ではとても鑑賞しきれませんよね。我々日本人も、もうそろそろ、郊外や地方にある小さい美術館にも目を向けていい頃だと思うのですが……。

**饗庭**　前にもフランス国立美術館の渉外局長と会ったときに「我々は日本人に感謝している。大勢でドッとやってきてアッという間に出ていってくれて、しかもいちばん多く買物をしてくれる」と言われました（笑）。ツアーの場合仕方ないともいえますが、こういう美術館巡りはもう卒業したいですね。

**須賀**　本当に。私が初めてフィレンツェに行ったのもパリの学生の団体旅行でしたから、

ミケランジェロだ、ボッティチェッリだと巨匠の作品を次々と見せられて、ただもう驚いただけで何もわかりませんでした。今から考えるともったいないと思います。あれもこれも見ると注意力が散漫になるし、感動も薄められてしまうことが多いですから。

南　体力的にも精神的にも疲れますね。

須賀　ですから私は、たとえ大きな美術館へ行くときでも、あの作家のあの作品だけ見ようと決めて行きます。そしてそこで受けた感動を大事に包み込むようにして持って帰って、長く余韻を楽しむという見方をしますね。

饗庭　たとえばルーヴルでも、やむをえず一回目に『モナリザ』と『ミロのヴィーナス』を見ても、次はエジプトの部門だけとか、その次は十八世紀の作品だけとか、自分でテーマを絞った見方をすれば、もっと有益だと思いますね。

南　その点、小さい美術館は、ある作家の作品だけとか、ある時代の作品だけが収められていることが多いので、自分の感性に合ったものと出会いやすいですよね。

饗庭　ヨーロッパの美術館は大きく分けると、三つのタイプがあります。一つは、王侯・貴族が戦利品として征服した国や地方から持ってきたものを集めたタイプ、二つ目はやはり大貴族や大ブルジョワが集めたもので、いわゆるコレクターものといわれるタイプ、そして、画家の家を美術館にしているタイプです。このうちの二つ目と三つ目のタイプは、ほとんどこぢんまりした美術館ですね。

須賀　コレクタータイプの美術館については、ちょっとおもしろい体験があるんですよ。

ローマにボルゲーゼ美術館という小さな美術館があるんですが、ここはボルゲーゼ家の個人コレクションの美術館ですね。ボルゲーゼ家というのは教皇とか枢機卿とかを出しているたいへんな家柄なんですが、二十五年ほど前ローマへ行ったときは、このボルゲーゼ家に昼食に招ばれたんです。

南　エッ、まさかレストランを兼ねているわけではありませんよね？

須賀　要するに現在のボルゲーゼ家の当主が、その美術館を兼ねた宮殿の中に住んでいるわけです。そして、お嬢さんがローマで出版社の仕事をしていて、私と仕事を通してご縁ができたものですから、「家に来ませんか」ってことになったのです。

饗庭　あそこはこぢんまりした広さですが、宮殿の床や天井にはモザイクや珍しい大理石がふんだんに使われていますし、イタリア彫刻の二大巨匠ベルニーニとカノーヴァの代表作が同時に見られるんですよね。絵画も、カラヴァッジョとかボッティチェッリ、ラファエロなどがあって、イタリア美術の粋が集まっています。

南　世界的な国宝ともいうべき作品の中で寝起きしているなんて、最高の贅沢ですね。

須賀　ボルゲーゼさんの寝室にヴェロネーゼだったかの絵があって。

南　ワァー（笑）。我々一般の人間は、そこまで深く美術館にはかかわれませんが、須賀先生のご体験は小さい美術館だから可能だったんでしょうね。

饗庭　それに近い体験は、私も何度も味わっています。私はどちらかというとルネサンス以前の中世ヨーロッパ美術に関心が深いので、フランスならパリより、地方の山奥の小さい修道院や教会を回ることが多いのです。こういう山奥の村では神父がいくつかの教会をかけもちしていることが多くて、せっかくたどり着いたのに教会の主は三日も帰ってこない、なんてことがよくあります。そんな場合、カフェの女主人とか宿屋のおやじとかを訪ねると、「鍵を預かっているからあけてあげる」「泊まる所がないなら家へ来い」などと、非常に親切にされます。ただし、日本人なんか見たこともない人たちばかりですから、周囲の人たちから質問ぜめにあいますがね（笑）。

南　うらやましいですね。でも、私たちのように、語学にも地理にも不案内な若い女性の場合は、まずはパリやローマ、フィレンツェといった観光都市が主になると思うんです。そういったよく知られた街にも、意外な所に意外な美術館がひっそり佇んでいることって、多いんでしょうね。

須賀　イタリアなどは、もうどこへ行っても古い貴族の館や教会があって、それらは建物を見てもおもしろいし、中にある調度品やタピスリー、壁画などは、すべて美術品といえるほどです。ローマにいたっては、市内のいたる所に名所旧跡が残ってますし……。

饗庭　パリもよく知られた大きな美術館だけでなく、狭い路地の突き当たりなどに画家の個人美術館がいろいろあって、街の風景の中にしっとり溶け込んでいるものが多いですね。パリの市内は二時間もあればいい所は歩いて回れますから、たとえツアーの途中でも、三時間なり半日なりの自由時間があれば、それを美術館巡りにあてたいですね。

南　パリの近郊、いわゆるイル・ド・フランスも、パリから一時間ぐらいで行けますものね。
饗庭　パリ市内に限っていえば、六区のサン・ジェルマン界隈にはドラクロア美術館があります。ここは晩年の彼が過ごしたアトリエ兼住宅を美術館にしたものですから、こぢんまりしていて、注意してないと見過ごしてしまうような小さい美術館です。そして、そこから歩いて十分ほどの所にあるサン・シュルピス教会の天使礼拝堂には、彼の描いた壁画がありますから、そこまで足をのばしてみるといいですよ。
南　画家が実際に絵を描いたアトリエを見てから作品を見ると、感慨もひとしおでしょうね。
饗庭　それから七区のヴァレンヌ街にはロダン美術館があります。ここもロダンが晩年を過ごした館で、それまでは郊外のムードンという所に住んでいましたから、あちらにも美術館があります。ヴァレンヌ街のほうは『接吻』や『地獄の門』などが展示されていますが、庭園には『カレーの市民』も置かれていて、庭園そのものが市民の憩いの場になっています。ですから作品を鑑賞したあと、庭を散策して自然に触れるという楽しみも、同時に味わえますね。
須賀　美術館の周囲の雰囲気を味わったり、美術館の建物自体のすばらしさにうたれたり、小さい中庭でちょっと休憩して、作家が作品を完成させた時代の空気みたいなものを体験してみることができるのが、小さい美術館のもうひとつのよさですね。
南　遊びというか、ゆとりがあるっていいますか……。

饗庭　三区のマレ地区にはピカソ美術館がありますし、ブローニュの森のすぐ近く（十六区のミュエット）にはマルモッタン美術館もあります。マルモッタン美術館は、美術史家のポール・マルモッタンが収集したルネサンスから第一帝政期にかけてのコレクションが主でしたが、一九五〇年からモネの作品が六十五点も遺贈されて、別名「モネの美術館」といわれるほどになったんです。

南　あの『印象・日の出』がある所ですね？

饗庭　あの絵はモンシー夫人という人から寄贈されたんですが、それを見たモネの次男がほかの作品も寄贈するよう、遺言状に明記したんですよ。ほかに、ピサロ、ルノワール、シスレーなどの絵もたくさんありますから、印象派の好きな人には見逃せない美術館ですね。

南　モネは確か、ジヴェルニーに記念館がありますね。

饗庭　パリの西北約八〇キロの所にあります。壁が薔薇色で窓や扉を緑に塗った建物で、庭にはエプト川から水を引いた池があります。この池に睡蓮を浮かべて日本風の太鼓橋を架けたんですね。ただ残念なことに、アトリエにある作品はすべて複製なんですよ。

須賀　私はパリでは、クリュニー美術館が印象深いですね。

饗庭　五区のサン・ジェルマンとサン・ミシェルの角にある美術館ですね。

須賀　私が初めてパリに留学したとき、最初に行った美術館で、ここで初めて中世のタピスリーを見ました。実は、ヨーロッパへ行くまでタピスリーのよさっていうものがわからなくて、どうして西洋人はあんなものが好きなんだろうと疑問に思っていましたが、あの『貴婦人と一角獣』のタピスリーというのはすばらしいものでした。二十年ぐらいたってやっとタピスリーのよさがわかってきた気がします。私はもともと知識が乏しかったせいもあるんでしょうが、ものの価値が自分なりにわかるまですごく時間がかかるんです。
南　でも、最初にご覧になったときの印象が強烈だったから、ずーっとその思いを温めてらして、長い時間かけてご自分のものになさったというのはすばらしいですね。
饗庭　あのタピスリーは六枚で一組になっていて、詩人のリルケも熱愛したという、中世末期のすばらしいものです。ヨーロッパの中世を理解する手がかりのひとつだと思います。この美術館は十三世紀の修道院がもとになったもので、中世の家具調度類や貴金属、宗教書、彫刻などコレクターのソムラールが収集したものが展示されていますが、いちばん奥にある大ホールは三世紀頃のローマ帝国治下の共同浴場跡なんですね。ですから、中世から歴史を遡ってユリアヌス帝の時代までたどることができるんですよ。
南　じゃあ、タピスリーだけ見て満足して帰ってしまうのはもったいないですね。もっとも、背景になっている歴史を知っていないと、〝ああ、古い建物なんだな〟で終わってしまうかもしれませんが……。

建物や風景の美しさと作品がぴたりと一致している

饗庭　イタリアのヴェネツィアも歩いて回りたい都市ですが、あそこはパリと違って、できれば最低でも二日はとって、自分から進んで道に迷いながら歩いてほしい街ですね。
須賀　そう、街中いたる所に美術館や教会があって、ふらふら歩きながら気が向いたらここへ寄ってみようという気分で回るといい所です。実はこの間も、カ・レッツォーニコの小さい美術館を発見して、今頃何だと言われるかもしれませんが、十八世紀のイタリアの庶民の生活を描いたグアルディやロンギという画家の絵が非常におもしろかったです。
饗庭　ああ、あの大運河に面した美術館ですよね。
須賀　大きい黒いサイを真ん中に描いた絵などがあって、〝ああ、こんなおもしろい絵があったんだな〟と思いました。
饗庭　あそこには黒人の彫刻もあって、アフリカあたりまで交易していた、当時のヴェネチア人の財力を窺い知ることができますね。それから東のはずれのほうには、ヴェネチア独特の組合の建物が美術館になったものがあって、ここの大部分はカルパッチョの絵です。
須賀　カルパッチョは私も大好きです。室内楽みたいな感じで……。
南　ヴェネチアは、街全体が音楽的といいますか、美しい所ですね。
須賀　特に海の色がすばらしくて、絵画と音楽の両方の要素を感じさせます。
饗庭　空の色と、街の色と、海の色がお互い反映し合っていて、どれが現実か夢かわからなくなる美しさがありますよね。このヴェネチアを全体に見下ろせるのがサン・ジョルジョ・マジョーレという教会なんですが、ここへ登るとヴェネチアの町が手にとるようにはっきりわかります。あそこはアルメニア人の居住区、こちらはギリシャ人の居住区というように。それにゲットーという言葉は、もともとヴェネチアからできた言葉なんです。

南　まあ、そうなんですか？

饗庭　それで、今度はあっちへ行ってみよう、次はこっちへ……と散策のコースを決めるのも楽しみです。

須賀　光の美しさ、風景の美しさという点では、南仏も印象的でした。かつてイタリアに住んでいていよいよ日本へ帰ると決まったときに、たまたま日本人の彫刻家夫妻と食事をする機会があったんです。そのとき誰かが「南仏が見たい」と言い出して、翌日思い立って三人で車で出かけたんです。国境を越えてフランスへ入ったとたんまず驚いたのが、街路灯の色が変わったということです。フランスではあの美しい海の色に合わせたブルーに塗ってあるんです。

南　イタリアは何色なんですか？

須賀　あの国は何でも緑に塗っちゃうんですよ（笑）。車を降りて、〝ああこれがフランスだ〟と息を詰めましたね。

饗庭　南仏は本当に光あふれる所で、ここには光を求めてやってきた画家と、もともとこの地で生まれた画家の個人美術館が目白押しです。たとえば、サン・ポール・ド・ヴァンスの丘の上にマチスの礼拝堂があるんですが、ここは外の光と建物内の光が青と黄色で反映し合って、とても美しいですよ。

南　マチスはわざわざその地を選んだのですか？

饗庭　そうです。あの光に魅せられたんでしょうね。

須賀　サン・ポールにはマーグ財団美術館というのもありますね。その美術館は松林を抜けた丘の上に建っていて、真っ白でモダンな建物です。ここへ行くときの風景が、私が育った芦屋に似ているなと懐かしく思ったんですが、中でアレックス・コールダー（アメリカの現代美術作家）の作品を初めて見て、〝ああ、現代美術というものは、こういうものか〟と目を開かれたような気がしました。

南　建物やまわりの風景と作品の雰囲気がぴったり一致していたんですね？

須賀　それまで現代美術を見ても、たとえばコンコルド広場の前のオランジュリー美術館などでは、周囲の建物も、美術館そのものの建物も古いですから、現代美術とはどこかそぐわないような気がして、自分のものにならなかったですね。

饗庭　確かに南仏と現代美術は合いますね。私は現代ではアンティーブにいたニコラ・ド・スタールの絵が好きです。しかもこのアンティーブのピカソ美術館にはピカソ自身の作品だけでなく、スタールのような彼が自分の趣味でコレクションしたようなものもたくさん展示してありますから、内容がとても充実していますね。

南　先日私も行ってきたグラースには、確かフラゴナールの美術館もありますものね。あの街は香りの街といわれているだけあって、街全体がとても美しいし、そこはかとなくよい香りが漂ってくるようで、非常に豊かな雰囲気が味わえたように思えます。

饗庭　それから、カーニュにはルノワール美術館とシャトー美術館があるし、ニースにはシャガール美術館があります。さらに足をのばすと、エクサン・プロヴァンスにはセザンヌ美術館があり、さらにアングルの生地であるモントーバンにはアングル美術館が、アルビにはロートレック美術館があります。アルビはロートレックの生地です。ほかにもその地方ごとに美術館があって、とにかく厚みがありますね。

南　巨匠の名前が目白押しで、これだけで酔ってしまいそうですね。

饗庭　シャガールの場合、ロシアにいた頃の作品は暗いトーンのものが多かったのですが、フランスに来てからイル・ド・フランスのシャルトルの教会のステンドグラスのように透明な青や赤を使うようになっていますし、南仏に移ってからはもっと明るい色になっています。やはり風土や気候の影響を大きく受けているんですね。

南　でも、画家の目というのは本当にすごいですね。私もマヨルカで画家が描いた場所に実際立ってみたことがあるんですが、とてもあんなふうにドラマティックには見えなかったですもの。ところが画家の目のフィルターを通すと、光の取り入れ方がドラマティックに変わってしまうんですね。もっともパルマでは、空気の中に光の粒子がちりばめられているような気がしましたから、日本と南ヨーロッパでは空気そのものが違うなあという気がしました。

饗庭　光と影の美しさに魅せられたのは、何といっても印象派の人々ですが、彼らの多くはセーヌ川の北のアルジャントゥイユやノルマンディ地方にアトリエを持ったり滞在したりして、戸外で光に直接ふれて描くという体験をしていますね。こちらの空気は南仏とはまた違って、光の細かな粒子と影のおりなす美しさにあるようです。
南　サンサンと明るい色調よりも、陰影というのが日本人の感性に合っているのかもしれませんね。
饗庭　コローはイタリアへ勉強しに行って帰ってから、ロダンのもうひとつのアトリエがあったムードンの雑木林の木漏れ日の美しさを描いていますね。ランスのサン・ドニ美術館には彼の作品が二十八点もありますから、一見の価値がありますよ。
南　パリの近郊にも行ってみたい美術館がたくさんありますね？
饗庭　エクアンのルネサンス美術館はいいですよ。それから私はよくパリに疲れてくると、シャルトルのノートルダム寺院のステンドグラスを見に行きました。ここはパリから一時間ぐらいで行ける所ですが、ステンドグラスの刻々と移り変わる光と影の美しさを楽しむためには、丸一日ぐらいは滞在したいところです。
南　のんびりと命の洗濯というわけですね。
饗庭　下のほうに運河があるんですが、そこへ至るまでの道筋には十六世紀からの木造の建物が立ち並んでいて、半日なんてアッという間に過ぎてしまいますよ。近くのラ・ヴィエイユ・メゾンというレストランの食事もおいしいし、時々オルガンコンサートも開かれてますしね。
南　お話を伺っているだけでうっとりしてきますね。
饗庭　シャルトルのすぐそばにイリエ・コンブレーという村があるんですが、ここにはプルーストが子供の頃ヴァカンスを過ごした父や叔母の家が残っています。睡蓮が咲き乱れる池があったりして、とても美しい所ですね。もっともシャルトルへ行くのは、パリの天気がいい日に限りますね。パリが晴れならシャルトルのお天気もいいですからね。

南　季節的にはやはり空気が澄んできれいなときのほうがいいでしょうか？

饗庭　五月の終わり頃から六月にかけてと、秋の初めが最もいい季節でしょうね。特にヴェルサイユの原型となったヴォー・ル・ヴィコント城は、イタリアニスムがフランスでみごとに結晶した証しだといわれているもので、城そのものや中の調度品もすばらしいのですが、田園の並木道をたどって行って着く城の庭園の美しさは、目を見はるばかりですね。ここもやはり季節のいいときに行って、贅沢な気分を満喫してほしい所です。

南　イタリアもやはり〝この季節が〟という時季がありますか？　確かミラノは、とても霧が多い街と聞いていますが……。

須賀　それが最近は、なぜか霧の日が少なくなってきているんです。ただしミラノは、すべてのことが家の中だけで完結できるようにできている街で、街自体の美しさというものはあまりない所なんですね。ですから、逆に、いったん建物の中へ入ってしまえば、季節や時刻を問わずいいと言えるんです。

南　ヴェネチアあたりとは、随分雰囲気が違うんですね。

須賀　ええ、たとえば、ダ・ヴィンチの有名な『最後の晩餐』があるサンタ・マリア・デッレ・グラツィエ教会にしても、ミケランジェロの最後のピエタ――私はこの『ロンダニーニのピエタ』が一番好きなんですが——があるスフォルツェスコ城でも、いつ行っても大丈夫ですよ。

饗庭　スフォルツェスコ城のまわりには緑も多くて、よい季節に行けば風景も楽しめると思いますが……。

須賀　まあ、ヨーロッパは全体的に五〜六月頃が最も気候のよい時期といわれていまして、ミラノでさえ五月、六月は耐えられるという人もいるくらいですから（笑）、あえてよい季節をということになれば初夏でしょうか。

南　ミラノの美術館巡りは季節は問わない、ってことにしておきましょうか（笑）。

須賀　饗庭先生がお好きだとおっしゃっていたポルディ・ペッツォーリの博物館のまわりは、いつ行っても暗いし、建物自体も暗い感じがするんですが、一歩中へ入れば外の寒さや暗さを忘れさせてくれます。

もっとも、フィレンツェのサン・マルコ修道院のフラ・アンジェリコの『受胎告知』など一連の作品は、お天気がいい日に見るほうがいいと思います。

饗庭　フィレンツェは夏は暑いですよね？

須賀　京都と同じで、夏はあきらめて家でじっとしているという人が多いようです（笑）。観光客は夏でも多いんですがね。

マリアとかキリスト像だけとか宗教画はテーマを絞って見る

南　イタリアというのは、教会が美術館を兼ねている所が多いようですね。

饗庭　そう、教会というのは抹香くさい所というイメージが強いんですが、たとえば、サン・マルコ修道院には、有名な『受胎告知』をはじめとするフラ・アンジェリコの作品が揃っていますし、フィレンツェのサンタ・クローチェ教会にはジョットの晩年の作品があります。また、アッシジの聖フランチェスコ教会大聖堂には、ジョットの壁画のほかに、マルティーニの『聖クララ』と『聖フランチェスコ』があって、教会という所は、建物、壁画、絵画など、中世からのいわば総合芸術の場所なんですよ。

須賀　本当にそうですね。つい最近もローマのサン・ルイージ・デイ・フランチェージ教会でカラヴァッジョの『聖マタイの召命』を見て、非常に感動しました。実はカラヴァッジョはミラノでも見たことがあったんですが、長いこと、なんでいいんだろうなとわからなかったんです。

饗庭　光と影のコントラストが強い人ですね。

須賀　ローマの絵で急に自分の新しいページが開かれたようになって。彼の作品をいいと思えたことが嬉しかったですね。

饗庭　そういうことはありますね。啓示があったというか……。

南　日本人の大部分はキリスト教とかかわりがありませんから、いわゆる宗教画の本当のよさを理解しにくいと思うのですが？

須賀　私は、初めはわからなくてもいいと思うんです。私自身がそうであったように、これはどうしていいんだろう、自分はいいと思わないのに、どうしてほかの人はいいと言うんだろうと、何年間も頭の中で転がしたり、時には関係する本を読んだりしているうちに、あるときフッとわかるときがくるんですね。

饗庭　宗教画を見るときは、主題を一つに絞って見ると入りやすいかもしれません。たとえば、マリア像、キリスト像の描き方、刻み方ひとつにしても、時代によって、国によって違っているんですね。

南　どういうことでしょうか？

饗庭　たとえば十二世紀までは、マリアは神の母とされていましたから、毅然としているんですが、十五世紀末頃からあわれみややさしさの象徴として描かれるようになるんですよ。キリストも十五世紀になるとそれまでの厳しさがなくなって、茨に刺されてうちひしがれた、人間味のある姿に変わっていくのです。

南　いわゆるルネサンスの影響でしょうか？

饗庭　そうですね。ですからキリストの変遷というテーマにだけ絞ってみても、結構おもしろい発見があると思いますよ。

須賀　イタリアの場合、宗教画が描かれた場所にまだあるってことがすばらしいと思います。私はある作品が見たいと思ったら、すぐ美術館へ行かないで、まずその絵が描かれた場所を訪れてみることにしています。たとえばナポリ国立美術館へ行く前に、ポンペイを先に見ておくといったふうに。そうすると、より理解がしやすいような気がするんです。

饗庭　それからヨーロッパでは、よくすばらしい展覧会が開かれて、画集には載っていても美術館では見ることのできない、いわゆるコレクター所蔵のものがよく展示されます。チャンスがあればご覧になるといいですね。

須賀　新聞にも発表されますし、会期も、夏とか半年間とか長いのが普通ですから、旅行者でも大いに見るチャンスがありますね。

## 失敗したり苦労しながら感性に合う美術館を探すのも楽しい

南　小さな美術館を訪れる場合は、ツアーコンダクターに引率されてというわけにはいきませんから、どこにどういう美術館があるか、どんな作家のどんな作品があるか、そこまでの道順は?……など、すべて自分で確かめて自分で歩かないといけませんよね。どういうものを手がかりにしたらいいんでしょう?

饗庭　やっぱり時間とお金をかけて行くんですから、あらかじめある程度の予備知識を仕入れて行ったほうがいいでしょうね。私はいつもミシュランのガイドブックと、『フランス芸術案内』、さらに専門の中世のロマネスク教会の叢書を持ち歩きます。イタリアを歩くときは、『イタリア芸術案内』になりますが……。

南　でも、そういうガイドブックも、フランス語やイタリア語ができないと役に立ちませんでしょ?

饗庭　最近は確か、どちらも英語版のものができたはずですし、ミシュランには日本語版もあります。
須賀　ヨーロッパの場合は、まだ、いきなり〝フリーズ〟ということはないわけで（笑）、多少怖い思いはするかもしれませんが、失敗したり苦労しながら自分の感性に合った美術館を探すのも楽しいものですよ。ただしイタリアでは、女性の一人旅はちょっと大変かもしれません。車でもあれば別ですけど……。
饗庭　そうですね。郊外や地方を訪れるときは、車を借りて運転していかれるといいですね。ヨーロッパの鉄道は時として遅れたり、本数が少ないんです。イタリアなんて、ぜんぜん別のホームに列車が入ってきて、そのアナウンスさえなかったりしますからね（笑）。
南　小さい美術館を訪れるときのマナーのようなものはあるんでしょうか？
饗庭　当然、ツアーのように大勢で行くことはありませんから、一人、あるいは親しい友人二、三人とか、夫婦単位で行くことになると思います。その際、カタコトでいいですから、現地の言葉を少し身につけて行かれるといいでしょうね。
須賀　お土産を買うときは英語が通じても、いざチーズを買おうという段になると、やはりその国の言葉が使えないと買えませんからね。
饗庭　都市や観光地ならたいてい駅や町の中心にインフォメーションがありますから、これを活用するのが一番です。
　たとえば以前フィレンツェに行ったとき、インフォメーションで紹介されたヴィラ・エルザという宿に泊まりましたが、ここはすばらしかった。以後、友人にもためらわず紹介しています。
南　どんな感じなんですか？
饗庭　場所はポルタ・ロマーナの丘の上にあるんで、街中から少し離れてはいるんですが、十八世紀の古い館を改造したものなんです。中にはベーゼンドルファのピアノやストラディヴァーリのヴァイオリンが飾られていたり、書斎があったりで、ホテルに泊まっているという気がしなかったですね。食事は朝食だけでしたが、丘を見下ろす藤棚の下で食べるんですよ。
南　ワァー、ロマンティック。私もぜひ泊まってみたいですね。
須賀　ああ、そういう素敵な宿は、できれば内緒にしておいていただきたいですね（笑）。
饗庭　ヴィラ・エルザを拠点にして、サン・マルコ修道院やサンタ・マリア・デル・フィオーレ大聖堂やマサッチョのカルミネ教会などを回りましたが、夜、糸杉の間を戻ってくると星空が輝いていて、アカデミア・プラトニカの時代を生きているような気持ちになりましたね。
須賀　美術館巡りの基本は、自分の足でどんどん歩いて回るということだと思うんですが、饗庭先生は本当に健脚でいらっしゃいますね。
饗庭　確かに歩くのは苦になりませんね。たとえばやはりフィレンツェで、皆さんがよく行くミケランジェロの丘からさらに登っていくと、サン・ミニアート教会というのがあるんですよ。これはダンテよりさらに一世紀前の十二世紀に建てられた教会で、いちばん上にビザンチン風のキリストが祀られていて、教会自体も白とグリーンの大理石でできているんです。そしてそこへ至るまでの道筋が並木道と白い階段になっていて、とてもきれいなんですね。

須賀　あの教会まで坂の下から歩くのは大変です。でも、いずれにしても小さい美術館や教会は、街中の路地の奥にあったり、小高い丘の上にあったりすることが多いですから、気楽に歩ける格好で回ることが大切だと思います。ヨーロッパの街は石畳の道が多いので、高いヒールの靴だと疲れます。本当は、私もデイパックにスニーカーで歩きたいところなんですけれども、まだそこまで踏み切れなくて……（笑）。

南　今度海外へ行くときは、ぜひそのスタイルで歩いてみます（笑）。

# 夏だからこそ過激に古典を

対談者　森まゆみ

森　須賀さんとは新聞の書評委員会で何度かご一緒してますが、対談するのは初めてなんですね。せっかくの機会ですから、須賀さんの少女時代の読書体験をまず、お伺いしたいと思います。

須賀　一口に言って、手あたり次第でしたね。あの子が来たら本は隠せって、従兄弟たちが言ってたくらい（笑）。「お前は本に読まれるからいけない、本というのはこっちが読まなきゃいけない」と、母にいつも言われてました。嫁に行けなくなるんじゃないかって周囲が心配して、〝禁書〟されて……。近所の友達に借りて読んでました。

森　私も「りぼん」が買ってもらえないので友達のところで読んでた。活字でいちばん感動したのは『西遊記』と『三国志』だったなあ。

須賀　そうか、あなたは「りぼん」世代なのね（笑）。でも私が字を覚えたのは『のらくろ』だったんです。同じように冒険物語が好きで、『スタンレー探検記』、『プルターク英雄伝』に感動して。アフリカのこともギリシア時代のことも知らないのに、なにか素晴らしく豊かな世界があるような気がしたのね。

　今日は、夏の夜の読書ということですけど、あの夜も寝られなくなるくらいの興奮——本に読まれてしまうような幸福な時代って何だったのかな……。昔感動した本をもう一度読んでみたい気がしますね。たとえば『ハックルベリー・フィンの冒険』とか、大人が読んだらもっとおもしろいんだから。アメリカ文学でいちばん偉大な作品だという人もいますね。フランスだと、ジュール・ベルヌの『海底二万海里』とか。

森　ワクワクしますね。なんか急に読む気が出てきた（笑）。私の場合は、『三銃士』と『モンテ・クリスト伯』かな。ツヴァイクの『マリー・アントワネット』もいいな。……まさに『失われた時を求めて』（笑）。だけどこのプルーストの名作だって、知名度ほど読まれてないわけでしょう。この際、何となく知った気になってるけど、未読のものに手を付けてみるのもいいかもしれませんね。

須賀　〝禁書〟、それから第二次大戦があったおかげで、私の読書は手ほどきも道しるべも、やがては本そのものがなかったんです。それに子供と大人の本は別だと思ってきたけど、実は違うんじゃないという気が最近はするの。世の中やさしいことばかりじゃないから、大人の世界に早く触れることも必要じゃないか、とかね。

　たとえばフランスに行くと高校生が平気でカントを読んでいる。まず、読んで自分の意見を出させ、考えさせる。しかし、日本だと、カントについて、というふうな入門書を読ませて、難しいというイメージを与えてしまうでしょう。でも、原典というのは、実はナントカ論よりはるかに簡単なんだから。論より証拠、じゃなくて原典（笑）。

森　原文の方が訳文よりわかりやすいことが多いです。哲学って基本的に人間がどう生きて暮らしているかなんですものね。確かに、学生時代にマルクスもウェーバーもよく読めたなあ、とは思うけど、後で解説書読んだらもっと難しかった（笑）。学生時代、私は文学はお留守で社会科学ばかり読んでましたが、須賀さんはどうでした？

須賀　大学院になってから。いろいろもがいてました（笑）。印象に残っているのはサン＝テグジュペリ。『星の王子さま』から入って、『夜間飛行』を読んで、それからレジスタンス文学。どうも、ヨーロッパの人たちは戦争に対する見方が全然違ってたんじゃないかと思ったのも、大学院をやめて渡欧した理由の一つですね。

まあ、自分のことはさておき、先日、学生たちに読ませて意外に好評だったのは、スタンダールの『パルムの僧院』。質のいい絶対エンターテインメントなんです。古典というのは、おもしろいからこそ残っているわけですよね。森さんの青春の一冊は？

森　うーん、『チボー家の人々』かな。アントワーヌとジャックの大ロマン。

須賀　今、あまり読まれてないみたいだけど、私もあの作品には眼を開かされた。夏に、病気した友人が二冊くらいずつ持って来てくれたんです。社会というものを見せてくれた。私が感動したのは、若い登場人物たちがしっかりと自分たちの道を選んでいく。ああ、自分もそうすればいいんだな、と思った。

森　私がのめりこんだもので言うと、ギリシア悲劇のエウリピデス。これは朗読したりすると楽しいと思うなあ、夏の夜は。

**須賀**　いいなあ、同感ですね。私がお勧めしたいのは、お能なんです。テキストで読むとおもしろくて、実はそんなに難しくないんですよ。日本文学が持っていた本当の悲劇が、この中にはあると思います。

**森**　『能狂言』も岩波文庫で簡単に手に入ります。図書館にありそうなものを挙げると、辻潤全集。風来坊で、最期は虱にたかられて死んだ人ですけどね。なんか気分が自由になるんですよ。その意味では、大杉栄の「自叙伝」もそう。辻潤も古くない。戦前のものだけど言葉が生きているんです、今でも。

**須賀**　どうも、「古典に帰れ」という感じになってきましたね（笑）。私も夏向きの本をということですから、本屋さんに行ったんですけど、今はどこも売れ筋の本しか並んでないんですよ。その意味では野菜や果物と同じように季節感がなくなってきているような気がするんです。

**森**　私は昔、夏というと『伊勢物語』。暑いときでも読めて、簾ごしの風が……。

**須賀**　そう、どこでやめてもいいしね。初々しい。『更級日記』も、なにか可愛らしい。何だろう、あれは。

**森**　喜んだと書いてあれば喜んでるだろうし、嬉しければ嬉しいということが素直に信じられる本なんですよ。

**須賀**　日本の学校教育のせいだと思うけど、学生に『源氏物語』のことを聞くと、「読みました」って言う。でも、一部だけ。全部読むと、おもしろいと思うんだけど。学校の先生とかに、ここはこう読むんですと言われて読むのではね……。

本というのは個人的な体験でしょう。間違えてもいいから、自分で読むことが大事なんです。そして、楽しみながらおもしろく読まなきゃ。プルーストもそう、本当に自由にここは好き、あそこは嫌、という感じで巻き込まれて読むのこそ、若い人の特権だと思うんですけどね。

**森**　私も『源氏物語』とはご無沙汰（笑）。でも、「野分」の植え込みが目茶苦茶になった情景とか、「玉鬘」の源氏が着物を一人一人の女性に誂えるところとか……。東宮の妃に上《あが》る朧月夜と出くわして袖をとらえるところとか、『和泉式部日記』も帥宮《そちのみや》に拉致されるとこなんかドキドキですよね。簾や牛車の下から押出《おしいだし》といって、着物の裾をちょっとハミ出させたりするのもエロチックですね。

**須賀**　谷崎もあれをタクシーに置き換えて使ってます。『細雪』で。彼はあの作品を執筆していたときには、『源氏物語』を現代語訳してたから。冬に明石が連れてこられたときの白い着物と雪のイメージもいいなあ。

夏休みって、かなり過激に本を読んでいい時間じゃないかと思うんですね。飛ばし読みでもいい。長い本を読んでもいい。

**森**　怒濤のように前へ、前へと（笑）。『源氏物語』は現代語訳でもいいから。

**須賀**　長い本一冊読んだほうが勝ちですよ。『アンナ・カレーニナ』が、私は大好きなの。

あれほど女性を描いて美しい本は珍しいんだけど。

森　涼しくなるなあ、夏の夜の大河ドラマ。「アンナに美しい髭がある」って書いてあるでしょう、映画で見たら、本当にあったからびっくりしました（笑）。だけど、ロシア文学では、ドストエフスキーが偉いように思われているけど、お話としておもしろいのは断然トルストイですよね。

日本の近代だったら、何かな。トルストイに比べると可愛すぎるかもしれないけど、長谷川時雨の『旧聞日本橋』。楽しいし、川べりを渡ってくる涼しい風、元祖下町には縁台の人々がざわめいて……。

須賀　それだったら永井荷風の随筆もいい。

森　寺田寅彦も。物語の想像力という点では、今ブームになりつつある山田風太郎さんの明治もの、忍法帖。私は『魔群の通過』が好きだけど、『幻燈辻馬車』もいい。幸田露伴だって、少し前まで「落日の太陽」と評されていたわけでしょう。でも、慣れると、あの小説は読みやすい。うん、今評判の孫の青木玉さんの『幸田文の箪笥の引き出し』で、三代にわたる幸田家の家庭教育に触れるのもいいかもしれませんね。

今、須賀さんが訳されたタブッキの『島とクジラと女をめぐる断片』を私は傍らにおいてて、くたびれたり仕事に詰まると、二、三行だけ読むんですよ。クジラがいて、青い海が広がってるのに、なんで私は長屋の奥の路地の話を書いてるんだろう、なんて（笑）。開放されますね。

須賀　その意味では、最近『安南』を読んだんですけど、あの小さな判のシリーズをしばらく読んでいこうと思ってるんです。『パワナ』も。短いものだし、書物で安上がりに外国体験したい人向きかな。森さん、女性の伝記はどうですか、私が今やっている仕事でもそうだけど、人の生きた時間と仕事にすごく興味があるんですよ。

森　ジョージア・オキーフ、フリーダ・カーロ、ナンシー・キュナード……、みんないいですよ。最近出た本では、ヴァージニア・ウルフの『女性にとっての職業』がお勧めですね。これは伝記ではないけど、いろんな人の伝記を読み込んで彼女が自由な解釈をしてるんです。日本ものだと、自伝のほうがいいかもしれない。金子文子の『何が私をこうさせたか』とか、阿部定の『予審調書』とか。

この夏は時間がとれたら、私は『源氏物語』ともう一度逢瀬したいけど、須賀さんは？

須賀　『源氏物語』は最近会ったから(笑)、ディケンズの『二都物語』かな。波瀾万丈の世界に久しぶりに浸ってみたいな。やはり長いものが読みたいですね。

今って、生活もそうだけど、本も短編が主流でしょう。せわしないというか、切り刻まれてるような気がするんですよ。だから、敢えて長編をお勧めしたいな。

森　ベストセラーとか、いまあれが評判だというものを追いかけて、それで一生が終わるよりは、古典とか根っこのものがやはりいちばん財産になりますよね。

須賀　そう、ほんとね。ごはんですよって呼ばれたときに、すぐもとの世界に帰れなくなるような……。やっぱり巻き込まれてほしいですよね、せっかくの夏だから。

# 人生の時間　文学の時間

対談者　清水徹

## 自伝的なもののあらわれ

清水　須賀さんやマルグリット・デュラスなどを含めて、最近自伝的な作品が目立ちますね。でも、それは自伝的ではあるけれど、告白的ではない。そういう新しい形の自伝的文学ができてきたと思うんです。自分のことを語るのは、もちろん人生の時間というものがあってのことですが、しかし、須賀さんの訳しておられるタブッキの作品に見られるように、自分を語るというのは、自分の生きた人生の時間からストレートに出てくるものじゃないですね。

須賀　ええ、なにか方法論がないようで、恥ずかしい。

清水　一方で自分の生きた確かな物語、鮮やかな情景というものがあって、その裏には最後まで自分自身への不確かな距離があり、不安感がつきまとっている。だから人生は続いていき、文学も続いていくという感じがあるような気もするんですね。

須賀　最近のイタリアの新聞の文芸欄にも、このところ回想録、あるいは自伝ふうなもので良いものが非常に多くなっていると書かれていました。
清水　フランスでも、八〇年代にヌーヴォー・ロマンの作家たちが一斉に自伝的なものを書き出したということがあります。
須賀　昨夜、ボーヴォワールの『穏やかな死』を——偶然ですが——読みました。彼女のお母さんが亡くなったことの記録なんですね。
清水　あれはもう三十年も前に出版された本のリメイクなんです。ずいぶん時間がたっているから、いまの時点で読み直してくれないかという要望でぼくが解説を新たに書いた本なんですよ。
須賀　そうでしたか。私は面白く読みました。本当に、あのように「書く」っていうことはすごいことだなと思いました。それからジェラール・フィリップの死の時間の想い出を妻のアンヌ・フィリップが書いた、『ため息の時』をずいぶん以前に読んだことがありますが、最近彼女の『五重奏』の訳も出ました。あれも回想に近いものですよね。アンヌ・フィリップは七十三歳で一九九一年あたりに死んでいますが、私の知っているのは、この二冊だけです。どちらも読んで感動しました。
清水　須賀さんも『ミラノ 霧の風景』以降、ご自分の生きてこられた記憶や経験を核にしたものを書き続けてきた。しかし、それは告白文学ではない。ルソーの『告白』のように高らかにラッパを吹き鳴らす自我の主張ではない。むしろ、私的に書いているんですが、私性や私生活が前面に出てこない作品、あえてジャンルを規定すれば、やはり連作小説としか言いようのない本を何冊も書かれてきた。それが多くの読者に読まれていく。須賀さんの訳されたタブッキの『インド夜想曲』を読んだんですが、あれは確か八四年頃に出たものですね。ぼくの翻訳したデュラスの『愛人』も八四年の刊行です。この一致は偶然の一致じゃないと思う。

ちょうどその頃というのは、難解だと評判の悪かったヌーヴォー・ロマンの作家たち、ロブ゠グリエやナタリー・サロートらが揃って自伝的作品を書き出したんです。それを、面倒な理論で小説を書いていた連中の裏切り行為というような目で見られた時期もあったんですが、どうも世界的に八〇年代半ばくらいから、自伝的なものを中心とした文学作品が生まれてきたような気がする。で、それは人生の時間と文学の時間との新しい関係が設定されるような作品であるように思えるんですよ。ヌーヴォー・ロマンの作家たちの一応のモットーはバルザック的な小説に対する疑いですよね。小説に対する疑いを正面から掲げて、それを反省しようとした。その反省は大変にラディカルなもので、多くのことを教えてくれたけれど、あえて言えば、彼らは文学の枠の中で文学を反省したんじゃないか。その後に出てきたミラン・クンデラなどは、小説をもっと基本的なところに引き戻して、作家が自分の想像力で書いてくのが小説だという単純で基本的な地点から再出発している。そうやって「私」から出発して、しかし、エクリチュール自体が「私」を乗り越えてゆくというかたちですね。作家のつくりあげた人物たちの世界のなかに、作家というか語り手自身がだしぬけに登場したりする。彼がもっともモデルにしているのがディドロの『運命論者ジャックとその生涯』で、あの小説は読んでいるうちに、語り手の語る場と語られる世界とがぐるぐる入れかわって区別が分からなくなります。

十九世紀から出来上がった近代小説がだんだんステロタイプになってきて、それをヌーヴォー・ロマンの連中が攻撃した。でもそこになお隠蔽されていたものがあって、それは「誰が書いているか」という問題ではないかと思うんです。例えばカミュの『異邦人』という小説の「私」はカミュのことかと言うと、そうではない。じゃあ主人公のムルソーかと言えば当然違う。そういう根本的な矛盾が小説にはあり続けてきたわけでしょう。それはこれまでの小説という制度においては隠されてきたものだったんですが、それをもう一度洗いざらいに出した。そうして文学を書くということがもう一度始められた。するとクンデラみたいに、当然精密に計算しながらだけど、作家が「私」として登場し、その上で作中人物の世界が紡ぎだされるような小説を書くということになる。最近の自伝的物語というのは、それと同じかたちのものなんじゃないでしょうか。書き手の「私」が登場して、しかし自我の主張ではなく、本当とか嘘ということも問題にならないで、しかし紡ぎだされてゆくエクリチュールが文学作品をつくりあげていくというような。

破壊されたものの修復

**須賀**　アメリカで起こったニュー・クリティシズムの運動を、それまでこれをたぶん無視していたヨーロッパが気にしはじめた時期があったように思います。ニュー・クリティシズムは批評の私小説化というのか、批評の言語の非科学性を否定しようとしたのですね。私にはよくわからないのですが、どうなのでしょうね。ところが、戦後のある時期には、フランスでもニュー・クリティシズムに注意が向けられたのではありませんか。イタリアではちょっとそんな感じの時代があるのですが、単純化しすぎるかもしれません。そんなとき、ヌーヴォー・ロマンの大波が押し寄せてきて、「語り」の破壊にばかり注意が向けられた、私はそんな気がします。そして八〇年代には破壊されたものの修復が行われた。イタリアではさきほどのアントニオ・タブッキが、その辺の状況を象徴的にあらわしているでしょう。彼にはフランスで勉強した時代があったようですし。

清水　それはポルトガルでペソアを知る前ですか。

須賀　ええ、その前です。彼はあんまり自分のことを言わないんですが、五〇年代から六〇年代にかけてフランスにいたようです。

清水　ちょうどフランスではヌーヴォー・ロマンのテロリスム的な嵐の時代ですね。

須賀　そう、そこでおそらく、いろいろと傷ついています。

そのあたりの迷い、お話と自伝の狭間のようなところから、ああいう自分なりの小説の方法を編み出したのではないかと思います。そのころはすでに、ポルトガルの詩人ペソアに傾倒していたようですが。彼はイギリスにかなりのあいだ滞在していましたし、イタリア人にしては、とくに彼の時代の中流階級でそだったイタリア人にしては、旅行をいとわない部類のめずらしい人です。ヌーヴォー・ロマンでフランスが沸いていたころ、「十九世紀の小説」という文学史的時間をもたなかったイタリアの小説家は、どうしてよいのか分からなかったようでした。それに、イタリア人の性格そのものが、ヌーヴォー・ロマンとはまったく異質でしょう。当時、イタリアで書かれたヌーヴォー・ロマン風の小説なんて、もらっても迷惑みたいなものばかりでしたから（笑）。政治的には非常に不安定だったこともあって、イタリアの作家は鳴りをひそめていました。

いっぽう、四三年生まれのタブッキはその頃まだ二十代のはずです。彼の遍歴時代です。そこにヌーヴォー・ロマンの嵐がやってきたわけで、彼がペソアのいわば隠れ蓑をつけたのが、その頃なようです。そして、コルタサルやボルヘス的要素をほのめかしはするけれど、自伝的要素のある小説を書きはじめたわけです。

**清水**　僕は日本におけるヌーヴォー・ロマンの紹介者ですし、そういうヌーヴォー・ロマンと自分の過去を否定する気はないんです。彼らは十九世紀の小説について、大変な反省と、新しい小説の模索を確実にやった。ただ、その場合に奇妙な傾向もあった。ストーリー性に飽き飽きしたといってわざわざ物語の結末を分からなくさせるような小説をあえて書くとか、そんな傾向ですね。たしかに批評的でしたが、随伴者たちのなかで次第に動脈硬化がはじまる。そこで面白いのはクロード・シモンですね。彼はロブ＝グリエやロラン・バルトの理論に影響されて、自分が現に机に向って書いているときの文字からの連想や発展と、自分の頭のなかに浮かんでくる記憶の連想とを組みあわせながら展開してゆくという方法で作品を書いた時期があるんです。すると彼はもともと自分の第二次大戦体験を基盤とした小説家でしたから、そういう方法で書くうちに、ますます自伝的要素が濃くなっていったんですね。こんど翻訳の出た『アカシア』なんか、徹底的にクロード・シモン的で、しかもあくまで「私」の領域内にいる。そういう点でロブ゠グリエの『戻ってきた鏡　ロマネスクⅠ』なんかと並ぶのかもしれない。

またいま須賀さんが言われた、アメリカのニュー・クリティシズムと同様なものがフランスでも起こって、批評が私的な感想にならないようにするための装置をたくさん考えるようになる。それが構造主義ブームに受けつがれ、とうとう最後にはナラトロジーという理論化へと収斂してゆく。つまり、十九世紀のフローベールを中心に出来上がった小説の形式をいかに分析し、記述するか、その方式の究明にまで行き着く。すると、もう仕様がない。そういう小説の枠全体で隠蔽されていたものが露出されざるを得なくなる。だから、たくさんの文芸理論家が苦労して作った「ナラトロジー」ではミラン・クンデラはどうしたって切れない。そういう奇妙な状況が八〇年代くらいからあるんですね。小説と批評の両方の領域にほぼ共通するこの傾向を考えると、その推進力になったヌーヴォー・ロマンというのは無駄な動きでは決してなかったと思うんです。

## 歴史の時間と個人の時間

**須賀**　小説が死んだと言われた時代がありましたね。それがちょうど、神は死んだというのと並行して言われたのが、私には印象的でした。それまでの私たちが文学なり宗教なりで当然と考えていた「語り」の部分が、いったん破壊されたことだといえないでしょうか。だから、映画のヌーヴェル・ヴァーグと同様に、ヌーヴォー・ロマンの時代というのは大事だったと思います。その後宗教のほうはあまり納得できる動きはなかったと思いますが、小説のほうはやや復活してきたように思えますね。

清水　スケールは少し小さいけれど、とにかく出来上がっていた伝統的な小説の枠をやっと壊すことができてきたようですね。それは、作家が生きてきた自分の世界との関係を見直し、もう一度測定する仕事を始めていく力になってきています。しかし、そこで出てくる「私」というのは決してそんなに強いものじゃなくて、かろうじて過去との関係を見つめることで自己の定点を定めたり、世界との補助線を何とか引くことができる程度のものですね。

須賀　そうですね。ルソーには帰れないということはみんな分かっている。日本も私小説で酷い目に遭ってきたから、どこに帰っていいか分からない。だから結局、できるだけ客観性を持たせようとすれば、歴史にたよるしかないんじゃないかという考えに行きつくような気がします。その歴史の時間と個人の時間を交差させるような小説が回想録的な作品になっていくんじゃないかと思うんです。

清水　それは須賀さんはナタリア・ギンズブルグなどを背景に考えておられるわけですか。

須賀　ええ、でも彼女の場合は『マンゾーニ家の人々』にしても、むしろアナール派の影響というか、かならずしも文学的とはかぎらない手法であったように思えます。それからタブッキについていうと、彼のほうが、方法論では苦しんだのではないでしょうか。たとえば『インド夜想曲』はインドをひとつの客観にして、そこをヌーヴォー・ロマンで傷ついた自分を歩かせるという、そんな構図のようにみえます。どうにかしてハダカな自分を語るまいとするんですね。それでいて、彼のなかには、自分を語りたい泉のようなものが湧きつづけていて、どうしてもそれを隠しきれない。そこで、一旦はペソアに潜りこもうとする。ザリガニみたいに。でも、ぜんぶは潜りこめなくて、はみ出したものが、あの作家の小説だったのではないかしら。九四年の一月に出て、その年の文学賞をいくつか受賞した『ペレイラは主張する』という小説が、彼の歩いてきた道、あるいは自伝に、もっとも近いように思います。

清水　その『ペレイラ』は仏訳が出たばかりで、まだ読んでないんです。ちょっと内容を紹介していただけませんか。

須賀　ファシズム的な独裁政治を行ったサラザル政権のポルトガル、一九三八年が舞台です。リスボンの二流新聞の文芸欄をただひとりで担当している中年のジャーナリストがいて、フランス文学に夢中なんです。おりしもそこに、生活に困っている青年が投稿するのだったたか、いずれにしても彼の書いた文を読んでジャーナリストは青年を呼び出すことにする。そして、なんでもいいから、モーリヤックとかベルナノスといった「大作家」の死を仮定して、追悼文を書けというんです。青年は、じつは反サラザルの地下運動のメンバーであることが、次第に分かってきます。でも、食べ物も買えないほど困窮している若者に助けの手をのばすのは当然だ、という理屈から、ジャーナリストは、われしらずのうちに反サラザルの運動に巻きこまれていきます。そんな自分に不安を感じているうちに、例の青年が彼の家にころがりこんできて、翌朝、ほとんど彼の目の前で憲兵の拷問をうけ、惨殺されるんです。殺すほうと、殺されるほうと。そういう単純な計算のうえでジャーナリストは選択して、自分も地下運動に参加しようとするところで小説は終ります。

作品のなかに、フランスの抗独レジスタンス運動のことを彼に教える医師が出てきます。私も戦後すぐ、加藤周一さんの書かれたものを読んで感動し、フランスにひかれましたから、似たようなプロセスがポルトガルのような国にもあったという事実が、無性に懐かしかった。ヨーロッパにありながら、ポルトガルは日本みたいに、ヨーロッパの現代思想がよく分かっていない、そんな状況があったと知って、深い感銘をうけました。おそらくイタリアでも、パヴェーゼとかギンズブルグのいた（フランスには近い）トリノ辺りと、タブッキが育ったトスカーナの、とくに軍港に近かったタブッキの生地ピサなどでは、やはりヨーロッパの状況が分からなかったのではないでしょうか。それともうひとつ、タブッキの育った環境が商家で、インテリ的な思考法とはあまり関係がなかったことが重要かもしれません。彼の短篇などに、戦時中、ファシストに協力したために、戦後ひどい目にあった子供がときどき出てくるのは、そういった事情を踏まえているように私には思えるのですけれど。

清水　タブッキの小説の主人公は、確かに何かいつでも現実とのズレを感じてしまうような人物ですよね。でもそういう人物がある契機で、昔懐かしいアンガージュマンの方向に向いていくというだけならば、サルトルの『自由への道』に似ているみたいですが……。

須賀　そうですね。ですから、彼は多分それと同様なことを、六〇年代にポルトガルで経験したんじゃないかと思うんです。サラザル治世の終りごろの学生運動を彼はかなり近くでやっていた形跡があります。そういうところでの自分の体験を、三八年に置き換えて書いたものじゃないでしょうか。イタリア文学ですから、政治は必ずといっていいほど入ってきます。今度の『ペレイラ』では、それまであまり政治には近づかないように用心していた人物というのを書いた。また、その動機にはイタリアの現在の危機に自分も黙ってはいられないということがあると思います。ファシスト的・人種差別的な政党が選挙で大躍進するというような今の状況に、これ以上黙ってられないという態度です。

清水　そうですか。するとタブッキ自身の歩みとしてはよく分かるような気もしますが、ただ作家の政治状況への参加の仕方の問題は、ヨーロッパだけじゃなくて、世界中の作家が非常に苦労してきた問題ではあったし、現在も同様だと思うんですね。

須賀　そうですね。ですからこの小説はそういう意味では古いところがあるかもしれませんが、同時に、政治参加の理由というのがこの前の戦争の時とは違うんじゃないか、左翼とか右翼というような対立から出てくるものじゃないということで、その理由を捜そうとしている小説でもあると思います。

清水　じゃあ、フランスで言えば、フランスの新左翼系が湾岸戦争の時に採った姿勢と同様なものなのかもしれませんね。

須賀　そうかもしれません。ただ、今日のイタリア文化の状況でいうと、ひとつ注目したいのは、シチリアあるいは地方的な文学が以前ほどはやらなくなっているのではないかということ。それと同時に、自伝的、あるいは伝記ふうの作品が輩出していることです。つい最近、アソルローサという文学史の大御所のような人物が完成した、二十世紀の文学史では、カルヴィーノをふくむボルヘスやコルタサルの流れを汲む作家たちを過小評価するいっぽう、歴史的な時間の記憶を重視する、たとえばプリモ・レヴィやナタリア・ギンズブルグのような作家に注意を集中していて、批判されているようです。もともと、かなりエキセントリックな学者ではあったのですけれど。

清水　さっき言われた、インドのように大きな歴史とか、基準になりうるものがある国というのはどうなんでしょうか。

須賀　イタリア人、あるいはイタリア文学にとって、インドは（ある意味では、シチリアがもうイタリアにはあることでもあって）あまり目を向けたくない国だったのではないでしょうか。一般的にいって、イタリア人の世界観はかなり古いヨーロッパ中心主義的ですし。また、彼らは自分の家で安泰にくらすのが好きだから、旅行記というものにも（マルコ・

ポーロのような奇想天外なものをのぞけば）関心がない。旅を自分の作品のなかでほとんど構造的に使うタブッキは、だから例外的です。

清水　僕がいま思いついたのはサルマン・ラシュディなんですが、たいへん評判になった『悪魔の詩』という小説もありますが、その以前の彼の作品はインドが舞台ですよね。もしかしたらラシュディの文学というのも、いま言われたコンテクストで考えられるのかもしれませんね。ある不動のものを足場にして、そこから自分と世界の関係を組み立て直す。もっとも、彼の場合はものすごい饒舌というものがあるんですが。

須賀　ラシュディは生まれがインドでしょうから、インド特有の口数の多さがありませんか。

去年のストラスブール宣言にはタブッキがイタリアから参加したということを聞きましたが。

清水　九三年のパリのストラスブール宣言はテレビで観ていたんですが、あれはラシュディが中心になっていたんですね。ただ、確かにあれは文学と政治の接点を問題化するんですが、文学と外的状況の関係がどのようにもう一度文学に戻ってくるかということは、あんまり問題にならないんですね。でも大切なのはそういうことですよね。

どうして書き始めたのか

清水　少し須賀さんご自身の話をさせてください。僕は作品を読みながら年表を作る癖がありまして、須賀さんがお書きになったものから僕なりの年表を作ったんです。そこで面白いと思ったことが一つあるんです。それは七一年に帰国されて、働くことに一所懸命の時期が続きますね。で、七〇年代の終りごろからギンズブルグの『ある家族の会話』の翻訳を「スパツィオ」という雑誌に連載をした。その本が刊行された時と、同じ雑誌に『ミラノ 霧の風景』の連載を始められたのが同時期で、八五年の末なんですね。僕は作家がどうして書き始めたのかということがいつも気になるんです。そこで、須賀さんの外側のデータだけから類推しますと、やはりギンズブルグを翻訳したということが、須賀さんのエクリチュールの誕生を促したという結論になる。

須賀　そうと思います。ギンズブルグをはじめて読んだとき、私は、ああ、こういうふうに話し言葉で書けるんだということを教えられました。それから自分の周囲のことを書くのも、思っていたほど悪いことじゃないかもしれないと（笑）。もうひとつ、オリヴェッティ社の広報誌「スパツィオ」の編集者である鈴木敏恵さんが、翻訳ばかりしてないで自分の文章を書きなさいと、つよくすすめて下さったんです。それまでは、書くということがひどくおそろしかったのが、それですこしずつ氷が溶けるように、書くことが身近に感じられるようになりました。それから『グループ』を書いたメアリ・マッカーシーに『カトリック的少女時代の思い出』という自伝的な作品があって、それは若い頃に読んだのですが、勇気づけられたことがあります。書く材料はだいたい自分のなかにあるように思っていましたけれど、それをどういう文体でどういうふうに書けばよいのか、見当がつかなかったんです。ギンズブルグを訳すことでその発見があったのはたしかです。そのころから文体論に興味をもちはじめました。さらにいえば、はずかしいのですけれど、『源氏物語』を原文で読みとおしたのは、やっと七〇年代になってからでした。あの文体がよいものなのか、わるいのか、そういう判断はべつにして、この物語はこの文体でしか書かれ得なかったと思って、なんというか、ずいぶんほっとしました。あの会話をふくめたまま動いていく長いセンテンスの魅力に感動したと思います。それまでは、漠然と一葉の文章が好きだったり、谷崎潤一郎の小説も好きだったりしました。彼も文体を探して歩いた時代がありますね。そんなものが、いろいろと混ざったのかもしれません。

**清水**　僕が須賀さんの書かれたもので面白いと感じた一つは、会話の使い方なんです。つまりフランス語で言うと、直接話法、間接話法、自由間接話法、最近は自由直接話法まで出てきています。日本語では自由間接話法はうまく書けなくて、自由直接話法はみんなが書いている。しかし大衆小説などの自由直接話法はずいぶんルーズなものなんですが、須賀さんのはそうじゃない自由直接話法なんですね。読んだ上では一見とても均質な文章なんですけど、描写の文章と作者の感想と会話の部分というのが、実は織り糸がそれぞれ違っているにもかかわらず、それら全体を巧みに流しこんだ文章だなと思ったんです。これは面白いと感じたんですが、その後ギンズブルグを読みまして、ハハァーと思ったんです。

**須賀**　ギンズブルグと『源氏物語』とがうまく合ったのかもしれません。谷崎もいわゆる『春琴抄』などの古典時代の作品では、会話の使い方を工夫しています。それと関西弁に魅せられている。私ももとは関西ですから、自分のなかに何か惹かれるものがあったんだと思います。

清水　なるほど、関西の人のほうが、確かに生理的あるいは歴史的なものが文体に出てくる比重は大きいですね。

須賀　ええ、だろうと思います。家の祖母の大阪弁はかなり正統のもののようでした。それを聞いて、子どもながら上手な話し方だなと感じていました。そしてギンズブルグを読んだ時に、西洋人にもこういう話し方があるのかと感じました。タブッキもギンズブルグとは違った意味で、直接話法をうまく使います。いろいろとずいぶん惚れこみました。

清水　フランス語は厳しく出来上がっている言語だから、そういうことがやりにくいんですね。

須賀　そうでしょうね。ですから、私はフランス語にうまく入っていけなかったのは、最初は自分が劣等だからだと思っていたんです。でもそればかりではなくてフランス語は私にとって異質なんですね。

清水　ですから、セリーヌなんかがやったように、大胆に俗語にしなければ、フランス語ではああいうことはできないんですね。

須賀　そう、フランス語にはアルゴが非常に強く残っていて、イタリア語では方言が残っていますね。ですから労働者でもインテリでもイタリア語は根本的に同じです。だから、今ダンテを読んでもそれほど違和感はありません。イタリア語はヨーロッパの関西弁みたいなところがあって。面白いのは、ミラノでは会話のなかでパセ・サンプル（単純過去時制の動詞）はまったく使いません。ところがボローニャ以南に行くとみんなパセ・サンプルを使うんです。ですからふつう「北」の人だと思っているボローニャ人がパセ・サンプルを使うと、ミラノの人間はびっくりしてゲラゲラ笑ってしまうんです。ところがボローニャの人たちは、そんなミラノ人を、みっともない、フランス人みたいだと言ってバカにします。私のイタリア語はミラノふうですから、ボローニャのパセ・サンプル入りの会話は「諸君、なんとかであーる」みたいな、なんていうか、明治ことばみたいに聞こえてしまうんです（笑）。

清水　そうですか、おかしいですね。

　少し別の話になりますが、須賀さんはダニロ・キシュはお読みになったことがありますか。

須賀　いいえ。手にとってはみたのですが、書き出しがどうも馴染めませんでした。沼野充義さんが非常に評価していらして、翻訳の山崎さんも素晴らしい詩を書く方なんですが。

清水　そうですか。『若き日の哀しみ』という小説ですが、僕は非常に感動しながら読んだんです。確かに書き出しはやや文学少女の散文詩のように気取った感がありますし、全体としても叙情的な作品ですが、しかし、第二次大戦前後に少年だった者が後に故郷に戻り、その少年の頃の目で村の出来事を連作ふうに書くわけですね。だから、それはほとんど自伝的な書き方になるわけです。また回想的な書き方ですから、やはり叙情的になってくるわけですが、すごいと思うのは、物語の表層を形成しているその子どもの狭い知見の裏側に、第二次大戦で酷い目に遭ったユーゴスラビアの運命があぶり出されてくるからです。それが秘かな声として聞こえてくるんですよ。

アゴタ・クリストフの『悪童日記』は戦争で酷い目にあった子どもの話ですよね。ダニロ・キシュの小説は、そういう状況を克明には描写していなくて、まだ世界を分節化できない少年の目で捉えただけのような描写なんですが、その後ろにとんでもなく残酷な時間が流れているのを垣間見せていると思える小説なんです。それが本当にすごいと思うんです。

そこで僕が言いたいのは、つまり自伝的な文学というのは当然回想的な眼差しになるわけですよね。そこで人生の時間と文学の時間というのが、どこで重なってどこで別れていくかという問題が出てくると思うんです。そこから強引に話を戻しますと、須賀さんがとてもお好きで何度も引用されている、ウンベルト・サバの「人生ほど、生きる疲れを癒してくれるものはない」という詩の一行があるでしょう。自分が生きた人生があって、そこでの経験や感情をもう一度深い場所から書くということは、ある時間の経過の後に書くわけですね。ダニロ・キシュも少年時代から亡命先のパリまでの苦難の現実があると同じように、須賀さんもミラノに行かれたのが六〇年で、七一年に帰国して、回想を書きはじめるまでにさらに十五年の時間がたっている。つまり自伝的なものにおいて、人生の時間によって癒され濾過される時間が必要だと思うんです。

しかしかなり多くの私小説的な文学は、自分の経験の時間からエクリチュールの時間まではあまりないでしょう。あるいは、人生の時間がエクリチュールの時間へと転生する秘密の時間というものを感じさせない。さらに書くことによって癒されるという類いの私小説がありますね。まあそれもいいと言えば結構だけど、僕は私小説は好きではありませんから。あえて言わせてもらえば、しばしば読者が迷惑だと思うものもある。

**須賀**　私も、そう思います。

## クレオール文学の可能性

**清水**　人生の時間がもしかしたら文学の時間になるためには、ある時間の発酵が必要で、なおかつその人がまだ生きているわけだから、またそこで人生の時間を経ているわけでしょう。そういう二つの、あるいは三つの時間の関係が特に日本の私小説にはないように思える。また自伝的な作品も昔からかなりたくさん書かれてきたわけですが、それにもあまりなかったんじゃないでしょうか。いま現れているようなメモリアルの文学が可能になったのは、僕は二十世紀文学がさんざん苦労してきたからじゃないかと思うんです。さんざん苦労してきたからこそ、書き方は八方塞がりになり、方法も八方塞がりになり、どうしていいか分からない。単純に書くだけでは既に駄目で、書くことを自分の人生と世界との関係で捉えながら、一番基本的な「私が語る」という地平から出発してゆかなければならないわけですよね。そんな状況じゃないでしょうか。少なくとも僕が読んだ、ミラン・クンデラも、タブッキやダニロ・キシュも、須賀さんも、それからデュラスも、そういうところで書いているように思います。

須賀　デュラスの最良のモメントはそうですね。

清水　一九八〇年以降は、十九世紀からの小説的な言語装置のなかで隠蔽されていたものが、全てさらけ出されてしまった。そこでどうやって書けばいいかというふうに問題を設定すると、少なくともフランスではひどく突飛ですがクレオール文学を、その大きな枠組のなかに組み入れることができるんじゃないか。つまりクレオール文学はフランス語によって隠蔽されていたもの、ヨーロッパ文明によって隠蔽されていたものを暴き出し、乗りこえてゆく可能性を模索しているわけですから。

須賀　面白いですね。クレオール文学ですか。

清水　ええ。カリブ海のフランス植民地を基盤として、習い覚えたフランス語で、あるいは土地の言葉にも根を置いたクレオール語で書かれる文学、ともかく自分の場で、自分の言語で書くという文学ですね。もう一度ひろい視点から言い直せば十八世紀から第二次大戦の後くらいまでは、ともかくヨーロッパがヘゲモニーを握っていて、そのことで実は多くのものを抑圧し隠蔽してきたという認識から、少数のものであれ、ヨーロッパ人には理解しにくいものであれ、そういうものを抑圧され隠蔽されたものを回復する動きです。それがクンデラであり、自伝を書き出したデュラスであり、というふうにどんどん広がっていくと言えるんじゃないか。

須賀　『悪童日記』なども、ある意味ではクレオール文学かもしれませんね。

清水　一種のクレオール文学と言えるかもしれませんね。あのフランス語は外国人が習い覚えたやさしいフランス語です。

須賀　タブッキもイタリアでは評価が分かれていました。むしろフランスで高く評価されて、逆輸入されたような形です。

清水　やはりある種の浮遊性が作品にあるからでしょうね。今度の『ペレイラは主張する』のフランスでの紹介論文でも「タブッキは夜の旅行者である」というあざやかな言葉でタブッキを定義してます。

須賀　うまい表現ですね。フランス人というのは整理役としていてもらわなければ困るんですね。イタリアにはすぐれた意見をのべる個人はたくさんいても、整理を買って出る人は稀です。

最後に、クレオール文学とは違うけれど、多国語的な文学という意味では、タブッキにもポルトガル語で書いた小説があります。『インド夜想曲』がすでに、英語やポルトガル語を背景に匂わせていた。日常では、彼はイタリア語とポルトガル語が半々です。夫人がポルトガル人ですから。日本でも、こんど『私小説』を発表された水村美苗さんには、そういうところがあるし、ドイツ語がからまっている多和田葉子さんも、非常に不安定なところで小説を書いています。ああいう場所でたえず強いられるある緊張感のようなものが、とにかくそれの（必要が）ない日本の小説にも、あたらしいものをもってくるかもしれませんね。

# 『池澤夏樹詩集成』付録

対談者　池澤夏樹

池澤　ぼくの昔の詩集を書肆山田がもう一度出してくれるというので、それならば少し詩についておしゃべりをしようと思って、須賀さんにおつきあいいただくことになりました。

須賀　詩集が出るのはうれしいですね。いま、全然売っていないわけでしょう？　わたしは『塩の道』と『最も長い河に関する省察』しか知らないんですけれど、こんどのは全部が一冊になるんですか？

池澤　その二冊でほとんど全部なんです。あとは破片ばっかり（笑）。一冊にまとめられなかった数篇を拾遺として付け加えます。けれど、そのことより、今日は詩一般の話を聞かせて下さい。

## 詩とは何だと思っていたか

須賀　若い時は詩しか読んでいなかったという感じがあるのですけれど、わたしは、読んだものの内容を覚えていないのですよ。そう、大正時代から昭和にかけて象徴詩を訳した人たちのもの、あるいはそれよりもう少し前の上田敏に始まる訳詩を、コレガ詩ダ、と思っていた時期があります。それから専門学校では英文学をやったんですが、わたしたちの場合、外国人の先生が多かったから、ブラウニングなどをどんどん読まされるんだけれども、でも一向判らないんです。ワーズワースがいいですよ、と言われれば、宗教を教え込まれるのとおなじにワーズワースがいいんだというふうに覚えて、子供みたいに読んでいました。そんなことがあったものだから、大学に入ってからまた自分で捜し始めたんです。大学で、詩の好きな先生がいて、その人がたとえば宮沢賢治が書いたものなどを紹介してくれたり、中原中也に出会って夢中になったりした時期もありますが、正規に詩の勉強をしたのはずっと年をとってからです。

池澤　ぼくも、子供の頃を思い返すと、いわゆる詩的な短い文章が詩なんだという常識があって、それは何だか違うなあという気がしていたんです。ひとつには、ぼくの母親が詩人ですから、おセンチな破格の短文が詩ではないんだ、詩というのはちゃんと言葉を選んで削って並べてつないで組み立てて作るものなんだ、と教えられたためだったと思います。ぼくに書けという意味ではなかったんですが、世の中の流行歌の歌詞のようなものを詩だと思っているとそれは違うんだと言われて、ナルホド、ソウデアルノカ、と納得したんです。

須賀　わたしは「赤い鳥」なんかのちょっと後の世代なんです。けれども、家に北原白秋とか、薄田泣菫のものなどがあって、それを隠れて読みました。詩なんか読んだら碌なことはないって大人たちが言う家でしたから。詩というのはリズムがないといけない、と最初に思うのは、やはり白秋あたりからと思います。
池澤　ぼくの場合、声に出して読んですごく気持がいい、ということは最初に気が付いたことでした。親たちがやっていた「マチネ・ポエティック」が朗読を旨とした詩を作ろうとした。少しそれに傾き過ぎた嫌いもあったけれども、声に出して読む時になるべく言葉が響くようにという点に注目したんです。感情を籠めて読むというのとは違うんだ、とも言われました。
須賀　つまり、出発点が池澤さんはたいへん高度なんです。

## 詩を書くこと

池澤　いや、ところがね（笑）、それで自分でも「マチネ」ふうのものを書いてみるけど、何も面白くないんですよ。それはつまり、単純な話、言いたいことがなければ詩は書けないということなんです。形があると同時に心があるんだという大原理に、形だけ色々真似したあげくに気が付く。だから、そこでやめてしまったんですよ。極く若い時、高校ぐらいの頃、それらしきことをしてみて、ああこれは自分にはそういうことをする能力が全然ないと思いましてね。ぼくは諦めがいいから（笑）。詩の本を読んでいて、こういうのを自分も書けたらいいなとも思うんだけども、ちょっとやってみると、全然違う。それはいい詩を読んでいるんだから当然なんです。そして、ああこれはダメだ、とさっさと撤収しちゃうわけ。だから自分で詩を書くようになるなんて思いもしなかった。小説についても書くようになるとは思ってもいなかった。それが、ランボーやラディゲのごとき早熟の天才と凡人の違うところですね（笑）。

須賀　でもやめて商人になってもしょうがないと、池澤さんも思ったでしょ（笑）。やっぱり諦めて、詩とか小説にとどまって下さい。

池澤　なんとか言葉の仕事の周辺を、ぐずぐずうろうろして今まで来ましたね。言葉で作るということと、思いを籠めるということ、この二つの原理の後者の方を、みっともない思いをしてようやく知ったんでしょう。ただ、形式の必要性を知っていたために、その後、他の人の詩を読むのが楽になりました。言葉をわざと入れ換えて倒叙法で語って詩的だと思っているのはおバカさんで、そうしなきゃ言いたいことを言えないのは言葉の力が足りないからだ、とポーが言っています。小手先で何かやってもダメなんだということはよく判っていた。だからやめたんです。ただその後で、これは須賀さんとぼくと似ていると思うんだけど、ヨーロッパのものを読んだでしょ？　ヨーロッパの文学の全体を見て行くと、詩は大事なんだ、ということがとてもよく判るわけです。個人の思いを抑制なく喋ればいいというのではなく、皆すごく真剣に、自分の人格とは独立させて、物として詩を作ってゆく。こうでなくてはいけないんだと思うとますます萎縮しましたね。

詩人とは

須賀　いっぺん池澤さんに伺いたいと思ってたんですけど、詩人になりたい、というような考えが頭の中を走ったことありますか。
池澤　ないです。詩を作りたい、いい詩が書けたらいいだろうなとは思いましたけど、詩人というものになりたいと思ったことはないし、なったという思いもない。人を見てコノ人ハ詩人デアルと思ったこともない。何か実に変なものですよ、「詩人」て。
須賀　「詩人」という言葉があってそれが世の中を勝手に歩いてますよね。じゃ詩人というのは何だろうということを考えて、わたしの場合、それは「詩を書く人だ」と思うわけです。ところが、一般の人たちはそうじゃなくて、「詩人」がこうお化けみたいに歩いているから詩が通っていく（笑）というふうな考え方があるんじゃないかしら。学校時代、わたしは「変った子」だってよく言われました。そうすると「変った子」というのと「詩人」というのをくっつけて、ただぼんやりしているのに「あなたは詩人だから」と言われる。
池澤　その場合の「詩人」というのは現実味のない人という感じでしょ？　線が細くて女々しくて……。
須賀　わたしの場合は女ですから、女々しくてもいいわけですけれど（笑）。現実味がないというだけでなくて、「変った人」っていうことで、普通の人たちから疎外されているという感じでした。この疎外と「詩」との関係が怖かったんです。それと、仲間たちが「詩」だと言っているものとわたしが捜しているものとがなかなか合わない。

池澤　ぼくも同時代の日本の詩はほとんど読んでない。判らないんですよ、実は。ここで白状すれば、ぼくは「荒地」派が全く判らなかった。それで、しかたがないから海外に逃げる。面白いものを捜して翻訳物に移って、少し言葉ができるようになると英語で読んだりするじゃないですか。そうすると「詩人」たちは、実は小説家より骨太なんですよ。ヘミングウェイは男っぽい振りをしながらも実は女々しい男だけど、エリオットは骨が太い。オーデンはもっと骨が太い。これは、詩はもう少し年をとってからやってもいいのかもしれない、と二十歳過ぎで思いました。大体文学全般が年とってからでいいんじゃないかと思っていた節があるけれど。その後ギリシアの詩を随分ていねいに読みましたが、あの人たちも骨が太いですね。言いたいことを言いたいように言うために、そのための身分として「詩人」がある。「詩人デアル」というのは一種の自由宣言みたいなものなんだ、ということが、三十過ぎになってようやっと判った。

須賀　でもその「自由宣言」の意味だって、日本の詩人たちはベレーをかぶることでごまかしてた（笑）。それがわたしは嫌いだったわけ。何だかインチキくさくて。わたしはほんとうの詩人に会いたかった。慶應にいた時には西脇順三郎さんがいて、西脇さんが向うの方を歩いているだけで、ああほんとうの詩人が歩いている、と思ったりして（笑）。とても怖くて話しかけたりはできなかったけれど。

## 詩の言葉

須賀　詩人に会えたかどうかはともかく、わたしが捜しつづけたのは、やっぱり自分が詩を書ける言葉だったんです。日本語だと何かが足りないという気持があって。まず、英語が自分の言葉ではないとはっきり判っていました。フランス語も自分には合わない。そんなわけで、イタリア語なら自分の言葉にすることができるかもしれないと思ったんです。あさはかにも。

池澤　もっと実際的な話、「詩」というのは言葉の数が少くてすむでしょう。本当を言えば少くてすむんじゃなくて、いらないものを全部捨てていってギリギリまで減らして少くなるんだけれど、でも、外国語で物を読む時、言葉の数が少いというのは楽なんですよ。辞書を引く回数が少くてすむもの（笑）。

須賀　バルザックやゾラなんか読もうと考えただけで死にそうになるけれども。

池澤　そう。だからぼくはギリシアの詩は訳したけれども小説は訳す気にはとてもなれなかった。詩と映画のシナリオは言葉が少いんですよ（笑）（池澤氏は映画『旅芸人の記録』の字幕を担当した）。だけど、少い分だけきっちり組み立てて、ホンの少しの言葉で沢山のことを言わなければならない、そのカラクリは凄い物だと思った。しかも声に出して読んで響きがいいわけでしょ。いくつものパーツが、四角い正確な箱に収まっているパズルみたいなものですよ。それが詩というものの一番の印象なんだな。小説はダラダラ書いてもいいし、長きゃ長いほどいいところがあるとぼくは思っているけれども（笑）、詩の場合は、コンパクトであること、コンプレスされていることがとてもとても大事で、その辺で詩人の力って多分決まるんだろうと判った。だから途中で降りてしまったんですね（笑）。
須賀　そうねぇ。ある時期、彫刻に興味があって、ローマにいた頃は彫刻家のアトリエに出入りしたりして、見ていて、何か詩と彫刻は似ているんじゃないかという気がしきりにして、何だろう何だろうと考えました。固いものを刻んでいくことによって、本質だけを残すところが似ている。それでもまだ、言葉が怖くて逃げ回っていました。書く、ということの周辺ばかりが目について、自分では何も書けない。それでどうしていいか判らなくて。また、イタリア語と日本語が頭の中で渾然となってしまって、ちょうど物が言えない人みたいな時代もありました。
池澤　イタリアの現代の詩人たちのものはお読みになっていらっしゃいませんでした？
須賀　現代というか……結局ウンガレッティとかモンターレとかの作品をつぎつぎと読んでました。で、おっしゃるとおり、短いから本屋で立ち読みできてしまう。それで、すぐに、コレハイイ詩ダとか、コンナコト言ッテチャ駄目ダとか判る。小説というのはだましっこみたいなところがあるから、自分が話につられてしまうようなところがありますが、詩にはそれがなくて、それだけで立っている。
池澤　ウン、小説の方がゴマ化せるんですよ。色んなものを雑然と積み上げて、他から持って来たものをそっと中に入れて、それで大きく見せられる。でも詩の場合は他から持って来ようがない。自分の中にあるものでやらなきゃいけない。それでも足りないとどんどん痩せた貧相な詩になる。小説を書くようになって、こんなにどんどん嘘でふくらませられると楽でイイナア、と思いましたよ。詩の時はやっぱり苦しかったから。

## 日本の詩、外国の詩、翻訳詩

須賀　わたしは、詩の朗読会というのは何か恥かしくて行けないんです。自然じゃないみたいで。それに、学のある人が座っている所みたいだし。そういう意味では音楽会もあまり行かない。なにやら気恥かしい。あんな暗い所で、みんながすましていて。あるとき、イタリアの友人がダンテの『神曲』を一歌ずつ、声に出して読んでくれたことがあったんです。それも読みながら、一行一行、今の抑揚はまちがえた、とか言いながら。かなわないなあと思いました。でも、それで初めて『神曲』の大切な部分、たとえば音楽性が判った。詩は本当は声に出して読めば判るはずのものなんですよね。日本でも、できたら、そういう詩がほしいですね。
池澤　日本の場合は、ともかくも短詩型が余りにも固まっていたから、これをどう壊していいか判らないままに今に来てしまったでしょう。自由律であるといくらでもだらしなく崩れてしまうし「マチネ・ポエティック」は後が続かなかったし……
須賀　でも、詩人と、俳人、歌人と言葉がいくつもあるので、外国人には、日本は少し変った国ですねと言われます。どんな形の詩を書くかによって詩人の呼ばれ方が違うし、うっかり「詩人」とくくってしまったら叱られたって。この国ではポエジアというもの、詩というものがどういうふうに造られるのか、わたしたち自身にもよく判っていないかもしれない。やたらと分けるのが好きなのかな。
池澤　いや、肩書が好きなんですよ。だから細かく分ける。
須賀　でも、家元みたいなこともあるんでしょ？（笑）
池澤　その話を始めると悪口が止まらなくなるし、しかも全く実りがないからやめましょう（笑）。……それでは、イタリアなりギリシアなりの外国の詩を日本語に移したものは何なんだろうと思うと、自分でも翻訳しているのにおかしな言い方になるけれども、詩の翻訳というもの、全然信用していなかったですね。これはとりあえず元の言葉で読むための手がかりだと思っていた。英語ならば、翻訳で読むか読まないうちにすぐに原語に行ってしまえた。たとえばシェイクスピアの『ソネット』は随分色んな訳が出ていますから、高松訳・小田島訳・坪内訳を比べて遊ぶというようなことができるけれども、それは原テキストが手元にあるからできることであって、翻訳だけで「詩」として読んだとは思えない。だから元の言葉を知らないフランスの詩やイタリアの詩になるととても困る。
須賀　フランス詩の翻訳は、たとえば永井荷風とか堀口大學なんかを読んでも、わたしはほとんど日本の詩として読んでいました。すばらしいと思うけれど、それは日本の詩としてなのよね。翻訳してしまったら詩は全く違うものになってしまうわけですから。浄瑠璃をイタリア語で読むみたいに。

池澤　『コーラン』についてアラビア人が、『コーラン』の翻訳というのはあり得ない、世間で日本語訳、英語訳と称するものは一種の注釈に過ぎないと言うんですよ。『コーラン』はアラビア語のものであって、それ以外にはない、という見識です。翻訳は原典に触発されて作られた別のテキストだと思うよりない。

## ペトラルカとカヴァフィス

須賀　そうですねぇ。そうなるとわたしたち自身の翻訳はどうなるのかしら。ただ、詩というものはかなり職人的作業に似ているという感じは外国の詩に触れると強く持ちますよね。わたしはそんなにラテン語ができるわけじゃないんですけど、ラテン語の詩を読んだ時に漢文の詩を思い出して、ああ同じだ、という感じを持ちました。日本に帰ってきた七〇年頃、四十歳過ぎてから、ラテン語の詩は本当に凄いと思いだしたんです。ペトラルカをバラして遊んでいた時期と重なります。どうしてペトラルカを読んだかというと、現代詩の工法というようなものが、どうしても判らなかったからです。ペトラルカの詩の造り方というのは、春で川が流れていて、白い花がちらちらちらちら岸辺にすわっているラウラ（ペトラルカの詩の中の恋人）の肩に散る、というような情景を、音節の数とか脚韻などすべてをぴしっと固めて作ってあります。ある行は始めの方に微妙なアクセントを置いてふくらます、次の行は違った所でふくらます、というふうになっていて。それも、感覚的にただふくらます、というのではなくて、入り組んだ厳格な規則（韻律）の中で言葉をレンガのように動かすわけです。そういう工法が隠されていると判った時には、ああ、これは駄目だ、とても訳せないし、太刀打ちはできない。それでも、これが判ってよかった、生きているうちに判ってよかったと思って……

池澤　これは文芸全般について言えることだと思うけれども、優れた鑑賞者が言うことは時として創作の意欲を挫きますね。こんなふうに読める詩人がいる以上もう詩はいらないじゃないかというふうに。たとえば篠田一士の武断的論法で創作を諦めた文学青年が随分いたんじゃないかしら。それでいったん若い頃の意気込みがつぶされて、それからまたおずおずとやったから我ながら変な奴だと思うけれど。だから本当に天才でない人の場合は一度つぶされてから、またこれなら、という隙間を見つけてやるという形しかないのだろうな。

須賀　ほんものの天才というのは、そういうことがはじめから体の中に生えている人なんですよね。かなり早い時期に判ってしまうんじゃないでしょうか。でも、たとえばペトラルカなんかは、自分の抒情詩はイタリア語で書いたものだから大したものではないと思っていたらしい。それで、これは断片でしかない、自分の大事なものはこっちだ、と信じていたようです。ラテン語で書いたやや難解なものが色々あるんですけども、哲学論文ですからわたしたちの知っているペトラルカにはなかなかつながりません。ラテン語が高貴な言語で、イタリア語は俗語だったんですね。

池澤　ペトラルカのイタリア語は今のイタリア語とどのくらい違うんですか？

須賀　ひどくは違わないです。ある意味ではダンテよりやさしい。ただやさしいと高を括るとけとばされますけどね。すばらしいです、透明さが。ペトラルカは生れはイタリアなんだけれども、アヴィニョンの宮廷にお父さんが勤めていた関係で、いわゆるプロヴァンスが長かった。ヴォークリューズの谷あいに一人で住んでたんです。変人というか、そこでラウラのことや宗教や政治について一所懸命考えていて、ときどきぱっとイタリアへ来ては詩の話を講義したりしているんです。たしか、ペトラルカは聖職者でしたが、にもかかわらず非常に自由な生活をしています。イタリア中歩いて、ラテン語の文献、たとえばキケロのマニュスクリプトを発見したりもしています。

池澤　須賀さん、それを一所懸命になって読んでいらっしゃる時は、やっぱり、この人見つけた、っていう感じでしたか?

須賀　というのか……初めはほとんど勉強みたいに、それから謎ときみたいにして読んだんです。片方に詩の韻律の本を置いて、一行一行をさぐってゆく。それで、それまでに自分の読んでいたペトラルカとそうやって分解してみたペトラルカは、同じでありながら、たいそう違ってきた。たぶん建築の学生が力学というのか、工法の勉強をして初めて建造物を理解する、という感じです。

池澤　つまり、職人の手の動きを辿るということですよね。そうやって一人の詩人をひとしきり綿密に読んでみて、これが詩なんだとしたら……というふうに、多分須賀さんと同じような感動を持ったのは、ぼくの場合、カヴァフィスです。二、三年かかってちょっとずつ翻訳していたんですが、毎月ほぼ同じ分量を、辞書を引いて、韻律を見て、声に出して何べんも読んで、日本語に置き換えて、注を付けて、という作業をしながら、こういう「作業」に耐えるものが本当の詩なんだというふうに思いました。僕が詩のようなものを書いたことに比べたら、この詩の翻訳の仕事の方が余程詩作に近い仕事だったと思う。こうして翻訳した詩が、子供の頃から教えられていた「詩」の概念に非常に近かったわけです。きちんと作ってあって、たしかに詩でなければ表現のしようのない思想を述べている。日本で思想家と言うと長い難しい文章を書く人らしいですが、そうじゃなくて、文芸の形のひとつひとつに合った思想があって、詩人でなければ伝えられない思想があるんだなということを確実に理解したのはやっぱりカヴァフィスによってです。だから書くことが詩との一番いい付き合い方とは限らない——こう言ってしまうと自分の詩集など出す意味がなくなってきて（笑）、じゃあ翻訳の方を早く出せと言われてしまいそうだけど。

## 詩の翻訳

**須賀**　わたしも随分翻訳をやろうとして、いま、ウンベルト・サバをずっと訳しているんですが、日本語の柔らかさ、あるいは自分の日本語の柔らかさに困りはててます。きちっとならない。サバの詩はすべて規則にしたがっていながら、用語・内容はあくまでも日常的に徹しているから、日本語にすると何ともだらしがなくなる。本当、困るなあ。

**池澤**　それはねぇ……つまり翻訳者は裏切者ですからね（笑）。

須賀　たとえばとてもおかしいのは、サルバトーレ・クワジモドという詩人がいるでしょう？　あの人の詩というのはイタリア語で読むととってもつまらない。それなのに見端がいいのね、翻訳すると何だか詩らしくなるんです。ところが詩をちゃんと勉強した（ということは、「教養のある」とほとんど同義語ですが、そういう）イタリア人は、みな、あんなものは読むなと言います。訳すと、しろうとが詩と思うものみたいになってしまう。そのあたりが怖いんです。

池澤　三島由紀夫の小説みたいなものかな。

須賀　そうかもしれません。

池澤　カヴァフィスについて言えば、ぼくはギリシアの大学の予科でギリシア語の最小限の文法をひと通り教えられて、それでも喋れるようにはならないけれども、読んで文法構造を見抜いて辞書は引けるようになるわけです。語尾変化した言葉の原形を見つけて。さっきぼくは詩を組み立てると言いましたけど、ひとつひとつの言葉をネジまわしではずして元々の形に戻して、もういっぺん組み立てなおす――時計の修理みたいなことをやって、なるべくそれに添うようにして、日本語の質感なんていうことをあんまり考えないで、自分のメモ代わりに置き換える形での翻訳をしました。そういう言葉の扱い、手で持てるものであるかのように言葉を扱うのが、詩作というものに多分一番近い言語行為なんじゃないかなと思う。つまり、言葉の存在感、単に口からフワフワ出てくる息のようなものではなくて、もっと質感のある、カチッとした、〈モノ〉なんだという感じを把むにはやっぱり詩が一番いい。ゆっくり読めるし。時間をかけてひとつひとつ確かめていけるし。そちらの方が大事だと思う。詩を読むことと同時に、翻訳するためにとりあえず自分の使う言葉をいったん突き放して、客観視して、よその国の言葉にひとつひとつ並べて比べるわけでしょ。そういうトレイニングの方がヘタな詩を書くより言葉の勉強になったかもしれない。

### 文章の勉強

須賀　わたしは、いま自分で文章を書くようになって、本当にもう、シマッタ、という感じなんです（笑）。やっぱり翻訳が一番よかったんじゃないかっていう気がして。コレをソレにはっきりと移し変える作業の楽しさ。それから、絶えず自分よりも優れたものだと思うものしか訳さないから、自分より優れたものの横にいるわけでしょう。そういう愉しさがある。

池澤　ところが、一読者として読んでいると須賀さん御自身の散文というのは、翻訳のようなんです。日本語の場合、こう言うとだいたい悪口になるけれど、そうではなくて、元々別の言葉でのテクストがあって、ぼくが存じ上げている今の須賀さんとは別の人格の人がどこかにいらして、その思想、その想いが、イタリア語経由で日本語に来たように読める。それは須賀さんが訳していらっしゃるナタリア・ギンズブルグやなんかの翻訳と文体が似ているという意味ではなくて、日本語の半透明な文章の表面の奥にもうひとつ不透明な堅い岩盤があるんだぞ、という感じで読める。これは多分、須賀さんが二重人格だからなんじゃないかなと思う。
須賀　かもしれない。
池澤　ねェ。そこの所がすごく面白くてぼくは好きなんですよ。
須賀　よく、イタリア人とかフランス人とかに言われるんですよ、あなたは日本語を喋っている時と、こっちの言葉を喋っている時とでは、違う人だって。まあしょうがないとは思っていますけど、たしかに、二重か三重ぐらいは人格があると思う。困ったことですね（笑）。
池澤　いや、ぼくは友人として全然困らないですよ。
須賀　そうお。とても不思議なんだけど、センテンスを書いていると、言葉がばらばらになって降って来ることがある。それも、日本語の順列で降って来ないから、それを書きなおす感じです。そのため、よく辞書を引きますし。だからぎこちなくて、ちゃんと流れていない。
池澤　だけど、ちゃんと流れているのがいい文だというのはどうも違う気がする。ぼくも、翻訳ばかり読んできて、日本語のいわゆる名文の類いはだいたい受け付けなかった。さっき話に出た三島由紀夫とか小林秀雄とかの口あたりのいい文章にはアレルギーがある。心と発語が近過ぎるというのかしら、その間に客観視の一歩の距離がない文章は受け付けがたいんですよね。

須賀　なるほど、それなんですね。小林秀雄はわたしもイヤです。
池澤　アレはねえ、イヤなもんだよ（笑）。
須賀　ほんとに。そのことで随分劣等感を持ってました。だって大学で皆が文学の話をするとすぐ小林秀雄が出てくるわけですよね。で、わたしは、何であんなものがそんなに大事なんだろうか、って気がして。そこから、やっぱり自分はあたまが悪いからああいうものをちゃんと理解できないんだ、自分には文学をする資格がないと思うようになって。
池澤　うん、自分には合わないものに若い頃に出会ってしまう不幸というのがありますね。ましてそれが流行している場合は、自分は完全に少数派になってしまって、とても居心地が悪い。
須賀　そう。わたしは臆病な所があって、ずっと流れに逆らって来ているくせに流れに逆らうのが怖くて……
池澤　それは逆らうんじゃなくて、流れがたまたま自分とは違う方向へ流れているんだから、じっと我慢してただ立っているだけなんだけど……
須賀　それが怖い、立っているのが。そのうえ、母がよく「そんな大それたことを」となにかの度に言うものだから、自分でも、大それたことになると大変だと思っていて。そのくせ、じつは大それた生き方をしているんですよね、わたしは。なにをしていても、いなくても、「怖い、怖い」ばかりだったみたいで、それでものも書けないし、やっと翻訳の岸辺に辿りついたという感じで、そこで生きさせてもらえばもう御の字でした。

池澤　この国の文化の中で自分が少数派で居心地が悪いと感じると、拠り所を海外に求めることになるんですよね。

## イタリアとギリシア

須賀　だけど、フランス人は、わたしには怖過ぎた。人種差別のようなものがあったかもしれない。

池澤　シラク的帝国主義だから（笑）。

須賀　ほんとに、あの厳しさでは自分がやっぱり駄目になってしまうというところがあって、イタリアに行ったらちょうどよかった。ほら『三匹の小熊』でしたっけ、お父さんのベッドに寝ると大き過ぎて、子供のベッドは小さ過ぎるっていう、そういう感じで辿りついたのがイタリアでした。それと、自分の死んだ夫が掬いあげてくれたという感じでした。モーゼみたいに流れてきたわたしをあの人が止めてくれた、拾ってくれたという感じで、イタリアに行ったことは本当によかった。

話は変りますが、今年の夏、初めてギリシアに参りまして、ギリシアというのは凄い所じゃないかと思いました。こんな年齢でこういうことを言っていては困ると思いながら（笑）やっぱり恐縮しているの。ギリシアについては、これまで行った人たちが、昔の古典時代のギリシアじゃないんだから、と口々に言うけれど、わたしはやっぱりすばらしい所だという気がしました。

池澤　ぼくは暮らしていましたから、色んな思いがありますけど、基本的には古代と今とがそんなに違うとは思いません。

須賀　でしょうね。たとえば、街で人に欺されるというようなことは、イタリアですでに知っていますし、対応もできる。それから、仕事が遅いなどということも全然気にならない。そんなことよりも、何かとても品格のある土地柄・人柄だと思いました。それがたとえばローマの彫刻とアテネ・ギリシアの彫刻との違いに見えてしまいました。

池澤　それは古典期のですか？

須賀　そうです。

池澤　それはそうでしょう。

須賀　そんなに簡単に言わないでよ（笑）。わたしは本当にびっくりしているわけだから。

池澤　彫刻について言えば、ギリシア古典期と、ヘレニズムおよびそれ以後のローマとは格段に違うと思います。品位が違うんです。それで今のギリシアは昔とまるで違うと周囲からバカにされますけれど、アリストパネスの喜劇を見ていると今の人たちと同じだとぼくは思った。悲劇の方は元々神話的にふくらませてあるから、悲劇の人物が街を歩いているということはあり得ないけれど、コミックな話の方は、今も全然同じことやってるよ、っていう感じです。つまり等身大の人間の肖像というふうに言えばよいのか、ギリシア人は今もってギリシア人です。

須賀　そうですね。それに軽みがあるでしょう。あれがイタリアにはないの。反面、ローマの文化とその重さがなかったら、アテネも後世につづいていけなかったかもしれないんだけど。

池澤　つまりローマが土台を作ってくれたから、その上に比較的か弱いギリシア・アテネが乗っていられたということはあります。簡単な話、東ローマ帝国というのはギリシア人の国ですからね。東ローマが成立したのは西のローマが頑張ってくれたからで、そのしっかりした内側に入れたから今までつづいてきたという気持はギリシア人は非常に強く持っています。それで、自分はギリシア人だ、という言い方にもふたつあるんです。ヘレネスである、という言い方と、ロミオスである、というのと。ヘレネスはヘラスの民ですが、ロミオスというのは、ローマ人、すなわち東ローマ帝国の一員である、ということです。特にオスマン・トルコその他イスラム系の勢力に対して胸を張ってギリシア人であると言う時にはロミオスになるんです。あの大ローマ帝国の一翼を担ったところのギリシアの一員であるということです。依存しながらも胸を張っているところ、大ローマの一部のギリシアではあるけれどもそれでもギリシアであるという誇りが段々屈折して、落ち目になってくるとスネてくるでしょう？　そのあたりをカヴァフィスは実にうまく書くんです。カヴァフィスの生涯のテーマは、自分の同性愛とギリシア人の没落の歴史なんです。一番の盛期を過ぎて下り坂になってしだいしだいに惨めになっていく、それでも意地を張って昔のことを覚えているという屈折ぶりが詩になるんです。

須賀　それはアンゲロプロスの映画にも通じるわけですよね。

池澤　通じますね。彼らにとっての品位、誇り、胸の張り方、フィロティモ（名誉を愛する気持）、……

須賀　イタリア語でオノーレと言う気持ですね。

池澤　そうです。それがやはり最後には出てきます。

須賀　わたしも、それをひとつ体験しました。レストランですごい親父さんが出てきて、あれも食えこれも食えと言うんだけれど、ときどきイタリア語が混ざるのね。それで、あなたイタリアに行ってたの？　って言ったら、すごく怒ったの。自分はイタリアなんかに行く必要はない、自分はギリシア人だ、って。でも、わたしは彼が怒ったことが嬉しくて。ああ、ギリシア人が本当のことを言ってくれたと思ったわけ。彼らの誇りなんですね。

池澤　そう。現実は必ずしも格好よくないし、色々惨めなことも多いし、他の国に対して屈辱的なこともあるわけですよ、特に今はEUの一番下ッ端の国ですからね。だけど、まあ胸を張ってる。イタリアとおっしゃったからそれくらいですんだと思いますけど、トルコに行ったことがあるの？　と言ったらもっと怒っただろうと思う。

須賀　南イタリアのプリア地方、たとえばブリンディシあたりのイタリア人にはそういう誇りがすごくあって、あれはギリシア人に近いかもしれない。イタリアではギリシア人を決してよく言わないんです。「レヴァンティーニ（東の人間）」と言って、特に中部イタリアから南に行くとよくそう言います。

池澤　ギリシアの方では、元を辿ればみなうちの植民地だったじゃないか、メトロポリス

（母なる都、植民地から見た本国）という言葉を覚えてるか、っていう感じでしょう。
須賀　そうなんですよねぇ。
池澤　でも、それが余りにも昔の話なんでねェ（笑）。
須賀　ほんと。
池澤　彼ら自身の中に古典コンプレックス、二〇〇〇年前へのコンプレックスがあって、これが話を複雑にするんですよね。カヴァフィスはそのあたりを実にうまく表現している。

詩と小説と

池澤　それから、もう少しだけ詩の話に戻れば、貧しい国の文芸としての詩というものがあると思うんです。つまり、小説を書く、あるいは小説を一冊書いて出版してそれを読者が買って読むのは、ある程度中産階級が発達した国でないと駄目でしょう。長い話を書くだけの時間のゆとりもないわけだから。そうすると、余り豊かでない国ではとりあえず詩が一番手っ取り早い。エリオットの言うように一時間早起きしたら詩は書ける、ということからもギリシアでは詩が流行っていたんだと思う。やっぱりあの国は今もって詩の文化なんです。戦後、二人のノーベル賞文学者が出たけれども、どっちも詩人です。小説の方では特に凄い人は出てきてはいない。カザンツァキスは別格、一国一言語の枠にとても収まらない巨人ですが、他には出てきていない。詩人は次々にいい人が出てくる。それはやっぱり小説という中産階級的微温的文芸形式よりは、短くて引き緊って、短い時間でいいものが書ける詩の方が栄える。国の経済形態とも関わりがあるなと思う。
須賀　イタリアも二十世紀の前半までは絶対に詩です。詩はいいけれども、どうしても小説が育たないという国だった。経済的な貧しさもあるけれど、詩の方が古い表現の形式なんでしょうね。マンゾーニなどが十九世紀にいたわけだけれども、あの人はフランスやイギリスの影響を受けて散文を書いた。全体としてはイタリアはまだ詩の国です。
池澤　貧しいということだけではなくて、短い時間で自分の思想を全部語るために、真剣に取り組まざるを得ないから、姿勢が違うんだと思うんです。小説の方はどこか、どこまで行っても、遊び、ヒマつぶし、読み物の面があって、――これは自分でもよく判ってますけれどね（笑）。
須賀　小説というと、わたしは、ロダンのバルザックみたいに、ぞろっと寝間着を着ているみたいな気がしてね（笑）。――太さがあって、その太さがどこかで崩れているという感じでしょうか。それが魅力なのですが、詩の場合は、（マラルメなんかもちゃんとした服は着ていなかったみたいだけど）（笑）、やっぱり、きっちりしているという感じですよね。ネクタイのきっちりではなくて、若者の裸体のきっちりさ。
池澤　高貴である、という感じですね。でも日本の中だけ見ていると、そうは言えない。日本の詩では、詩人であることの誇りを感じさせられることは珍しいですよね。
須賀　高貴という言葉をわたしたちは忘れてしまいましたね。もう使われなくなってしまって随分になる。

池澤　だけど、考えていることを正しい言葉で組み立てて、短くしかも的確にインパクトを籠めて言うには詩しかないはずなんですよ。詩の落第生がこんなふうに言うのも何だか情けない話だけれど。

# イタリアと日本

対談者　ねじめ正一

ねじめ　最近、イタリア・ブームと言われますが、このブームというのは、須賀さんからごらんになると、どう思われますか。

須賀　もう、あの、何というのか、わけがわからないんですけれども。私がイタリアに行ったころは、本当に日本の人はほとんどいなくて、イタリアに行くということが、何か意味のないことだったんです。ですから、案外日本の人がイタリアが好きだっていうことも、いまびっくりして眺めているわけなんですけどね。

ねじめ　イタリアの魅力というのは、須賀さんはどう思われますか。

須賀　みんながいろんなことを考えているということ。日本というのは、たとえばファッションなどでもそうですけれども、非常にこう、おんなじような人を作る国ですよね。で、イタリアというのはばらばらです。ですから、一緒に組織を作って何かするということは不得手なのですけれども、そのかわり一人一人、まあ、本当に宝物みたいな人たちがいるわけで、その人たちと話しながら、「あっちにもこういう人がいる、こっちにはこういう人がいる」っていうのを確かめていくと、もう本当に面白い国だと思います。

ねじめ　日本の場合は、たとえばオリンピック選手でも、基礎をがっちりやって、徐々に技術を高めていくというのがありますが、イタリアはそうじゃないですよね。

須賀　イタリア人にそれをさせたら、もうやめちゃいます。結局、面白いところから入っていくわけで、それで楽しみながら、オリンピックでけっこう金メダルなんかもらっちゃうわけですよね。ですから、順番を経て何かをするっていうんじゃなくて、面白かったら何でもやっちゃうっていうような国。それがひょっとして、いまの日本の若い人には魅力なのかもしれないですね。

ねじめ　須賀さんがコルシア書店に出入りされるようになったのは、イタリアにいらしてからだいたい何年目ぐらいなんですか。

須賀　二年目です。

ねじめ　そのきっかけは何ですか。

須賀　コルシア書店で出版しているパンフみたいなものがあって、それを送ってくれる人がいて、「ああ、こういうグループで一緒に本屋をやっているっていうことは面白そうだな」と思って。六〇年代に、日本でも共同体というのか、一緒に住むということがずいぶん考えられましたよね。そういうのの走りだったと思うんです。一緒に住むというよりも、同じようなことをお互いに議論しながら、自分たちの生活をそれぞれが生きていけたらっていう……。

ねじめ　実際にコルシア書店に出入りされて、最初は慣れないでしょう。

須賀　ええ、だからこう、何となく隅のほうにいて、まあ、迷い猫みたいなものですね。で、みんなの機嫌が悪そうだったらもう少し隅のほうに行くとか（笑）、そういう感じで。

ねじめ　一年ぐらいかかりましたか。

須賀　そうですね、もっとかかったんじゃないでしょうか。結局、私は今でも、あの中に入ってたのかなあと、思うことがありますから。

ねじめ　本を読ませていただくと、コルシア書店の方々は、それぞれがみんな違うじゃないですか。でも、「この人はイタリア人だなあ」と思う瞬間はありましたか。

須賀　それはあまりなかったですね。私はあんまり何人というふうには考えなかったのかもしれません。というのは、そんなことを言っていられない、どうにかして一人一人をわかりたいと思う気持ちが強くて、まず、たとえばイタリア人であるとか、自分が日本人であるとかいうことを消していくんですね。消して、それから人間として何を話しているか、何をやっているかというようなところに入っていくから、案外、それが幾つかの扉を開けてくれたのかもしれません。

ねじめ　みなさん同じに、というか、誰が突出しているというのではなく、きちっとみなさんのことをお書きになっていますよね。ダヴィデでしたか、詩人というか、あの人は偉い人ですよね。あの本屋さんの創始者ですか。

須賀　ええ、あの人は二年前に亡くなったんですが、亡くなるときは国中がテレビで報道しました。

ねじめ　須賀さんより相当年上ですよね。でもきちっと見ているところは見ていらっしゃって、こんな大詩人に対してけっこう辛辣なことをおっしゃっているし……。

須賀　ええ、でもそれは、日本みたいに人を神話化するということがないですから。

ねじめ　それは、須賀さんがなかったのではなくて、イタリア人がないという。

須賀　みんながなかったですね。

ねじめ　そんな中で、ご主人のペッピーノさんとは仲間同士の結婚ですよね。仲間がいっぱいいて、その中で本当に祝福されて結婚したという感じですね。結婚したときに古い家具なんかをみなさんがくれたりすることが本に書いてありましたが。

須賀　それは本当に、書店の中でみんなが「僕たちの中に夫婦ができた」というふうに喜んでくれました。

ねじめ　ダヴィデさんが、テレビ局を内緒で呼んじゃって。

須賀　北のほうのウディネっていう小さな町で、そこにダヴィデがそのころいましたものですから、結婚しに行ったわけです。駅に夜遅くに着くと、迎えに来ていて、「じつを言うと一つだけちょっと君たちに聞いてほしいことがある」と言うので、「何ですか」と聞いたら、「明日の結婚式だけれども、テレビに言ったらみんながそれを映すって言うんだ」と。本当にそのときは、「ああ、悪い友だちをもった」と思いました（笑）。

ねじめ　肋膜でペッピーノさんは亡くなったんですよね。そのときにアンナさんでしたか、ふらふらで、わけのわからなくなっている状態の須賀さんを泊めてくれますよね。

須賀　あのころに泊めてくれた人はいっぱいいるんです。書いているのはその中の一人です。「家で泊まっていきなさい」とかいろいろなことをみんなが言ってくれて、まあ、あのとき友だちがいなかったら、本当に私はどうなっていたかと思いますけれども。やっぱり、ああいうときにイタリア人ってすごいなと思いました。それでもまだ、イタリア人っていう言葉は私の頭の中にはないんですけれどもね。一人一人がやはりいい人だなあということを思いました。

ねじめ　ペッピーノさんがお亡くなりになってから四年間、イタリアにいらっしゃいますよね。その四年間というのはいろいろな意味で重かったことと思いますが、その意味合いというのは。

須賀　父に、「もういいから帰ってこい。日本にいたほうが楽じゃないか」と言われたんですけれども、私はやはり自分の生活だし、自分が責任をとって結婚した人が亡くなったからといって、父にいまさら世話になるというのは申しわけないと思ったので、向こうで自分が一人でも生きていけるということをちゃんと見てから日本に帰りたいと思ったんです。

ねじめ　最後は日本にもどられますよね。それは、日本にもどっても、イタリアのことというか、彼らのことを考えられるという自信がおありだったからですか。

須賀　あったと思います。結局、自分は主人が死んでみたら、日本に帰らないと自分の生活がはじまらないと思ったんです。やはり、イタリア語の上手な日本人よりも、日本語で日本のことを考える日本人ということが、自分にとって大事なのではないかと思って。かなりイタリア語がうまいっていうことに、何か酔っていたようなところがあるんですね。それで、そんなことはとってもくだらないと思って、日本に帰りたいと思いはじめたわけです。

ねじめ　須賀さんがイタリアに出会ったりヨーロッパに憧れたりということを考えるときに、やはり少女時代の寄宿舎生活というのがありますよね。

須賀　その前に、父親が非常にヨーロッパが好きな人だったものですから、自分がヨーロッパを旅行してきたときの話とか、それから着るものとかにも非常にうるさい人でしたので、「ヨーロッパではそういうものは着ない」っていうふうに怒ったりしましたね。

ねじめ　カトリックでシスターがいるという、もうシスターと聞いただけでストイックな禁欲的なにおいがしてきて（笑）、がんじがらめになった毎日を過ごしていたんじゃないかというと、でも、そうではないんですよね。

須賀　そうじゃないですね。規則が厳しいわりに、やはりみんな何か、そうでないことを発見して一生懸命遊んでいました。

ねじめ　我々だったら先生という感覚になってしまうのですが、シスターとの関係が、我々の学校の先生よりももっと密接ですね。一日中一緒にいるわけですよね。

須賀　あのころは西洋人のシスターが多かったものですから、廊下の角かどに立っているという感じで。それも授業のときに教室に出てくるシスターというよりも、寄宿生の場合は二十四時間接しているという感じで、寝ているときもそういう夢を見ていたのではないかというぐらい密接でしたね（笑）。

ねじめ　野球をやっていたというのも、僕は意外でしたね。シスターが裾をからげて走っていたというのが、どこかでそういう映画を見たことがあるような記憶があるんだけれど。

須賀　本当にあれは長いスカートでしたからね。とても急ぐときには、時々そういうことをやるシスターがいて。日本人の方はあまりそういうことをしないんですね。お行儀がいいんでしょうね。でも西洋人の方はなさる。ですから私、シスターがドアを足で開けるとかそういうのを見てびっくりしましたけれども、「あ、そうだ、こういうことって大事なことじゃないんだ」っていうことを覚えたかもしれませんね。

ねじめ　その中で、西洋精神というのか、どこかで学び取っていることというのはありますか。

須賀　たとえば、自分がいったんこうと思ったことは、そうやすやすと変えちゃいけない、それで自分が傷ついても、やり通さなければいけない、というような頑固さをもらったと思いますね。で、もともと頑固な人間がそれを習ったから、大変なことになっちゃった（笑）。

ねじめ　日本にもどられてから二十年間、翻訳の仕事を本当に一生懸命なさって、イタリアのことはあまり書かれませんでしたよね。それには何か理由がおありですか。

須賀　結局、書けなかったんですね。あまりにも自分が密着していたということもあったと思います。それから、自分の中の気持ちがなんとなくはっきりしていなかったというのか、たとえば日本に帰って四年間、まあお金もなかったんですけれども、私はイタリアに行かなかった。フランスには行ったけれどもイタリアには行かなかった。というのは、あそこへ行ったら、またイタリアにくっついちゃうと思って、自分を意識的にイタリアから離した時代というのがありました。

ねじめ　きっと須賀さんというのは、入り込むと、どこか過剰なところがあって、それがたぶん二十年間で、ある意味で上手に年をとられたというか、ある過剰さが削がれたというのか、いいものだけ残ったということでしょうか。

須賀　二十年、書かなかったけれども、二十年間、何かこう、頭の中で書いていたのかもしれませんね。

ねじめ　須賀さんの本を読むときには、須賀さんの用心深さというのか、ミラノの街をおどおどしながら歩いているのと同じような文体というか、文章っていうのを感じるんです。感情の襞を何か確かめているというようなところがあり、それが何かに似ているなと思ったら、『源氏物語』に似ていると思ったのです。『源氏物語』もどこに行くかわからないじゃないですか。要するに終わりに向かっていませんよね。何かこう、移ろいというのでしょうか、あれがどこか似ていると思って、今日、お聞きしたいと思ったのです。

須賀　私は『源氏物語』を最初に原文で読んだときにすごく感動したんですね。それはもちろん、話そのものも面白かったけれども、「こんな文体ってあり得るんだろうか」と思って、それで、「ああ、文体っていうのはこんなことでもいいんだ」っていうような感じ、私自身がものを考えるときと非常に似た文体だと思ったのです。「女の人のものの考え方っていうのはこういうふうじゃないかな」っていう気もしたんですけれども。
**ねじめ**　移ろいといいますか変わり身といいますか、すっすっと変わるじゃないですか。そこのところが、いまお話を伺っていて、『源氏物語』というのは少しは当たっていたのかなという感じもして。
**須賀**　おそれおおいですけどね。で、その文体が見つかるまでは、私は英語だとかイタリア語だとかいろいろなものを通ってはじめてたどり着いたっていう感じで。まあ、死ぬ前にたどり着けてよかったな、と思っております（笑）。

# 魂の国境を越えて

対談者　アントニオ・タブッキ

## ポルトガルとの出会い

須賀　あなたの最近の作品はポルトガル語で書かれています。まず、私が伺いたかったのは、イタリアのトスカーナ生まれであるあなたが、そもそも、どうしてポルトガル語やポルトガル文学、とりわけポルトガル文化に興味を持たれたのでしょうか？

タブッキ　それはまったくの偶然でした。人生のうちで最も重要なものかもしれない偶然です。そのころ私はパリにいて、若い学生で、大学一年生でした。ソルボンヌ大学に通っていて、パリにはほぼ、一年ばかりいました。

須賀　それは六〇年代のことですね。

タブッキ　ええ、六三年頃のことだったと思います。その当時は、私はせいぜいポルトガルの首都がリスボンだということくらいしか知らず、もちろんポルトガル語もひとことも話せませんでしたし、ポルトガル文化の知識もありませんでした。

一年間のパリ滞在を終えて帰郷することになり、列車に乗るためにリヨン駅に行く途中、古本屋の前で足を止めて、本を一冊買ったのです。それにはふたつの理由がありました。第一の理由は書名でした。詩の本でしたが、『ビュロー・デ・タバ（煙草屋）』と名づけられていました。

**須賀**　フランス語で、ですね。

**タブッキ**　フランス語です。そして、もうひとつの理由は、たぶんこれもかなり大事なことだったはずですが、この本が一番安かったのです（笑）。著者は私の知らない名前で、フェルナンド・ペソアといいました。

**須賀**　ほう！

**タブッキ**　そうなんです。フランスで最初に出た翻訳だったんです。

**須賀**　もうそんな頃にペソア（一八八八―一九三五年、ポルトガルの詩人。二十世紀西欧の代表的な詩人のひとり。それぞれ独自の人格と文体を持った「異名」たちを創造し、その名において詩作した。タブッキ氏のペソアへの傾倒は、その文章の端々に現れている）に出会われたのですか。

**タブッキ**　ええ、長篇詩でした。これを列車で読んで、私はとても感銘を受けました。二十世紀にこんな詩を書く人間がいるのだとすると、彼の国の言葉を勉強するのもおもしろいかもしれない、と思ったんです。こうして、私のポルトガルに対する興味が生まれたのです。

ひとことつけ加えなければなりません。文学が私をポルトガルに連れていったのだとしたら、私をそこに留まらせることになった理由は人間でした。つまり友情と日々の暮らしですね。でも、まずは一冊の本が私をポルトガルに連れていったのです。
須賀　それから、この小さな本を手にフィレンツェに戻って……。
タブッキ　そして、たまたま大学にポルトガル語と文学の講座があり、これを受講したわけです。ロマンス語学、ネオ・ラテン文学専攻でしたが、とくにポルトガル語に関心を持っていました。そしてその年に試験を受け、奨学金をもらってポルトガルに行き、そこで人生がすっかり変わってしまったのです。マリア＝ジョゼ（タブッキ夫人。現在フィレンツェの大学でポルトガル文学を教えている）と知り合って……。
須賀　それにしても、とてもまっすぐな選択だったんですね。
タブッキ　そのとおりです。
須賀　率直な選択ですねえ。というのも、私の場合、イタリア文学に興味をもつにいたるまで、とても回り道をしてきましたから。これを話すとよく笑われるんですけれど。
タブッキ　選択というよりも、ひとつの出会いがあったのです。
須賀　きれいなかたちですね。それしかない、という。
タブッキ　ええ。今、名前が思い出せないのですが、フランスの作家の言葉が思い浮かびます。彼はある時、運命を信じるかと訊ねられて、「いや、でも約束は信じます」と言ったんです。
須賀　いい言葉ですね。で、そうしてポルトガルに行かれて……。

タブッキ　ポルトガル語を勉強し、まず言葉を覚えて、それから文学を……、ただ、いくぶんためらっていたところもあって。リスボン大学では当時の重要な教授の講座をいくつかとりましたが、でも、まだはっきりと決めていたわけではなかったのです。
須賀　そういう意味では、今よりもまだずっとイタリア人らしかったわけですね。
タブッキ　ええ、スペイン文学もとても好きでしたし、それに、セルバンテスについての論文を書くつもりでもいました。結局はそうはなりませんでしたが。
須賀　とすると、いつイタリアに戻られたのですか。
タブッキ　奨学金はほんの数か月分のものでしたから、あとはずっとイタリアで勉強していたんです。卒業したのもイタリアで。その後ピサの高等師範学校で専修課程も修めました。
須賀　それはポルトガル語ですか、それともポルトガル文学ですか。
タブッキ　文学です、それもバロック文学。カモンイスや、それから二か国語作家についてでした。ポルトガルは一六二〇年までの六十年のあいだスペインに侵略されていて、それが唯一、独立を失った特別な時期だったわけです。ですから、そういう社会的・政治的な理由もあって、数多くの作家が二か国語で書いていたのです。スペインの宮廷の一部もリスボンにありましたし。ですからそういった言葉の揺れにとても興味があったのです。
須賀　そうですか。私はあなたがまだきっと子供だった頃にパリで勉強していたのですが、そのころ、自分が生涯イタリアにつなぎとめられるだろうとは予想もしていませんでした。

タブッキ　そうですか。須賀さんは私にとって、とてもミステリアスな人物だったのですけれど、なぜパリに留学なさったのですか。
須賀　私はフランス人がどんなふうにものを考えるのかに興味がありまして、それでパリに行きました。アメリカへ行く気はまったくありませんでした。というのも、私の時代の人間は、誰もがアメリカに行っていたからです。私たちを征服した国だということで心服していたのですね。反対に私は怒りでいっぱいで(笑)、それに私の育った家ではみんな、ヨーロッパのほうをずっと愛してきたのです。ただ、大学での私の専攻は英文学だったので、パリでイギリスの文学を勉強するのだということにしたのです。それからいろいろありまして、それならば比較文学にしなさい、と言われて、そこでパリに行くことになった。まあ、こうして私の道が始まったわけですが……、イタリアにはまだつながりませんね(笑)。
タブッキ　不思議なことに私がパリに滞在していた時には、ポルトガルとはなんの関わりも持たなくて、むしろ日本と関係があったんですよ。
須賀　そうなんですか？
タブッキ　ええ、ごく友だち関係においての話ですが。私は大学都市の「メゾン・ディタリー」(イタリア学生会館)に住んでいて、ある時、工事のためか何かで、自分の部屋がなくなるという事態が起こって、部屋を探していくつかのメゾンを訪ねたのです。すると「メゾン・ドゥ・ジャポン」が受け入れてくれまして、こうして日本人学生と友だちになったんです。よく一緒にあまりぱっとしないカフェに行きました。楽しいところでしたね。俳句を詠む青年が、フランス語に訳して聴かせてくれたり……でもポルトガル語については何一つ知りませんでしたね。

須賀さんのイタリア行きの話を少し聞かせて下さい。

**須賀**　私がイタリアに行ったのは、比較文学の研究のためにはもう一か国語を学ぶ必要があったからです。その頃は日本語は「言語」の一つに数えられていませんでしたから。

**タブッキ**　ははあ、まったく、僭越もはなはだしいですね。

**須賀**　そこで、イタリアに行ったのです。そして、ローマへ向かう列車の車内――もちろん三等車に乗っていたのですが――で、故郷に帰る労働者たちの会話が耳に入ってきました。その話し声が、なにか、以前、自分の人生のどこかで耳にした覚えのあるような気がしたのです。夜どおし会話が続いていて、南部の出身の人たちだということがわかったのですが、ともかく話し声が続いていました。同じ外国語でも、私が大変な思いで学んでいたフランス語と違っている。自分の言っていることを相手に通じさせるためにはフランス人たちの恐ろしい顔とも闘わなければならなかったのですが、ところが、隣のコンパートメントで話している声は、ほとんど子守歌のように思えたのです。不思議と、この言葉には聞き覚えがある……。私は関西で生まれて八歳の時に家族と東京に来たのですが、東京の言葉は違和感があって、どこかとげとげしいものでした。そうして、私にとってはパリは東京、ローマは関西、となるわけです（笑）。私は前世でイタリア人だったに違いないですね。
タブッキ　すばらしいですね（笑）。
須賀　ですから、学びはじめた最初の瞬間から、イタリア語を話す時に間違えることを恐れる気持ちがなかったのです。フランス語は学校だけで勉強したということもあって、とても緊張を強いられて。私としては、学校で外国語を教えるのはどうかと思いますね。
タブッキ　そのとおりですね。じかに生活で接するほうが効果的ですね。

## はじめて書いた小説

須賀　ようやくイタリアにたどりつきました（笑）。タブッキさんは、『イタリア広場』（一九七五）で小説を書きはじめられるのですね。
タブッキ　私が書きはじめたのはずいぶんと遅かったのです。
須賀　まじめな教師だったわけですね。
タブッキ　いやいや、まじめな、ということは一度もなくて（笑）、他のことをしていたんです。たとえば子どもをつくっていた、とか。そうこうするうちに子どももできて、まあ、これも大事な仕事なので（笑）。育てることも含めてね。
　実際には大学時代にも書くことは書いていたんです。ただ、出版するつもりはまったくありませんでした。イタリア文学の教授が、私の書いたものをおおやけにしてくれましたが、自分ではほんの冗談のつもりでした。覚えていらっしゃるでしょうか、当時の雑誌で

「カッフェ」というのがありましたね。いささか風変わりな雑誌で、カルヴィーノやマンガネッリが執筆していました。教授は私の小品を編集部に送って、それで掲載されたのです。どんな内容かというと、ありそうな機械の事典を考えだして楽しんでいたんです。一種の事典の項目のようなものですね。ひどく複雑な、何の役にも立たない機械を考えだして、説明をつけるという、まるっきり学生の遊びでした。

須賀　工学がお好きだったのですか。

タブッキ　いいえ、とんでもない（笑）。むしろそれは工学を逆手にとったようなものでした。まったく無意味で、しかもとりとめのない説明を書いていたんです。なにしろまったくなんの役にも立たない無用機械ですから。ただ、解説は正確なものだったんです。まあ、ほんの冗談で。

　それから『イタリア広場』を書いたのですが、これも純粋に楽しみとして書いていたので、本にする気はありませんでした。

須賀　二つの人生を歩んでいたのですね。

タブッキ　ええ、学校の教師をしながら、七三年に『イタリア広場』を書いたんです。マリア＝ジョゼのお腹には、私たちのふたりめの子ども、テレーズがいました。おそろしく暑くて、でもどこにも行くことができずに街に残っていなければなりませんでした。おかげで私はひどく退屈し、もちろん彼女と一緒にいたわけですが、それでも自分の一日をどうやって過ごしたものかわからずにいたんです。夏休みでしたからね。そこで『イタリア広場』を書き始めたんです。それからそのままほうっておきました。
須賀　外国文学はたくさん読まれたのですか。
タブッキ　ええ、そうですね。結局私はイタリア文学よりも外国文学に影響を受けていますね。というのも私のなかのイタリア文学は、高校時代のものですから。それからフランス、スペイン、ポルトガルと続いて……。
須賀　とりわけフランスとの出会いは大きかったのかしら。
タブッキ　ええ、とても重要ですね。フランスで道が大きく開けます。当時のパリは、ヨーロッパ以外の文学の入り口でもあったのです。たとえば日本文学でも、ベトナムの物語や東洋のそのほかのも、最初に刊行されたのはパリでしたから。
あの時期のイタリアはまだまだずっと田舎で、ひどく閉鎖的でした。ですから私にとってのフランスは、フランス文学だけでなく――もちろんそれもとても重要ですが、それ以上に、世界に目を開かせてくれたという意味で大きかったのです。
須賀　はじめてお書きになった小説は、ある種の、完結した実体としての小説だったのでしょうか、それとも断章だったのですか。
タブッキ　処女作はまさに断片的でした。はさみでも切りましたし、そうやっていくらか遊んだのです。最初は筋道を立てて、ふつうに書いていたのですが、それから……。
須賀　はさみで切ったのですか。
タブッキ　ええ、その頃エイゼンシュテインのモンタージュ理論を読んでいて、映画の編集作業に興味があったのです。それをつかって遊んでみようと思いつきまして。
須賀　素敵ですね。
タブッキ　原稿を手にとって、全ページを家の床にひろげて、ばらばらにして、エイゼンシュテイン式のアプローチで編集しようとして——とはいえもちろん自分なりの考えでやったところも多いわけですが。とてもおもしろい作業でした。
須賀　あなたの文章のスタイルは、いったいどこからどのように現れたものかと不思議に思っていたんです。
タブッキ　ムビオラで映画を編集するようにやってみたのです。もちろん完全に自分の考えだけで編集した部分もたくさんありますけれど。
須賀　ヌーヴォー・ロマンとはまったく関係ないのですか?
タブッキ　ええ、関係ありません。
須賀　そうですか、それはよかった。
タブッキ　私もそう思います(笑)。
須賀　というのも、ヌーヴォー・ロマンは、当時の私には、書き手たちのある種の計り知れないうぬぼれに思えたのです。
タブッキ　まったく(笑)。

作家としての修業時代

タブッキ　『イタリア広場』のあとに、『小さな運河』（一九七八）というのを書いたのですが、これは今、絶版にしています。
須賀　気に入らないのですか。
タブッキ　ええ、この本に対してでも愛着はとてもあるんですが……なんというか、私にとってこの本が重要だったのは、工房の仕事として、職人仕事の通り道としてなのです。いすに座っているということを教えてくれましたし（笑）、いや、これは大事なことですよ（笑）。あの頃、あの年齢では、とてもはやる気持ちがあって、気が急いていますから、座っていることが必要なんですね。そういう修練を積むという意味でこの小説は重要だったんです。大工仕事がどんなに大切かを教えてくれた。鉋をかけて、削り屑がすっかり床に落ちて……というのが大事なのです。
　私は時に、原稿を送ってくる若い作家たちに言うんです。ものを書き始めている人たちに助言を与えるのはとてもむずかしいものです。私は、誰でも自分が感じたようにやるべきで、自由でなければならないと思うのですが、ただ、この助言だけは与えておきたいのです。つまり、文学作品にはインスピレーションは大事です。でも、大事なことはふたつあるのです。私は彼らに短い手紙を書きます。親愛なるあなたへ、大事なことはふたつあります。霊感と、それからお尻です。じっくりと腰を落ち着けていなければならないのです。このふたつを結びつけるようにがんばってください、かんたんなことではありませんが、と。
須賀　ええ、ええ、そうですね。若い頃には必要以上に、あちらこちらと関心が飛び回りますからね。
タブッキ　『逆さまゲーム』（一九八一）で短篇小説と向かい合った時が、私にとってより重要な時期だったように思います。その時点ですでに私の書き方は、従来どおりの、十九世紀的小説を踏襲しないことを意味していました。
須賀　つまり大長篇小説ではない、ということですね。
タブッキ　ええ、これははっきりしていました。けれども、私はまだ、短篇小説のものさしで測ったことはなかったのです。これは思うに大きな挑戦であって、おそらく、閉じられた形態なのです。詩の世界でソネットや俳句がそうであるように。
　長篇小説は、明らかに、開かれた形態です。何でも受け入れる母胎ですね。思ったものを何でも入れることができます。しかも時間的な容量もはるかにあり、二、三か月ほうっておいてからまた先を書くということも、長篇小説なら許されます。短篇ではそうはいきません。短篇小説はとてもうるさいのです。まさにその場で完成しなければなりません。
須賀　ほとんど幾何学的なものですね。
タブッキ　そうでなければ消えてしまいます。
須賀　そう、厳しいですね。

**タブッキ**　ええ、とても厳しいものです。
この本（『逆さまゲーム』）自体は一九八一年に出たのですが、このなかの七六年末から七七年にかけて書いた最初の数篇をはじめて読んでくれたのが、友人のフィリッピーニでした。彼は知識人で作家で、わたしにとって、またイタリア文化にとってとても重要だった人物です。スイス人で、「グループ63」（イタリア六〇年代の新前衛派）の活動にも参加したことがありました。ただし物静かで、あまり攻撃的ではなく、おそらくあのグループのなかでは特別で、本当の知識人といえる人間だったと言ってよいでしょう。彼はしっかりとした哲学的基盤を持っていました。ハイデガーをイタリア語に翻訳し、つまりドイツ哲学を知っており、両国語ができたのです。スイスで育ってミラノで勉強したんですね。ギュンター・グラスなどの重要な作家を紹介しました。その彼が私の最初の短篇を読んでくれたんです。

私が『逆さまゲーム』を出した時は、誰も短篇など相手にしようとしなかった。出版社も短篇など欲しがりませんでした。私には、長篇小説でなければいけないという考え方がなぜはばをきかせたのか、わかりませんね。イタリアは短篇小説からはじまった文学の伝統があるはずなのに……。説話文学という観点からは、イタリア文学はボッカッチョとともに生まれたわけですから。この伝統は受け継がれて、二十世紀、ピランデッロまで続いてきたのに、当時は短篇小説を受け入れようとはしなかったのです。

**須賀**　シチリアの書肆、セレリオ社（『インド夜想曲』を最初に刊行したパレルモの出版社。他に『島とクジラと女をめぐる断片』など）の本はいいですね。小さくてとても綺麗ですし。
タブッキ　この出版社の叢書は品があっていいですね。しかも私のように怠惰で、小さな本を書く作家のこともちゃんと理解してくれるんです。出版社も小さな本は欲しがらないですからね。部厚く、どっしりした本ばかり欲しがって。でもこの出版社は小さな本を喜んでくれるのです。これはすばらしいことです。
須賀　ドストエフスキーの時代に生まれずにすんだのは幸いでした。
タブッキ　とはいえ、いまだに文学は多くのページで成り立っていなければならないとして躍起になっている人たちがいるんです。
須賀　アメリカでもまた大著が流行りだしていますし、日本でもそうですね。短篇がこわがられているのです。なぜでしょうね。
タブッキ　大河小説が求められているんですよ。家族の物語といった、テレビでおなじみのものが。
須賀　また、短篇を書くのは本当にむずかしいですからね。
タブッキ　短篇は興味深いもので、私の作品のなかでは重要なポイントになったのです。
須賀　『逆さまゲーム』のなかに、フィッツジェラルドについての短編がありますね。これは私のとても好きな一篇です。
タブッキ　「小さなギャッツビイ」ですね。ええ、フィッツジェラルドはよく読みました。私の場合比較的、英米文学で小説と出会ったというところがありますね。少年時代のことですが。一家のなかでは教養人的存在だった叔父のおかげもあって。叔父は英米文学をこよなく愛していたんです。とりわけイギリスのものですが、アメリカのも好きでしたね。

須賀　これはトスカーナ地方ならではの現象ですね、かならず英米好きの叔父さんがいるのですね。

タブッキ　ええ、そのとおりです（笑）。それで一家の鼻つまみ者だったりするんですね。

須賀　大叔父さんですとか、風変わりなおじいさんとか（笑）。

タブッキ　一家にひとりくらいは必要なんです（笑）。

祖父もかなり風変わりなほうでしたね。アナーキストで、トスカーナ的で、おもしろい過去の持ち主でした。『イタリア広場』にも、彼の語ってくれたことが数多く含まれています。なかでも第一次世界大戦にかんしてはそうですね。彼は大戦を戦って、そしてファシズム時代を生きましたから。ファシストたちとあまり気があわなくていろいろと問題を抱えていまして、そのかわりファシストたちのほうも彼とはあまり気があわなかったんですが（笑）。

須賀　それにしても不思議ですね。あなたは戦争の頃はまだ生まれていなかったというのに（笑）。

## 『インド夜想曲』がうまれるまで

須賀　そして、『インド夜想曲』（一九八四）の大成功があったのですね。

タブッキ　おもしろいことに、この本が出た時、私とは違ったまじめな人物、ローマの大学のイタリア文学の教授ですが、この小説はなにも語っていない、と言ったのです。これが私は気に入りまして、というのも、無を語るなんておよそむずかしいことだから、自分はよほど優れていたのだ、と思ったのです。

須賀　『いいなづけ』（イタリア十九世紀のロマン主義小説家マンゾーニの著作）を書いてあげなければならなかったということですね。

タブッキ　ええ、そうなんです（笑）。でも、こんな反響は想像してなかったですね。

須賀　おもしろいことに、日本での日本文学、ないし、イタリアでのイタリア文学の教師には、閉鎖的な人が多くて、現代世界の文学についてはあまり理解がないように思えます。

タブッキ　そうなんです。文学にも原理主義者がいるんですね。

須賀　まったく残念ながら……。

私のあなたの作品との出会いは、友人に、信じられないかもしれないけれどまだちゃんとしたイタリア語を書く人間がいるんだよ、普通なら同時代の人間の書いた本は勧めないところだけれど、この作家は本当にいい文章を書くんだ、と言われて『インド夜想曲』を渡されたんです。半信半疑のまま飛行機のなかで読みはじめたのですが、もう夢中になってしまって、そのままイタリアに着いていた。そこで、すぐにこの作家の他の本も手に入れなければ、と思ったのです。

この本のなかで、主人公が、いくらか自分自身でもある友人を探しに行くわけですが、ここでもやはり問題は二重性ということになります。でも、『イタリア広場』でもこうした、ある種ペソア的傾向がうかがわれますね。そこで思ったのですが、ペソアはすでにあなたの奥深くに入り込んでしまったのか……異名主義《エテロニズム》、あなたにとってのもう一人の自分といいましょうか。

タブッキ　ええ、もっとも、そこにはピランデッロも、マチャードも、二十世紀文学全体からの影響もいくぶん入っているのですが……ただ、とりわけ『インド夜想曲』では、きわめて個人的な物語も込められていて、自伝的な要素もあります。これは今まで話したことはないのですが、あなたには喜んでお話しできます。

須賀　どうぞおっしゃってください。

タブッキ　自分との賭けからうまれたということがあるのです。なんと言いますか、誓いをたてた、と言うのでしょうか。かなり妙なことではあったんですが。私は実際にインドに行っていたのです。実は私には失踪した友人がひとりいまして……。

須賀　本当に、ですか？

タブッキ　ええ、ときどきそういう人間がいるんですね。探している人間とはさほど似ていないのですが、まあ、それはいいのです。象徴的な意味なのですから。

インドはとてつもなく広大な国で、本当に母なる大地で、人間であふれかえっているんですね。そこでおかしな考えが浮かんだのです。彼とインドはまるで関連はなく、まったく別の土地の人間でした。でも、私は思ったのです、ここで探せば、きっと、見つかるはずだ、と。もちろんまるでばかげた考えです。でも、そんなことを思いつき、この思いから本がうまれたというわけです。

須賀　実際に旅をされてたのですね。そして、友人を探されたのですか?

タブッキ　探したわけではないのです。ただ、たとえば、今コーヒーを飲みたいと思ったら、あのあたりで飲めるかもしれない、というようなことを思いますね、そんな感じなのです。

## 繰り返し訪れる女性、イザベル

須賀　とすると、ほかの本とはかなり異なるということなのでしょうか?　たとえば一九九二年の『レクイエム』とか……。『レクイエム』は、私がそれ以前には理解できなかったことを解く大きな鍵を握っている重要な作品のように思うのですが。

私は『遠い水平線』(一九八六)がとても好きなのですが、イタリアでも初めは受け入れられなかったようですね。

タブッキ　ええ、今も受け入れられたわけではないでしょう。

須賀　そうでしょうか、妙なことに、日本では翻訳が出た当初は完全に無視されて、私はみんな見る目がないと思っていたのですが、最近になって版を重ねたということで、少しずつ動いているようなのです。理解されはじめたのでしょうね。

タブッキ　なかなかとっつきにくい本だということはわかります。それに、人をいくらかつっぱねる本ですからね。一見していやな印象を与える人間と知り合うときのようなものですね。しかもきわめて強烈な苦痛もあります。時として読者はもう少しくらいは心地のよいものをと求めますから……。
須賀　でも、あなたの作品にはときどき、おそろしいなにかがかくされていますね。私はそこに惹かれるのですが。ちょっとした場面、たとえば地中海に面した松林で、若者につきそわれてイザベルが泣いている。こういった箇所に出くわすと、いてもたってもいられなくなるのです。最初に出会ったのは『遠い水平線』だったと思います。そしてまた、『レクイエム』で出会うのですが。まるで水墨画のようなタッチで、あるいは二重写しの写真みたいにも思えるのですけれど、それでいて忘れられない。あれは象徴的なものなのでしょうか、それとも……。
タブッキ　ある意味で人物を使ったパズルであり、自伝的な考察です。
須賀　すばらしいですね、とても。ほとんど、ある種、私たちの若い頃を一緒にしたような……。
タブッキ　ええ、その意味でパズルだと、モザイクだと言ったのです。
須賀　人間はかならずなんらかの意味でそうした悲劇が起きていて……。
タブッキ　ええ、なんらかの意味で、そして、ああいったかたちをとって人物になって……。
須賀　そしてあなたは、この人物とこの泣いている女性とで表現することに成功したわけですね、ことによると私が女性だから満足しているのかもしれませんが（笑）。
タブッキ　ええ、わかります。あれはたしかに情景を混乱させる要素なのですから。私たちの誰もが、私たちの海辺の松林を混乱させる要素をうちに持っているのです。
須賀　この地中海を見下ろす松林でのピクニックは、一種の楽園、楽園的なひとときなのですが、その下にはそうしたさまざまな複雑な事情があるのですね。
タブッキ　ええ。『レクイエム』という小説には――『遠い水平線』もそうですが――、強烈な苦痛の要素があって、なんらかのかたちで現れています。そして、これを癒す力はないのです。実質的にいかなる解決ももたらされませんから。それから、苦しみも、最終的には笑いで解放されるのかもしれないという考えからうまれたものですし。
須賀　おもしろいですね。それに『レクイエム』は、おそらくひとつのサイクルを閉じた作品で、それからあなたの新しいサイクルがうまれるのではないでしょうか。
タブッキ　ただ、なんと言ったらいいのか……。あなたが先ほど、混乱をもたらす要素があるイザベルという人物になる、と話されましたが、実は私には長いあいだあたためている本がありまして、いつ書けるかどうかもわかりませんが……。
須賀　まあ、どうか書いてください。
タブッキ　いや（笑）、というのも、登場人物のなかにはまだ、私の与えた運命で本のなかに閉じ込められてしまったことに満足していない、と感じさせる者がいるんです。彼らはそこから出ようとしていて、別の空間を欲しているのです。イザベルはそういった人間のひとりなのです。ですからもう一冊、別の本がいりそうなのです。私が閉じ込めた枠組みを壊して、もう一冊の本にほかの人間たちと入って、もっと彼女自身の、満足させてくれる物語が必要なのです。まあ、そういうことを感じるのです。彼女たちがそういったことを求めているのです。誰かが家を替える必要が出てきたときのようなもので、このスペースじゃもう狭くて、別の場所が必要だというような感じですね。ですからこの何年かはこの物語のことを考えています。

須賀　それは本当にすばらしいですね。こうした、あなたの著作に出会ってから私がここ数年をともにしてきた特別な断片は、ポルトガルで過ごされた日々とあわせて本当に印象深いものですから。

イタリア人の目をポルトガルに向けさせすぎているのではないですか？（笑）タブッキのおかげでこの頃はみんなリスボンに行く、という話を耳にします（笑）。

タブッキ　私としてはポルトガル政府観光局から名誉称号を戴いても悪くないな、と思ってしまいますね。

須賀　おや、勲章ですね（笑）。

タブッキ　ええ、いいですね（笑）。

須賀　騎士勲章ですか（笑）。

タブッキ　観光騎士などというのがあったら（笑）。それにしても、たとえばタデウシュ（『レクイエム』の登場人物のひとり）のことを考えてみると、彼はイザベルと再会したい気持ちでいっぱいなのです。ということはつまり、彼としてはその釈明をする必要があるのです。そうは思いませんか？
須賀　ええ。
タブッキ　ですから、どうにかしなければ、と思っていたんです。
須賀　きっと出てくるでしょう。すでに『供述によるとペレイラは……』（一九九四）でも、それ以前には示唆しただけで語られなかった多くのことに、焦点をあわせていらっしゃるから、私は読み手として、感謝し、満足しているのです。
タブッキ　ただ、「イザベル」のテーマは大昔から続いている罪の意識に根ざしたものですから、いつかは厄介払いしなければなりませんね。
須賀　そのとおりです（笑）。
タブッキ　でしょう、ええ……。

永遠のファシズムに抵抗すること

須賀　『ペレイラ……』に関しては、時代の影響もありますね？　北部同盟（レーガ・ノルド。イタリア北部の自治・分離を唱えてきた右派分離主義政党）のことですとかベルルスコーニ（フォルツァ・イタリア党の創設者。メディアの帝王と呼ばれ、北部同盟、ネオファシストの国民同盟の両右翼政党と組んで、九四年三月の総選挙で政権を樹立した。その後贈収賄疑惑により失脚）の出現とか……。

タブッキ　ええ。ただ、そういったことは執筆の最中にはまだ漠然としか感じられていなかったのです。それが、本が出てから実証されたんですね。おもしろいことに本が先に出たのです。社会状況のことはなんとなく宙に漂っていて……いくらかそういうものを捕まえたというところがあるのです。それも、イタリアだけでなく、こうしたナショナリズムがヨーロッパ全体で戻ってきていたんです。外国人拒否症や……。

須賀　ヨーロッパの知識人は、この『ペレイラ……』で、いくぶん新しいタブッキを見いだしたということがあるんじゃないでしょうか?

タブッキ　ええ、たしかにそうです。ただ彼らも、ああいったことは自分たちそれぞれの国でも起こりつつあったということに気づいたのです。

須賀　私は『ペレイラ……』を、ファシズムがいったいどんなものかきちんと知らないすべての人たちに読ませてみたいと思いました。

タブッキ　誰もがああいったことが形こそちがえ現代の世界で起こりつつあったということを感じたのですが……。

須賀　あの政治的な時期にあって、ご自身のなかにファシズムに抵抗する傾向があったのでしょうか。

タブッキ　まあ、それはすでに『イタリア広場』の頃からありました。私の一家に受け継がれたものでもありましたし、私が受けた文化にも。ただ、あの時はとても強く、じかに感じたのです。

須賀　三〇年代から四〇年代のフランス文学が出てきます。ペレイラというのは誰なのですか？　ご自身ですか？

タブッキ　いや、私は信者ではないし、カトリックの教育も受けていませんし。ただ、何人かの勇気ある、しかも文学的に優れたカトリック作家に対しては敬意を抱いてきたんです。モーリヤックやベルナノスといった人たちですね。彼らは本当に倫理的に同時代の問題と取り組んでいましたから。それにベルナノスは、『月下の大墓地』（一九三八）を書いて、ヴァチカンから破門されたほどですからね。

彼はフランコ派の連中がやったことを自分の目で確かめに行ったのです。マジョルカ島に赴いて、フランコ派が殺戮を行ったときにいて、これを描写したんですね。他方ではかのクローデルがフランコ派への賛歌を書きましたし（「スペインの殉教者にささげる歌」）。これはプレイヤード版全集のなかにはいっているのでしょうか。確かめておかなければなりませんね。時として後世の人間が掃除をしてしまいますから。

須賀　文学者の恥の部分も残しておかなくてはいけませんね。

タブッキ　後世の人間は時に当事者以上に立ち入ったことをしますからね、特にとても勤勉な教師たちというものは……。

須賀　本当ですね。それから、『ペレイラ……』には時折、「魂」について語っていらっしゃるところがありますね。私はこれにとても興味を惹かれるのです。というのも、魂にはふたつあって、ひとつにはたとえばキリスト教でいう神を前提とした「魂」があって、それからより現代的な哲学のなかでの「魂」、たとえばスピノザの「魂」というふうに使い分けられているように私には思えます。

ほとんどこの二種類の「魂」が求めあうようなかたちで、このふたつが寄り添わないことには、もはや世界は成り立ってゆかないのではないかという思いがします。

タブッキ　そのとおりです。私には、優れた詩人の、もう亡くなってしまった大事な友人がいました。もうずいぶん前のことですが、ある日彼とその小さな子どもと一緒に散歩していました。友人はどちらかというとアナーキストで、もちろん信仰もなくて、子どももそんなふうに育てていたんです。その子がちょっとおもしろい、困った質問をしたんです。「お父さん、魂ってなに？」ってね。そして彼の答は、「足跡だよ」でした。そして私に言うのです、「いや、足跡だって大事だからね」と。

須賀　ええ。そしてまた、もうひとつの「魂」がありますね。

タブッキ　ええ、私たちのなかにある人間性です。

須賀　今、ヨーロッパでは一種のキリスト教の浄化が行われているようなのですが、多くの真実がそのなかにありながら、純粋という名のもとにそれらがおそろしい毒と一緒くたにされていて……。

タブッキ　ええ、そうですね。最近、ポール・リクールの小さな本を読みました。薄い本ですがなかなかすばらしいもので、『人格《ラ・ペルソンヌ》』というのですが、ちょっとした論議を呼んでいます。これは「エスプリ」に掲載されたものなのです。彼自身この雑誌によく寄稿していますが、これが人格主義に対するすばらしい哲学的な回答なのです。カトリックの「個人」の概念についての、ですね。

須賀　私のパリの学生時代には、人格主義について熱心に考えていました。多くの若者はムーニエがはじめた「エスプリ」のほうに目を凝らしていました。

タブッキ　たしかに、カトリックの大きく開かれた門でした。

須賀　その後、「エスプリ」がひどく社会学的になった時期があって、私たちは「エスプリ」からやや遠ざかったので、ご本のなかに「エスプリ」が出てくるのを見ると……それに、そういったリクールの論文が「エスプリ」に出るなんて……。

タブッキ　それにしても、私たちは社会学と記号論や、数多くの、いささか過激な、「○○学」「××論」の攻撃にさらされたわけですから。それにこうした科学技術はコンピュータにこそふさわしいもので、文学作品も一連の記号になってしまうというのは、それはそれでもっともなことではありえても、でも、それだけではないんですね。

記号の集合体であることに加えて、それだけではないなにかがあるのです。まさしくジャンケレヴィッチの言う「ス・ク・ジュ・ヌ・セ・パ（何だかわからないもの）」ですね。「ス・ク・ジュ・ヌ・セ・パ」とはなにかと訊ねられた時、彼はただ、「ジュ・ヌ・セ・クワ（何も知らない）」と言ったんです。すばらしい答です。まあ、記号論もお互いを理解する役には立ちますが。

須賀　こうした、私たちの誰ひとりとして理解するにいたらない大きな問題がいくつもあるというのに、なにもかも理解したというような人がいると、ひどく苛立たせられますね。

タブッキ　彼らはそうやって解剖してしまうのです。

## 「魂」の跳躍のために

須賀　あなたの内にあるキリスト教は、どのようなものなのでしょうか？　というのも、たくさんの若いイタリア人学生がこの国にやってきて、彼らは信仰を持たず反教権主義で――とりわけものごとをよく考える頭のよい子はそうなのですが――、それなのに、クリスマスにはミサに行くというのです。急に、キリスト教徒だったことを思いだした、と言って。もちろんキリスト教文化、キリスト教文明で彼らが育ったことは間違いないけれど、それは教会に対して信仰を持ったりするようなこととは違うんじゃないかということなのです。

タブッキ　福音書は人類による最大の書物のうちの一冊であると私は思います。しかし、最近の私たちは、知識としてすら読んでいないのです。残念なことです。

たとえばこのあいだ学生のひとりと話をしていて、十六世紀の有名な劇作家の芝居をやっていた時なのですが、その劇中にダンテの『神曲』に似た一節があって、天国へと救済されるのは、ふたりの人間だけなのです。子どもと愚か者ですね。そこで彼女が疑問に言うものですから、私は「無垢」の話をし、それからキリストの山上の説教を覚えていますか、と訊ねると、知らないと言うのです。そこで私は「幸いなるかな、心貧しき者たち……」というあの節を取り上げ、これが「無垢」であることを、知性は悪意から生じるといった話をひっくるめて伝えました。彼女は福音書についてなにひとつ知らなかったのです。
それはそうと、信仰を持たない人間のごたぶんにもれず、私も迷信深いんです。で、儀式もとても好きなのです。儀式性が好きなんですね。
須賀　私もそうです。たとえば歌舞伎とか。
タブッキ　ええ、それ自体を越えた意味があるんですね。
須賀　儀式性というものは、なにかしら私たちの心を落ちつかせてくれますし、私たちはこうしたかたちを必要としているのです。詩のなかである種のかたちが必要なのと同じですね。
タブッキ　儀式性というのは私にとって非常に重要なのです。あらゆるかたちで、あらゆる宗教がそうなのです。
須賀　いつでもそこから自由になることができますからね。
タブッキ　ええ、そうです。
須賀　ただ、そこにとどまっていたい人間がいるとしたら、どうぞご勝手に、というところですね（笑）。
タブッキ　たしかに。おっしゃるとおりです。形式は気持ちを落ちつかせてくれるものなのですね。それに、誰でもなんらかの意味でどこかに属しているということがわかっているわけです。儀式性は帰属の一形態なのです。そして別のグループに入るときの鍵でもあるんですね。

須賀　ある種のスプリングボードですね。さらに飛び越えていくためのもの……。

タブッキ　ええ。先にヌーヴォー・ロマンのお話が出ましたが、あれは強制的、全体主義的でしたから、まさに、……なんと言ったらいいのか、つまり、食事をするのにナイフとフォークや、ないし箸の使い方を覚えますが、あるいは別に手で食べようとかまわないわけですが、ただ、そうしなければならない、と誰かに言われる筋合いはないのですね。手を使わなければならない、手しか使ってはいけない、と決めつけられるのはおかしいのです。ところが彼らはそういったことを強制しようとしていたのですね。

須賀　それも、ある種の原理主義といえそうですね。

タブッキ　そうなんです。こうしたものは傲慢さの現れなのです。もっとも歴史的に「前衛」というものには――とりわけヨーロッパでは――、こうした傲慢な一面がつきものなのですが。まさに強制的であろうとしたのです。新しい十戒を定めたようなものでした。それ以前のものを破壊して、自分たちのものを押しつけようとしたわけです。

須賀　最後にもうひとつだけ、うかがいたいことがあります。アラブ人、アラブ世界についてどうお考えですか。突飛な質問ですけれど……。

タブッキ　正直言って私はあの世界のことをほとんど知らないのです。私は原理主義者を非常におそれているということは言っておかなければなりません。私が最もおそれることのひとつです。

ただ、ある時友人同士でちょっとした調査をしておもしろかったことがあります。イタリア人だけでなく、ポルトガル人やフランス人を含めた知識人に、ところで君はコーランを読んだことがあるかい？　と訊ねたんです。たいがいの返事は、少しだけ、でした。

須賀　なるほど（笑）、私は、まったく、ですね。

タブッキ　これにはなにか意味があるはずです。「少しだけ」と言うのです。

須賀　『千一夜物語』ならあります。

タブッキ　ああ、そうですね。あれはすばらしいものですね。

須賀　最近ボルヘスの『七つの夜』という講演集を読んだのですが、当然のことながら彼らしい詩的な言葉でこれを称賛していました。私は思ったのですが、現在にいたるまで、西洋の文学にはふたつの大きな川があって、ひとつはユダヤ／キリスト教の流れで、ドストエフスキーのほうに向かうもの。もう一方はアラブのもの。『千一夜物語』にはじまって、セルバンテス、それからあらゆる短篇を、ボッカッチョまで含むものではないか、と。これからは文学のふたつの川の両方について考えることがとても重要になるのではないかと思ったのです。

いずれにしても若い人たちはボルヘスや『千一夜物語』を、ドストエフスキーよりは読むのではないかしら。

タブッキ　そうですね。たぶん、そのとおりなのでしょう。長い議論になるところでしょうが……いや、今、ある友人のことを考えていました。いかにもイタリア的なケースで……彼はこの問題とどこかでつながる状況で生きていて、で、ある雑誌に寄稿して、彼の物語は十九世紀のロシア文学のなかでなければ本当のものになりえない、ということを言っていたのです。ところが現実にはそうではなく、これは大きな誤解であって、彼はおそらくバロック文学のほうに、セルバンテスやシエラザードのほうに近いように私には思えました。彼が勘違いしているのでしょうね、きっと。つまり彼は実際に悲劇的な人生を送っているのですが、ただ彼の体験しているこの悲劇はドストエフスキーの悲劇ではないのです。おっしゃるとおりセルバンテスとかの系統です。

ひとつ思いついたことがあります。シエラザードは、私たちの目を覚まし続けてくれる声、私たちが眠りこけてしまわないようにする声なのですね。

須賀　本当ですね。

タブッキ　そうじゃありませんか、物語のすばらしさを別にしても。

須賀　彼女がいなかったら、『千夜一夜』は糸が切れたネックレスみたいなもの、ばらばらになって意味がなくなるのでしょう。

タブッキ　ええ、まったく。

須賀　私もまだ物語を書き続けていられそうです。

タブッキ　今日はお話しできてとても嬉しかったです。

須賀　私こそ。

（岡本太郎訳）

# 文学の中の20世紀の時空

対談者　アントニオ・タブッキ

## 理解しあわないいくつかの言語

須賀　先生の作品を通してどういう言語が使われているかといいますと、いちばん最初はトスカーナ地方から出発しているわけです。それから少しずつそれが広がっていきます。地理がヨーロッパ、とくにラテン系のヨーロッパのほうに広がっていった。タブッキ先生は書きながら、旅をしながら、どのように考えていたのかと、自問していたんです。たとえばそれぞれ行かれた先々のところでそれぞれの土地と人間の語り方、人間の言語が、どのような関係があったのか、なかったのかということを考えたことがあります。

いちばん最初に『インド夜想曲』を読ませていただいたときは、とてもすばらしかったんです。イギリスの植民地時代を通して、インドにはいくつかの言語があって、お互いにはぜんぜん理解しあわない、しかし、そこにインド人がいる、そこに生活している。そこが、とても私にとっては魅力的でした。小説の中での言葉の役割がどのようなものだったかというのは、私にとっては大変おもしろいことでした。

タブッキ　この話題は、かなり私の中で核心的な問題へと向かってゆくもので、私自身はいまだに頭を悩まし続けているのです。私は自分の母国語ではない言葉で本を書いたわけですから、先生のなさった今のお話はどうしてもそちらの方向に行くのです。

『レクイエム』という小説には私の父が出てきます。登場人物の中でも重要な存在です。すでに亡くなった父なのですが。この人物の中には否定しようのない自伝的要素が含まれています。この小説は、何よりも声が主体となった作品だと思います。というのも、ここでは視覚よりも人物は声に導かれているからなのです。おそらく私は何よりも視覚を通じてものごとを感じる人間だと思うのですが、これは私の受けた教育のおかげかもしれませんし、もともとそういう人間なのかもしれません。ともあれこの小説では、大いに声の影響というものがあります。これはなかなか興味深い問題なのですが、私は父といつもイタリア語というだけでなく、それ以上にトスカーナ方言で話していたのです。それも土地の言葉で、私の育った土地の口語で、ピサ方言ではなくなっているけれども、ルッカ方言にもなっていないという言葉です。

『レクイエム』はポルトガル語で書かれた小説ですが、何よりもある夢の物語であり、おそらくこの文章は出発の、離陸の時を表すものだったのです。これは解読がきわめて困難なものでした。というのもこの夢の中には父がいて、父はポルトガル語で話していたからなのです。夢は気ままなかたちで現れます。言葉も思いのままで、誰に責められることもない。本を書いたあとで――というのも書いているあいだはそういった問題は気に留めず、自然な流れで書いていたので――その理由を探っていろいろと調べてみました。さまざまな文献をあたり、作品を書く上で、複数の言語を使うことをめぐる言葉の精神分析や言語学の本などを読みました。それでも特に何か、最終的な結論に達したというわけではないのですが、そうした論文の中で一つ、印象に残った文章があります。それは「ある言葉で忘れ、別の言葉で思い出すことができる」というものでした。

もう一つ、非常に考えさせられたことがあります。先に言いましたように、私は父とはいつもトスカーナ方言で話していました。トスカーナでも、私の土地の、田舎の言葉では省略形が多く、私は父を「ミ・パ」と呼んでいました。当然ながら父はポルトガル語を知っていたわけではありません。ある時、父は私に何かポルトガル語で言ってみろ、と言いました。私が若い頃のことです。で、私はポルトガル語で「パ」はどういう意味か、教えたのです。ポルトガル語で「パ」は「ラパッシュ」の省略形で、「少年」を意味します。それも、親しいあいだで、どちらかというと呼びかけのように使われるのです。二人の友だちのあいだで使われるのです。「なあ、パ、コーヒーでも飲みにいこうか」といったふうに。親しみを表す言い方なのです。スペイン語で「チェ」というものに似ているところがあります。そこで私は父に「パ」という言葉を教えてあげるよ、「友よ」とか「なあ」とかいう意味なんだ、と言いました。こうして私たちは話し始めて、私は父に「パ」と言い、父は私を「パ」と呼ぶようになったのです。言葉というのは不思議なものです。文章もやはりそうですね。ほんの小さな、一つの言葉から小説が生まれるなんていうことがあり得るものでしょうか。ことによると、二人の人間のあいだで、ある種のかたちで使われた言葉の中には、言語の精神分析学の大著よりも多くの真実が含まれているのかもしれませんね。

須賀　私もそう思います。私もよく言葉を混同することがありますから。よく、自分は何語で死ぬんだろうと思うのです（笑）。おそらくその時に頭に浮かぶことによるのだろうと思いますが。死の床にある私に話しかけている人間ですとか。誰かがイタリア語で話しかければ、私も返事をするでしょうし、そうするとイタリア語で旅立つことになるのでしょう。時どき、これは困ったものだな、と思うのですが（笑）。ただ、私の生き方というのは、そういったものでしたから。

先日、本当にたまたま、二人の日本人の作家の対談をある文芸誌で読んでいたら、スピノザの話題が出ていました。スピノザ、マラーノ、ポルトガル、オランダといった話で、私は『遠い水平線』を思い出して、ああ、ここにタブッキがいるな、ここに隠れているな、と思ったのです。そして、スピノザの宗教や思想について語られていたのですが、それがユダヤ的でもキリスト教的でもなく、彼にとっては、思想においても、言葉においても、自由の手で解き放たれるということが重要だった、ということなのです。あなたは『遠い水平線』を執筆されている時に、たとえばマラーノについて考えたりはしませんでしたか？

タブッキ　ええ。ご存じのことと思いますが、かなりはっきりとスピノザにオマージュを捧げたところがあります。主人公の名前をスピーノとしているところです。この哲学者は私も好きでよく読みました。地理的な意味だけではなくて、人生全般、文化的にも放浪をしていた点がとても好きだったのです。しかも、諸説混合主義者でもありましたから。これは人類が求めているものでもあります。言語や、文化は、心理的孤立を保ち続けないようにするための容器です。そういったことのうちでもっとも魅力的なのは、彼の諸説混合主義が、ある種の抽象概念を生み出すまでに至っていることなのです。それはユートピアの、人類の平等の概念の、かなり不思議な形態でもあります。

須賀　たしかに、『インド夜想曲』や『遠い水平線』を読んだ時——たぶん私にもそうした過去があるからなのかもしれませんが——このノマディズムにとても惹かれたのです。それも、とりわけ放浪者として生きる、ノマディズムというのは、他者のやっていることを批判しないようにさせてくれる——数少ない生き方のひとつだからなのです。というのも、以前は「根無し草」といった言い方がありましたが、私たちのあり方は、意識的に根無し草になる、というものなのです。ひとつの国、ひとつの風景の中に閉じこもっていてはならないのです。必要な時には、いつでもどこにでも行ける用意がなければならないのです。

タブッキ　現実にはノマディズムによって明らかにされるあらゆる相違は、結局のところ、私がまだほんの子供だった頃、祖父が言っていた格言そのままだと言わざるを得ません。

それは「世界中どこも一緒だ（同じひとつの国だ）」というものです。本質的にはそういうことです。ですから、かつての場所に立ち戻ることもできるのです。でも、帆をあげて旅立つこともまた、大事なのです。

## 帆をあげること錨をおろすこと

須賀　この数日のあいだ、日本を旅行されていたわけですが、そこに錨をおろすといったことはどう考えられますか？

タブッキ　私は、国際交流基金の供給してくれる、非常に大きな後ろ盾を求めたわけですが、二つの文化のあいだをとりもってくれる存在を得ることができました。たしかに言葉の問題は、大きな障害ではありましたが。しかし、いくつか印象に残ったことがあります。

　たとえば、まず、先にもお話ししていたことですが、言葉というのはしっかりとした構造の上に成り立つ地理だということですね。周知のことですが、記号論で言う、人々のあいだの理解は、言葉だけを通じてなされるわけではなく、眼差しだけで済む時もあるわけです。私は、日本人はきわめて感受性の優れた国民だという印象を受けました。いつでも理解し、すぐに対応することができます。イタリア人もはしこく、対応のいい国民だと思うのですが。

須賀　日本人とは違いますが。

タブッキ　ええ、しかし共通点もあります（笑）。これがコミュニケーションをしたときの最初の印象です。これは大事なことですが、つまり、出会った相手の目が虚ろだったことがなかったのです。時にはそういうこともありますからね。私には、閃きの光が灯るのが見えたのです。直観ですね。それから食の経験も大事です。やはりいくらかエキゾチックな趣のある（外国の）レストランではなく、本場で味わうのは、また大いに違ったものです。とはいえ、ミラノにもいい日本食のレストランがあって、かなり以前から私なりに体験はしています。パリでも。でも、やはりここでは少し違いますね。それから他にもいろいろと考えたことがあります。もちろん、それも私という偶然の旅行者の目に映ったものなのですが、ただ、ひとつ、より良く理解することができたと思えるのは、こうした風景を通じて、日本人は——まあ、これは共感できるものなのですが——自然とは不完全なものではないかという疑いを抱いている、そんな感じがしました。そして、これを直そうと、できるだけのことをすると。

須賀　それで自然は完全になったと思うのですか？

タブッキ　完全にし得るものだからです（笑）。いずれにせよ、これは何というか、自然への楽観的な関わり方だと言えるでしょう。

須賀　私が初めてイタリアに着いた時、リグリア地方に入ったのですが、花の市場に行ったのです。ほとんど頭が変になりそうなくらいでした、あんなにたくさんのきれいな花を見たことがなかったのです。イタリア人の友だちに「あなたは花の国からやって来たのに、なんでそんなにびっくりするの？」と言われました。そこで私は「いいえ、私たちの国には、ここのようにたくさんの花はないわ。だから生け花とか、まるでたくさんの花があるかのように見せる、いろいろな儀式を編み出さなければならなかったのよ」と答えたのです。

タブッキ　いや、私たちは非常に寛大に、自分たちの役割を完璧に演じていますね。あなたはご自分の国民に対して心からの批判をなさっていますし、私はこれを擁護しようとしているわけです。これは文化の出会いのあり方としては最高のものではないでしょうか（笑）。それで、二つの国を持つ人間にとっては——あなたも、そうですが、私には、ポルトガルがあります——否応なく、きわめてささやかな愛と憎しみの交錯が生まれることになります。それはいい意味でもっともなものでもあって、湯が絶えず沸騰しているように、緊張関係を保ってくれるわけです。少なくともその双方が退屈なものになり過ぎないようにしてくれます。おそらくその片方だけでは両方あるのよりも鬱陶しいのではないでしょうか。それに、時にはアリバイのようなものにもなり得るわけです。あるいは、小さな頼みの綱にはなってくれます。おかげで私たちの偽善がすっかりさらけ出されてしまいますが。私にはそういうことがよくあります。

私の国は、そういった意味では、この国に対して必ずしも共感、というものではない感情を抱く多くの機会を与えてくれますが、そうした場合、私は「まあ、いいさ、この際ポルトガル人になっていればいいんだ」と言って自分をあまやかすのです。ただ、こうしたことはポルトガルでもよくあります。ほとんどイタリアにノスタルジーを感じなくなっている時に、です。今は二つの国の話をしているわけですが、三つ以上持っている幸運な人たちもいるわけですね。もっとも、現実にはどんなものでしょうか。

いや、思うままお話ししていて申し訳ないですが、まあしかし、文学というのはこういったものを集めたものなのです。というのも、ボードレールのことが思い浮かぶのですが。たしか『パリの憂愁』だったと思いますが、「人生は誰もが自分のいる場所を替えたくてしかたない病院だ」という一節があって、窓の近くにいる者はストーブの近くがいいのにと思い、ストーブの近くにいる者は窓の近くのほうがいいと思っているということです。要するに自分の手にあるものは気に入らないのですね。しかしながら、最初に申し上げた、型どおりのお礼ともとれたかもしれないことにもう一度戻りますと、私が、日本文化を読みとろうとする一介のイタリア人として須賀先生から学ぶことができたものは少なくありません。とりわけ先生が翻訳されて、私の国に紹介された作家の中でも、谷崎のような作家は、本当に二十世紀の人間だと言えます。今、はっきりとは思い出せないのですが、二人の人物が出てくる小説などはピランデッロやゾセアを思わせるものでした。あるいは彼の書くある種の人物、老人や変質者や偏執狂といった人間たちは、ベケットや私たち、アングロサクソンの感覚に近い。あるいはピンターです。私たちにとって文学とは世界を測る尺度でもあり、世界を裁く尺度でもあるわけです。国や文化といったもの以上に時代というものがあると思うのです。つまりそこには二十世紀というものが存在する。

須賀　私が非常に感銘を受けたのは——実は、最近になって処女作の『イタリア広場』を読ませていただいたのですが——以前わからなかったことがずいぶんと理解できたのです。それはなぜ先生が『供述によるとペレイラは……』という作品に至ったのかということにかかわります。最初『ペレイラ』を読んだ時、私は、これは今までのタブッキじゃない、と思いました。何もかも隠していたんだな、と思ったのです。ほかのことで戯れていて、だけれども大事なことはここにある、と。でも今、『イタリア広場』を読んでもう一度考えてみますと、彼は自分の中で、この、もっとも大事な、二十世紀を語る、つまり、私がさまざまな作品の中で絶えず探している時代と歴史、二十世紀の歴史、あるいは時間の広がり、そして地理的な広がりというものを、ほとんど秘密に守ってきたんだな、と。それからこの苦悩、二十世紀文学は言葉の苦悩だったと思うのです。というのもプルーストにせよ、ジョイスにせよ、皆、自分が目にしたり耳にしたりしていることを語るすべを知らなかったのです。そしてそれは、イタリアやポルトガルのすべての歴史も含めて、時にきわめて単純に思えるのですが、読みながらよく噛んで、そうすると必ず新たにわかることが出てきて、『ペレイラ』には本当に——こんなことをここで聞かれたくはないのですが——恍惚とさせられました（笑）。それから、ファシズムのこんな書き方が、こんな語り口があったんだ、と思ったのです。この気の毒な、太った男が政治に望みもせずに巻き込まれてしまうのですが、ただ、私たちの人生のこの時点で、おそらく人生でもっとも大事なことに巻き込まれずにいるなんていうことがいったい可能なのでしょうか。

というのももちろん日本経済のことだけでなく、本当にもう、世界のすべてがこの先どうやって行くのか、さっぱりわからないというところに来ているのですから。こうした点で、この作品は重要で、日本では大きな成功を収めたのかどうかわかりませんが、日本人にとって一九三八年のヨーロッパの物語というのはおそらくいささか難しいものなので、私が『ペレイラ』についての本を書くべきなのかもしれませんね。

タブッキ　ジョイスやプルーストの名前を挙げられましたけれど、多くの人間が、おそらくもっとも悲惨なもののひとつに数えられる今世紀の時間を生きて、それはある種の宇宙のように言語的に肥大して、その中にはガッダ、われらが偉大なガッダも含まれているのですが、彼らはここ数十年のあいだでもっとも不幸な作家たちだと思うのです。ある種の不幸がまさに言語的に爆発しました。この千年の終わりを生きている私たちは、双眼鏡を逆さに覗いているようなもので、そのおかげで大きな拒否感を抱いているのではないでしょうか。彼らの証言は、必ずしも歴史的な言葉で書かれたものばかりではないにしても、彼らが体験した大きな苦悩を表すものなのです。でも、私たちはおそらくもう少し純化することができるのではないでしょうか。間違いなく。世界が私たちにもたらすあらゆる不安とともに。しかし、私たちは知っています。モンターレが言っていたように、幸福はきわめてはかないものだ、と。

（翻訳協力／岡本太郎）

# 対談・鼎談 Ⅱ

# 机の本ベッドの本

# 『バスラーの白い空から』

対談者　菅野昭正

須賀　この『バスラーの白い空から』という本は、私は全然存じ上げない佐野英二郎さんという方が書かれた本で、偶然手に取ってぱらぱらっと見て、すぐに惹かれてしまったんです。先生はいかがですか。

菅野　私もこの方は全然知らなくて、それに題を見ましても、どんな本なのか見当がつきませんし。ですが、読み始めて、文章のみごとさにまず本当に感心しましたね。商社にお勤めだった方のようですけれども、商社マンとしては、という言い方はちょっとふさわしくないかもしれませんけれど、実務家で名文家という方はいらっしゃると思うんですが、それとはまた全然タイプが違う、随筆家の文章としても一流という感じがします。日常身辺の話題がほとんどで、そんなに特別なところはないんですね、犬をかわいがったりとか。しかし、そういうごく普通の話題が、この文章でもって、生き生きとしてくるという感じでした。

須賀　本当におっしゃるとおりで、私も最初読んだときは文章に引き込まれて、叙情性の高さというものに非常に感動したんです。犬の話が出てきて——お好きですか、犬。
菅野　犬はとても好きですし、子供のころはずっと飼犬がいました。大人になってから犬を飼う環境にあまり住んだことがないものですから、飼ったことはないんです。今でも猫は、どうもあまり親しみを持てないんですけれども、犬はとっても好きですね。
須賀　そうですか。私は節操がなくて、犬も猫も好きなんです。私もやっぱり大人になってからは犬が飼えない哀れな日本人の一人ですけれども。本当にこの方は犬好きというのか。
菅野　名前がすごいですね。
須賀　すごいですね。生まれた日がバッハと同じだからというので。
菅野　セバスチャン。
須賀　アメリカにいるときに飼われて、それが育っていくという話なんですけれども、私はこの犬が好きなのは、気に入らないときは鼻をふんと鳴らすのであった、とか、自分のうわさをされるのが嫌いだという、ずいぶん気難しい犬で。ふつう喜ぶんですよね。そういうことを何か大事件みたいに書いておられて。それから、奥さまが亡くなるということ。そうそう、申し遅れましたけれども、著者の佐野英二郎さんも、もう亡くなられたんですね。
菅野　そのようですね。昨年になりますか、夏ごろのようですね。
須賀　去年の夏に亡くなって、友だちが本にしてくだすったということなんですけれども、何かそれが本の感動の中の大切な一部分みたいな気もするんです。ご本人が亡くなっている、奥さんが亡くなっている、そして主要な登場人物、人物といわないかな、の犬も死んでしまっている。

菅野　いろいろな死がその過程の中に入ってくるわけですけれども、ご自分も癌で、手術をされ、そのあと五年もてばと言われながら暮らすというわけですね。死を間近にしながら、しかしそれがセンチメンタルにならないんですね。悲しみはもちろん当然のことながらあるわけですけれども、その悲しみがセンチメンタルに出てこないで、うまく言えませんけれども、悲しみを悲しみとしてきちんと見つめているという感じが、また先ほどの繰り返しになりますが、文章にうまく溶け込んでいて、そのへんのみごとさに感心しました。

須賀　犬がBGみたいにずうっとあって、その中で時が経っていって、息子さんはもう大きくなってアメリカの大学に行っている。坊っちゃんに書いた手紙というのがありますよね。

菅野　「セバスチャンが死んだ夜」ですね。

須賀　これもきれいな文章ですね。「それは、深まりゆくこの関西の秋の夜空を満月が渡っていった晩から数日あとの夜更けのことであった」そういうとっても静かな情景、こういう静かさというものを書く人が、今なかなか少ないような気がします。結局、奥さまの死というものと犬の死というものがオーバーラップしていって、その中でふっと自然との交流みたいなものが描かれていて、その文章がすごいと思うんですね。

菅野　風景描写というのはわりに少ないですね。スペインの国境の町とか、アメリカの都会、バスラーなど、いろいろ外国の土地のことを書かれますが、そういう土地の風景その他を具体的に書くということはあまりなさらない。けれど、今お読みになった奈良のところなど、ご自分が何か特別な感じに打たれた瞬間に、土地のことがふわっと出てくる。それがとても生きてくるんですね。

須賀　そうですね。

菅野　バスラーの話でも、これは一九五〇年代後半ぐらいでしょうか、穀物の買い付けに行って、なかなかそれがうまくいかないという話で、ああ、昔の商社員はこんなに苦労していたのかということもよくわかりますけれども、その苦労と、バスラーの空を見ながら、自分が苦労しているということをしみじみと感じる、そんなところが、よく風土と作者の心境とが溶け合って、濃密な文章になっていますね。

須賀　それで、土地の人と妙に友だち友だちしてみせるというようなのではなくて、外国人ばっかりで苦労しているというようなところが、とてもうまく書けていて。それから、「サン・セバスチャンに雪のふる夜半」という、これはなにか身につまされてね。私ども若いころはみんな外国で、あといくらあるか、あといくらあるかと旅行した経験があるものですから。しかもこの方は奥さんと坊っちゃんを連れて、ガソリン代もないというようなときに旅行されたという、それがもうじつにきれいに書かれていて。それで火事に遭ったりして、非常にドラマチックなんですよね。

菅野　外国で火事に遭う経験というのは珍しいでしょうね。
須賀　そうですね。でも、それもほんとにひと筆書きみたいに書いてあって。
菅野　さりげなくと言いますかね。俺は珍しい経験をしたぞなんていう、これみよがしみたいなところが全然ないですね。そういう点はどの文章でも共通していますね。
須賀　こういう書き手がひっそりとどこかにいる。
菅野　筆をとる人間としては、ある意味では脅威を感じますね。
須賀　ほんとに。私も外国にいるときに、商社の方たちとずいぶんおつき合いしたわけですけれども、普通はこういう感じの方たちじゃないですよね。それで、そうか、この方のように、いろんなふうに見て生きている人もいるんだと思いました。それから、仕事がうまくいかないときの感情というのか、そういうものが鬱屈しているのが、とてもきれいに読めちゃうんですね。
菅野　バスラーの話でも、スウェーデン人の船舶技師や、米軍の飛行機乗りなど、それほど言葉をたくさん使ってコミュニケーションしているんじゃないと思うんですが、なにか友情が通い合っているところが、さりげなく出てきますね。
須賀　そうですね。だから、言葉じゃないということを言葉で書いていらっしゃるわけなんですよね。それが素晴らしいと思いました。
　それから、最後の「私の週末」の終わりのほうにある文章なんですけれども、奥さまが亡くなって関西にいるわけですね。奥さまがもともと関西の方で、帰りの電車の窓から六甲山が見えたりすると、「私の心は再び戻ってしまう。可哀相なことをしてしまった」というふうな文章があって、その亡くなった奥さまをここで死なせてやりたかったと。妹に、こういう本を読んだのよと言ったら、「あら、男の人って優しいのね」と言って、なんかつまされたような顔をしていました。私は本当にそう思って、ああ、こういうふうに純粋に悲しむというのはきれいなものだなと思いました。

菅野　こういう方がもう少し天寿を恵まれて書いてくださったらよかったということも、感じますね。

須賀　本当にいらしてほしかった。

菅野　随筆の時代という言い方があるそうですけれども、いろいろなことをこういう形式で表現できるのだと、あらためて見せつけられたような感じがしました。

須賀　私も、世に出ようと思って書いた文章ではないということに、とても打たれました。

（佐野英二郎『バスラーの白い空から』青土社）

# 『日本橋魚河岸と文化学院の思い出』

対談者　菅野昭正

須賀　この『日本橋魚河岸と文化学院の思い出』は、金窪キミさんという方が書かれた本ですが、紹介が新聞に少し出ていて、八十一歳の方が書かれたとあったので、面白そうだなと思ったんです。先生はいかがでしたか。

菅野　とても面白かったです。話題が日本橋魚河岸と文化学院という、まるで違う性質のものですね。明治末から大正時代でしょうか、当時の日本橋の生活風俗が細かく書かれている。一方の文化学院は、新しいモダニズムの教育の場所ですね。その二つの、私の中ではあまりうまくつながらないものが、著者の中では自分の生涯の二つの大きな揺りかごみたいなかたちになっている。そこがうまく書かれていると思いました。文章がいいですしね。

須賀　ええ、とても素直に。よくこれだけ覚えておられたと思うんですけれども。じつを言うと、知人にたまたま電話をしたら、うちのおふくろが本を書いたというふうにおっしゃって、それがこの本だったんです。本当に、おっしゃったように魚河岸と文化学院という組み合わせが、とっても面白かったんですけれども。
菅野　今、知人とおっしゃったのは、この方の息子さんですか。
須賀　ええ、そうです。確かご長男です。
菅野　何度もお名前が出ていますね。
須賀　ええ。それで、なるほど出てきた出てきた、なんて感じで読んだのですけれども。まず最初に日本橋の魚河岸。私は魚河岸が日本橋にあったことも知らなかったんです、じつを言うと。築地だけだと思って。
菅野　そう、私もおぼろげな知識だけで、それを再確認したわけですが。
須賀　いろんな風物が出てきて、ああ、東京ってこういうものがいっぱいあったんだなということがまず最初にあって、それから関東大震災までのことがずっと書いてあるんですね。いくつか印象に残った話が先生もおありになると思いますけれども、私は終わりのほうの震災になる前のあたりに、子供たちが蚕を飼って。
菅野　皇居へ桑の葉をもらいに行く、あそこは面白いですね。
須賀　おかしいですね。東京がまだ一つの町だった時代なんだなと思って。蚕を飼ってて、桑の葉がなくなって、皇居へ行けばあるというので走っていった。二重橋に行って、それから護衛の人が桑の葉をくれて、「オマエ達の蚕は、天皇陛下の蚕とチキョウダイだ」と、天皇様の蚕の乳兄弟だなんて言う、そういうとってもおかしい話があったり、そういう面白い話がほんとにページをめくるたびに出てくるんですね。

菅野　それと、下町の女の子らしい活発さがとてもよくとらえられていますね。それから、私は男のせいか面白いと思いましたのは、養父の蒲鉾屋さんがほとんど仕事をしないで、陸に上がって遊んで暮らしている。芸者さんを落籍して、昔でいえば囲うわけですね。そのときに、愛の証として山車をつくってやる（笑）。すごいなと思いました。大正時代の小説などによくこの種の人物が出てきますけど、そういう小説の中の人物を地で行くような道楽三昧をしているのに、書き方の効果ももちろんあるんでしょうけど、とても人間的な親しみを持てるおじさんになっているんですね。

須賀　それで、そこに養女に行かれるんだけれども、それがわりといいかげんで、元の家へ帰ったり、しょっちゅうほうぼうに行って、このお嬢ちゃんは走り回っているという感じなんですね。

菅野　じつのご両親は何をしていらっしゃったんですか。

須賀　わからないです。

菅野　それ、書かれてないですね。読み落としなのかと思っていたけど、そうではないですね。

須賀　ええ。私も何回か見たんですけど、はっきり書いてなくて、でも決して困っていらっしゃるとかそういうことではないようですね。で、行ったり来たりして、それで養父が亡くなったら、ほっとして家へ帰ったというようなところ、面白いですね。

菅野　面白い関係ですね。

須賀　すべてが何か非常にルーズというのか。
菅野　自然といえば自然ですね。書き方もまた、読者にこういうことを伝えようとか、読者にはこの話はわかりにくいだろうとか、そういうことはあまり意識なさらないで自然に書いている。そこがまた結果として面白く読めるところでもあるんですね。
須賀　いわゆる作家のものでないというか、意識して書いたものでないというのが、こんなに力強いのかなという。
菅野　おのずから出てくる、自然に発露するものという感じでしょうね。
須賀　そこのところで、本当にこの方でなければ書けないというような、非常に個性の強い方なんですよね。
菅野　観察眼もとても鋭いんじゃないでしょうか。その点にも感心しました。
須賀　そうですね。
菅野　文化学院の話のほうで、与謝野晶子のことが出てきますね。中学生のころから与謝野晶子に教えられている。与謝野晶子の先生ぶりがよく観察されていて、いかに教育者としても優れていたかということを、再認識、というかむしろ、初めて知ったような感じがありました。生徒の美点を先生たちの会議で、あの子はほかのことはだめだけど絵がうまいとか、そう言って救ったとか、いい話ですね。
　それから最後のほうで、私はフランス文学者ということになっているんですが、そちらの大先輩にあたる堀口大學さんが、与謝野晶子をよく訪ねていた。あるとき大學先生が歌を作ったところ、「あなたは歌はへただから」と批評されて（笑）。

**須賀**　文化学院に関東大震災のあと入って、三回生というから、文化学院がほんとに希望に燃えていたときで、それで先生方は一生懸命なさるんだけれども、生徒たちは二階から見ていて、先生が来られるのに悪口を言っているなんていうのが、とっても私おかしくて。

**菅野**　そうですね。学校の雰囲気なんか、よく出ていますね。

**須賀**　とってもよく出ていますね。私は与謝野晶子さんが印象的で、寛先生がいつもいらして、寛先生が知られたら、こんなことは何ておっしゃったかしら、というふうに思われて。その反面、与謝野晶子さんはとってもいい先生で。みんなが洋服をあつらえるところがありますよね。あれなんか、素晴らしいですよね。

**菅野**　そうですね。

**須賀**　洋服屋さんが来て、一人ひとりが好きなものをあつらえる。そして晶子さんが、それはいい、あれはだめというふうに言ってくだすって。こういう贅沢な学校があったんですね。

**菅野**　まあ、学校の雰囲気もあったんでしょうけど、晶子の人柄ということもずいぶん大きく作用していたんでしょうね。それにしても、すごい学校ですね。先生が与謝野寛、晶子夫妻をはじめ、石井柏亭とか、われわれは名前だけ知っているような大家連中が、十何歳かの生徒を教えるわけですから。

**須賀**　川端さんなんかも教えていらっしゃいましたよね。

菅野　そうらしいですね。昭和になってから、われわれが今知っているような文士というか文学者の方が、たくさん教壇に立っておられたようですし。また生徒もすごいですね。夏川静江とか長岡輝子とか、その道の有名な方がどんどん出てくる。

須賀　この著者の方も俳優をやっていらしたんじゃないですか。

菅野　そうなんでしょうかね。学生芝居みたいなものはやっておられたようですね。

須賀　ええ。成城などに行って、大岡昇平さんたちと一緒にお芝居をやったりしていらっしゃる。

菅野　大岡さんの書かれたもので、文化学院の生徒とよくつきあっていた、とあるのを読んだ記憶があります。

須賀　「人が足りないからお前も出ろ」と言われて、けっこういいお芝居に出ちゃって、そんな時代でした、というふうにおっしゃってしまうのがおかしいと思って。

それから、お子さんが二人あって、三人目がうまくいかなくて亡くなったというお友だちの話、そういう話でも、全然知らない人なのに、何か雰囲気が全部伝わってくるような。

菅野　目の前にね。この著者は、天性の観察眼を持っておられて、それを飾らずに自然に書かれるんですね。それが随筆の文章のなかによく生きてきて、古い言いぐさだけど人間を活写するような結果になっていると思いますね。

須賀　それで、いやらしいところがない、それがうれしいですね。

菅野　不思議と思うくらい、意地悪な観察とか、そういうところがないんですね。たまに皮肉な批評みたいのはありますけれども、とても鋭いし、ユーモアで包むようなところもあったりして。

須賀　そうですね。震災で、舟で逃げるところがありますでしょう。圧巻ですね。舟で飛び移りながら逃げていく。ところが、それもあまり悲壮感がなくて、夜中に遊んでいるみたいな感じなんですよね。

菅野　本当に助かったのが奇跡的なくらい、川のほうへ逃げて亡くなった方もずいぶんいるようですからね。

須賀　まるで自分たちは大きなゲームをしていたみたいな感じで書いてある。

菅野　それに感心するのは記憶力ですね。もう八十歳を越えておられるのに、こういう細かいことをよく覚えておられる。

須賀　ノートも何もなかったんだそうです。ただ記憶に頼って書かれていて、よくこれだけ。ちょうど私の両親と同い年ぐらいの方だと思うんですけれども、ああ、こういう世界にみんな生きていたんだなあという感慨もあって、面白く読ませていただきました。

菅野　これを選んでいただいて、文筆専門でない方の、とてもいい随筆を読むことができてうれしかったです。

須賀　どうもありがとうございます。本当に私も、思わず引き込まれて読んだという感じでした。

（金窪キミ『日本橋魚河岸と文化学院の思い出』卯辰山文庫）

# 『氷上旅日記』

対談者　三浦雅士

**須賀**　今日はヴェルナー・ヘルツォークの『氷上旅日記』、ミュンヘンからパリまで歩いた人の話です。ヘルツォークという方は三浦さんはごぞんじですか。

**三浦**　ええ、たいへん有名な映画監督ですね。今のドイツの映画を担っているというか、ヴェンダースと双壁という感じで、日本にもずいぶんファンの方が多いです。

**須賀**　でも、まだお若いですね。日本の映画の巨匠というと、わりとお年を召していらっしゃる方が多いけれども。

**三浦**　若手の巨匠という感じですね。日本の映画でいうと、黒澤さんなどの巨匠たちの下が、吉田喜重さんだとか大島渚さんという方たちになるわけですけれども、その人たちよりまたもう一つ下の世代だと思います。

**須賀**　そのヘルツォークが、ロッテ・アイスナーという映画史家……、この方は有名なんですか。

**三浦**　その方たちの周辺では大変有名だと思いますね。

須賀　このロッテ・アイスナーという人はずいぶん年上の女の人で、その人が重病だから大変だということで、考えたのは何かというと、自分は歩いてミュンヘンからパリまで行こう、そうすると何かそこに救いがあるかもしれないというような。
三浦　そう考えたというふうにまえがきにあるわけですよね。これはすごい発想ですね（笑）。
須賀　すごいですね。私も、こういうふうにどこかへ行っちゃうなんていうのは大変なことだと思って。
三浦　そうですよね。たとえば、仮に私が札幌かどこかにいるとしますでしょう。東京で誰か重要な人が危篤だ、大変だというので、それじゃあというので飛行機に乗っていくというのはわかるけれども、そうではなくて、自分の足で東京まで歩いていってやろう、それが望まれている、そうすることによって彼女が助かるかもしれない、そういうふうな発想というのは……。
須賀　不思議ですね。これは個人的に不思議であると同時に、やはりヨーロッパの巡礼の思想というのが、この人のどこかにあったのではと思いますけれども、それで歩いていくということになって、大変な雪、雨、風に見舞われる。十一月二十三日から十二月十四日ごろまで。
三浦　そう、十四日に会っていますね。
須賀　その日まで歩いていくんですけれども、途中でいやになりますね。あんまり寒くて、読んでいてストーブに手をかざしたくなるというような感じでね。

三浦　そうですね。ミュンヘンからパリまでというと、ミュンヘンはドイツの南のほうで、パリはフランスの北のほうですから、世界地図を見るとそれほど離れていないように見えるけれど、日本に置き換えると相当な距離でしょうね。

須賀　ええ。それで、山を越えて行くという。何キロぐらいあるのかしら。

三浦　相当なキロ数ですね。

須賀　私、ミラノからパリまで行ったときに八〇〇キロだったんです。これは車ですけれど。

三浦　私の感じでは、少なくとも六〇〇キロはあるだろうと思いますね。八〇〇キロくらいあるんじゃないでしょうかね。

須賀　あるかもしれないですね。コンパスで丸を書いたら、ミラノとミュンヘンと同じぐらいになるかなという気がします。

三浦　そうでしょうね。その間の旅日記というか、日付のある文章が続いていくわけです。ヘルツォークは一九四二年生まれですから、三十二、三くらいのとき、そうでなければできないだろうという感じがしますけれど、一人で旅するわけでしょう。先ほど須賀さんがおっしゃったように、寒いやら濡れるやらで、読んでいてとっても身につまされてね。これは特別大雪だったんじゃないかという気がしますよ。

須賀　そうですね。

三浦　ミュンヘンってあんまり……。
須賀　そう、そんなに雪の降るところじゃないと思うんですけどね。
三浦　ないですよね。しかし、読んでいると豪雪ですよね。特別にひどい冬を選んで歩いてしまったという感じがする。
須賀　運の悪い人というのか。歩いていくということで、すべてを自分の目で確かめて、肌で確かめていく。何か私もこういうふうに歩いてみたいなという気がちょっとして、この人が歩いてくれてほっとしたという感じですけれども。
三浦　そこが本当にポイントだと思いましたね。須賀さんがこれはとてもいい本だからとおっしゃっておられて、私も拝読して、いちばん感じたのは、今おっしゃっておられた歩いていくときの特別な視線ですね。巡礼というふうにおっしゃっておられましたけど、巡礼というのは歩いていくわけで、そのときに見えてくるものというのは、僕らがふつうに仕事で飛び回ったり、あるいはちょっとピクニックか何かで飛び回ったりというのとは違うものが見えてくるという感じですね。風景とかそういうふうなものも違いますし、それから歩いている人の見え方も、拒絶的であるか、それとも親しみを感じさせるかとか、そういうふうなことが非常に強く感じられますね。
須賀　そうですね。すごく孤独で、トラックの運転手が雪の中を歩いているときにこっちを見てくれなかったというので傷ついたり、フランス人の農夫がこっちを見て「ムッシュ」と言った、それだけ言ったという、あれは私、ものすごく感激してね。そのほかなんにも言ってくれなかったんだろうか、とか、それほどひどい格好をして歩いていたんだろうか、とか考えてしまって、歩くことそのものがドラマになっていくという。ドイツ人って、よく歩くんですけどね。
三浦　非常にドイツ的な感じがしますすよ。たとえばハイデッガーが、農夫の手とかにすごく注目しますでしょう。そういうことに近いもの、つまり精神性というふうなものを大地に非常に近いところでつかんでいく、だけども、そのつかんでいく過程で、むしろ天上的なものを思い浮かべるというか、そういう逆説みたいなことがとても強く感じられますね。
須賀　私はイタリア人とかイタリアの文化にふだんは接していて、そちらのほうを日常の中でいつも考えているものですから、最初読んでいて、こういう禁欲的なものがどうしていいんだろうというふうに思って、そのうちに、だんだん、だんだん、引き入れられていったんです。たとえば、途中で白日夢みたいに変なものが見えたりして、砂漠みたいなんですよね。
三浦　それは面白いところですね。精神病理学者の中井久夫さんがおっしゃっている説で、農耕、遊牧民、ノマディックですね、馬などで移動する生活をする人たちは分裂病親和型で、農耕、稲作のほうは躁鬱病親和型だという説がありましてね。これはあくまでも仮説なんですけれども、巡礼という過程はどちらかというと歩いていくものでしょう。ですから移動するということで、さまざまなものが次から次へと、あるスピードをもって耳に入ってきたり、目に見えてきたりする。そして移動していく過程で、そういうものをつなぎ合わせていくわけですよね。つなぎ合わせていくときに、言ってみるとシュールレアリスティックな結びつき方というようなことが、どんどん出てくると思うんです。

須賀　なるほどね。

三浦　それがどんどん発展して。

須賀　シュールレアリスムですね、これは。本当にそう思いました。

三浦　冒頭、たとえば十一月二十七日のところに、「スズメが解けてしずくとなって屋根からポタポタ落ちてくる」ってありましたね。これはちょっとびっくりしちゃいます、スズメはしずくになるわけがないから。ところが、そのスズメの鳴き声がしずくのようになって、それが雪が解けてポタポタ落ちてくるというのと一緒になっている。鳴き声と雪の解ける音が一緒になって響いてくるとなると、これはほとんど素晴らしい俳句のようなものになってきますでしょう。ほんの一例ですけれども、そういう例が随所に出てきますね。そこが、この文章が賞をもらったという理由でしょうね。

須賀　それともう一つは、農家の納屋だとかよその家の別荘なんかの窓を割って、中へ入っていって寝たりするんですけれども、その建物がものすごく実感があって、日本だとこういう感じじゃないなと思ったんです。

三浦　それはあると思いますね。たしかに、石造りというか、レンガ造りというふうなこともあると思います。それともう一つは、泊まれるだろうか、泊まれないだろうかとハラハラしている気持ちがあるから、その空間が……。

須賀　本当に変わった空間ですね。

三浦　そこの中にどうにか体を押し込んでいこうというふうな実感があるので、よけいに身につまされて感じるんじゃないでしょうか。

須賀　私は絶対この人の映画を一回観たくなりました。

三浦　これは本当に素晴らしいですね。『カスパー・ハウザーの謎』という映画にしても、非常に視線が似てますね。

須賀　ああ、そうですか。やっぱりね。

三浦　それはそうだと思います。また逆にいうと、ここに描かれている彼の視線というか、手法というか、言葉というのは、やっぱり映画的ですよ。ある一つの画面というのをぱっととらえて、鳥が飛んでいるとかといった場合でも、僕らはふつう、ああ、鳥が飛んでるというので過ぎちゃいますでしょう。彼の場合には、鳥が飛んでるということをもう一度、画面の中で確かめているみたいなところがある。

須賀　それはありますね。カラスの話なんかがとても印象的で、最初に旅行に出たとたんにカラスの目の高さというのか、そういうものを気にしている。目の高さをこれだけ気にするのは、映画のせいじゃないかと思いますね。

三浦　そうだと思いますね。また逆にいうと、本来人間は、そういうふうな目の高さというのを気にしなくてはいけない存在なんだろうと思うんですよ。見える位置とか見えない位置とかということを。でも、僕らはほかの人たちの目でもう見ちゃっているから。テレビカメラの目で見てしまったりとかね。ニュースもテレビのニュースの目だけで見てしまったりして、本当の自分の目では見ていない。

須賀　その意味からも、これは身につまされる本ですね。

三浦　そうですね。現代のさなかのお話なんだけれども、まるで中世の巡礼の人が見た空間、それも目に浮かんでくるような感じがしますね。

（ヴェルナー・ヘルツォーク『氷上旅日記』藤川芳朗訳、白水社）

# 『アッシジ』

対談者　三浦雅士

須賀　これは『アッシジ』という非常に簡単な題の、エリオ・チオルという人の写真集です。最初にずっとモノクロの写真が入っていて、あとはカラーで建物の内部の壁画を写してあるというかたちで、私はこの本一冊が、巡礼みたいな気持ちでつくられたんじゃないか、というふうな印象を受けたんですけれども。

三浦　そうですね。『氷上旅日記』での須賀さんのお話を伺って、この写真集となりますと、非常にそういう印象が強くなりますね。

須賀　サン・フランチェスコ、アッシジのフランチェスコといわれている聖者がいて、この人は十二世紀から十三世紀にかけて、このアッシジを中心に活躍した人なんですけれども、ヨーロッパ、ことにイタリアでは非常に愛されている聖者です。

三浦　小鳥と話したというのが有名なお話ですよね。

須賀　そうですね。

三浦　アッシジという町は、ちょうどイタリーの真ん中……。

須賀　ローマとフィレンツェに直線を引くと、その山側と申しますか、山の中なんですね。
三浦　そうすると、イタリーの背骨の真ん中という感じですね。
須賀　はい。
三浦　須賀さんは、アッシジはお好きなんですか。
須賀　私、昔好きで。この隣の町で勉強していたものですから。最初に行ったときはイタリア人の男の子が、ランブレッタといってスクーターに乗っけていってくれて。ここから一〇キロ、二〇ぐらいかな、そこで夏、勉強していたんです。写真がこの中にもありますけれども、アッシジというのは中世の町ですから、山の上に建っていて、それに下からずっと近づいていくという景色が見えるわけですね。それでみんなあれを見て、ああ、すごいところに来たというふうに思うらしいんです。
三浦　つまり山間を越えていって、というか丘陵ですね、丘陵をいくつか越えていくと、すうっと見えてくるという。
須賀　ええ。それで、その丘陵の下が本当の平野なんですね。その平野から見たアッシジ、それからアッシジから見た平野、そういうふうに何日いても飽きないというような。町自体はかなり俗化しているんですけれども、この写真集はその俗化した部分をうまく抜けて、一つの理想郷に。
三浦　あたかも、今おっしゃっておられた中世というか、近世にかけてというか、その当時の雰囲気がそのまま感じられるようなかたちに、なぜかでき上がっていますね。

須賀　そうなんですね。それで私、思ったんですけど、これは編集のされ方なんですが、最初の写真が霧の中ですよね。そしてモノクロの最後の写真も霧の中なんです。何か、現実にはこういうアッシジはないですよ、というのを霧の中に描いて見せたというふうに感じたんです。

三浦　それはたしかにそう思いますよ。モノクロの写真の次がカラーになるんですけれども、これはじつにうまい具合に続けていますね。モノクロからカラーに移る最初が雪景色で、ほとんどモノクロのように見えますよね。それからさあっと本当にカラーが始まって、これがいってみれば観光客もちょっといる現代のアッシジの寺院だというふうな感じになっていて、それから克明にその寺院そのものを写し出していくというかたちになっています。なかなか巧みな。

須賀　そのへんはなかなか上手につくってありますね。

三浦　上手ですね。ずいぶん以前ですけれども、好きな方、嫌いな方、いらっしゃるかもわかりませんが、ゼフィレリという、ヴィスコンティのお弟子さんでオペラの有名な演出家がいますけど、彼がやはり映画もつくっていて、日本ではどういうふうになっていたか忘れましたけれども、聖フランチェスコのことを映画化した『ブラザー・サン　シスター・ムーン』というのがありましたね。あれで僕がいちばん記憶があるのは、今須賀さんのおっしゃっておられた景色なんですよ。丘の上からすうっと起伏のある全体をとらえてから接近していって。

須賀　そうですね。汽車で行っても、丘の下に着くわけです。そこからバスなり何なりで行くんですけれども、私、一回山の上から下を見ていて、どうしてもまっすぐ下りたいという気がしてね。それで、草やなんかの中を抜けてまっすぐ下まで下りたことがあるんですけれども、ひっかき傷だらけになって。

三浦　そうですか。それはしかしヘルツォークの『氷上旅日記』を思い出しますね。ヘルツォークもミュンヘンからパリまでまっすぐ歩いていきたいと、それと同じですね。これが氷上旅日記だとすると、今須賀さんのおっしゃっているのは草上日記という感じで、それは素晴らしい。

須賀　本当にまっすぐ歩きたいと、お思いになりません?

三浦　それはそうですね。

須賀　でも考えたら、『氷上旅日記』のほうは下から上へあがるという過程なのに、私は上から下へ下りたわけですけれどもね。

三浦　そこのところはいろいろ考え込んじゃいますね。ヨーロッパの文学とか文化ということで言いますと、北方のドイツと南方のイタリーという縦の軸というのは、非常に重要でしょう。ゲーテが南に憧れる、それから現代でいうとトーマス・マン、あるいはそのほかの北方のドイツ、とくにベルリンのあたりのさまざまな作家が南に憧れる。あのあたりというのはミュンヘンよりももっと暗いでしょう。ミラノ、ローマ、それからベニスとなるともっともっとそうですが、皆さんが空気が違うというか、光の輝きが違うと。

須賀　違います。ドイツのほうから下りてきますと、同じヨーロッパかしらと思うくらいに光が違う。最後のトンネルでイタリアに入ったというところで、みんなが声を上げるんです。

三浦　それは、アルプス越えのトンネルですか。

須賀　ええ、アルプス越えのときに。本当に光が違って、ああ、やっぱりこういうところがあったという喜びなんでしょうね。イタリアの春というのは、「ドイツ人が来た」と新聞に出るんです。ちょうど日本の桜前線みたいに、ドイツ人前線というのがありまして、「ああ、春になった、ドイツ人が来た」と言うんです。

三浦　そうですか。それは僕、初めて伺ったな。そんなに一般的なんですか。

須賀　イタリアで春の新聞に、最初にドイツ人が水に入った写真が出るんです。

三浦　そうですか。それは考えられますよね。

須賀　イタリア人にとってはまだ寒いときに、ドイツ人は海に入っちゃうんです。

三浦　彼らは太陽の光というのを感じたくてたまらないわけですからね。

須賀　だから、戦争で下りてこないで、遊びに来てほしいですね（笑）。

三浦　本当にそうですね。やはりそれは宗教的なというか、つまりある意味でいうと巡礼とかそういうものでも、ローマというのはもちろんカソリックの大本山ですね、それでアッシジというのは、むしろどちらかというと聖フランチェスコのお話でもわかるように、カソリックというのがよくも悪くも政治的であるほかはなかったというのに比して、僕らのイメージでいうと、良心そのものというか、無垢そのものというふうなイメージがありますでしょう。

**須賀**　そうですね。ですから、アッシジそのものは非常に俗化しているから、かなりみんないやだと思うんだけれども、周囲の景色が素晴らしいので、それでアッシジにこんなにみんなが行って写真を撮ったり、いろんなものを書いたりするんだと思うんです。フランチェスコという人自身についても、実際のフランチェスコがどういう人であったかというよりも、伝説の中で神話として生きているということで、イタリア映画なんかを観ますと、たとえばパゾリーニでもフェリーニでも、こういう思想に非常に影響されていると思うんです。

**三浦**　たとえばロシアの場合にも、フランス、イタリーというのはロシアという北国にとって非常に重要だと思うんです。ロシアの中によく出てくるのでいうと、「聖なる愚者」というのがムソルグスキーでもドストエフスキーでも必ず出てきますよね。そういう非常に聖なるものなんだけれども、本当に子供と同じように無垢だというような、その原形というのは、僕らから見ているとフランチェスコというふうな感じがしますけどね。

**須賀**　かもしれないですね。ロシアの場合は民族的なものもあるらしいですけれども、少なくともヨーロッパでは、これはフランチェスコのテーマというんでしょうか、もうずっと受け継がれてきたものだと思うんです。アナトール・フランスまでが書いているわけですからね。「神の道化師」と言われて、そういうものがずっと憧れとしてつながってきて、ギリシアの明快な思想というものにどこかで歯止めをかけるというような意味で、フランチェスコを大事にしていくというようなことがあるんじゃないでしょうか。
三浦　それは面白いですね。理詰めでどこまでも行けるという世界とは違うということですね。
須賀　何か変なものが出てくるっていう。それはあるんじゃないかと思います。
三浦　先ほどから須賀さんのお話を伺っていますと、フランチェスコという一つの、ほとんど伝説的なキャラクターですよね、言ってしまうと文学上のキャラクターと同じですけれども、それが体現されているのがむしろこのアッシジの風景ではないか。
須賀　そうなんですね。
三浦　その風景が、このエリオ・チオルという写真家によって非常にうまくとらえられたということですね。
須賀　ええ。
三浦　写真というのは、そういう意味でいうと力がありますよね。
須賀　ありますね。私も、とても素晴らしいこの写真を見ていて、もうフランチェスコを語ってもしかたがない、どうやって語っていいかわからないというときに、写真でこのように見て、ああ、こういうものだったんじゃないかという、そういう感じを受けました。

（エリオ・チオル写真集『アッシジ』岩波書店）

# 『犬婿入り』
対談者　三浦雅士

三浦　今日は多和田葉子さんの『犬婿入り』という本で、「ペルソナ」と「犬婿入り」の二つの小説が入っています。「犬婿入り」は芥川賞を受賞された作品ですね。多和田葉子さんという方はドイツのハンブルクでの生活が長くて、そういう外国体験のようなことが直接的にテーマになっていたり、あるいは直接的にテーマになっていない場合でも、異邦人の目というふうなことを非常に感じさせる、そして独特な文体、独特なストーリーテリングというのをもたらした、そこがとても新鮮という感じの作家なんですけれども。
「ペルソナ」のほうだけ、ちょっとあらすじを申し上げますと、セオンリョン・キムという韓国の方が、やはり学生である主人公の女性と、この女性は作者自身を思わせるといってもいいかもしれないけれども、同じようにハンブルクの精神病院で働いていらっしゃる。ところが、東洋人だということで、あらぬ疑いをかけられてという、たったそれだけの話といっていいと思うんです。それが一応軸になっていて、韓国人ではないけれども同じ東洋人の日本人である自分というものを、すごく深く考えてしまうということですね。深く考えてしまうなんていうことは書いてないんです。ただ、何かとても感じてしまって、ハンブルクのいつも歩き慣れない町を歩いてしまって、そのときに目にすること、耳にすることがすうっと描かれていって、そこに自分というものへの問いというか、そういうようなことが四角四面にではなくて、じつに雰囲気的に巧みに浮き彫りになっていくというような作品だと思うんですけれども、いかがでしたか。

須賀　まず、文体に癖があるということは確かなんですけれども、かなり意識して癖を使っている人だというので、それは私、最初にこれを読んで感心したことだったんです。たとえば三十一ページにありますけれども、「道子は、東へ東へと追われるように歩いていった。吐く息がかすかに白く、息を吐く度に目の前の霧が更に深くなるのだった。東へ東へと道子は歩いていった」というふうに、繰り返しがときどき使われています。そういうのが上手に使ってあって、それはその話を意識の中に沈めていく手法として、とても面白いと思いました。

この方はドイツ語でいろいろ発表しているらしいんですね。そのことに私は驚いて、あ、すごい人が出てきたなという感じで。まったくのバイリンガルというのか。私がイタリアにいたときは、イタリア語で書いている間は私は日本語を書けないんです。それで日本語を書くようになると、今度はイタリア語が書けなくなるというふうに、ワンウェイになっちゃうわけです。この方は両方こなしちゃって、やっぱり若い人ってすごいんだなあと思いました。

三浦　そういうことはあるでしょうね。でも、どうでしょうか。文学作品というふうなことになってしまいますと、多くの作家、たとえばアメリカでイディッシュ語で書いてとか、いろんな人がいますでしょう。あるいは例のナボコフのような作家もいますでしょう。文学作品ということで集中していった場合には、やはりワンウェイになるみたいですね。研究論文に関していうと、ある程度はということはあるでしょうけど。ですから、おそらく多和田さんご自身も、日本語に集中していった段階では、須賀さんがおっしゃったようなかたちになっていると思いますね。
須賀　そうですかしらね。
三浦　ただ、そのことに関して、ペルソナといった場合には、パーソナリティーとか人格とかいう意味があると同時に、外面ということもありますでしょう。自分がいわゆる普通のドイツ人とは違う外面を持っているということに対するこだわり、それが表面的だったら大したことはないと思うんですよ。それは、「あら、違うわ」というのですむことです。だけれども、そこがもっともっと深い、ヨーロッパの歴史やなんかに密接にかかわっていると感じているわけですよね。そのへんのところですよね。
須賀　そうですね。
三浦　そこをたとえば須賀さんなんかが、どんなふうにお感じになったかなと。
須賀　ことにものを書くというような段階になると、ヨーロッパにいると、ときどきふっと、この人たち、自分は本当に関係があるのかしらという気がして、井戸の中に落っこったみたいな瞬間がよくあるわけですね。そういうものをこの人はずうっと掘り下げて、それを日常の中に絶えず持ってきながらやっていくのが、面白い書き方だなと思いました。
三浦　そうですね。本当にドイツの中に入って、ハンブルク、つまりドイツの北の港で、混じっていこうとしているんだけれど、弾き返される。しかし、最初から弾き返されるということとは無関係にいるというか、たとえば商社員の奥さんとかいるわけでしょう。そういうふうないくつかのタイプがあるわけですね。そのタイプがあって、しかも彼女はドイツに住んでドイツ語で小説を書いているトルコ人の女性作家について書きたいという、そういうふうなところが僕は非常に重要だと思います。
須賀　私もそう思います。今までの日本で、こういうかたちで日本、ヨーロッパというものを小説にした人はないんじゃないかと思いましたね。今までは、たとえば遠藤周作の「白い人」とか「黄色い人」という具合に、結局自分は異邦人なんだということを寂しく、叙情的に書くというのはありましたけど、この人は非常に抽象が上手で、それを意識の深層みたいなところに留めている。そういうことが私はなにか不思議な気がしてね。たとえば、能面なんかを使ってますでしょう。
三浦　あそこはかなりポイントになるところですね。能面をつけて歩いたわけですよね。能面をつけて歩くことによって、まったく違うものが見えてきたわけですよね。演じるということも入ってくるだろうと思いますけど、あれは考えてみると、かなり異様な行為ですよね。

須賀　ええ。だから、そういう現実にはおそらくあり得ないようなものを借りてきて、自分の日本人性といいますか、異質性というのを出す。そして、ものを書くことそのものが普通の人間からは違ったところにいるという意識があるわけですよね。それと日本人であるということを密接につなげて、この人は展開していくというようなところがあって、ただの西洋滞在記ではないというのが、とても面白いと思いました。

三浦　本当にそうですね。そこ、重要だと僕も思いました。つまり、そういう二重、三重に入り組んだ異邦人体験ということと、ものを書くということとが、本質的なところでつながり合っているんじゃないかと思わせるところがあるわけですよね。ものを書くというのが、それをただ正確に書いていくというのではなくて、ものを書いていくということも自分が自分に対して他人になっていくことなんじゃないか、そういうことがとても強く感じられる。

須賀　そうなんですね。ですから、三島さんが『仮面の告白』というような題で小説を書かれたということと、あの仮面が結局、ここにはあるわけなんですよね。

三浦　しかも逆説的に、仮面をつけるとかえって裸になったみたいな感じがするという。

須賀　そうなんですね。

三浦　それは、一般的な言い方になっちゃうかもわからないけれども、一種の内面性みたいなものを露骨に出してしまうということになってしまうということなんでしょうね。

須賀　そうですね。だから、やっぱりこれはただものではないぞという、ものを書く人間のちゃんとした姿勢みたいなものがはっきりあって、すごく恐ろしい人なんじゃないかと思いますけれどもね。
三浦　僕も本当にそれを強く感じましたね。やはりかなり大型の新人というか、これはちょっと大変だな、これから楽しみだと思いました。
須賀　そうお思いになりました？　私も、この人はすごいな、若いのにここまでもう来ちゃったかという感じと、それからヨーロッパ、ことにドイツ、カフカなどが出てくるんでしょうけれども、そういう文学体験が非常に入っている。
たしか前にどこかで批判として、「なのだった」という文章の終わりが多いのが気になると誰かが書いていらしたと思うんです。たしかにそうなんですけれども、これはやっぱり意識して書いたものの失敗なんだから、許されるべきだというのか、この人がもしも五十歳になったときに、若いときにこういう文体からこの人はやり始めたんだということが、必ず認められるだろうと思うんです。ただ未経験で「なのだった」と終わったのではなくて、書くことに対する一つの態度というのか、そういうものから生まれた書き方ではないかと私は思いました。というのは、その次の小説が全然違う文体でしょう。
三浦　そうです。「犬婿入り」というのは本当に違いますよ。違っていて、文体としていうと非常に面白いふくらみを持っていますね。
須賀　素晴らしいですね。最初の二つのパラグラフ、ことに最初のパラグラフが一つのセンテンスなんですね。この段落は素晴らしいと思いました。

三浦　これですね。「昼さがりの光が縦横に並ぶ洗濯物にまっしろく張りついて、公団住宅の風のない七月の息苦しい湿気のなかをたったひとり歩いていた年寄りも、道の真ん中でふいに立ち止まり、斜め後ろを振り返ったその姿勢のまま動かなくなり……」というふうに、ずっと続いていくんですね。今のはまだ二分の一にもなっていないというくらいの、そういう文体の工夫というか、実験というかがあって、それが成功しています。

須賀　そうですね。

三浦　「犬婿入り」というのは、前作とは打って変わって、東京郊外の団地の中にポコッと古い家を借りて始めた学習塾のようなところを舞台にしているわけですけれども、その学習塾の先生というのがとっても不思議な人で、そこに変な男の人が出入りするようになって、それが何か犬とか猫とか、そういうふうな民話の話、犬のお婿さんが来たとかいう民話がありますけれども、そういうものを感じさせるような、つまり現代の非常に不思議な幻想譚というかたちになっていくわけですね。

　おそらく作品としていうと、多和田さんのこの前の作品、たしか『三人関係』という表題で単行本になりましたが、「かかとを失くして」という作品と、「三人関係」という作品、二つ入っているんですけれども、それもやはり同じように、文体の工夫がとてもなされている作品だったんですよ。その上で「犬婿入り」というのができたというふうに見ると、たしかにつじつまが合っていくような流れがあって、それこそ今須賀さんがおっしゃっておられたように、ちょっとした文体の工夫というのも、当面はすごく違和感があるかもわからないけれど、あとになって考えてみると全然違うふうに読めてくるということ、それをとても感じさせますよ。

須賀　そうなんですね。私はこれだけ文体を自分で操れる人というのは、書き手としてかなりすごいんじゃないかと思うんです。なかなかできないものですし、それからこうやって自分を実験台に置いてみるという態度が、私はとてもえらいと思うんですね。

ことに女の書き手というのは、自然な自分というものに貼り付いているという感じが多いわけですけど、この人はまったく突き放して、そこでつくっている。ちょうど彫刻やなんかをつくるように、台の上で書いているという感じがして、自分から離れている。それがみごとだと思いました。

三浦　僕もそう思います。素材としていうと、たしかに自分の体験というものは十分に活用している。だけれども、それは自分自身ではないんですよね。

須賀　そうなんです。

三浦　明らかに距離をもって対応しているというかたちになっていますよね。

須賀　ええ。本当に強い人だなという気がして、将来が楽しみですね。

三浦　そうですね。おそらく非常に明瞭な多和田葉子さんの世界、独自な世界というものをつくっていくんじゃないかなと思いますね。まだ本当に若い方ですから、とても楽しみです。

（多和田葉子『犬婿入り』講談社）

# 本とのすてきな出会い方

丸谷才一・三浦雅士・須賀敦子

三浦　三月も末になって、新学期、あるいは新入社というか、ちょうど年度が改まるときで、さて、本でも読もうかと考える方も大勢いらっしゃると思います。そこで、本とどういうふうに出会うか、あるいは本をどのように選ぶか、そのあたりを、本の専門家と言っていいお二人に、気楽にいろいろ蘊蓄を傾けていただければと思うのですが、いかがですか、丸谷さん。

丸谷　要するに、どういう本を読むかということですよね。僕はその問題、今何を読むかというのは結局、それまでに読んだ本との関係で決まるんだと思うんです。ある著者の本を読んでいて、その本が気に入っていた、だから同じ著者の本をまた読みたいと思うとか、ある主題の本を読んで、これは面白いなと思った。その面白いなと思うにあたっては、その主題に対する関心があったからその本を選んだと言えばそれまでだけれども、でもまあとにかく選んで読んだ。そして、面白いと思っている気持ちがまだ持続している。すると、それと同じ主題、あるいは関係のある主題の本を選んでまた読むということになると思いますね。

ボルヘスに、「本とは、無数の関係の軸である」という台詞がありましたね。

三浦　ありましたですね。

丸谷　同じことを石川淳さんは、「一冊の本ということはあり得ない」と言っているんですね。

三浦　ああ、石川淳さんもおっしゃってますか。当然でしょうね、それは（笑）。

丸谷　当り前なんだけど、石川淳さんが「一冊の本ということはあり得ない」と言ったのは、たしかどこかの新聞で「一冊の本」というのを書けと言われて、書き出しが、「一冊の本ということはあり得ない」で始まる。

三浦　それは面白い。よくありますよね、無人島に持っていくとすれば、どの一冊か、とか。石川淳さんの答えというのはきわめて巧みですね。

丸谷　そうそう。だから、無人島へ行くのは断ると（笑）。

三浦　一冊しか持っていけないなら断る、たしかにそうですね。本は一冊で終わるわけがないし。須賀さん、いかがですか。

須賀　私も今丸谷さんがおっしゃったみたいな感じですけれども、本に出会うときというのは、やっぱり自分が探していたものをその中に見つけるときの興奮というのが大きいですから、いちばん大事なのは、どこかから読み始める時間がなければいけないということですね。今の若い人たちはあまり読まないというふうに言われているんですけれども、私はやっぱり読んでいると思うんですね。読む人は読む、読まない人は読まない。読む人というのは、子供のときから一つの本が次の本を生み、そしてまたその次が出てきてというふうに、鎖になっていくんじゃないか。

**丸谷**　そうですね、チェーン状になってね。

**三浦**　そうですね。本とのつき合い方というようなことも含めて考えてみると、なかなか読み終えられない本というのもあって、さっきの石川淳さんの話と双璧になっちゃうんじゃないかと思うんです。

たとえば、亡くなられたフランスの批評家のロラン・バルトが言い切ったことがあったと思うんですけど、「面白い本というのは読み終えることができない」。それは、終わるんじゃないかと思って、もったいなくて速度が緩んでいくというのが一つと、もう一つは、面白いと途中で、あ、これは先に行く前にもうちょっと調べておいたほうがいいとか、このところをもう少し読み直しておこうかとか、違う本がちょっと気になってきたとか。それからもっとひどい場合には、ここまで読んだけれども、もう自分で思いつくことがいっぱいできちゃったから、ちょっと何か書いちゃえとか、そういうことがあるんだそうですよ。それで、むしろそのほうが読書の快楽じゃないかという説があったりして、簡単に読み終えられちゃう本というのは面白くないという意見もあったりするんですけれどね。そういう体験はいかがですか。

**丸谷**　これは瀬戸川猛資さんの『夢想の研究』ですが、これを読んでいましたら、『吾輩は猫である』の終わり近いところに出てくる放心家の話……。
三浦　ああ、夢みがちな、放心状態の放心ですね。
丸谷　ええ。作中人物が語るその話は、江戸川乱歩が後に推薦した奇妙な味の短編小説なんですって、どうしても推定してみると。そうすると、江戸川乱歩は『吾輩は猫である』を最後まで読んでないんじゃないかと（笑）、そういう瀬戸川さんの推定があるんですよ。瀬戸川さんはそれをとがめているわけじゃないけれど、さっき君の言ったバルトの話によれば、そこへ行くまでの間に読む必要がなくなることはあり得るわけね。
三浦　そうですね、そのとおりですよ。しかし、これは読書のすすめというよりも、逆に読まないほうがいいというすすめになっちゃって（笑）、まずいという感じもするけれど。でも、よくあるでしょう。世界十大小説とか、いってみると文学全集やなんかって、みんなそんなふうなものですけどね。必ずしもああいうふうなものから入ることを奨めないということではないでしょう？
丸谷　何かの必読書百冊といったリストがあるでしょう。僕はあれを見るのが大嫌いでしてね。というのは、僕が何か他律的なものによって読書を指導されるということになるわけですよ。だから僕は、ああいうリストを見るのは嫌いなんですよ。
三浦　そうですか？　僕は丸谷さんのお書きになっておられたものを拝見しながら、読まなければいけない本がずいぶん増えたという体験が多いけれども。
丸谷　いやいや、そうじゃなくて、人の書いた評論や何かを読んで、これを読もうというのはいいんですよ。ただ、必読書百冊とか必読書十冊とかいうのは嫌いなんですね。
三浦　須賀さん、いかがですか。
須賀　私も何とか百冊というのは嫌いですけれども、でもああいうのを見ていると、あ、まだ読んでないのがあるなと、それで読んでみたくなるということもあるんですね。
三浦　そうなんです、それがあるんですよ。僕は文庫解説、昔でいうと岩波文庫解説とかあるでしょう。
丸谷　あれはいいんですよ。
三浦　丸印を付けていくんです。最も読まなければいけないものは◎とか、これはいいかというのは何とかというふうな感じで。
丸谷　いや、僕も好きですよ。僕は要するに、必読という言葉が嫌いなんだな。
須賀　きっと人が読めと言うのがいやなのかもしれない。読みたいものを自分で発見したいんですよね。
三浦　ということは、多少はヘソ曲がりでなければいけないという。
須賀　そうかもしれない。
三浦　ヘソ曲がりのすすめになりそうだね。
丸谷　文学全集というのが今、はやらなくなってきたでしょう。あれはやはり、読めと上から強制する姿勢がいやなんだと思いますね。
三浦　いろんな文庫本や何かをかき集めていって、むしろ自分で自分流の文学全集を作ってしまう。

須賀　それはすてきですね。

三浦　そういうふうなほうがいいんじゃないか。ある一つの本から次の本にどうしても移っていっちゃうというふうな、そういう醍醐味みたいなのっていうのはいかがですか、体験でいうと。

須賀　しょっちゅうありますね、そういうのって。

丸谷　本を読むというのはそういうことなんですよね。

須賀　結局、私たちにとって初めての本というのはないわけですよね。私の子供のときの写真に、『のりものえほん』というのを持っているのがありますけれども、あのへんからずっと今まで続いているんですよね。あるときに絵本はもうやめて、字だけの本になったときがあって、これは面白いと思ったにちがいないので、それでまた次にはもう少し難しい本というふうになっていったりして。私はやっぱり本というのは後を引くと思うんですね。

三浦　後を引かなきゃ本じゃないという感じですね。

丸谷　そうですね。そういうふうに言うと、本を読む、本が好きな人間の世界というのがよく納得がいく。

三浦　そうですね。

「辞書とのつきあい方」

三浦　本とのすてきな出会い方ということですけれども、出会い方があって、つきあい方ということになってくると、ある一つの本とずっとつきあうというのの筆頭はやっぱり辞書だと思うんです。おそらく新学年でいちばん入手しなければいけないのは辞書、社会人になってもそうでしょうし、そういうことで、辞書談義というか、辞書をめぐってのお話ということですが、丸谷さん、ご用意いただいたのは。

丸谷　これは最近手に入れた字引で、『大漢語林』という漢和辞典なんですが、僕はとても気に入っているんですよ。これは大修館の『大漢和辞典』。

三浦　有名なのは諸橋大漢和辞典。

丸谷　あれはすごい、十何巻もあるやつ。それを縮めて『広漢和辞典』という四巻本のやつができた。それよりもさらにまた縮めた。オックスフォードのOEDの場合もそうだけれども、大きな字引からだんだん小さくしていくと、いい字引ができるとか言うでしょう。

三浦　ありますね。

丸谷　これ、何か僕は非常にいいような気がするんです。もう一つ、角川書店から『大字源』という漢和辞典も出まして、これもなかなかいいんです。一長一短、どちらもなかなかいいんですよ。ところが、こっちのほう（『大漢語林』）が気に入っているのは、こう（背表紙を）持ったときに持ちやすいんですよ。

三浦　あ、それ、重要。
須賀　とても重要。
丸谷　それからもう一つ、漢和辞典は漢字を引かなきゃならないでしょう。漢字を引くためには字画、画数を勘定するんだけど、勘定しているうちにだいたい間違うんですね。
三浦　特に画数が多い漢字だとね。
丸谷　一回、偏とかつくりとかで、門構えであるとか、山偏であるとかいって引くじゃないですか。ところが、何偏なのかわからない字があるんですよ。大将の「将」は何で引くかというと、最後の「寸」というところで引くんです。
須賀　まあ、そうですか。知らなかった。
三浦　そうなんですか。
丸谷　あんなもの、わかんないですよ。それじゃ、「しょう」で引けばいいわけだと思っても、「しょう」という音の字はいっぱいあるから、それをたどっていくのが面倒くさい。ところが、『大漢語林』には語彙総覧というのが付いているんです。それで、将ならば「将校」と引くと、四〇二と書いてある。それで四〇二を引くんです。すると将というのが出てくる。
三浦　それがポイントですね。
丸谷　そうそう。「しょうこう」なら、選択の幅がぐっと少なくなる。それで引きやすい。それと、これが別冊になってることで、非常に具合がいいんですよ。

三浦　丸谷さんは、最近の辞書の中ではこれはかなりのおすすめ品ですね。よく『広辞苑』にするかとか『大辞林』にするかとか、いろいろあって、一長一短いろいろなことがありますけれども、同じような感じで須賀さん、何かご体験というか、ありますか。

須賀　私はやっぱり、慣れている辞書というのがいちばん使いやすいんですね。というのは、辞書というのは全部は言ってくれないわけですよね。ですから慣れていると、これはその先に何があるというのがちょっと自分で足せたりして。そういう感じで、私はずっと『広辞苑』なら『広辞苑』というふうに、進歩がなくて非常に恥ずかしいんですけれども、『広辞苑』ばっかり使っているんです。あとは自分で持たないで、図書館に行って調べます。

三浦　そうですね。外国語の場合には大部になりますからね。オックスフォード・イングリッシュ・ディクショナリーなんてすごいですものね。僕は『大辞林』です。『広辞苑』を使っていたんですけど、四版になる前後に一緒に『大辞林』が出ましたよね。それで、『大辞林』がけっこう使いやすいので。

須賀　そうですか。それじゃ、やってみよう。

三浦　たしか、旧仮名やなんかの調べ方が非常によくできていたような感じがしましたね。『新潮国語辞典』というのが昔よかったんですよ。特に丸谷才一さんのように旧仮名をお使いになられる方のを拝読する場合に（笑）、『新潮国語辞典』があると便利だったというときがあったんです。

つきあい方というので言うと、いわゆる語学用の辞書というのがありますでしょう。そういうところはどうですか、イタリア語の辞典とか。

須賀　イタリア語の辞典というのは、本当にずっとなかったんですね。私が日本文学をイタリア語に訳していたときには、それがなかったものですから、全部……。

三浦　ああ、そうですか。つまり、和英辞典にあたる和伊辞典がなかったんですか。

須賀　なかったの。これが今から十五年ぐらい前にできたんじゃないでしょうか。八三年ですから、ちょうど十年ですね。それで、それまでなかったものですから、フランス語―イタリア語、イタリア語―フランス語で、今度日本語―フランス語というふうにずっと二重に引いていたんです。

三浦　そうですか。僕はお二方にぜひ伺いたいと思っていたことがあって、僕は本当に浅学菲才というんでしょうか、お恥ずかしい話なんですけど、英和辞典とのつきあい方というのを人に教わったことがありまして、新版になるつど買い改めるべきなんだというふうに言われていて……。

須賀　そうですね。

三浦　それで、それを十数年前から実行したんですよ。それで、一冊とにかく全部のページに線が引いたというふうになって……。

須賀　すごい！

丸谷　すごいね。

三浦　これは二、三年前に使っていて、これが今使っているもので、研究社のやつですけど、新しくなったやつで、これはまだ線を引いていないところがかなり多いんですよね。こっちのほうは、ほぼ全ページ。

丸谷　すごい努力だなあ。

三浦　いやいや、とんでもない。それで、そのつど違うペンにするんですよ。つまり、自分がいかに記憶していなかったか。つまり、同じところを四、五回引くでしょう。そうすると、引いている線の数によって、いかに自分がだめであるかというのがわかるという、そういうことをしたりしていたんです。

須賀　私、そんなことをしたらもうめげちゃって、勉強ができなくなる。私は学生に、原書を読むときには辞書を隣の部屋に置いておけと言うんです。

三浦　ああ、簡単に引くなということ。

須賀　ええ。そうでないと、ことに小説なんかですと話がわからなくなってしまうから。日本語だってあなたたちはわからないことをいっぱい飛ばして読んでいるんだから、辞書は隣の部屋に置きなさいって。

三浦　いかがですか、それは。

丸谷　僕は昔、大学生に、「英語の小説を読むコツはただ一つ」と言ったら、学生はとても熱狂するわけね。「それは、決して辞書を引かないことだ」（笑）

三浦　どうも先ほどのお話も、本とのすてきな出会い方と言って、一冊の本なんかないいんだ、もう出会っちゃっているというふうなお話で、最後まで読み終えないほうがいいとか、ちょっとこれは聞きようによっては逆じゃないか。今のは辞書とのつきあい方と言っていて、辞書はないほうがいいというふうにも聞こえかねないようなお話ですね。

**丸谷**　だから要するに二種類、本は一冊しか読まないというものじゃないから、そのとき読んでいるテクストを二つにしておくわけですよね。一つはきちんと辞書を引いて詳しく読むテクスト、それから一つは絶対に辞書を引かないで寝転んで読み飛ばすテクスト。

**三浦**　じつは、このテレビ番組のタイトル「机の本ベッドの本」というのは、丸谷さんのネーミングなんですよね。今のがまさにそのとおりで、辞書を引くべき机の本と、ベッドの中では辞書は引けないので、面白さにどんどんどんどん引きずりこまれていって、一つ二つ単語の意味がわからなくても、文脈でいくとこうじゃないかというぐらいの速度で読んでいかなくちゃいけないというものですよね。

**須賀**　推理小説なんかで、その言葉がわからないと、どうしても先に進まないのはありますよね。そういうのは引けと。それと、私は女の人なんかに、お料理の本でも編物の本でもいいから、辞書なしで読んでごらんなさい、自分が好きなものだったら、必ずわかるから、と言うんです。たとえば、これを刻みなさいというのなんかは、そうだろうというのはわかりますよね。そうすると、刻むという言葉がわかってくる。私たち子供のときは、そういうふうに言葉を覚えたわけですからね。

**三浦**　いってみると最初に言葉のほうを暗記しちゃって、それがどういう意味かというのは、どっちかと言うとあとからついてくるんですね。

須賀　そうなんですよね。

三浦　極端に言うと、春といっても春という概念を知っているわけじゃなくて、春とみんな言ってる、あるとき桜が咲いて、ああ、これが春だなと思うんですよね。

須賀　そうですね。

三浦　辞典、辞書というものにお話を戻しますと、委員会があって、みんなで合纂して編集したものと、お一人で書いているものだと、やっぱりお一人のほうがいいとか、いろんなことがありますでしょう。

丸谷　字引というのは、どうもそんな感じがしますね。版を改めて、あんまりいろいろ詳しく手を入れすぎると、どうも何だか言葉のとらえ方の感じが濁ってくるような気がする。

三浦　さっきの辞書を隣の部屋に置いておくのと、ちょっと似ているかもわからないですね。

須賀　やっぱり辞書も個性があるわけですからね。イタリア語で私、イタリア語―イタリア語という辞書を何冊か使うわけですけれども、みんな人の名前が付いているんです。それぞれが微妙にみんな違うわけで、ああ、こういう言葉だったらあの辞書を調べようというようなのがあるわけですね。そういうのがだんだん慣れてくると、辞書を引くのが楽しくて、みんなで話していてもよく、「あの辞書持ってこい」なんてみんなが言って、「この辞書にはこう出てる。ワッハッハ」なんて笑ったり。

丸谷　そういう個性とか色調とかいうのがないのは、日本の辞書のつくり方ね。
三浦　それは面白い話で、いちばん最初のお話にもどりますね。つまり、一冊の本というのはないというのとまったく同じで、辞書の場合も一冊の辞書というのはない。辞書はどんどん連続していくというか、いろいろな見方があるんだ、だから、これぞ決まったというふうな感じの辞書というのはあり得ないんだということですね。
須賀　そうですね。だから、これしか辞書はないと思うのは困ったことで、無人島に流されるときは辞書もたくさん持って行かないと（笑）。

# 『ハザール事典』
対談者　川本三郎

須賀　今日は『ハザール事典』というたいへん大きな本です。お読みになるのが大変だったんじゃないかと。
川本　大変でした(笑)。
須賀　私もこんなに恐ろしい本だとは思わないで、何となく面白そうだというので読んでみたんですけれども、初めはもっと簡単なことかと思っておりましたら、なかなか大変で。これはでも、最初から最後まで読み通そうとするのが間違いであったと気がつきまして。
川本　解説に、飛ばしながら読んでいいというふうに書いてありますね。
須賀　クロスワードパズルとかルービックキューブみたいに読めばいいというふうに書いてあるんですけれども、私はばか正直に、はじめからずうっと。
川本　やっぱり最初から読んでしまいますよね、こういうのっていうのは。
須賀　そうですね。それで、一度読んでから今度返ってくると、いろいろわかることがあって面白いですから、まあ、急いで読む人には向かない本ですね。

三つの書に分かれていて、項目がいろいろあって、どうしてこういう事典ふうの小説を作ったかという説明みたいなものはない。あくまでもそういう事典が十七世紀にあって、それはハザールという……、先生、ごぞんじでしたか。

**川本**　いや、私、初めて知ったんです。要するに五世紀か六世紀に今のコーカサス地方にハザール帝国という国があって、それが謎の消滅をした。それで地図までここにあって、しかも訳者のあとがきを見ても、そういう国があったと。

**須賀**　朝日新聞に出ていたなんて書いてある。

**川本**　歴史事典を見ても出ていると書いてあったので。

**須賀**　ごらんになりました？

**川本**　いや、私はハザールという国は架空の国だとばかり思っていたんですが。

**須賀**　私も今でもわからないんです。そのハザールという謎の国についての事典だと書いてあって、そこの王様みたいな人があるとき、国を挙げてキリスト教かイスラーム教かユダヤ教か、どれかいちばん優れたものに改宗しようというので論争させた。それで、いちばん勝った人の宗教になるというんだけれども、誰も勝たなかったので、今でも論争が続いているという話で、各宗教の視点からいろんな人について書いてあるというんですけれども、なんか宗教とそれほど関係ないみたいですね。

**川本**　そうですね。要するに、ハザールという国に生きたいろんな奇想天外な人物たちが、次々にフーズ・フー的に紹介されているわけですけれども、宣伝惹句を見ても、「歴史上実在し、のちに姿を消した謎の民族ハザール族」とあるんですが、今まで四十何年間生きてきて、ハザール族がいたという話は聞いたことがないんですよね。

須賀　ああ、よかった。私はものすごく心細くなりましてね、これは世界中の人が知っていて、私だけが知らないんだと思って。

川本　私もそう思っていました（笑）。有名なのでは、謎の大陸アトランティス。歴史上いくつかそういう謎の大陸なり謎の民族がいたというんですけれども、このハザール族というのも、どうもいたんだかいないんだかわからないんですが。この作者はユーゴスラヴィアの人ですか、ミロラド・パヴィチ。

須賀　ええ。ユーゴスラヴィアのベオグラードの大学の先生らしいんですけれども、こんなことを書いていていたら教えている暇があるのかなと思うぐらい面白い本で、眉唾じゃないか、だけれどもひょっとしたら本当かもしれないというようなことがページごとに出てきて、それがとっても楽しいことはたしかですね。「夢の狩人」ってありましたでしょう。

川本　ええ、あれ、面白いですね。要するに、人の見ている夢の中に入り込んでいって、夢を解釈する人たちがこのハザール族という中にはいたというんですね。

須賀　それで、夢を操作までできるんですね。一つのエリートみたいな感じで。人の夢を記録していくというようなのが、私はなんかこれはひょっとしたら小説家というようなものの比喩じゃないかなというふうに思ったり、「かな?」と思うのが楽しい本なんですよね（笑）。究極の答えというのはどこにも出てこないし、悪い人かいい人か全然わからないけれども、かなり上手に書いてあるというのか、私が最近読んだ本で面白い本でした。特に二度目に読んでみると、いろいろ面白いものが出てきて、三回目ぐらいに読むともっと面白くなるんじゃないかと（笑）。

本の帯に、「本書には［男性版］と［女性版］があります」と書いてあって、私のところにあるのは女性版で、私はものすごく気になって、男性版とどう違うんだろうと。

川本　私のが男性版ですね。表紙の色がちょっと違いますね。

須賀　違いますね。こっちはピンクが入っていて、そちらはブルーなんですね。その男性版と女性版の違いはどうだろうと調べてみたら、二百八十二ページなんですけど、それほど違わない。

川本　そうですね。違うのはせいぜい十何行ですか。

須賀　十七行か何かですね。このこと自体は、思ったよりもつまらないことだろうと思います。でも、この本のことですから、また何か……。

川本　また何か仕掛けがあるのかもしれませんね（笑）、三回目か四回目に読むとわかるような。

須賀　ペンギンに訳されているそうですね。

川本　ああ、そうですか。ちょうどこれは出版社が東京創元社で、例のウンベルト・エーコの『薔薇の名前』を出した出版社なんですけれども、ちょっと『薔薇の名前』と感じが似てますよね。

須賀　似てますね。
川本　ああいうヨーロッパの中世と言っていいのかしら、昔のヨーロッパの歴史を舞台にして小説にしてみせる。かなり教養がないと、私なんかちょっとわからないところがいくつもありましたですね。
須賀　たとえばユダヤ教とキリスト教というのは、私も中世をちょっと勉強したりしてわかるところがあるんですけれども、アラビアになると全然わからない。だから、こういうものを土台にして旧ユーゴスラヴィアが闘っているというのを考えると、やっぱり世界というのはずいぶん広いな、私たちが知らないことがこんなにあると、そういうなにか深いところまで考えさせるところのある本で、そうかと思うとほんとにルービックキューブみたいに遊びながら読んでいくことも可能だし、面白いと思いましたけれども。ですから、枕元に置いておいて、時間をかけてときどきゆっくり読んでみるというようなタイプの本じゃないかと思いますね。
川本　なにかちょっと『アラビアン・ナイト』と似ているような感じがしましたね。戦争の話も出てくるし、恋も出てくるし、だまし合いも出てくるし、化け物も出てくるし、そういう意味では盛りだくさんですよね。
　面白かったのは、毒で印刷された書物というの、あの発想は面白いですね。つまり、ハザールという国があったということを知らせる、日本でいえば『古事記』とか、そういう本にあたるんでしょうか、ハザールについての国の成り立ちを書いた秘密の本があった。

その本があったおかげで、ハザール族がいたということが今わかっているらしいんですけれども、その本がじつは毒で書かれていたというんですね。ですから、それを最後まで読んだ人がいないと。読んだ人がみんな死んじゃうんですね（笑）。あれはおかしかったですね。

須賀　ほんとに。途中である言葉のところまで行くと、みんながパッタリ死んじゃうということだとか。

川本　パラドックスですよね、完全に。成り立ちを書いてある本が誰も読めない。

須賀　それからペトクーチンですか、泥でつくった人形がいて、それがいろんなことをするんだけど、それも何かで哀れな死を遂げるんですよね。死とか生命だとかが非常に織り込まれていて、『アラビアン・ナイト』よりももっと抽象的で幻想的で、だけれども完全に現代の作品なんですよね。

川本　この本を読んでいてもう一つ感じたのは、血なまぐささです。全編血なまぐさい話がすごく多くて、それが現代のユーゴのあの状況と重なる。作者はそれを意図したわけではもちろんないんでしょうけれども。

須賀　でも私、何かこの人は考えていたんじゃないかっていう気持ちもするんですね。

川本　民族同士の殺し合いですよね。ハザールという国が滅びたのも、どうもほかの民族から侵食されたらしいということですよね。それから、しょっちゅうトルコ人と戦っていますよね。

須賀　そうですね。だから、あの地方がいかにほうぼうから侵略され続けたか、そして自分たちのアイデンティティみたいなものがわからないという苦しみが、この本の中に入っているような気もしたんですけれどもね。たしかに、読めば読むほど、なにか不思議な本ですね。
川本　そうですね。

（ミロラド・パヴィチ『ハザール事典』工藤幸雄訳、東京創元社）

# 『ちくま日本文学全集　深沢七郎』
対談者　川本三郎

須賀　これは『ちくま日本文学全集』の深沢七郎さんの巻です。私が深沢さんのものを最初に読んだのは、おそらくイタリアにいたときだと思うんです。日本文学のアンソロジーみたいなものを作っていまして、初めに読んだのはもちろん『楢山節考』でしたが、実際に私が訳したのは『東北の神武たち』でした。これまでの日本文学というものの範疇をすごく出ているという感じで、不思議な作家が出てきたなという感じでした。
川本　本当に突然変異ですよね。つまり、日本文学というのは鷗外、漱石から始まって、だいたい知識人の文学ですね。知識人の言葉、どちらかというと輸入された言葉で書かれていたものなんですけれども、この方の小説というのは、われわれのおじいさん、おばあさんが日常生活で使っていたような普通の言葉で書かれた小説ですね。
須賀　しかも方言というものが非常に中に入っていて、その方言が音楽的に使われているということに私はかなりショックを受けて。方言というと、宮沢賢治などの方言の使用があったわけですけれども、この人のはもうほとんど方言を音楽にして使っているような気がして。一九一四年生まれですから、私たちより年上の方なのに、新しさがある。

　この筑摩の日本文学全集というのは、作家の代表作を入れるという方針ではなくて、いろんな変わった作品を入れているということで、この作品集も『楢山節考』とか『東北の神武たち』とか『笛吹川』が入ってないんですね。私はそういうのはちょっと寂しいんですけれども。初めてこの本を手に取った人が、これだけの作家だと思ってしまうんじゃないかという危惧があって。でもその反面、学校の図書室で見られるような作品じゃないものを、こうやって入れていくところが面白かったんだろうと思います。

　どうして私が音楽的という以外にこの人に惹かれるのかということを、読みながらずいぶん考えてみたんですけれども、さっきおっしゃったことと関連していて、何か教養以前のこと、人間がぎりぎりのところで人間だというようなものを書いている、それから、教養が私たちに与えた言葉というのを解体している。ですから『庶民烈伝』などを読むとよくわかるんですけれども、ものすごくむごたらしいことが平気で書かれている。書かれていて、しかもそれが流しの歌みたいな感じで、弾き語りという感じでバラードみたいになっているので、何となく聴いてふっと感動してしまう。だけど家へ帰ったら、すごいことを聴いてきたんだって。

川本　怖い話ですね。

須賀　『楢山節考』がそうだったわけですけれども、恐ろしい話で、『南京小僧』というの、お読みになりました？

川本　はいはい。
須賀　あれなんか、子供が麻袋か何かに入れられて島から売られていく。売られていくときに船の上で、子供たちがいやがって泣き出す。そうすると、泣き声をごまかすために南京小僧の歌というのを歌わせるんですね。袋の中に入れられた子供たちが歌を歌う。ほかの作家にはこういうのはないですよね。
川本　そうですね。それと、深沢さんのはいつも老人が魅力的なんですね。
須賀　ありますね、それは。
川本　だいたい日本文学というのは青春の文学なんですけれども、深沢さんは老人、とくにおばあさんを描くのがうまくて、ふつう日本文学なんかの老人というのはわりと枯れた枯淡の老人、仙人のような人が出てくるんですけど、この人のは逆で、たしかに『楢山節考』のおりんばあさんなんかはわりといいおばあさんですけど、この人が得意とするのは、ケチで意地悪で、それでいてたくましい、動物的な生命力があるみたいな、そういうおばあさんを描くのがうまいですよね。
須賀　ほんとにそうですね。長谷川町子さんの『いじわるばあさん』の本家本元みたいな感じで、しかも常に土につながっているというのがすごいと思いました。
　それと、『笛吹川』で、家が川の橋のところに半分ひっかかったみたいな、何でしたっけ、キリギリスの籠のような家があったと思いますけれども、この作品集の中でも『揺れる家』とか、そういうふうに何となく家自体が非常に不確かなもの、不安に満ちたものというふうに書かれていて、それが私は好きですね。

川本　この人のはケチなんですよね（笑）。面白いのは、普通は日本人の純文学ではそういうくだりはあまり書かないと思うんですけれども、たとえば田舎のおじいちゃんとおばあちゃんが話をしていて、誰それの息子が結婚することになったというようなときに、いくら包んだらいいんだろうかということについて延々と話すとか、人の家に訪ねていくときに、手土産を買うところをしつこく書くんですね。そして、手土産を持っていって、じゃあ、代わりに向こうは何をくれるだろうかとか（笑）、そういうところをものすごく細かく書くんですね。

嵐山光三郎さんが若いころ、編集者時代に、深沢さんの担当編集者だったんですって。嵐山さんから聞いたエピソードなんですけど、深沢さんの家に編集者がいろいろ原稿を頼みに来るんだそうです。そして、菓子折とか手土産を持ってきますでしょう。すると、編集者がいるときには、ニコニコ、ニコニコ笑って、ありがとう、ありがとうと受け取るんですって。それで帰ったあとに、開けてみて、「見ろよ、こんなものしか持ってこない。ケチだ」とか何とか言うという。そういういじわるじいさん的な面白さというのが、この人にはありますよね。

須賀　おっしゃったのを伺うと、そうだなと思いますね。ケチがそろってるという感じで。

川本　『魔法使いのスケルツオ』でしたっけ、ケチなおばさんが出てきて、一生懸命ケチしてお金をためているんだけれども、ばか息子にそれを持っていかれて頭にくる話。

須賀　ありましたね。若い子がコーヒーを飲みながら音楽を聴いているなんていうところでも、ちゃんとどこかで勘定しているというのか。

川本　こすっからいんですよね。そのこすっからさを否定的じゃなくて、それも丸ごと含めてそういう庶民の生活を愛しているんですよね、この人は。

須賀　そうなんですね。だから、恐ろしいことを書きながら、人間をどこかで愛しているという、それがなにか後を引くというのか、本当に不思議な作家だと思うんです。人間をきれいだって絶対に言わない、それどころかいやなことばっかり書いていくんだけれども、それが本当に、ああ、私たちってこうだなという感じを起こさせる。知り合いに「私、深沢七郎が好きです」と言ったら、「えっ、あなたが？」というふうに言われたんですけれども、私は今度また読み直してみて、やっぱりこの人は気になって気になって。

川本　すごい作家ですよ、この人は。ただ、まったく異質の人ですよね。われわれとは本当に異質の世界ですよね。

須賀　そうですね。何か深沢七郎さんの中から生えてきて、彼を食い尽くしちゃったんじゃないかという感じがするくらい、本当に、この人の持っているもの、というのがあったんですね。

川本　泥だらけの木の根っことか、そういうイメージなんですよね。

須賀　そしてその泥が、何となく温かい泥で、泥というと汚いからいやだという方程式じゃないんですね。それがやっぱり貴重な作家だと思うし。

川本　この中に入っている晩年の作品の『極楽まくらおとし図』、あれ、怖い小説ですよ。東京近郊の町に住んでいるおじいさんやおばあさんたちが、何だかときどき極楽まくらおとしで死にたいとか、それで死ぬとか出てくるので、何だろうと思って読んでいると、最後にきて、えっと驚くような死に方なんですね。
須賀　ほんと、怖いですね。人生っていうのはこういうものだというふうに言ってくれるんだけれども、私たちが目をつぶって、どうにかして忘れたいと思っているようなことを、平気で歌にして言っちゃうというところがあって、そういう意味で私は、おそらく世界にとって貴重な作家だと思いますね。

（『ちくま日本文学全集　深沢七郎』筑摩書房）

# 『中国のアウトサイダー』

対談者　川本三郎

川本　今日は中国文学の研究者の井波律子さんのお書きになった『中国のアウトサイダー』という本で、私は非常に面白く読んだんですけれども、これを紹介したいと思います。井波さんの本は以前も、去年たしかこの番組で、『中国のグロテスク・リアリズム』というのを紹介いたしました。この間は『酒池肉林』という本をお出しになり、『三国志』の翻訳なんかもおやりになって、今ものすごく乗っていい仕事をされている方です。

この方は面白い方で、『酒池肉林』という本をお出しになったことからもわかるように、中国の文化の中でも特に大げさなもの、猥雑なもの、贅沢なもの、グロテスクなもの、人間でいえば聖人君子よりも奇人、豪傑とか悪党という変わった人間たちがすごく好きな方で、この『中国のアウトサイダー』という本も、中国四千年の歴史に出てくる奇人、変人、悪党、豪傑といった人たちを、いかにも自分はそういう人たちが好きだというふうに書いている本なんです。

この本の最初の文章で、中国人は大げさなものの言い方が好きだというので、たとえば

「白髪三千丈」という言い方があるとあります。たしかに言われてみると、「怒髪天を衝く」とか、中国の人たちというのはすごく大げさなものの言い方をしますね。あるいは「逆鱗に触れる」みたいな言葉でわかるように、あれは竜の鱗ですから、現実にはいない動物のところからの言葉を作ってしまうとか、もともと奇想天外な文化なんですね。

須賀　ええ。現実からぱっと離れてしまうというのか、簡単に離れてしまうというのか。『源氏物語』でも出てますよね。中国の話というのは奇想天外だというふうに紫式部が書いていています。

川本　ああ、そうですか。

須賀　ええ。それで私も、ああ、日本人はあのころから、自分たちの文学と中国の文学が違うということを感じていたんだなと思いましたけれども。

川本　なるほどね。やっぱりお茶漬けと、こってりとした中国料理の差というんでしょうかね。

須賀　そして、叙情というものをそんなに大事にしないというのか。

川本　ばかばかしさのほうをむしろ愛するみたいなところがありますね。

須賀　そうですね。といって、杜甫だとかそういう人たちは、叙情としては非常にりっぱなものですけれども。

川本　ええ。だから井波律子さんも、孔子はあまりお好きじゃないようなんですね。儒教の祖である孔子のほうはあまりお好きじゃなくて、むしろ仙人たちの荘子とか老子とか、あちらのほうがどうもお好きなようですね。

須賀　そうらしいですね。そのへんで、中国の見方のアングルというのがずいぶん変わってくると思うんですよね。お腹を抱えて笑うというような感じ。

川本　そうなんです。私もじつは昔の中国のこういうものって読んだことがなかったんですけれども、去年、井波さんの『中国のグロテスク・リアリズム』という本を読んでから、あまりにも面白かったので、ここのところかなり集中的にこの方のも含めて読ませていただいていますが、非常にスケールが大きい面白さですよね。酒池肉林という有名な言葉、池にお酒を浮かべて、木に肉をつるして王様が贅沢をするというこの言葉自体が、今から二千年ぐらい前にできている言葉なんですね。中国の歴史というのは、本当に深いものなんだなと思います。

須賀　私は、いわゆる古代ローマに似たところがあるなと思ったんです。大げさなところとか。たとえばローマのコロセウムのような建物を見ましても、この人たち、なにか大きいものに取り憑かれていたんじゃないかという気がして。ここで井波さんが大量主義というのかな、量で人をびっくりさせるというのが非常にあるというようなことを書いていらして。それから散財史、人がどうやって散財したかなんていうのでも、ローマにもかなりあったような気がして。

川本　ほんと、言われてみればそうですよね。よくローマの貴族の美食ぶりを言うときに、たくさん食べては指をのどに入れて無理に吐いて、お腹を空っぽにしてまた食べるというような言い方をしますよね。

須賀　フェリーニの映画なんかにも出てきますよね。

川本　そうですね。中国でもたとえば鹿の丸焼きを食べるときに、王様だか豪族だかが山一つまるまる焼いてしまって、それで鹿を焼いて食べるとか、そういう大げさなところって、どこか似てますね。

須賀　あれは本当のことなのでしょうか。

川本　どうなんでしょうかね。だから、中国のもう一つの面白さというのは、たしかに井波さんもいろんな文献を引用されるんですけれども、その文献に書かれてあることが本当なのかどうか、あくまでも眉唾的なところはありますよね。

『荘子』でしたか、あの中に空を飛ぶ仙人の話があって、ちょっと空を飛んできてくれたびれたので、また家にもどってきたみたいな話がね。

須賀　それで仙人というものも、日本に来ると枯れた感じになるんだけれども、本国ではいいかげんなことをずいぶんやっているというか。

川本　面白いですよね。空飛ぶ仙人が、紀元前二世紀か三世紀ぐらいの人でしょうか、ものすごい仙人なんですけれども、貧乏していて、奥さんにいつも怒られていたという（笑）。

須賀　ああ、ありましたね。

川本　ああいうの、おかしいですね。せっかく空を飛べる術があるのに、お金儲けしないから。

須賀　量でびっくりさせるというようなところに、秦の始皇帝のお墓の話が出ていて。

川本　兵馬俑ですね。

須賀　やっぱりローマでも、すごいお墓があるわけなんですね。ただ、孫悟空みたいな小説というのは、ラテン文学にはないんです。

川本　そうですか。この中でも井波さんがお書きになっていることで、中国人の夢の話のところで、中国人の夢の話には過去にもどるのがないという、あれは面白いですね。常に未来、将来、それも自分がお金持ちになるとか、力を持つとか、そういう贅沢な、ゴージャスな、前向きな夢ばっかりだというのも面白い指摘ですね。

須賀　近代文学というのか、今の文学を考えるときに、必ず記憶というものが入ってくるんですけれども、中国はそれがないです。

川本　それと、両極端なものがありますよね。井波さんがお書きになっていますけど、たとえば秦の始皇帝も、片方では焚書坑儒みたいにして人殺しをやる悪い男なんだけれども、片方では度量衡の統一とか非常に賢明な統治をやるとか、いいことと悪いことの両方併せ持っている。

須賀　大きいですね。ものさしがものすごく大きいという感じで、やっぱり国が広いということと関係があるんでしょうか。

川本　そうでしょうね。今、『三国志』がブームになっていますけれども、あれは戦争ばかりやってますでしょう。読んでいちばん驚くことは、戦争のときの戦死者の数なんですよね。本当か嘘かわからないんですけれども、ともかく一日の戦いで二十万の兵士が死んだとか、三十万の兵士が死んだとか、平気で書いてあるんですね。日本ではたとえば関ケ原の合戦なんか、そんなに死んでないですよね。

須賀　ええ。ヨーロッパでもないです、そんなの。

川本　中国的な誇張なのかどうかはわからないですけれども。

須賀　というのは、薔薇戦争で死んだ人の数を数えた歴史家の友だちがいるんですが、驚くべき少なさです。

川本　やっぱりそうでしょうね。

須賀　それで、その人はそういうことから、昔の戦争はいいか悪いかという哲学について、あれは死ぬのがこれほど少なかったから、いい戦争とか悪い戦争とか言えたんだ、というふうな結論を出しているらしいですけれども。そんな二十万、三十万なんて死んだら、誰もいなくなっちゃう。

川本　人口があのころから多かったから。これは受け売りですけど、宮崎市定さんなんかがお書きになっているのは、人口が多かったから、度重なる戦争がうまくその調節役をしたみたいなことまで言われていますよね。

須賀　いい中国文学者がどんどん出てくれないと、私たちが宙ぶらりんになってしまう。

川本　そうですね。どうしても戦後民主主義のあとは、共産中国のことばかりが語られてしまって、あの悠久たるものが忘れられてしまってましたからね。

須賀　ええ。古典中国がないと、やっぱり私たち自身が宙ぶらりんになると思うんですね。

川本　そうですね。本当にここのところ、中国のことをおやりになっているのは、井波さんとか中野美代子さんとか、面白い方がどんどん増えてきましたね。

須賀　みなさん、女の方ですね。

川本　そうなんです。とくに女性の方なんですね。

須賀　どこか自由なんでしょうか。

（井波律子『中国のアウトサイダー』筑摩書房）

## 『蝶とヒットラー』
対談者　川本三郎

川本　この本は、テレビのディレクター、久世光彦さんの『蝶とヒットラー』です。久世さんは、テレビの世界では向田邦子さんのドラマの演出家として知られ、ついこの間も森鷗外の『雁』を田中裕子さん主演で演出されていて、非常に意欲的な方なんですけれども、近年、文章を書かれるようになりまして、たしか最初に話題になったのが『昭和幻燈館』という本だったかと思います。その後続々いい本をお出しになっていて、今や文章家としても注目されている方です。

その方のエッセイで、非常に刺激的なタイトルですけれども、内容は、よくわれわれも日常感じるんですけど、町の中に、あの店は何を売っている店だろうと不思議に思う店がときどきあります。その店に注目して、一軒一軒それをテーマにして書いたものです。

たとえば、鳥や獣の剝製を売る店、義眼をつくっている工場、ナチスの制服だけを売っている店、それからドールハウスと言うんでしょうか、ミニチュアの家だけを売っている店とか、非常に不思議な店で、中には本当にこういう店があったのかどうかわからないようなものもあるんですけれども、それについてのルポではなくて、そういうお店からイマジネーションを得て、久世さんなりにエッセイをお書きになっているというものです。久世さんは江戸川乱歩が非常にお好きな方で、なんとなく乱歩ふうという感じですね。

須賀　そうですね、世紀末ふうというのか。私はこの方のものを初めて読んだんですけれども、最初はこの刺激的な『蝶とヒットラー』という題で、これは読める本だろうかと思ったんです。でも、読んでいくといろいろ面白いことがあって、それで文章そのものがとても審美的というんでしょうか。

川本　そうですね、デカダンスというか。

須賀　それから、どうやってこういうことを書こうかというような努力が非常に見えていて、だんだんなくなっていく日本語というようなものだなと思いました。

川本　そうなんです、そうなんです。

須賀　おっしゃったように、この店は何をしているんだろうなというようなところへ入っていって、いろんなふうに自分の思い出とか観た映画というものと合わせて書いていかれて。日常の中で、ああ、こういうものと私たちは隣り合わせに住んでいるんだなというのが。ほとんどこれ、東京のお店が多いですよね。私も何軒か知っている店があったので。それで、面白いなと思いました。

川本　新宿の紀伊國屋の前にある判子屋とかね。あれなんか、本当に中に入ったことは一度もないんですけれども、たしかに言われてみれば気になる店ですよね。

須賀　私、判子屋さんというのはずっといつも不思議な人たちだと思って、なんか入ったら怒られるんじゃないかと。きっと漢字のことなんか、ものすごくよく知っている人にちがいないとかね。
　蝶のお話で平山博物館っていうのが出てきますね。
川本　井の頭公園の中にある、あれ、私は知りませんでした。
須賀　そうですか。私、子供のときに通っていたの。
川本　ああ、そうですか。
須賀　ええ。私、昆虫に凝っていたことがあって。
川本　それは意外。
須賀　あそこで蝶の勉強会みたいなのがあって。
川本　いつごろの話ですか。
須賀　私が小学校の五、六年のころだと思います。そこへ行くと、大人ばっかりの中に女の子が一人来ているので、すごく不思議がられて。だけれども、私は蝶の学者になりたいとそのころは思っていた。
川本　ほう、そうなんですか。
須賀　そういうこともあって、懐かしかったですね。森の中を家族と一緒に歩いていって、蝶の博物館があるという話なんかは。
川本　久世さんという方は、野原を飛んでいる蝶々は、じつはきっとあまりお好きじゃないんでしょうね。博物館に展示された蝶が好き。

須賀　死んでないといけないの。

川本　そう、死んだものが好きなんでしょうね。義眼であるとか、剝製であるとか。だから本当の動物ではなくて、剝製になったものが好きなんですね。そこの趣味はこの方は徹底していますよね。

須賀　すごいですね。だから、それがヴィスコンティの映画なんかと。

川本　通じるものがありますよね。現在よりも圧倒的に過去がお好きな方なんですね。そして、日の光よりも月の光が好きだったり、表通りよりもちょっと横丁のほうが好きだったり、現在のものより記憶のもののほうが好きと、そういう好みがはっきりしている方ですね。それはもうみごとなぐらいに。

須賀　そうですね。それはもうほんとに。

川本　だから文章も、最初に須賀さんがおっしゃられたように、古い日本語をあえて使っていらっしゃいますよね。

須賀　一日の時間の名前が昧爽であるとか、ふだんもう使っていないような言葉で。

川本　この方は昭和十年生まれで、東京の阿佐谷で当時の山の手と言っていいんでしょうか、昭和十年代の、あのころの山の手の生活が好きだという。今や失われてしまった、父親が書斎を持っている家ですね。その書斎に子供である自分が入り込んで、大人の本をのぞき見るみたいな、その雰囲気がものすごく出ていますよね。

ないか。

須賀　私は昭和四年生まれですけれども、私たちよりももっと行き詰まった世代なんですね。それで、子供のときに、もうどうしていいかわからないというような世界で、だからそれを虚構化しないと生きていけなかったというところが、ひょっとしたらあったんじゃないか。

川本　そうですね。この世代は、普通はみんな戦後民主主義のほうになりますよね、大江健三郎さんをはじめとして。ところが久世さんは、まったくそういうものではなくて、昭和二十年以降のことを封印してしまって、それ以前の昭和十年から十八、九年ぐらいのあのころのものだけを、いまだに大事にしているということですよね。

須賀　本当に、それは私も不思議だと思いましたね。だいいち、本の題に今、ヒットラーというのを使うというのは、これはもう本当に驚嘆に値することで、どうしてこういうものが出てきたのかと思って。ところが、ヒットラーもおそらく死んでいるからこの人はいいんじゃないかっていう感じがして。

川本　なるほど。

須賀　何でも死んだら美しさが出てくるという。

川本　この方のはもちろん政治的な意味のヒットラーではなくて、あくまでも美学としてのもので、特にナチスの制服ですよね。私は、制服に対する一種のフェティシズムというんでしょうか、あれだけはちょっと理解できないんですけどね。

須賀　私もわからないんですけど。

川本　ちょっとこの本から離れますけれども、ナチスの制服の話で、これは聞きかじりの話で、なるほどなと思ったんですけど、ナチスの制服というのはたしかに、あらゆる軍服の中でいちばんきれいなんだそうです。三宅一生さんなんかでも、一度でいいからああいうものをつくりたいとおっしゃるぐらいに、日本の陸軍のあのカーキ色のやぼったいのに比べると、たしかにきれいなんですね。特に親衛隊のものが。これには理由があって、もとをたどるとプロシアの制服から来ているんですけれども、プロシアというのは貧乏な国だったので、それまでヨーロッパの軍隊というのは……、あ、こんなことを須賀さんの前でお話しするのは恥ずかしいんですけれども。
須賀　いえいえ、知らないです。
川本　職業軍人、傭兵ですよね。ところがプロシアはお金がなかったので、傭兵は雇えなかった。すると、あとは国民皆兵、徴兵する以外ないわけですね。徴兵するときに、若い人たちを集めるためにかっこいい制服をつくったというんです。
須賀　ああ、そうなんですか。
川本　そこから始まっているんですって。
須賀　ヴィスコンティの『夏の嵐』の制服の話も出てますね。じつを言うと、私、あの映画はイタリアを好きになった原点の一つなんです。こんな美しいものが世の中にあるんだろうかと思って。制服というのか、すべてがきちんと整理されていて、それが全部裏向きだったんですけど、そのころはそこまでは気がつかなくて、こんなにきれいなものがあるんだろうかと。

川本　軍服というのもパラドックスであって、本来は戦争のためのものなんだけれども、それを使った途端に汚くなってしまうんですね。使わない軍服というのは本来パラドックスなんですけれども、だからいいというところがあるんですよね。この人は本当に、そういうパラドックスを生きている方ですね。

須賀　ほんと、そうなんですね。だから、どこかに書いていらっしゃいますよね、ヒットラーはひょっとしたら、ナチスの制帽の前に蝶々を付けたような美しい兵隊たちを夢見ていたんじゃないかって。そういうヒラヒラと蝶々が飛んでいるというような感じの世界、しかも死んだ蝶々が飛んでいるというような不思議な世界で、それも蝶であって、蛾ではないですね（笑）。

川本　蛾だったら、ぶち壊しになっちゃう。

須賀　本当に不思議な世界を文章の中で言ってらして。

川本　そういう意味では、ムッソリーニでは成り立たないんですよね。

須賀　だめですね、ほんと。

川本　ヒットラーじゃないとだめですね。

須賀　だからフェリーニではなくて、ヴィスコンティの世界なんですね。ヴィスコンティがやっぱり後ろ向きに生きていたということ。だけれども、この方はテレビの世界では後ろ向きなわけではないから。

川本　そうなんですよね。そこが不思議ですよね。最先端の人気のあるドラマを片方でつくっていらっしゃる方の一人になったときの書斎を開けると、蝶の箱が置いてあったり、剝製が置いてあったりという、不気味なことになるんですね。

（久世光彦『蝶とヒットラー』角川春樹事務所）

# 『脳に映る現代』

対談者　川本三郎

須賀　今日は養老孟司さんの『脳に映る現代』、毎日新聞社から出ている本です。養老先生は、私は初めどういう方か存じあげなかったんですけれども、『唯脳論』というのを読んでごらんとみんなに言われて、かなり過激だという感じがして。

現代は脳の時代であるというふうにおっしゃって、都会人というのはことに脳で考えて、人工的というのは全部脳のしわざだから、脳の中に住んでいるみたいなものだというふうに書いていらっしゃる。そんなに言っちゃっていいのかな、なんて最初は思ったんですけれども。だんだん読んでいくと、東京大学の解剖学の先生で、研究室でいつも「これ、かわいいでしょう」なんて言って、頭蓋骨をなでていらっしゃったりするというふうな方なんですね。そういうふうに毎日、私たちの日常とずいぶん違うこと、しかもある意味で人間の根源みたいなところを見ていらっしゃる方が、脳についての専門的なことでなくて、私たちにわかるように、わりあい易しい言葉でほうぼうの雑誌にお書きになったものを、この本に集めてあるということです。

最初のところはほんとに二ページか三ページぐらいの短い文章ばかりで、それがかなりパンチが利いているというのか、いろいろ面白いことが書いてあったと思いますが、先生はいかがでしたか。

川本　解剖学というのは盲点でしたですよね。そういう学問があったということをつい忘れていて、養老さんがものをお書きになるようになってから初めて、ああ、こういう学問があったんだということで。要するに骸骨の研究とか、死体解剖とか、そういうことを専門にやっていらっしゃる方で、つまり人生のいちばん最後をまず最初に見てしまっている人だから、あとはもう何も怖くないというところがありますよね。

普通の文明評論家とかエッセイストといわれている人のエッセイに比べると、何か距離感がある。自分の生きている社会を他人の目で見ているという、非常にクールなところがありますね。たとえば、環境問題なんかのことを書いているエッセイで……。

須賀　ありましたね。

川本　ちょっと普通の文学者はこういうことは言わないだろうと思うんですけれども、地球なんて人間がいるかぎり最初から汚れているので、環境問題について考えてもしかたがないから、私はいっさい発言しないと。ああいうことって、ふつうあまり言わないですよね。そういうことを言ってしまうというのは、すごいですよね。

須賀　そして、自然が変わるということは当たり前なんだから、自然において何が起こるか、じつは読み切れない、というふうに言っておしまいになる。「いま現在、世の中は落ち着いている。それはそれだけのことであろう」なんて言われてしまうと、頭を抱えてしまうんですけれども、同時になにか、ひょっとしたらそうかもしれないというような納得させられるところがあって。

川本　ありますよね。「いまさら環境などと言われても、俺の知ったことか、という気がする。その頃から手遅れなのである。以来私は、環境問題の議論はしたことがない」とか、「日本経済など、どうでもなれ。人類普遍の原則に立ったエネルギーの供給原則が要る。それが言えないなら、自分の一生だけ、大過なく過ごせればいい。そう思って、沈黙することである」とか、このへんはびっくりしてしまいますよね。

須賀　でも、それだけの距離をもってながめるということを、私たちは毎日していないから。

川本　そうです。それでびっくりしてしまうんですね、こういう視点があったのかと思って。

須賀　そうですね。たとえば鎌倉から毎日通っていらっしゃる。そうすると本が読めるというふうにそれを解釈なすって。じつに博覧強記な方で、私もびっくりするわけですけれども。三十六年の間に一万冊に近い本が読めるなんて、なにかものの見方が違いますよね。遠いところに住んでいると、朝早く起きなきゃならないとか私たちは考えるわけでしょう。そうじゃなくて、本が読めるからいいなんて言って、すましていらっしゃる。

川本　私も養老さんの本を読むようになって初めて知ったんですけれども、脳というのは何万年も変わってないんだそうですね。文明社会はこれだけ変わっているのに、脳というものは何万年も全然変わっていない。養老さんは何万年も変わっていない世界のことをやっていらっしゃるから、われわれの日常の生活の小さいことにあまりこだわらないんですね。
須賀　そうですね。だから、これだと宗教人やなんかも頭を抱えてしまうというような感じのところもあるんですけれども、その反面、人間はやっぱり宗教がなくては生きられないというようなこともはっきり言っていらっしゃるし。どこかにあったんですけれども、信じるということは人間にとってどうしてもやめられないことで、それが宗教を信じているか、そうでなかったら自然科学を信じているか、それも宗教の一種だというふうに言っていらっしゃるのなんか、とても面白いと思ったんです。
川本　ふだん私なんか、脳の働きなんていうことは日常生活で考えたこともないですね。自分の体のいちばん大事な部分なのに。
須賀　胃とか耳とか鼻とか、そういうものについては、しょっちゅう迷惑をかけられたり、迷惑をかけたりしているわけですけれども、脳なんていうのは痛いわけでもないし、だから本当に遠くにある。それを毎日見つめて過ごしていらっしゃるということですね。
川本　脳のいちばんの機能というのは予測と統御である。つまり、整理立てて人生を生きていくことに脳というものは活躍するんだ。それに対して身体、脳以外の部分というのは、どちらかというと自然状態で、脳に対して反乱を起こしているというか、自分の体の中でいつも脳と体がせめぎ合っているという感じがしてきますね、この本を読んでいると。
須賀　そうですね。それで、たとえば伝統とか文化というものは全部脳の産物なんだからというような見方で、だから、人の歴史は自然の世界に対する脳の世界の浸潤の歴史だったという。それが今、川本さんがおっしゃったようなことにつながっていくわけなんですね。
川本　それと、私は都市論をやっている人間なんですが、今まで都市論で誰も言われていなかったことがここに出てきて、ちょっと目から鱗が落ちた箇所があるんです。戦争というのは都市に不向きなものである。都市化社会になればなるほど、戦争というものはやりたがらない。つまり、都市というのは死体を排除する空間である、だから都市と戦争というものは相性が悪いという、あの発想は非常に面白いですね。言われてみれば、明治維新のときの戊辰戦争はたしかに江戸が負けるんですけれども、江戸という都市が九州の薩摩とか長州とか、いってみれば田舎のエネルギーに敗れていくという、あの解釈も非常に面白かったですね。
須賀　イタリアというのは本当に都市文化なんですね。ですから、たとえばイタリアなんかで戦争をした場合に、都市がやられるということはみんな決定的にいやなことだというので、戦争は嫌いだと言う。イギリスとフランスが昔、戦争したときなんか、私は映画でしか観たことないわけですけれども、広い野原で戦争している。そういう場所が、イタリアなんかあまりないんじゃないかという感じでね。

川本　そうですね。それこそロッセリーニの『無防備都市』みたいな感じになりますものね。
須賀　そうなんですよね。それから若い人たちに対して、こんなものなんだからゆっくり生きろというふうな態度は、とても新鮮で面白いんですよね。
川本　繰り返しお書きになっていることですが、解剖学なんていうのは大学の中であまり認められていないというか、その点をこの方は非常に冷静に書いていらして、要するに自分は無駄なことをやっているんだ、立派な学問なんかやっているんじゃない、道楽でやっているんだみたいな、その姿勢がいいですね。
須賀　ええ。私なんか自分が大学にいる関係で、大学論というのはとても気になるわけですけれども、役に立つことをやるのが大学じゃないはずだということを、若い人たちに向かってよく言っていらっしゃるというのも、大切なことだと思うしね。
川本　そうですね。一つ、これ驚いたんですけれども、東大医学部の標本室には、何人かの首相の脳が置いてあるって、これ初めて知りました。ホルマリン漬けか何かになっているんでしょうかね。
須賀　私、見たことあるんです（笑）。一週間ぐらい何も食べられなかった。よく覚えてないですけどたしか夏目漱石の脳もね。
川本　ああ、そうなんですか。
須賀　ですからこの本は、私はいろんな方が読んで面白いんじゃないかと思いますね。短いから、それこそ電車の中でも読めるし、とても新しい観点から、人生だけじゃなくて、人というものについて語っていらっしゃるというところが面白いと思いました。

（養老孟司『脳に映る現代』毎日新聞社）

# 『タンジール、海のざわめき』

対談者　川本三郎

須賀　この『タンジール、海のざわめき』は、ダニエル・ロンドーというフランスのジャーナリストが書いた本で、北代美和子さんの訳、河出書房新社から出ている本です。まず、表紙がとってもきれいで、私はじつをいうと最初に、ああ、この本、きれいだなと思って、なにか読んでみたいという気持ちになったんです。この、「海のざわめき」なんていうのは、いいですね。そんなに海のざわめきのことは書いてないんですけど。

私は北アフリカというのは全然知らないんですけれども、川本さんは？

川本　私も行ったことはありません。映画の知識だけですね。

須賀　最初にあるのはポール・ボウルズのインタビューみたいな感じで、アメリカ人でタンジールにずっと住んでいる彼を訪ねていく話です。最近の『シェルタリング・スカイ』という映画がこのボウルズのものなんですね。ごらんになりました？

川本　ええ。

須賀　いい映画でした？

川本　ええ、非常に面白かったですね。このベルトルッチの『シェルタリング・スカイ』という映画があったおかげで、今まで日本ではほとんど無名といってよかったポール・ボウルズという作家が、日本でも知られるようになったし、あの時代、第二次世界大戦の直後ぐらいかと思いますが、タンジールというモロッコの小さな町にアメリカの作家たちが惹かれて行ったという事実がわかってきたんですね。

　この本の帯にトルーマン・カポーティの言葉がついていますけれども、カポーティも戦後、一九四〇年代でしょうか、若いころにタンジールという町に魅せられて、ここで過ごしているんですね。一九二〇年代、三〇年代のパリにアメリカの作家、ヘミングウェイやなんかが行きますね。あるいは亡命ロシア人が行ったりして、パリが一つの文学的な空間になっていきます。あれとちょうど似たようなことが、モロッコのタンジールというところで起きていたんですね。私もこの本を読んで初めて、こんなにたくさんの作家がタンジールに惹かれていたのかということがわかったんです。

　名前を挙げると、ポール・ボウルズ、その奥さんであるジェイン・ボウルズ、それからさっき言いましたトルーマン・カポーティ、それからカポーティの天敵で大喧嘩していた作家でゴア・ヴィダルという人がいるんですけれども、その人とか、それからフランス人の……。

須賀　ポール・モラン、これもびっくりしましたね。

川本　じつはポール・モランの原作で『ヘカテ』というのがありますが、これはダニエル・シュミットという人が作って映画になりまして、これがタンジールが舞台だったですね。

須賀　そうですか。私はイタリアやフランスにいて、タンジールから来た人というのには会うわけですけれども、今まで興味を持ったことがなかったんですね。それでこれを読んで、ああ、素晴らしい熱気に満ちた時代がそんなところであったんだなという感じで。

表紙の裏に、「目の前にあるのに決してたどり着けぬ白い街々。花々と木々の上に三つの美しい雲。そして、わたしの奥底にいたるまで、海のざわめき」というきれいな文章が出ていますけれども、そういう自然の美しさというのもたしかにありますけれども、作家たちがそこにたむろしていて、最後のほうに元スパイをしていた人がいろんな作家と一緒に食事をしたりしていたという話がありますが、ああいうのを読むと、ああ、なんか面白い時代があったんだなと思って。

川本　ジブラルタル海峡を隔ててスペインに面している、ヨーロッパにいちばん近いアラブ世界ということで、ヨーロッパ人から見ると、ちょうど日本人にとっての香港とか上海みたいな雰囲気でしょうかね。

須賀　そうなんでしょうね。昔の戦争中の上海みたいな感じがしますね。だけど、ああいうところに日本人の作家というのは、それほど行ってなかったんじゃないですか。もっとこういうふうに出ていけばいいんだなという感じを受けましたけどね。

川本　そうですすね。

**須賀**　アメリカの人たちとフランスの人たちというのはそんなに交わってはいないんでしょうけれども、なにか自分たちの国で閉め出されたというような感じの人たちが集まった。たしかにこの人たちは、中に入れなかった、ある意味での落ちこぼれだったわけですよね。そういう人たちが一時代の文学を作りあげて、それをあとから映画が追っているというのも面白いですね。

**川本**　そうですね。それと、これはこの本の中にはあまり書かれていないことなので、言っていいのかどうかわからないんですけれども、トルーマン・カポーティのタンジールについて書いたものやなんかを読みますと、なぜ彼らがみんなタンジールに行ったのかというのは、じつは二つ隠れた理由があって、一つはここにもちょっと出ているんですけれども、ドラッグですね。

**須賀**　キフ。

**川本**　ええ、キフという言葉で出ていますね。おそらくこれはグラス、マリファナだと思うんですけれども、マリファナが自由に吸えたということが一つあると思うんです。それが非常に芸術家たちを引きつけた大きな原因ではないかと思うんです。

もう一つはゲイ……、つまり美少年を買うんですね。カポーティなんかははっきりゲイですから。当時まだゲイなんていうのは当然異端者ですから、世に容れられなかった人にとっては、ここに行くと男同士で歩いていても誰も何も言わなかったというのは一つありますね。

須賀　それと、ひょっとしたら、スペイン側に近いから、何かがあったときにすぐ逃げられるということもあるんじゃないかと思いますね。
川本　それもありますね。
須賀　アラブの世界というのは、いわゆる西洋の道徳というものがそれほど気にされていないから、楽だというのがあったと思います。今、東京もそういう意味で、ゲイの人たちが世界中から集まってくるというふうに言われていますけれども。
　それから、とってもいいと思ったのは、タトゥーフェ村ジャジューカという山の中に、ミュージシャンを訪ねていくという。
川本　これは私もびっくりしたんですけれども、当時ヒッピーたちの間に、たとえばインドに行くとかチベットに行くとかというのが流行しましたよね。それと似たようなものがあって、イギリスのたしかビートルズもこのへんへ行っていると思うんですけれども。ローリングストーンズ、とくに若くして死んだブライアン・ジョーンズが、タンジールとタンジールの郊外の村に非常に惹かれて、とくに民族音楽、太鼓と書いてありましたか。
須賀　そうです、タムタム。
川本　その民族音楽に惹かれて、村人たちと一緒に演奏したり聴いたという、このエピソードはすごくいいですね。
須賀　素晴らしいですね。汚い、水のない村なんですね。そういうところで、子供が鈴なりになってついてくるというようなところにミュージシャンが行って、「玉杓子でレンズ豆の料理をかき回している」なんていうのを読むと、聖書に出てくるときから変わっていない世界みたいな感じがして、とても面白いと思いましたね。

川本　私、じつは一昨年、ローリングストーンズの本を翻訳したんですね。それからもう一つ、トルーマン・カポーティの本も翻訳したことがあるんです。だから、私の好きなカポーティとストーンズがタンジールで結びついたので、びっくりしちゃいましてね。いまだに村人がブライアン・ジョーンズのことを慕っていて、彼がいなくて私たちは寂しいと言っている。ブライアン・ジョーンズというのは、ストーンズの中のいちばん優れたミュージシャンだったんですけれども、若くして自宅のプールで溺れ死んでしまったんですが。

須賀　タンジールなどはある意味でかなり苛酷な植民地主義でフランスにやられていた町だと思うんですけれども、そういうところに西欧社会の弱者が集まって、そういう人たちがモロッコ人とつながって新しいものを生み出していった。たとえばヨーロッパに残って抵抗運動をした人たちは、キリスト教民主主義なんて古くさいことを言って、日本の自民党みたいになってしまったわけですけれども、こういうところの人は何も言わないで遊びにいって、結局新しい文化を生んだということに、私は非常に希望を感じました。

川本　亡命地としてここがあると考えると。

須賀　そうですね。ただ、私、一つだけ感じるのは、北アフリカとかアラブの世界というのは、女にとってはとても一人で行けないところなんですね。

川本　それはあるでしょうね。

須賀　ええ。私、アデンに行ったことがあるんですけれども、本当に絶対に女は歩けないという感じで。ですから、こういう本で楽しめて、とてもよかったです。

（ダニエル・ロンドー『タンジール、海のざわめき』北代美和子訳、河出書房新社）

# 『パリ時間旅行』

対談者　川本三郎

川本　須賀さんはこの夏のヴァカンスは、どこかヨーロッパにはお出かけになるんですか。
須賀　いえ、行きたいと思っていたんですけれども、結局、暇になるときはいちばん混むときだものだから、それなら日本でパリの話でも読んでいたほうがいいと、そういう感じです。
川本　今日はそういうことで本で旅行してみようということで、フランス文学者の鹿島茂さんのお書きになった『パリ時間旅行』です。
　鹿島さんは三年ぐらい前に、『馬車が買いたい！』という、十九世紀のフランスの生活風俗史というんでしょうか、それを馬車というものに焦点を当てて書いた、非常に面白い本をお書きになった方です。今度の『パリ時間旅行』も、タイムマシーンに乗って十九世紀のパリを旅してみたらどんな風景に出会えるか、といった意味だと思うんですが、よく十九世紀のロンドンを語るときに「シャーロック・ホームズのロンドン」というような言い方をしますね。その言い方に倣うと、鹿島さんの本は「ボードレールのパリ」とか「バルザックのパリ」とか、あるいはもうちょっと時代が下がって「プルーストのパリ」とか、だいたい十九世紀半ばぐらいから二十世紀初頭ぐらいのパリの街の様子について、非常に生活感のある描写を丹念にされていまして、写真もとても豊富です。鹿島茂さんという方は稀覯本マニアとして有名な方で、パリの古本屋さんに行っては貴重な本をたくさん買われてきて、そこから写真も採っているので、珍しくて面白い写真がふんだんに入っています。

この中に、まず最初にパリのパサージュ論というのがありまして、パサージュというのは屋根つきの商店街とでもいえばいいんでしょうか。ここに書かれてあるパサージュには、須賀さんも行かれたことがありますか。

須賀　いえ、私がびっくりしたのは、二年もパリに住んだことがあるのに、一つも知らないんです。

川本　じゃあ、フランス人の間でもかなり珍しいところなんでしょうか。

須賀　いや、私がよっぽどぼやっとしていて、お金がないのでなるたけ動かないようにしていたという感じなのかもしれませんが、これを読んでびっくりいたしました。イタリアは、ミラノなんかにはよくそういうものがあるんですけど。

川本　東京でいうと、たとえば浅草の仲見世みたいのをイメージすればいいんでしょうか。

須賀　天井があるわけですから、むしろ京都の錦小路みたいな感じで、もっとしゃれているというのか。でも、あれほど賑やかではないですね。

川本　そうなんですね。これを読むと、十九世紀にできた商店街なので、現在では非常に寂れているところが多い。名刺の印刷屋とか古本屋とか、あるいは楽器の修理屋とか、そういうあんまり現代的とはいえないようなお店が並んでいる。だから逆に十九世紀のフランスを愛している鹿島さんにとっては、そこが非常に素晴らしい場所になるんですね。

須賀　パリでこういうものを自分が見たことがないのが、どういうわけか全然わからなくて、本当に狐につままれたような感じでこの最初の部分は読んだんです。

川本　このパサージュというのは、十九世紀に非常に栄えたらしいんですね。ところが、デパートができてから急速に寂れてしまって、この文章にもありますが、「それ以後、二度とかつての輝きを取り戻すことはなかった」と。だから、忘れられてしまった場所なんでしょうね。それゆえに古いものが自然なかたちで残っている、いい場所なんでしょうね。東京の下町の路地とか、駄菓子屋がまだ残っているような雰囲気でしょうかね。

須賀　こういうところに必ず出かけていって、そこで用を足す人たちというのがまたいるわけなんでしょうね。うちはあそこの店しか行かないというような人たちが、こういうところを支えているということで。

川本　楽器の修理屋があるというのがいいですよね。鹿島さんがお書きになっていたけれど、日本は使い捨て文化だけれども、フランスはまだ修理文化が残っている。面白いですね。だから修理屋さんというのがまだちゃんといる。いま本当に日本では、修理屋さんというのがどんどんなくなっていますよね。

須賀　なくなりますね。私なんかでも、何か古い大事なものを修理したいと思って持っていくと、必ず「新しいものをお買いになったほうが得ですよ」と言われる。それでもうがっかりして、その店全体がいやになってしまうんですけどね。
　それから、ライトのこと、面白いですね。
川本　ああ、光のところ、面白かったですね。つまり、街に光がつくようになったのは十九世紀に入ってからで、それまでは街というのは真っ暗闇だった。最初は蠟燭の灯で、それからガス灯になって、だんだん電気になっていくんですけれども、鹿島さんがお書きになっている十九世紀というのは、蠟燭からガス灯に変わるころでしょうかね。結局、街がそういうふうに明るくなったために、ボードレールのように街を歩く楽しみというものが生まれていったという。
須賀　そうなんですね。
川本　それからもう一つ面白かったのは、なるほどと思ったんですけど、革命が起きたときに労働者たちがまず何を壊すかというと、街灯を壊したというんですね。明るいところにいると逮捕されるというのか、あれは面白いですね。
須賀　それから、百九ページに図版が載っていますけれども、その暗さというのがとってもよく出ている。たとえば中世のヨーロッパのものなんか読んでいて、ああ、この暗さの怖さというのは私たちにはわからないんだろうなとよく思うんですけれども、こういう図版を見ると、本当に暗かったんだなという感じがします。

川本　今でもフランス人って間接照明が好きですよね。食事のときに、蠟燭をつけたりしますよね。

須賀　そうですね。鹿島さんも書いていらっしゃるけど、ちゃんとした食事には蠟燭というふうになっている。

川本　あの話も面白かったですね。ユーゴーの『レ・ミゼラブル』の中で、なんとなくわれわれはただ燭台、蠟燭だというふうにしか思ってなかったんですけれども、それがじつはただの鯨、獣の脂からとった安物の蠟燭ではなくて、蜜蠟の蠟燭で神父がジャン・ヴァルジャンをもてなしたので、ジャン・ヴァルジャンが蜜蠟でやってくださったと感動したという。

須賀　ミサのときなどは、蜜蠟の蠟燭でないといけないというんですね。ですから、非常に高価な蠟燭だったんだろうと思います。ジャン・ヴァルジャンが出てくるとは思わなかったから、びっくりしました。

川本　今でもパリではよくあるんでしょうか、この蜜蠟の、蠟燭（ブジ）と書いてありますが。

須賀　今でもありますけれども、このごろはイタリアなんかでは北欧の蠟燭をよく売っているんですね。それはおそらく魚の脂からとったとか、そういうものだと思います。私は嫌いなんですけど、このごろヨーロッパ人でも若い人たちは、香料の入った蠟燭というのが好きで、それを部屋に置いておくと、たばこの煙が天井に上がって空気が清浄になるというようなのを使ったりしますね。
　私たちは、西洋の部屋というのは究極的にはシャンデリアなんかがあるんじゃないかと思うのに、案外暗いわけですよね。谷崎さんが『陰翳礼讃』で、西洋人は明るくすると書いていらっしゃるけれども、あれはおそらくアメリカの一九二〇年代の明るさで、ヨーロッパはずっと暗いですね。
川本　蠟燭文化ですね。部屋は間接照明で。
須賀　こんなたくさんに明かりがついていなくて、お互いの顔がはっきり見えないような中で、夜中までみんなしゃべっているわけですからね。
川本　谷崎の『陰翳礼讃』の中で、味噌汁のあの色というのは本来、行灯の光で食べるものので、煌々とした電気の下で食べる色ではないということを書いていますけど、あれなんかは本当に納得しますね。
須賀　西洋でも食器のボーンチャイナみたいな白さというのは、やっぱりあまり光のないところで見るのがきれいなんじゃないかと思うんですけどね。だから、西洋人は今あれを読むと、日本って素晴らしい国だなと感激するんですけど、私はあれは事実としてはずいぶんおかしいんだという気がします。
川本　この間、須賀さんと対談されていたフランスの映画監督のアラン・コルノー、『めぐり逢う朝』の監督でしたか、あの人が谷崎の『陰翳礼讃』を好きなんですね。
須賀　好きなんですね。でも、あんなことはヨーロッパだってちゃんとあったことなので、あれを読んで日本って素晴らしいと思うのは間違いで、あれは谷崎の美学だというふうに読まないとおかしいと思うんですけどね。

川本　本にもどると、もう一つ面白かったのは、十九世紀のパリの街角の写真がいろいろ出ているんですが、そこにいろいろな行商人がいるんですね。野菜売りとか花屋さんとかいるんですが、笑っちゃうのは、街角に犬や猫の毛づくろいをする人たちがいるとか、山羊を連れている人がいて、何をしているかというと、山羊の乳を飲ませる人で、この時代からかなり細かく職業が分化されているというのが面白いですね。

　この中に鹿島さんがこんなことをお書きになっているんです。現代のパリには、十八世紀や十九世紀の建物がまだたくさん残っている。つまり、非常に古い街なんだ。だからパリというのは素晴らしいんだ。東京のように新しい建物しかない街に住んでいる人間から見ると、そこがパリのよさなんだなということがわかりますね。

須賀　こういうのを読んで、もう一回パリへ行くと、ずいぶん旅行者も面白いのでは。

川本　パサージュはぜひ行ってみたいですね。

須賀　そうですね。

（鹿島茂『パリ時間旅行』筑摩書房）

# 『歩くひとりもの』

対談者　川本三郎

川本　今回は津野海太郎さんの『歩くひとりもの』、思想の科学社から出た本です。津野海太郎さんは、晶文社で編集に携わられている方で、年齢は今五十代半ばぐらいでしょうか、私はこの本を読んで初めて知ったんですけれども、独身なんですね。五十代半ばで一度も結婚したことがないという、シングル・ライフを楽しんでいる方なんですが、その人がひとりもののつぶやきみたいな、日々のひとりものの暮らしぶりを綴ったものです。

　今まで類書としては、この本の中にも出てきますが、フランス文学者の海老坂武さんの『シングル・ライフ』というベストセラーになった本があります。あれはどちらかというと、シングル・ライフとは何かというようなわりと硬い本だったのに比べると、津野さんは別に思想で、独身主義でこうなったわけではなくて、気がついたら独身だったという、そのへんの自然な構えがなかなかいいですね。

須賀　とっても楽しそうに書いていらして、私もひとりものだものですから、なんかとても面白くて、どんどん、どんどん読めちゃったという感じで。ひとりものというのはこういうものだなという楽しさが隅々にあふれていて、なかなかいい本ですね、これは。

川本　私は結婚しているんですけれども、男はだいたいそうだと思うんですけど、みんな独身生活に憧れるんですよね。

須賀　男の方っていうのは、もともと独身みたいなものなんでしょう。どうもそういう感じがするんですけれども。

川本　こんなことは家庭があるとちょっとできない生活なんです。たとえば、毎年十二月三十一日に独身の仲間たちが集まって、恒例の行事があるというんですね。何をやるかというと、十二月三十一日に集まって、お酒を飲みながら夜を越して、この年は御徒町のタカラ・ホテル裏の韓国食堂でお酒を飲みながら紅白歌合戦を見て、それからみんなで浅草の観音様、神田の神田明神、それからなぜかニコライ堂、それから新宿の花園神社にと、初詣のハシゴをする。こういうことは独身じゃないとできないですよね。

須賀　それも男の独身ですね。やっぱり男の人って、独身という自由があると出ちゃうんだなと思って。私なんかはひとりになってから、最初はやっぱり寂しいんですね。ことに東京というのは、ひとりでいることがわりと普通な都市でしょう。ミラノはそうじゃないんですね。すべてが夫婦でやるようになっている。東京に帰ってきてから私はだんだんその技術を身につけてきて、かなり楽しい。家の中でも自由にできるということが、一つには仕事と切っても切れないつながりになっていると思うんです。

川本　東京って今、世帯のうちの三分の一が単身者なんですって。

須賀　そうなんですか。
川本　ものすごい数なんですよね。三分の一がひとり暮らしなんですって。
須賀　私、今から三十年ほど前にロンドンで三月《みつき》ぐらい暮らしたことがあるんですけど、そのときに一人前のサンドイッチというのを売っているんですね。私はもうびっくりして、これはすごい町だと思って。そのころ東京ではそんなこと考えられなかったから、ああ、これはなんか寂しいところなんじゃないかと、まだ若かったから思ったんですけれども、今はやっぱり東京がそうなっている。大きな都会になると、そうなるんでしょうか。
川本　そうなりますね。都会生活というのは、ひとり暮らしが楽にできる。つまり、食べ物屋さんがたくさんあるし、夜をひとりで遊べる空間はたくさんあるし。田舎ではなかなかひとり暮らしというのはつらいものがあると思うんですけれども。周りの目もあるし。
須賀　「ひとりものの部屋はなにに似ているか？　棺桶に似ていると私は思う」、なんていうのはおかしいですね（笑）。
川本　あれはおかしかったですね。
須賀　この方、語り口がとっても軽妙で、そしてあったかくて、面白いですね。
川本　暮らしぶりも本当に構えていなくて、たとえば服装に関しては、自分はもう何年間もジーンズと赤いタータンチェックのシャツで通しているとか、靴下も履かないとか。それからいちばん驚いてしまうのは、タイトルが『歩くひとりもの』とあるんですが、この人は歩くのが大好きな人らしいんですね。私も歩くのは相当好きなほうなんですけれども、この方にはかなわないと思ったのは、荻窪に住んでいるというんですが、夏の暑い盛りに池袋まで歩くというんですね。
須賀　そう、かなり極端な方ですね。
川本　これはかなりすごいですね。
須賀　私も、都市に住んでいたら、やっぱり歩かなきゃ損という感じはあるんです。ずいぶん車でも動くんですけれども、車でやることと自由に歩く時間というのとをまったく分けてあって、靴も違う靴というふうになっている。東京はことに歩くと面白いですね。
川本　面白いですよ。だから、東京の人間ほど車に乗らないですね。それは鉄道も発達しているということもあるんですけど、やっぱり街を歩いていて楽しいからですよ。
須賀　そうですね。ことに地下鉄というのは、ずいぶん残酷でしょう。あれに運ばれていってしまうという感じで。最後のほうに「歩く老人」というのがあって、とってもよかったですね。
川本　高麗屋さんのことが書いてある。ほんと、男にとってはこういう独身者というのがうらやましくてうらやましくて、私の身近なところでは映画評論家の淀川長治先生、あの方がずっとおひとり暮らしなんですよ。あの人は映画と結婚したと言っていらっしゃいますけれども。八十過ぎてからは、ホテル暮らしなんだそうですね。六本木のアークヒルズの全日空ホテルにいらしたり。年とってからひとりでホテルで暮らすというのは、わりといいものなんだそうですね。

須賀　いいでしょうね。昔、誰だったかな、帝国ホテルに住んでいる人がいて……。
川本　藤原義江が帝国ホテルに住んでいましたね。
須賀　そうでしたっけ。ときどき食堂などでお見かけして、父が「あの人はここに住んでいるんだ」と言って、私は尊敬の念でこういうところに住める人っていいなと思っていたんですけど。
川本　田中絹代もそうでしたね。それから作家の野溝七生子さん、あの方も晩年は新橋の第一ホテルにずっといました。ひとりものにとっては、ホテルにいると掃除はしてくれるし、新橋だと一歩外に出れば、安くておいしい食べ物屋さんや居酒屋がたくさんあるので、こんなにいいものはないと言っていました。
　この人はひとりものだから、料理も自分でするらしいんですけれども、あんまり凝らないところがいいですね。
須賀　あれ、よかったですね。私も大賛成です。だしを取るのに、一番だし、二番だしなんて言っていなくて、ざっと全部やって、そういうお料理の本のほうが自分には合っているという。
川本　あれ、いい話ですね。おいしいかつ節を食べるために築地まで行って、一本三千円ぐらいのかつ節を買ってくるよりも、そのへんのお茶屋で売っているものでいいじゃないかという、あの考え方はいいですね。
須賀　そう。本当にそういうものに凝りだすときりがないし。

川本　それに縛られてしまいますよね、逆に。
須賀　私なんか何でもいいという感じで、それも自分で少しずつ覚えていって、あるものをおいしく食べるということで。それから、ひとりでよそに食べに行っても、心細い気持ちになってはいけないという練習をしたんです。そうするとずいぶん楽しくなって、女が家の中を汚くしているとかいうことに、もう気をつかわないことにしたんです。
　本を破るという、あれは面白いでしょう。
川本　雑誌や本はわれわれはふつう一冊まるまる取っておくんですけれども、この人は植草甚一さん仕込みらしいんですけれども、必要なところだけビリビリと破って取っておく。
須賀　本というのは子供のときから大事にしなさいと言われているから、どうしても破れないんですね。でも、やっぱりそういう細かいところから一つひとつ独身術をこの方は築き上げていくという感じで。
川本　それもほとんど気張っていなくて、楽しみながらしているところがいいですよね。それから、本を読むのが大好きなのはいいんですけれども、電車の中で読んでいるだけじゃなくて、歩きながら読んで、御茶ノ水の駅で電車を降りてから、まだずっと本を読んでいた。その本がなんと、須賀敦子さんの『コルシア書店の仲間たち』だったというのもいいですよね（笑）。
須賀　ほんとに事故に遭わないで（笑）。
川本　本当にこれは男が読むとうらやましくなるような本です。

須賀　いや、女でもみんなうらやましいんじゃないでしょうか。やっぱり私、ことに女の人は、夫婦になっても独身の自由というものを持ち続けなければいけないと思うんですね。そういう意味で、大事な本ではないかと思います。

川本　そうですね。

（津野海太郎『歩くひとりもの』思想の科学社）

# 『感受性の領分』

対談者　三浦雅士

須賀　今日は『感受性の領分』という、岩波書店から出た長田弘さんのものなんですが、短いエッセイが五十ほど入っていて、それからあとにもっともっと短い文章が「神の派遣したスパイ」という題で入っているエッセイ集です。

ちょっと何か難しいような感じがして飛ばし読みにしたところもあるんですけれども、静かな感じというのがいいなと思った文章がいくつかありました。とくに自然を見て書かれたものが、私はこの方の中でいちばんいいのかなと思って。

ずっと読んでいくと、後ろのほうに文章を書くというようなことをご自分で書いてらして、詩人が書いた散文というのは面白いこともあるし、つまらないこともあるんですけれども、この方の場合はずいぶんいい文章だと思いました。三浦さんは？

三浦　ええ。だいたい新聞のスペースって限られていますでしょう。限られたスペースに心を通わせ合うような感じの文章というか、そういうものを書くことを求められる場合が、とくに詩人の方というのは多いんじゃないんでしょうか。そのような意味で最もうまく仕上がっている文章が五十数編並んでいるという印象ですね。

今須賀さんが「静かな」とおっしゃっておられた一つの理由は、場所をめぐって書かれた文章というのが前のほうにかなりあるわけですね。表題で申しますと、「土の道」「街歩き」「川沿いの道」「路面電車」「寄席」、そのあと「美術館」とか「動物園」とかがつづきますね。それで、ああ、そうか、そういうふうに言われてみるとたしかにそうだな、というようなことをピタッととらえて、それが何節か、非常に記憶に残るような言葉で書かれている。そのへんはやっぱり、詩人の言葉の技術だなと感心しました。香りがすうっと漂ってくるような感じでしょうか。

須賀　詩人が書くものというのは、私はふつうはあまり好きじゃないんです。というのは、詩で勝負してほしいというところがあるんですけれども、でも、こうやって読んでいると、たとえば猫なんかを見ていて、「猫は毎日を生きるのにじゅうぶんなだけの自然を、ちゃんとじぶんにもっている生きものだ」というようなことを言われると、ああ、なるほど、すうっと前を通っていく猫がこういうふうに見えて、こういう文章に固められるんだなという感じ、ちょうどゼリーの材料を私たちはしょっちゅう見ているけれども、それが冷蔵庫に入れられてゼリーになって、そのかたちがぱっと目の前に出てくるような文章が、私は面白かったと思ったんです。

三浦　そうですね、すごく面白かったですね。それと、人に関してもそうなんですね。猫の話でちょっと思い出したんだけど、中に音楽について書いた文章があって、このエッセイ集の中でも白眉じゃないかと思うのは、ベートーヴェンの弦楽四重奏……。
須賀　そうそう。
三浦　全曲演奏をやった。それで上野の森に毎月一度通った。いつもだいたい同じ席で、目の前に常に座る感じのいいおばあさんがいらした。というふうなことを書いていて、その人が演奏が始まるとだいたいすぐに眠ってしまう。そして終わると同時に目を覚まして、盛大な拍手をする。それじゃ、それを聴いていないのかなと思うと、違う。次の月に行くと、またいらして、同じように眠って、盛大な拍手をして、いかにも満ち足りたというふうな笑みを浮かべて、というふうな。それを書いていらっしゃるのが、たいへんうまい書き方ですよね。
須賀　私も、この文章は本当に素晴らしいと思いました。「演奏が終わると目を覚まして微笑と拍手をおくり……」。
三浦　そうなんですよね。「わたしは、弦楽四重奏曲全曲よりも銀髪を束ねた小柄な一人のおばあさんの居眠りに、音楽のくれる明るい秘密をおしえられたのだった」とあるけれど、なかなかですよね。これは感心しましたね。
須賀　ほんと、私も。それでそのおばあさん、なんか知ってる人かなという感じがして、私たちの中にいるおばあさんというのか、そういうものがいて。
三浦　ああ、それは面白いですね。たしかにそうですね。僕ら自身の中にも、そういう存在が潜んでいるというか。

須賀　何かいるんですよね。だから、この人が見てくれたおかげで、そのおばあさんが外に出てきたという感じで、みんなの共有するおばあさんになって。それもしかも、ふつうベートーヴェンの弦楽四重奏曲というと、そういうことは考えませんよね。

三浦　まずベートーヴェンの弦楽四重奏曲というと、哲学的かつ内面的で、思想的で、非常に深い……。

須賀　真面目に聴かなきゃいけないとかね、そういう感じがあるのに、とっても安心してしまうし、これなら音楽会に行ってもいいんじゃないかという、そういう何か優しさというものがあって。それが最初のほうにあった寄席のところでも、寄席が町にあるというのはとてもいいというようなことで、真面目に聴かなくてもいい、「場内はもちろん室内にはちがいないが、芝居や音楽とちがって水をうったような沈黙にしばられたりしない」というふうに、何かこういうことを書かれたときが、いちばんこの方が自由みたいな気がしてね。

三浦　たしかにそうですね。先ほど僕、場所というふうに申しあげましたけど、場所と人物というと、むしろ猫も人物のうちというふうに含めてしまって考えてみると、どうも生き物に関して敏感に反応してくれたほうがいいみたいな感じがしますね。場所のときは、ちょっとスタティックで、ある意味でいうと回顧的というか、長田弘も年をとったかというう感じがするときがあったりするかな。

須賀　チンチン電車なんていうのは、私なんかこの方よりももっと年上だから、私の思っているチンチン電車というのはもっと古いわけですよね。都電なんておっしゃるけれども、私どものころは市電と言っていましたから。だから、それはもうどっちでもいいという感じがして。ですからそうじゃなくて、ほんとにときどき、あっと思う自由な感じを……。

三浦　たしかに人間というか、例の『荘子』とか『老子』とかの中の『列子』、中国の古典に出ている話が僕はいちばんいいというふうなことをお書きになっている。あれもどちらかというと人間に対する関心で、孔子なら孔子のことを書いているその書き方が面白いという、ここをもっと出してくれるといいなと思ったんです。

須賀　そうですね。

三浦　クラーク博士もそう。

須賀　あれも面白かった。

三浦　面白かったですね。「ボーイズ・ビー・アンビシャス」のクラーク博士。

須賀　そう。この人はこうですよとか本に書いてあるふうには言わなくて、この方自身の生き方みたいなものをそこに絶えず染み込ませていくところが面白い。それがちょっと過ぎるところもあるんですけれども。

三浦　それもまたそれで味があるというか。

須賀　本当に私は何かゆっくり読めて、そういう意味でよかったなと思いました。

三浦　クラーク博士にしても、僕らの場合は「ボーイズ・ビー・アンビシャス」ということしか知らないし、札幌農学校の前はボストンで非常に有名な人だったと。

須賀　あれ、びっくりしましたね。
三浦　須賀さんがびっくりしたとおっしゃったのは、そのあとの話ですよね。つまり、『クラーク　その栄光と挫折』という本のことを紹介しながらお書きになっていらっしゃるんだけれども、かいつまんでそのポイントを紹介しながらも、なおクラークという人の人柄をぱっと浮かび上がらせて、しかも日本の近代というふうなもののかたちをちょっと考えさせる。この短い文章で、非常にうまいものだなと感じますね。
須賀　そうですね。一冊も本を書かなかったし、雄弁に優れながら、演壇に立って広く注目を浴びることもしなかった。結局、平凡なおじさんだったんじゃないかという感じがあって、おかしかったですね。
三浦　おかしいですよ。それで、平凡なおじさんだったんだという話をしていて、しかもクラーク博士の「ボーイズ・ビー・アンビシャス」というものが日本なり日本の文学にどんなふうに受けとられたかということも考えさせるでしょう。人のことについて、もっとうんと書いてもらったらいいなという感じでしたね。
須賀　それで、何ていうかな、人が油断しているようなところを、ぱっとつかまえて見るという、表向きの人間じゃなくて後ろから見られているという感じで、こういうのをもっと書かれてほしいですね。
三浦　本当にそう思いました。詩人という立場というと変ですけれども、そういう一種の責任のようなことから、言葉に関しての文章も多いわけで、そちらのほうももちろん素晴らしいんですけれども、それ以上に、人について書いたものが面白い。

須賀　本当にそう思います、私も。何か珍しい人に対する切り口というのか、そういうものがあって、案外どっきりするんですよね。

三浦　そうですよね。いちばん最初に申しあげた、音楽会で銀髪のおばあさんが居眠りをしている云々という文章にしても、河上徹太郎とか小林秀雄の有名な話があるでしょう。「僕も最近、ようやく音楽会場で眠れるようになった。それは素晴らしい進歩である」というふうなことを言ったという話、あれをちょっと思い出して、そっちよりもこっちの話のほうがうまくできているんじゃないかと思って。

須賀　おっしゃるとおり、これは本当におそらくこの中でいちばんいい文章ですね。

三浦　たしかに先ほどおっしゃっておられた、僕らの中に潜むそういうおばあさんというか、それは決して居眠りのことじゃなくて、僕らの中にもそういう要素があるというようなことですね。

須賀　それで安心するというか。

三浦　それが感受性の領分というところかなという感じですね。

須賀　そうですね。

（長田弘『感受性の領分』岩波書店）

# 『すべての火は火』

対談者　三浦雅士

須賀　これはフリオ・コルタサルという人の『すべての火は火』という難しい題なんですけれども、木村榮一さんの訳で、水声社から出た本です。このコルタサルという人は、もともとはアルゼンチンの人で、一九一四年に生まれて八四年に亡くなっています。ブラッセルで生まれて、パリで死んだという、ヨーロッパに非常に長いこといらっしゃった方で、お父さまはたしか外交官か何かだったと思います。

この本には「南部高速道路」ほか八つの短編が入っていますが、三浦さんは何かお好きな文章はありました？

三浦　全体の印象で言いますと、ボルヘスは別格として、ガルシア＝マルケスだとかカルペンティエールだとかという人たちの文学が、もうこれは本当にラテンアメリカだ、南米でなければ出てこないんじゃないかというふうな、マジックリアリズムと言われていますけれども、ゴシックというか、バロックというか、なにかそういうふうな……。

須賀　不思議な世界。

三浦　そういうのがありますでしょう。その中ではコルタサルがいちばんラテンアメリカ的じゃないというか、ラテンアメリカの土俗性を感じさせるのが少ない、ヨーロッパ的なタイプ、どちらかというとフランス文学っぽいというか、そういう感じがしてましたよね。その意味でいうと、オクタビオ・パスもヨーロッパっぽい知性だと思うのですが、そのパス以上にヨーロッパ的という感じがしました。
須賀　私もそう思いました。
三浦　そういう人なんですけれども、今回の『すべての火は火』という短編集、須賀さんがおっしゃったように八つ収まっているわけですが、それを読みながら、しかし、やはりコルタサルはラテンアメリカの人なんだなということを感じましたね。そこが面白かったですね。
須賀　そうですか。私はこの人、ずいぶんヨーロッパ的だなと感じながら読みました。それから、舞台がヨーロッパになっているものが多いですね。
三浦　そうですね。「南部高速道路」という冒頭の短編にしても、南部というのはつまりフランスの南部ですよね。
須賀　ええ、パリから南フランスに行く高速道路の話です。
三浦　その高速道路で車が渋滞して、あろうことか、渋滞したままで一年が過ぎちゃうという。それが何か、いかにも本当に自然にそんなことが起こっていったという感じで。
須賀　でも、ありそうですよ（笑）。

三浦　読んでいると、本当かもしれないと思わせるようなね。
須賀　私ね、こんなことになったらどうしようかと。
三浦　みんな車の中で、たまたま隣に停まった車といろいろ協議をしながら、生き延びていくためにあれこれ算段をするわけですよね。そのうちに渋滞がだんだん解消されて、だあっと走り始めると、みんなまたばらばらになっちゃう。そして、よく考えてみると、それが一年の間に起こったという。きわめてシュールレアリスティックと言っていいかどうか。
須賀　そうですね。それでいながら、やっぱりどこか人生の暗喩みたいなところがあって。私はこの人のをずっと読んでいて、何か人間というものの共同体性みたいなものが非常に入っているような気がしたんです。それが六〇年代に書かれたというのは、ああ、そうなんだな、あの時代は共同体精神というものをヨーロッパでみんなが非常に言っていたときで、そういうのを小説の中に、人生の根本みたいなところに入れてみたのが面白かったと思ったんですね。
三浦　それと僕はもう一つ、これは一九六四年の本の翻訳なんですけれども、したがって当時のフランスでいうとむしろヌーヴォーロマンですね。つまり、新しい小説というのが五〇年代くらいから出てきて、とりわけアラン・ロブ゠グリエといった作家たちがいろいろ話題になっていた。そういうふうな新しい書き方、つまり、いわゆる小説、誰々さんがこうしてこうなりましたよというのではなくて、たとえば二つの物語を並行して書いていくとか、いろんな実験をしてますでしょう。それが当時ヌーヴォーロマンと言われて、いってみれば難解な小説と言われていたものと非常に接するようなところがあったわけです。
しかし、もう一方では、先ほどの「南部高速道路」という作品にしても、今須賀さんがおっしゃっておられたように、すうっと人間の本質的なところに入っていくという、そのありようというのが、たとえばジョン・チーヴァーというアメリカの作家が「泳ぐ男」という短編を書いて、これは映画になったらしいんです。夏にプールで泳いでいて、アメリカはすごく裕福だから、隣の家のプールに行くんですよ。それで隣の人のプールで泳いで、またその隣の人のプールに行くというようなことをしているうちに一年が過ぎてしまっていて、元にもどったときには自分の家がなくなっちゃっていたとかいう話があるんです。それは言ってみると、アメリカのそういう短編の伝統があって、その伝統をはっきり引いているというか、当時としては非常に新しい、今でもなおかつ新しいような手法を使いながらも、民話の世界とか、非常に古いものにも接している。
もう一つ、これたぶん須賀さんはとてもお好きだったんじゃないかなと想像するんだけど、「正午の島」という短編。

**須賀**　ああ、好きです。

**三浦**　飛行機で島を見ていて、訪ねていって、なかなか遠い島なんだけれどもたどり着いて、僕はこの島で暮らしたいなと思っていた。この人はスチュワードで、いつも飛行機で島を見ながらその島に憧れていて、実際に行ってみたら、目の前で飛行機が落っこちちゃった。その落ちた飛行機から泳いで自力で出てきた人がいたら、自分自身だった。
須賀　そうなの。あれは面白かった。池澤夏樹さんが好きそうだと思いません？
三浦　そうですね。
須賀　島というところがね。
三浦　ええ。アメリカの短編作家、『悪魔の辞典』のビアスをどこか思わせるような……、そういうあたりが非常に現代的であって、しかも文学の歴史というものをふまえている。
須賀　そうなんですね。ヨーロッパというところは、新しいものを書いても、何か古いもの、とくに人間という問題について案外古い考えをずっと持ち続けているというのが中に入っていて、それが私は好きだったんです。
　最後にある「もう一つの空」、これはパリのパサージュ、アーケードみたいなところと、ブエノスアイレスのアーケードがくっついているみたいに。
三浦　ちょっと異次元体験というか、パリを歩いていっているとブエノスアイレスに行っちゃうというね。
須賀　そう。それが行ったり来たりしているというような話で、さっきおっしゃったヌーヴォーロマンの人たちは、お話というものを排除しましたでしょう。それがこの人は頑強に話を守っている。これがやっぱりラテンアメリカなんですよね。
三浦　そうでしょうね。そこがものすごく斬新なんですよね。おそらくラテンアメリカの作家、たとえばマルケスなんかも、最初のうちにそういう意味でいうと非常に斬新な手法を使っているけれども、もっと土俗っぽいですよね。だけど、コルタサルの場合には非常に瀟洒だ。瀟洒だけれども、その物語には非常にブエノスアイレスの空気を感じさせるところがある。

須賀　十九世紀のパリと現代のブエノスアイレスを行ったり来たりするという、私はそういうものにとても興味があります。

三浦　僕もそうですね。「もう一つの空」で、南米から来た孤独な男というのがいつでも出てきていて、木村榮一さんもそれに関して、これはダブルだ、つまり自分の分身だ、その人と話してしまったりすると、エドガー・アラン・ポーのような非常に不思議な世界に入っちゃうというか、ちょうどその一歩手前のところを微妙に書いていると書いていらっしゃるんだけど、僕ね、あれ、ロートレアモンだと思うんですよ。

須賀　私もそう思いました。

三浦　あれ、非常にうまく使っていますよね。

須賀　そう。素晴らしいと思った。ロートレアモンですよ。

三浦　ブエノスアイレスとパリをつないで、しかもああいうふうにして一言も語らせずに、ロートレアモンの雰囲気を非常に出していますよ。

須賀　自分の敬愛する詩人をそこへ持ってきた。こういう書き方は本当に素晴らしいと私は思って。ただ、この訳が難しいんですよね、訳することが。

三浦　非常にうまい訳だけれども、とても難しかっただろうと想像しますね。

須賀　ほんと、そうなんです。最初のほうにある「病人たちの健康」というのは、息子がどこか遠くに行っていて、その子が死ぬんですよね。それで、死んだのを病気のお母さんに隠すために、みんなが嘘をつく。しまいにその嘘の中にみんなが生きるようになってしまって、お母さんが死んだときに、その兄弟に手紙を書かなきゃというふうになる。全部絵空事ででき上がった小説だけれども、それなりの面白さというのがみんなあって、ところがただ面白さだけに終わっていない。何か考えさせられるというのか、ああ、人間ってこんなものだったというようなものがあるところが、私は好きでした。
三浦　人間は死すべき存在だということをすごく感じさせる、そしてそのことの意味と美しさというか、はかなさと美しさみたいなことをとても感じさせますね。素晴らしい短編小説集だと思います。

（フリオ・コルタサル『すべての火は火』木村榮一訳、水声社）

# 読書歓談・私が選ぶベスト3

丸谷才一・三浦雅士・須賀敦子

三浦　今回は、読書の楽しみというか、こんな本を読んで面白かったというふうなお話をしていただいて、いろいろな方を読書の楽しみに誘い込むことができればと思います。
　そこで、たとえば長編小説でベスト3を挙げてくださいと言われたら、どんなものをお答えになりますか、という質問からお話を進めさせていただきます。丸谷さん、いかがですか。

丸谷　ベスト3というのは結局は遊びなのよね。厳密にしっかり考えて言うというようなものじゃなくて、親しい仲間が集まったときに、映画のベスト3とかやって遊ぶというようなものでしょう。

三浦　そうそう、それで遊んでいただこうという。

丸谷　だから、軽い気持ちで無責任に言えばいいわけですよ。あまり責任は取らない（笑）。僕はでもね、ジェイムズ・ジョイスの『ユリシーズ』、やっぱり義理があるからね。

三浦　最初の紹介者、翻訳者ということになりますね。

丸谷　最初じゃないけれども、翻訳者の一人だから。ジョイスの『ユリシーズ』を一つ挙げて、『ユリシーズ』がモダニズム文学の代表だとすれば、モダニズム文学がもう終わりそうだという感じをいちばんよく出したのが、ガルシア゠マルケスの『百年の孤独』でしょうね。
三浦　あと一冊。
丸谷　いいかげんなんだけれど、今度、岩波書店で紅葉全集が出るんですよ。完全な紅葉全集は初めてなんですね、今までみんな途中で終わっていたから。
三浦　そうですね。
丸谷　それの第一回配本が『多情多恨』でして、『多情多恨』の解説を僕が書いたんです。それで、なかなかいいんだな。
三浦　僕もついこの前、読みました。文庫に入ってますよね。
丸谷　それで、『多情多恨』を三冊目に挙げる。ジョイスとマルケスと尾崎紅葉って、妙な取り合わせだけどね（笑）。
須賀　ジョイスがびっくりしたでしょう、尾崎紅葉と一緒に。
三浦　もちろんこれは、文学全集をこれから編纂しますなんていうお話じゃないので、まったくゲームとしてということで言うと、須賀さん、いかがですか。
須賀　私は長い小説というのはあまり読まないのですけれども、最近読み直してこれは本当にすごいと感心したのは、トーマス・マンの『ブッデンブローク家の人々』なんです。

『魔の山』を皆さんはおっしゃるけれども、私はブッデンブロークのあの家族というもののすごいのと、それから彼の文体、私はイタリア語で読んだんですけれども、文章の構成というのか、そういうものにとても感激したのがやっぱり『ブッデンブローク家の人々』だったんです。

三浦　須賀さんにとってイタリアというのはすごく重要ですしね。

須賀　そうなんですね。イタリアでも有名な訳なんです。それが面白かったのはありましたね。それから、私はイタリア語で読んだものが多いんですけれども、ダニエル・デフォーの『ロビンソン・クルーソー漂流記』を大人になって読んで感激したということがあります。

三浦　そうなんですよね。あれ、植民地問題を考えるうえですごいですよね。

須賀　そう。いろんな問題が入ってきていて、とても面白いと思いました。それから、なにか冒険小説ばかりみたいになりますけれども、マーク・トウェーンの『ハックルベリー・フィンの冒険』。

丸谷　いいですね、あれは。

須賀　はい。

三浦　ああ、そうですか。はあ、その三冊になるわけね。

須賀　そのほかにもありますけどね。

三浦　もちろん、当然そうでしょうが。僕の場合だとトーマス・マンの『魔の山』というのが、読書体験でいってもう一度読み直したというふうな感じではないので微妙なんですけれども。というのは、『ジャン・クリストフ』というのを読みかけて、一巻目か二巻目の途中でやめちゃったということがあってですね（笑）。『魔の山』に関しては、そのあとに読んでダーッと行っちゃったんですよね。それが高校くらいのときだったんですけれども、その体験があるので、忘れられないというのはありましたね。

ただ、今のお話を伺っていて、かなり二十世紀ですよね。いわゆる十九世紀、小説の世紀の中の大長編小説というか、普通の人が挙げるかもわからないもの、たとえばトルストイだとかドストエフスキーというふうなのが挙がらなかったというのが、かなり面白いと思うんです（笑）。

須賀　トルストイはありますよ、『アンナ・カレーニナ』。『戦争と平和』よりも。

三浦　丸谷さんの感じでいうと、トルストイじゃなくてドストエフスキーでしょう。

丸谷　どうもそうらしいのね。

三浦　『悪霊』でしょう。

丸谷　ええ。

三浦　僕もそうなんだけど。

丸谷　結局、僕はカーニバル文学的なものが好きなのね。そういう要素がある小説のほうが、僕はどうも肌に合うんですね。僕は映画でもフェリーニの映画が好きなんですよ。あれはすべてカーニバル映画でしょう。

須賀　まさにそれですよね。

丸谷　あれがあると、何だか気持ちにしっくりくるんですね。

三浦　それはマルケスだってそうですね。『百年の孤独』は根本的にカーニバル的な色彩が強いですよね。そのあとの作品、『族長の秋』とか、そういうものにしてもそうですよね。

須賀　そうですね。

三浦　もう一つ、プルーストに関してお二人とも言及されなかったのは、ちょっと（笑）。

丸谷　いや、いけないと言っているわけじゃないんだよ。

須賀　いや、私はプルーストはすごく好きだし、あの人の文体というものにはある意味で影響されたとも思うんです。それだけに、あまりベスト3に入れたくないというのかな。

三浦　それは面白いですね。それだけに『ユリシーズ』は入れたくないというふうに丸谷さんがおっしゃるかもしれないくらいの思い入れでしょう。

須賀　かもしれない。

丸谷　結局、十九世紀からずっと来る長編小説の書き方のいちばん根本にあるものは、上流社会の姦通を書くということ、それが小説の基本のかたちだと思うんですよ。ジョイスは『ユリシーズ』のときに、上流社会を知らない人なものだから、上流社会を書けないわけですね。だから、中流・下層の社会の姦通事件を書くことによって、上流社会の姦通小説のパロディーみたいなものを書いた。だから、『ユリシーズ』が一つあれば、そのもとのやつは入れなくてもいいじゃないかという気もする。
三浦　じゃあ、『アンナ・カレーニナ』なんていうのはまさにそういうことですね。
丸谷　そう。『アンナ・カレーニナ』から『失われた時を求めて』、みんな上流階級小説ですよ。
三浦　じつは、ベスト3を挙げていただくことで進めたいと申し上げたのは、そのあとに短編小説ベスト3というのはどうかとか、ちょっと趣向を変えて恋愛私小説ベスト3はどうかとか、いろいろ考えたりしていたんです。たとえば短編小説ベスト3というのを、手短に言っていただくと、どうですか。
丸谷　僕はE・A・ポーの『黄金虫』。それからチェーホフ、チェーホフは何でもいいんだけど、『犬を連れた奥さん』とか『かわいい女』とか、何でもいいんだ。みんなうまいんだから。それから三つ目が石川淳さんの『おとしばなし堯舜』、あれはふざけ散らしたものだけれども、うまいですよ。ムチャクチャにうまいですよ。淳さんはこういうのを書いた人で、「短編小説というものはもう脈が上がった」と称した人だけれども、たしかにこういうのが出てくれれば、もう短編小説は脈が上がったなという感じがする。
三浦　そうですか。そういうふうな観点で読み直してみなくちゃならない。須賀さん、いかがですか、短編小説。
須賀　私も考えたけど、あんまりないんですけどね。たとえば荷風の『濹東綺譚』なんかは中編ですか。

丸谷　僕は中編だと思いますね。一体にあのころの日本の小説家は、長編は書けなかったんです。
須賀　短編小説というのも書いてないですね、いわゆる短編小説。
三浦　そうか。すると、樋口一葉の作品なんかは短編というよりも、ほとんどが中編ということになるわけか。
丸谷　『たけくらべ』ね、あれは案外中編かもしれないね。
須賀　あれは中編ですね。
三浦　中編と短編の定義というのも、論じ始めるとすごく面白いかもしれないと思うけど、中編だと須賀さんは。
須賀　中編だと私は、たとえば谷崎の『吉野葛』。『蘆刈』も好きなんですけど、なんか『吉野葛』のほうが品格が上だという感じがするんですね。それから、今言った荷風の『濹東綺譚』なんか素晴らしいものだと思うし、フローベールの『純な心』、あれなんか私は素晴らしい作品だと思って。箱に入れてしまっておきたいような作品ですね。
三浦　じつに独特で、やっぱりさすがですね。お二人のお話を伺っていると、いわゆる教養的にすっと出てくるのではないもので(笑)。よく定番というのがあるじゃないですか。長編小説ベスト3にしても、中編、短編にしても、ずいぶん外してという感じがありますね。

つぎに、中編小説ベスト3では、丸谷さん、いかがですか。

丸谷　谷崎の『猫と庄造とふたりのをんな』というのは、やっぱり長編じゃないでしょうね、中編でしょうね。あれはいいんじゃないかな、僕の好みで。それから、コンラッドの『闇の奥』、みんながあんまりほめすぎるので、ちょっと嫌気がさす感じもあるけれども、やっぱりよくできてますよね。それから、カフカの『変身』。

三浦　そういえば、長編でカフカが出てこなかったですね（笑）。それで中編で出てくるというのも。

丸谷　『変身』は傑作じゃないかねえ。

三浦　あれはやっぱり中編なんですか。

丸谷　あれは中編でしょう。

須賀　中編でしょうね。

三浦　『断食芸人』は。

丸谷　あれは短編。

三浦　短編と中編、あるいは長編と中編と短編の違いというふうなものを、ちょっと考えてみたいですね。

丸谷　まあ、長さが違うことは事実だけれども、長編小説や中編小説の場合には終わり方が失敗していても、それまでのところがうんとよければいいでしょう。ところが短編小説は、終わり方が失敗していたらだめじゃないですかね。

三浦　ああ、そういう定義というのは……、そうですか、必ずしも長さだけではなくてね。

丸谷　うん。
三浦　それはポーの短編は本当にそうですよね。それからビアスとか。
須賀　語りの順序で、全部が計算されていて、それが成功しないと、短編はだめになっちゃうわけでしょう。だけど、中編、長編はそうじゃないですよね。
丸谷　必ずしもね。
須賀　ディテールがよければ……。
丸谷　終わりまでちゃんといっていれば、それはなおさらいいに決まっているけれども、でも、終わりがちょっと問題があってもね。
三浦　そうか、そういうふうな意味でいうと、推理小説のすごく面白いというのは短編である可能性が強いね。バシッときまっているというんですね。シャーロック・ホームズのシリーズなんかは、基本的には短編小説ですものね。びっくりするというか。
丸谷　そうだよね。
三浦　それから、ブラッドベリの短編みたいなものね。最後にバチッときまる。
須賀　だから短編だと、細かいところが一つ間違えるとだめになっちゃう。
三浦　それはそうですね。
丸谷　話術が消えちゃうものね。
須賀　そうですね。
丸谷　こっちがほんとに、しらけちゃう。

三浦　先ほど、姦通小説というのが小説の原形であると丸谷さんがおっしゃったわけだけど、はっきりと恋愛ということを銘打った恋愛小説というのもあるわけですよね。たとえば『若きウェルテルの悩み』とか、ありますよね。長編とか中編とか短編ではなくて、そういうジャンル、テーマで分けるというのがあって、恋愛小説というのはかなり大きい部分だと思うんだけれども、恋愛小説ベスト3というのはどうですかね。

丸谷　大きいでしょうね、あれは。だって、文学に恋愛小説がなきゃ、つまらないものね。

三浦　須賀さん、いかがですか、恋愛小説ベスト3。

須賀　私はまったく恋愛小説として読んだことがないから、その中に恋愛が出てくるという感じで、結局は姦通小説と同じになってしまうと思いますけれども、『アンナ・カレーニナ』はすごいと思う。それからスタンダールの『パルムの僧院』は、一つには私が読んだ時期とか、読んだときの小説ってこういうふうに書けるのかというような自分の驚きというものも全部混ぜて、大小説だと思いましたね。

三浦　もう一つ。

須賀　もういいです（笑）。まあ、『源氏物語』ね。

三浦　僕は長編小説と言ったとき、『源氏』がお二人の口から出るんじゃないかなと思ったんですけれども、恋愛小説でもし出てくるとすれば『源氏』という。

須賀　『源氏』はやっぱりすごいですね。

三浦　丸谷さん、いかがですか。

丸谷　僕も、まず最初は『源氏物語』を挙げるしかないんだね。『源氏物語』は終わり方はあれでいいんだよ。途中、失敗しているところはいっぱいあるのね。
須賀　あるある。
丸谷　それでも、やっぱりすごいのね。それで、途中の失敗しているところを取っちゃって、それでいいかというと、そうでもなくて、やっぱりつまらないところとかくだらないところとかを読んでいくと、二代続きのあの家の歴史が身にしみて時間がわかって、それでよくなるわけだから、やっぱりくだらないところも読まなきゃいけない。
三浦　さっきの長編小説の定義にかかわってくるね。つまり、途中で失敗しているところがあったとしても、長編小説の場合には許される。それが一つで、あと二つは？
丸谷　それから、これは小説というのかな。『トリスタン・イズー伝説』、これは小説なのかどうかわからない。
三浦　いや、岩波文庫にちゃんと入っていますから。
丸谷　それから三つ目はぐっと現代物、十九世紀の小説で、モーパッサンの『ベラミ』というのはいいんじゃないかな。いかにも不潔な人生と恋愛とが混じり合っているという感じ（笑）、そういう浄化されていない人生、生の人生みたいなものがかなりよく出てくる。そこのところ、才能あるね、モーパッサンのあの小説は。
三浦　出てこない。安心したじゃないですけど、『嵐が丘』は入らないかな。
須賀　ああ、そうか。

丸谷　あれは非常にいいものですけどね。
三浦　それともう一つは、これは丸谷さんはどうかなと思うのは、『高慢と偏見』は恋愛小説にはならないですか。
丸谷　入るでしょう。あれは素晴らしいものです。
三浦　ねえ、あれも入りますよね。ちょっとイギリスものに対して点数が辛かったかなという感じがありますので、あえて付け加えたいと思いますけれど。それと、つい最近読んだので、これはまさに最近のトピックスに属しちゃうけど、ここで話題になっていいかどうかは別として、『マディソン郡の橋』（笑）。あれはどう考えたらいいのか。
須賀　困ったわね。
三浦　あれはロミオとジュリエットですね。四日間なんですよね。シェイクスピアの『ロミオとジュリエット』は四日間の伝説なんですよ。まったく四日間だから面白いという話なんですよ。もしあれが長くなっちゃったらだめだということで、『マディソン郡の橋』というのはまさにそれを守って四日間に限定しちゃった。これはけっこう恋愛の本質を衝いているのではないかという。
丸谷　僕はまだそれを読んでないんです。不勉強でしてね。
三浦　いやいや。
須賀　読ませるけれども、だけどそれだけ。
三浦　『源氏物語』と正反対だな（笑）。

須賀　偉大な小説家のものではないような気がする。
三浦　それはそうですよね。
　小説の面白さというのを足早に伺っただけでも、ずいぶん出てきたと思うんですけれども、小説でなく、いわゆるノンフィクションと言われているもの、ノンフィクションというとエンターテインメントの要素が強く聞こえちゃうけれども、そうではなくて小説以外のもの、たとえば歴史書だとか伝記だとか紀行文だとか、そういうようなので強いてベスト3を挙げよと言われたら、どうします？
丸谷　歴史と限って、歴史でベスト3を僕、考えてみたことがある。中国の『史記』というのがあるでしょう。『史記』の「列伝」のところね。「世家」のほうはあまり面白くない。面白いといえば面白いんだけれども、「列伝」のほうが面白い。これは伝記なわけだけど、いろんな人の伝記がいっぱいある。『史記』の「列伝」というのは、これは面白いですね。定年で暇になった人は、岩波文庫『史記列伝』を読めと言いたくなるね。
三浦　それはそうでしょうね。
須賀　それはそうですね。
三浦　あと二冊は。その伝でいくと出てくるな。
丸谷　あとは、クセノフォンの『アナバシス』。これは敗戦の記録で、戦争に負けて、一万何千人がうまく逃げていく話だけれども、これは興味津々、たいへん面白いですね。これは岩波文庫にある。それから三冊目は、これも岩波文庫にあるな、『平家物語』。

三浦　ああ、そうか。それはうまい組み合わせですね。
須賀　そうですね。
三浦　須賀さん、いかがですか。
須賀　私はあまり読まないんだけれども、伝記、歴史物と言えるのかどうかわからないけれども、やっぱり森鷗外の『澀江抽斎』。
丸谷　僕もそれは考えたね。
須賀　私は、どうしてもあれはすごいと思うから、日本があれを持っているということはとても強いことだと思うし、ちょっとやそっとのことではこの国は滅びないという感じがありますね。それから、丸谷さんがおっしゃったので思い出したんですけど、プルターク『英雄伝』、私はものすごく好きなんです。ああいうものを読んで、文章がすごかったということ、それから人にそれを作品として出せたという。
三浦　基本的にやっぱり文章として面白いということが、必要条件でしょう。つまり、それは必須の要件ですよね。二つお挙げになった。もう一つと言ったらいかがですか。
須賀　それでおしまいです（笑）。
三浦　でも、現代、たとえばレヴィ＝ストロースの『悲しき熱帯』、あれはけっこう面白いという感じですが、あれは今の定義に当てはまりますよね。あれは決して文化人類学のフィールドワークだけじゃない、何かジワッとくるものがありますよね。
須賀　やっぱり構成力というのか、語りの面白さというのをちゃんと持っているということとで、そういうものを失うのはとてもじゃないけど寂しいですね。
三浦　そうですね。読書の楽しみということで言うと、すごくよくわかってきたなという感じがするんですけれど、それを一言で言っちゃうとどうでしょうね。
丸谷　今、自分が生きているところから脱出する喜び、それが非常に大きいと思うんですね。それだけじゃないいんだろうけれども、その脱出する感じがない本はやっぱりつまんないですね。
須賀　そうですね。
三浦　脱出するというと、ふつうは小説だと思うんだけど、じつはそうじゃなくて、歴史書にしても伝記や紀行文にしても、だいたい文章というのはよく考えてみるとそうですね。
丸谷　だから、宇宙飛行みたいなものをさせてくれる仕掛けとして本があるわけ。その宇宙飛行をさせてくれる仕組みというのは、ものすごい厳密な精密な機械でなければできないわけね。本というのは、そういう厳密な装置を言葉だけでつくってくれているわけですね。
三浦　かっこいい！　それは言い得ていると思うね。それはほんと、そうですね。
須賀　ほんと、そうなんですよ。
三浦　だからこそ、さっきおっしゃった短編小説の場合にはこういうふうなことが要求されるし、長編小説の場合は……。
須賀　だから、間違えると落っこっちゃう（笑）。

丸谷　打ち上げ失敗ということだね。
須賀　そう。
三浦　どうもありがとうございました。

# 『血と影』
対談者　瀬戸川猛資

瀬戸川　この『血と影』という探偵小説は、マイクル・ディブディンというイギリスの作家の作品ですが、イタリアを舞台にしたミステリなんです。須賀さんはイタリアに長いこといらっしゃったので、いろいろなことをお聞きしたいと思って取り上げたんですけれども、中身がなかなか面白い。ミステリ、探偵小説というのは海外でたいへんに盛んですけれども、実質はイギリスとアメリカなんですね。ヨーロッパはフランスに少しありますが、ドイツとかイタリア、スペインといったような国にはごくわずかしかないんですよ。
　この作品も、長くイタリアにいたイギリスの作家が、イタリアを舞台にして書いたものです。お話は、イタリアのサルデーニャ島というところにたいへんな大金持ちがおりまして、その大金持ちが殺される事件なんですね。それが非常に奇怪な事件で、ビデオに殺される瞬間が映っているんです。ただ、犯人は機関銃で撃ったわけですが、撃った犯人の姿は見えない。そして、室内にいる四人の男女が殺される光景が、全部そのビデオに映っているんですね。主人公の警官の名はアウレーリオ・ゼンというのですが、このゼンというのはちょっと変わった苗字ですね。イタリアなどでは多いのですか。
須賀　この人が中で言っているように、ヴェネツィアからヴェネト地方というところは、このNで終わる苗字が多いんです。ゼーノというのが、方言でゼンに切れちゃうんです。
瀬戸川　なるほど。日本人からすると、とても変わった感じの名前に見えますけれども。
須賀　そうですね。
瀬戸川　この人がこの奇怪な殺人事件を捜査していくというだけのたいへん単純なお話なんですが、そこでイタリア警察が英米と違うなと思うのは、縦横の関係ががっしりしていて、みんなコネクション、つながりがすごくあって、なかなかその警官が簡単に動けないという感じがするんです。
須賀　それは官僚主義なんですね。
瀬戸川　それがやはりかなり強いのですか。
須賀　そうなんでしょうね。私はじかにこういう人たちと知り合ったわけではないけれども、たとえばここに憲兵というふうに出てきますけれども、これが警察なんですね。それで、たとえばこの憲兵、カラビニエーリというのが、怖い人たちというふうに民衆は思っていて、民衆がわりと警察に対して協力しないんですね。泥棒でも、逃げてきたら必ずかくまうというのが国の伝統なんです。
瀬戸川　そういうところをわかって読むととても面白いですね。作品中に、「警察の仕事とは、一定の手順に従って何かをするということであって、それがすべてなのだ。もちろん、捜査をすれば犯罪が解決することもたまにはある」なんていうすごい文章が出てくるのは、そういうところなんですね。
須賀　この作者は、ペルージャというところに住んで書いているようですね。私もその町にはよく行くんですけれども。
瀬戸川　そうですか。それは半島の長く突き出したほうですか。
須賀　真ん中へんです。ローマから二〇〇キロぐらいの山の中なんですけれども、そこに外国人大学というのがあって、そのために外国人がよく居ついちゃうんです。フィレンツェなどからわりと近いところです。それにしても、この人はイタリアのことをずいぶんよく知っていると思って、びっくりしました。
瀬戸川　ああ、そうですか。僕も読んでいて、まったく英米の感じと違うので、これはずいぶん風土色というか雰囲気がよく出ているなと思ったんだけれども、実際に知らないから、今日はそのへんを須賀さんにお聞きしてみようと思っていたんです。かなり説得力はありますか。
須賀　本当にみごとなものですね。たとえば、主人公がヴェネツィアの付近の人、つまり北イタリアの人間で、犯罪が起こったのはサルデーニャですね。そして、警察が属しているのはローマです。その三つが全然違う場所で、三つの国と言ってもいいくらいですから、それだけでも私などは読んでいて面白かったし、それをじつにうまく、的確に表現しているというのか、描いているというのか。それで、ローマ警察の、にっちもさっちもいかない、動けないような感じも出ていますし。
瀬戸川　さっきの横のつながりについて補足的なことで言えば、ヤクザみたいな人間に復讐で追われますよね。ああいうのも、日本の感じからするとちょっと考えにくいことで、それが最後にクライマックスになるんですけど、ああいうところも、たまたま題名が『血と影』ですけれども、よくマフィアなんかで言われる一種の血族的なつながり、ああいう感じがあるんですね。
須賀　そうなんですね。それで、この本の原題はヴェンデッタ、復讐という意味ですが、ヴェンデッタというのはただの復讐ではないわけです。結局、血族的な……。
瀬戸川　結社的なね。
須賀　面白かったのは、最後はその殺された人間とかなり違ったところからほどけていきますでしょう。
瀬戸川　そうです。ミステリとしてなかなか面白いでしょう。
須賀　面白いですね。だから、私は一生懸命その殺された人のあたりを気にしていて、どういう政治的なことがあったんだろうとか思って見ていたし。それから、最後の逃げていくところなんか、面白かったですね。
瀬戸川　そうですね。あれがまた僕は独特のものだなと思ったんですけど。
　イタリアにはけっこう大きな島がありますね。シチリア島、それからサルデーニャ島、この島はコルシカ島の隣なんですね。

須賀　ええ、お隣です。コルシカはフランスに売っちゃったんです。ジェノワ王国の領土だったときに、フランスにかなり安くね（笑）。お金が足りなくて売っちゃったという、おかしな話なんですけれども。それでサルデーニャは残って。シチリアというところはマフィアなんかで有名ですけれども、かなり土地も耕されているし、中世とか、ギリシア時代にギリシアの植民地だったりして、立派な文化の伝統があるんですけど、サルデーニャというところはほんとに荒れた土地という感じで。コスタ・ズメラルダという別荘地は、アガ・カーンという人がいますよね、あの人が大きな別荘を建てたことから、世界中の人が別荘を建てている、そういう土地なんです。

瀬戸川　じゃあ、まさしくこういう大金持ちがいるようなところなんですね。

須賀　そうなんです。

瀬戸川　イタリアのそういう島にはおいでになったことは?

須賀　私はないんです。でも、島の人たちというのは、いろんな意味で文学の中にも入ってきますし、みんな本土に来て活躍するわけですけれども、かなり大変なところなんです。

瀬戸川　そういう感じが、さっきちょっとおっしゃったけど、ローマとはまったく別だということですね。そして、そんな中で、たった一人で主人公は捜査していくんですけれども、追いかけられますよね。それがさんさんと輝く日光のもとで、平穏そのものの光景の中で追われていくという、いわゆる島の風土色的な怖さというかスリルというか、とても面白かったですね。

須賀　そうですね。たとえば日本の小豆島で同じようなことが描けるかというと、そうではなくて。
瀬戸川　できないですね。
須賀　孤立無援という感じで、島の人は島の人でみんな黙っている、それから警察は助けてくれない、もうどうすればいいかという。
瀬戸川　だいたい警察そのものが追われているんですからね。これ以上は言いませんけれど、そういうふうにして、最後に意外なドンデン返しがありまして、最初の殺人事件の合間合間にゴチック文字で不思議な告白のような文章が出てくるんですが、それが最後にわかるという仕組みになって、このへんはなかなかよくできていますね。
須賀　そうですね。あのゴチック文字のところ、私、最初からいろんな人に当てはめて読んでみるんですよね。だけど、どうしても誰かがどこか外れるから、ちょうどパズルみたいにしてね。
　私は推理小説というのはあんまり読まないんです、怖いから（笑）。あんまり夢中になっちゃうから、読まないんだけれども、でも、こういうのを読んでいると、イタリアの風土がとても面白かった。ローマの町の描写なんていうのは、なんだか私が歩いているみたいな気持ちになりました。非常に細かいところがちらちらと出てきて。
瀬戸川　この作家は新人なんですけど、向こうでなかなか評判がいいんですよ。
須賀　シリーズでこういうのを書いているわけですか。

瀬戸川　ええ、このゼン・シリーズをイタリアを舞台にして、おそらく二、三作目だと思いますけれどね。
須賀　おそらくゼンというのは、禅と掛けてあるんだと思います。イタリア人はゼンというと、ちょっとインテリの人だと日本の禅を思い浮かべるんです。
瀬戸川　アメリカなんかではブームですけれども、イタリアでもやっぱり。
須賀　イタリアでもインテリの人は、そういう感じを持っていますね。それで、ヴェネツィアの苗字のゼンというのと掛けてあって、ミステリには最適な苗字だと思うんです。
瀬戸川　ああ、そうなんですか。
須賀　それから、お母さんが出てきますが。
瀬戸川　ええ、母親の面倒を見ていますね。
須賀　あの人は本当にヴェネツィア人という感じで、そのへんからひょっと出てきそうな感じによく書けているんですね。
瀬戸川　なるほどね。ぶつぶつ、ぶつぶつ、文句を言うんですよね。
須賀　ああいうおばあさんは、本当にたくさんいるんです。
瀬戸川　そうですか。それから、警察内部での一種の権力闘争というか、派閥ですね、失脚をねらっているライバルなんかがいますよね。そういうのも、非常に生々しくて。
須賀　だから、この人は小説としてもなかなかうまく書いているというのか、描写も細かい人だと思いました。

瀬戸川　そうですか。僕もそう思っていたんですけど、須賀さんの保証を得て（笑）、おすすめ品としてご推奨できますね。

須賀　ええ。推奨します（笑）。

（マイクル・ディブディン『血と影』高儀進訳、早川書房）

# 『錬金術師通り』

対談者　瀬戸川猛資

須賀　今日は『錬金術師通り——五つの都市をめぐる短篇集』という池内紀さんの作品です。この方はドイツ文学の先生でいらっしゃるから、作家や都市にもいろいろ詳しく、とても面白い短編集だと思います。ウィーンはともかく、ブラティスラヴァとかクラクフ、プラハ、リュブリアーナなど、私どもはあまり知らないですね。

瀬戸川　そうですね、東欧ですからね。

須賀　しかも、今非常に問題になっているユーゴスラヴィアなんかの都市も出てくるし、東欧というのはとても一筋縄ではいかない、歴史的に屈折した町だという雰囲気が出ていて、面白い本だと思いました。五つの短編それぞれに、町が一つと、それから全部ではないんですけれども作家が誰々と、たとえばカフカとかトーマス・マンとかが出てきて、ただの町の話だけではなくて奥行きが深い。そして、幻想的という言葉が当てはまるように、一つひとつに何か夢のような雰囲気がありますね。

瀬戸川　夢幻的な、あるいはときには悪夢のようなね。

須賀　ええ。私はいろんな意味でよくまとまった短編集だと思いますし、その町に行ったことがなくても、何か暗い通りを歩いているというような。
瀬戸川　そういう感じがしますね。
須賀　最初の「レポレロの回想」ですが、これはモーツァルトのオペラからとった人物を一つのあだ名みたいにして、その人に戦争中のユダヤ人の収容所の話などをさせて。
瀬戸川　暗い話ですけどね。
須賀　全部暗いでしょう。
瀬戸川　全部、だいたい暗いですね。
須賀　その暗さが、とてもこの土地に合っているというのか、私はそういうのが何とも——あとで夢だったのかと何回も読み直してみたりして、面白い本でした。
瀬戸川　僕もとても面白かったです。五つの都市をめぐる短編集、小説とも、あるいは紀行文ともつかぬ、どこまで本当なのかなというようなことと、カフカに子供がいたとか、そういう話が出てくるんですけれども、ノンフィクションノベルと言いますか、それで主人公はやっぱり著者の池内さんのようであるし。
　考えてみますと、紀行文とか紀行文学とか言いますけれど、日本ではそんなにないんですよね。ところがイギリスやヨーロッパなどだと、E・M・フォースターであるとか、グレアム・グリーンであるとか、名だたる人がみんなそれなりのベイシックな定番の名作を残しているんですね。そういうことを考えてみると、これはそのようなジャンルに入る、日本ではちょっと変わった、珍しい優れた本ではないかなという気がしました。なおかつ著者がドイツ文学者なので、ドイツ文学者ならではの面白さがいろんなところに出てきますね。

須賀　そうですね。そして、向こうの人との交流というものが非常に深い視点でなされていて、ですから、日本の紀行文というものの質が、この人で変わってきたなという気がします。日本の紀行文というのが、『古今集』のレトリックというんでしょうか、四季だとか花鳥、旅というようなものを一つの道として書いていった、それとは全然違ったものですね。それからもう一つは、珍しいところに行って珍しい話を書いてあげるということから脱却して、一つの小説的な世界を一つずつがつくっているというのが、とても面白かったです。

私がいちばん好きだったのは、「ヴァスコ・ポパのこと」という最後の短編で……。

瀬戸川　ああ、リュブリアーナですね。

須賀　はい。ちょっとおとぎ話のような。ヘルガという女性が出てきて、その人との会話と、ヴァスコ・ポパという、画家ですか、ご存じですか。

瀬戸川　いや、僕は知りません。

須賀　私も知らなかったんです。

瀬戸川　だけど、すごい画家なんでしょうね。

須賀　そうですね。それで、その二つの次元が重ねて語られていて、とても面白かったんです。

**瀬戸川**　技巧的ではありますよね。

今は東欧というふうに言われていますけれど、東欧だとか西欧というのはつまり共産主義が誕生してからですね。せいぜいこの五十年とか百年のレベルで東と西になってしまったけれども、ヨーロッパというのはもっとずっと長い歴史を持っているわけで、十八世紀、十九世紀にはハプスブルク家という有名な王家が全部支配していたんですよね。ハプスブルク帝国が支配した町々を旅する「私」と帯にも書いてありますけれども、『ハプスブルク家の女たち』というなかなか売れたらしい本がありまして、ちょっとしたハプスブルクブームと言いますか。旧オーストリア、ハンガリー帝国ですよね。

この『ハプスブルク家の女たち』のいちばん最初に、「ハプスブルク家はほぼ同様の広大な版図を統治していたが、十八世紀のマリア・テレジア女帝の時代には、さらに飛び地のフランドル（ベルギー）も帝国に包含されていた」とありますが、その王朝治下のドイツ人、ハンガリー人、チェコ人、イタリア人と、あらゆる人種がいたんですね。

たとえば、ここに出てくるスロヴェニアの首都リュブリアーナは、ウィーンのたたずまいにそっくりであるというようなかたちで、東欧とか西欧にとらわれずに、今はもうなくなったけれども、滅んだ帝国の影、歴史の影を探っていくというかたちで、全部統一されているんですね。

**須賀**　そうですね。これは私の持論なんですが、ミラノもハプスブルクなんです。それで、スカラ座を建てたのはマリア・テレジアなんですね。マリア・テレジアがミラノの市民に劇場を与えるというので、スカラ座ができたんです。今でもミラノのファッションとか伝統が非常にオーストリア的なのはそのためで、それがミラノのものがほかのイタリアとは違う理由なんですね。もちろん人種的にもドイツ系が多いですけれども。だから、ハプスブルクの支配というのは、当時の小説にもいろいろ出てきていて、それからの解放が十九世紀の大きな問題だったんです。ですから、いわばミラノなどの姉妹都市という感じで。

瀬戸川　なるほど、身近な感じがして。

須賀　ことにトーマス・マンとヴェネツィアの話が出てくるあたりなんかも、面白かったですね。

瀬戸川　トーマス・マンの『ヴェニスに死す』という有名な小説がありますが、芸術家が死の間際にたいへんな美少年に恋をしてしまう、そしてそのまま死んでいくという、そのモデルになった美少年が年をとって生きているというんですね。八十何歳かになっていて、これがまたいかにも本当ぽくて、どこまで本当なのか、それとも――。

須賀　また誰かが調べに行っちゃうんじゃないかと思うぐらいに。

瀬戸川　フィクションなのか、ちょっと判断しかねるんですけれども、実際に会ってお話しする。これがたいへん面白いんですね。

須賀　それで、そのタジュウという美少年が、自分もその話を全然知らないで育ったというような、まことしやかな話になっていて。

瀬戸川　ヴィスコンティの映画で、たいへん有名になりましたね。ヴィスコンティなども貴族的な趣味ということがよく言われますけど、やっぱりハプスブルク文化というのがあいうところまでつながっている。ものすごい広大なものを持っているんですね。通常ウィーン文化と言われるものは、もちろんそうとして。
須賀　ですから、私はときどきミラノの首府はウィーンだと思うんです。
瀬戸川　ああ、なるほどね。そういう感じがするんでしょうね。
須賀　決してミラノの首都はローマではないわけなんです。イタリアというのはそういう難しいところがあります。ヴェネツィアなどに行っても、今でも非常にそういう感じがしますし、北のトリエステまで行きますと、これはもうまったくウィーンのほうを向いている町なんですね。私はドイツ語はできないので、ウィーンまで調べられないわけですけど、いつもそこで、ああ、これはウィーンなんだという気持ちがあって。トリエステあたりの詩人などですと、大学もドイツに行ったりオーストリアに行ったりして勉強しているわけです。ですから、全然違うという感じで。
それから、カフカの一人息子というお話。
瀬戸川　おかしかったですね。要するに、カフカは年表なんかでは息子がなく死んだことになっているんだけど、そのときに一緒にいた奥さんがじつは子供を宿していた。その子が生まれて、今もまだいるんだというような話が出てくるというのも、おかしかったですね。

須賀　すべてがこの「錬金術師通り」という通りの名前に集められていて、本当に魔法のような面白い短編で。

瀬戸川　それがまた日本の物見遊山的なものじゃなくて、小さい島国にいて世界はこんなふうに思っていると、ちょっと皮肉っぽく書くところがありますね。そういうところは、なかなか優れているなと思います。

須賀　私も、池内さんは新しい分野を開拓されたと思って。

瀬戸川　そう言ってもいいんじゃないですかね。充実した本でしたね。

須賀　そうですね。

（池内紀『錬金術師通り』文藝春秋）

# 『都市の誘惑』

対談者　向井敏

須賀　この本は『都市の誘惑』、そして副題が「東京と大阪」になっておりまして、詩人の佐々木幹郎さんがお書きになった本です。これは私、友だちに薦められて読んだんですけれども、いわゆる大阪と東京という漠然とした、こうこう、こう違うというような話ではなくて、いくつかの中心になる具体的な課題をとらえて、それについて歴史的な説明がかなり彫り込んであって、私はなかなか面白い本だと思って読んだんです。

向井　私も非常に面白かったです。だいたい東京と大阪という話になると、どう違うか、あるいはどこが同じか、あるいはこういうふうな視点で切ったら両方が面白く見えるとか、これは今までずいぶん書かれているんですよね。このような二都物語ふうのものは、もうおそらく材料がないんじゃないかなと思っていたんですけど、意外にあるものですね。

須賀　そうですね。

向井　考えたこともないような話が山ほど出てくる。最初に「骨仏」というのがあるでしょう。大阪の四天王寺の近くですか、一心寺というお寺で十年ごとに、檀家から納骨された大量の遺骨、多いときは二十万体近くもあったそうですが、それを砕いて粉にし、練り合わせて仏像をつくる、そしてそれをずうっと展示してあるという、非常に不思議な風習があるんですね。これなんか、びっくりしました。

須賀　そうですか。私は一心寺というのは子供のときに祖母に連れられて行って、とっても気味が悪かったのを覚えているんです。女の人の髪の毛でよった綱がかけてあるんですが、子供ながらにすごく気持ちの悪いものだと思いました。

向井　そうすると、骨仏だけじゃなくて、そういうふうなところまで、何となしにちょっとグロテスクなところがあるわけですか。

須賀　ええ。人間の体というのか。大阪の人は、お盆のあとによく行ったらしいんですね。

向井　そういう来歴があるんですね。骨仏というのは、いかにも商業都市大阪らしい合理的で実利的なアイデアで、その子孫とか遺族の人は自分の葬った遺骨の粉でつくった仏像なんですから、当然お参りに来ますよね。うまくできてるなと思っていたんですけれども、単にそれだけじゃないんですね。何となく陰々滅々としてくるものがあるわけですね。

須賀　そうなんです。何か変わったお寺で。それと、東京では無縁仏というかたちの祀りのしかたがあるけれども、骨仏がこうで、無縁仏がこうだからこうだ、ということを書いてないのが、私、この本の好きなところなんですけれどもね。

向井　そうですね。妙に理屈でこじつけてないんですね。

須賀　東京はこういうものがある、大阪はこういうものがあるというふうに書いて、どういう解釈を自分が持つかというのは自然に任せてくださるから、ありがたい著者だと思ってますけれどもね。

向井　お醤油の話がずいぶん出てきますが、これについても同じ姿勢ですね。お醤油というものは、佐々木さんによると方言みたいなもので、日本全国で三千二百ぐらい銘柄がある。大きく分けて関西系の淡口《うすくち》醤油と関東系の濃口《こいくち》というのがある。あるんだけれども、それがどっちがいいとか悪いとかというのはおっしゃらない。たいてい関西の人は料理は淡口でなきゃいかんとか、しきりに言いますよね。ことに京都の方は。でも、佐々木さんはそういうことにはあまりこだわらないで、東京は東京で濃口には濃口だけのちゃんとした美味しさがあるんだという。両方ともいいところはあるし、相互に文句を言いそうなところもある。これは面白いですね。非常に客観的な見方をしていらっしゃる。

須賀　私も面白かったのは、淡口醤油はずいぶん新しいものなんですね。龍野というところでできたから淡口醤油があるという、ほとんどそれでしょう。

向井　そうですね、そこしか、つくっていないんですね。

須賀　龍野しかつくっていなくて、淡路島が濃口醤油なんていうのは、私は考えもしなかったんですけどね。

向井　僕は関西の生まれだけれど、淡口醤油というと、小学校時代を思い出す。淡口醤油の代表的な銘柄はヒガシマルというんですが、先生が生徒を叱りつけるときに、大きな声で「オイ、ヒガシマル」と言うんですよ。

須賀　そうですか。
向井　頭の中味の薄いやつ、ダメなやつというような意味なんですけど、これをやられますとショックだったんです。宿題を忘れて答えられないと、「ヒガシマル」とくるんですよ。不思議なことに、僕の家ではヒガシマルはほとんど使いませんでした。どういうわけか、ずうっと濃口なんですよ。関東系のキッコーマンだとか。
須賀　まあ、そうですか。
向井　どういうわけだか。でも、関西でも必ずしも淡口だけ、あるいは両者混合しているのじゃなくて、濃口だけで通した人もずいぶんいるみたいですけどね。
須賀　そうなんでしょうね。うちは淡口組で、私が八つのときに東京に来てしまったんですけれども、やっぱり母たちはとても悲しかったらしいですね。今は東京のそばのつゆなんかずいぶん薄くなってますけど、あのころは中のそばが見えないくらい濃かったんですね。甘ったるいような濃さで、不思議だったんですけれど。
　それから、看板の掛け方の違い、これも面白かったです。
向井　東京は屋上に掛ける、大阪の道頓堀あたりはビルの壁面に掛けるというのですね。そんなこと、あんまり気がつかないですよね。
須賀　私もよくこの方、気がつかれたと思うんですけれども、例の有名な、かに道楽の話とかね。
　それから、木遣歌の話。これは主に江戸の木遣歌というのが出ていまして、私、下町の

方の結婚式で聞いたことがあるんです。一つは神田明神の木遣の方たちで、もう一つは深川の木遣だったんですけれども、

向井　どう違いますか。

須賀　私はわかりません、違いますかどうかは。でも、やっぱり神田明神の人はこっちだというふうに言われますし、深川の方はこっちだというふうに言われて、両方ともハッピを着て、とっても面白かったんですけど、それが大阪では浜仲仕という歌があるだけだというふうに。

向井　大阪はあまりそういうふうな囃し歌というのはないんですよね。

須賀　大阪の人というのは、わりと伝統というのを平気でやめて、また次のものをつくっちゃうというところがあるんじゃないですか。

向井　そうですね。壊れれば、再建するよりも別のものをつくっちゃうという。それで丸裸になってしまったんですけどね、大阪の町は。木も何もなくなっちゃって。

須賀　「橋を渡る」という章が最後のところにありましたけれども、私は橋というのを大阪はずいぶん失ってしまったと思うんです。東京もそうですけれどね。

向井　でも、東京に比べれば大阪のほうがひどいんですね。でも、もともと八百八橋と言いますけれど、あれ本当は百六十八しかなかったんですってね。

須賀　そうですか。

向井　東京のほうが多い。東京にはたしか三千六百いくつかあるそうですね。江戸の八百

八町にひっかけて、大阪の八百八橋と言ったんでしょうけれども、それほどはないんです。
須賀　子供のときに親たちが橋でもって町の話をして、どこの橋を渡ってこっちの橋へ行ってというようなことで、子供心に橋の名前が、ちょうど近松の『心中天網島』みたいに。橋づくしが頭の中にあるんですね。
向井　あれは、ほんとに橋づくしですからね。心中しに行くまで、ずうっと橋の名前が出てきますからね。
須賀　素晴らしいですよね。
　洪水があるから、橋がみんな鉄の橋になってしまうわけですけれども、そして、アメリカのまねして東京にこのごろ新しい橋ができたりしますけれども、昔の橋がなくなるのは、惜しいですね、何か。
向井　いくつか残しておいてほうがよかったのに。ただ、何しろ木ですし、すぐ壊れちゃいますからね。
須賀　そうなんですね。
向井　そのほかに面白かったのでは、「演劇」という項目で扱っている上方落語と東京落語との違い。もとは上方落語の「らくだ」が、三代目柳家小さんの手で東京に移されてどう変わったか、よくわかりました。
須賀　関西の落語は外で辻説法みたいにして始まり、東京のはお座敷芸だったというのも、思いがけなかったんですけれども。

向井　落語についてはずいぶん研究者はいますし、語るに値するようなことはもうほとんどないのではと思っていたんですけれど、佐々木さんの手にかかるとどんどん出てくるんですね。

須賀　ええ。私、この方の考証が非常にしっかりしていて、勘がいいというのか、いいところに思いついて新しいことを教えてくださるという意味でも、これからこういう都市論がどんどん書かれていくべきではないかという感じがして。そういう意味からも面白い本ではないかと思うんですけどね。

向井　ふつう詩人の本といいますと、どこか肩怒らしたところがあるんですけど、そういうところがあまりないでしょう。非常に融通のきく、珍しい詩人ですね。

須賀　そうですね。佃煮の話も面白かったですね、あれは普通のおかずだったという。

向井　そうですね。ここで扱われているのは東京の佃島に残っている佃煮屋さんの話ですけど、築地あたりにも何軒か残っているんですよね。佃茂なんていうのは、ずっと古いですし、そこのしおりを見ると、佃煮は大坂の佃の漁民たちを家康が江戸に移して、そこから発祥した、そういうふうな来歴がずっと書いてあったと思う。

佐々木さんによると、江戸というところはいろんな人が集まるから、ものの用途がどんどん変わっていくということでした。佃煮なんか、もとは自家用だったのが、たまたまお客さんに見せると非常に喜ばれて、それが広まっていったとか。

須賀　大阪と東京と、佃に同じ苗字の人がいるというのは、私びっくりしたんです。

向井　家康のころから数えて三百五十年、そういうのがやっぱり残っているんでしょうね。

須賀　『都市の誘惑』という題なわけですけれども、都市というものの面白さというのを大阪と東京という二つの町からこういうふうに書いていったということが、ほかの都市でもいろいろ書ける可能性を開く、そういう本だったと思いました。

（佐々木幹郎『都市の誘惑』ＴＢＳブリタニカ）

# 解説

# かけがえのない輝かしい会話

森まゆみ

本の中でみなさん、須賀敦子と輝きのある会話を交わしていらっしゃるので、もはや解説など不要ではないかと思う。

私自身は、それが掲載されたときのこと、須賀さんの話し方のちょっとした癖など、読みながらなつかしくてたまらなかった。それぞれ発表媒体と頁数に合せ、編集者が縮めたり直したりしていることもあろうが、それでもヒョンなところに須賀さんが、顔を出す。あの声が聞こえる。

私は一九九二年の二月、初めて須賀敦子に会った。毎日新聞の書評委員会が改組され、隔週で「本を見る会」が開かれるようになった、その席だった。私の方が前からの居残り組で、須賀さんが新しく入ってこられたことになる。

その日、書き手としてのデビューは前年の『ミラノ 霧の風景』とはいえ、それが読書界に興奮を巻き起こし、二つの賞も受賞した須賀さんに、委員たちのまじめな関心が集まった。私から見れば長い海外生活の経験をもつイタリア文学者、大学教授、おまけに戦争を乗り越えた母と同じ世代ときては、とうていかないっこない、という感じだった。

毎日本社ビル地下の中華料理店の円卓で、私はおずおずと、かなり無理をして、トリノの工場評議会や、赤い貴族といわれたベルリンゲルや、イタリアのワインなどを話題にした。須賀さんはそれにサラリと答えながら、みんなの問いにも次々とボールを小気味よく打ち返していた。

瞬時に人の気持を察し、それを口にする人だった。

ある時、円卓の私の隣りが空いているのをチラッと眺め、しかし反対側に座った須賀さんが、あなたが嫌いでそこに座らないわけじゃないのよ、といったのを覚えている。

「陣内　前に上海に行ったときに……。

須賀　あなたはいったい、どこに行かなかったの？（笑）」

こんなやりとりはまざまざと目に浮ぶ。世界じゅうを調査している温厚な建築史家、陣内さんの言葉に、気転のきくおばさんがちょっかいをかけ、座は盛り上がる。

また別の週、こんなことをいった。「イタリア人に下町を案内するんで、あなたの『不思議の町根津』を買って読んだ。うれしくなってすぐ電話しようと思ったの」

それで自分の本が、彼女の厳しい目に及第したのだと思ってほっとした。

「子供の時にかなり厳しい教育を受けたものですから道にゴミが散らかっていたりするとうれしくてしょうがなかった」（辻邦生氏と）

「『おいしい』なんて言われたら、もう本当に抱きしめたくなるのね（笑）」（大竹昭子氏と）
うれしい、悲しい、おいしい、喜んで、といった言葉は須賀さんが使うと本当にいきいきした。

須賀さんの会話の精彩は舌を巻くような比喩の力にもあった。

「ミラノで私が惚れ惚れするのは、労働者とか、職人さんとか、そういう人たちが仕事を本当に好きなこと。それでまるでご馳走を食べるように自動車の修繕をしていたり」

「その頃は一つの言葉がちょうど花を一つもらったみたいに美しく思えました」

須賀さんを新宿の病院に見舞ったとき、窓のところに来て、

「ねえ、毎日ここから見ていると、東京をこんなに醜くしてしまったお詫びを誰にしたらいいかと思うの」

ポツンとそういった。戦前の東京を知り、谷崎を訳した須賀さんの正直な言葉に、私も胸をつかれたが、誰がこんなぴったりしたいい方ができるだろう。

須賀さんの会話は時として、須賀さん流に過激で大げさだった。

「日本の学生運動を向こうで新聞で読んでいると、どうして急に蜂起しちゃったんだろうという印象で……」

「（ミラノ人はベルガモ地方の言葉を）『あいつはベルガマスコだ』と言って気絶しそうなくらいに笑うんです（笑）」

「バルザックやゾラなんか読もうと考えただけで死にそうになるけれども」

そういえば、この「死にそう」というのは須賀さんのお得意で、会うと「今日は死にそうな目にあったのよ」となぜかうれしげなのである。死にそうに退屈な人に会ったときも、死にそうな渋滞にあったときも、死にそうなご馳走攻めにあったときも、須賀さんは身ぶり手ぶりで「死にそう」の内容を解説して私たちを喜ばせた。

一方、お嬢さま育ち、といわれるのがシャクだったのか、いや、厳しい言葉の躾からはずれてみたかったのだろう。はすっぱな言葉をわざと使うのも好きだった。

「それで私はイタリアにしけこんじゃったという感じで、あそこにはまって……」

「最初に勉強に行ったのがペルージャでして、空の青さを見ただけでもう、いかれてしまったんです（笑）」

「私なんか、一生、好きなもののためにぐれちゃった人間だから、好きなものがないなんていうのは、ほんとにびっくり仰天です」

読んでいると次々思い出す。びっくり仰天も十八番《おはこ》だった。そういえば、促音便が多く、それが会話にリズムを与えていた気がする。

「うっかり十三年もいましたが、日本に帰って時間がたったから密度が濃くなった」

「日本に帰ってまたおっかなびっくりで『私はどうしたらいいのでございましょう』という感じで生きていた」

こういう独特な表現をどこで身につけたものだろう。ヨーロッパの、自己主張をしなくては生き延びていけない風土、知識人たちの夜ごとの論議の中でか。二つの国を往還する翻訳という厳しい言葉の選択の中でか。どれもたしかなことであろうけれども。

須賀さんは神戸の芦屋の生れで、本書でも、おばあさんは正統な大阪弁を話したとある。私は妹の北村良子さんをお訪ねしたとき、「前の道をとっとことっとこ歩いてらっしゃればー」といわれて、わあお、須賀さんと同じだと思った。「びっくり仰天」も。

須賀さんのあのすばらしい会話力はイタリアで鍛えられたものなのでしょうか、とうかがうと、子どものときからあんな調子でした、母も冗談が好きで話の面白い人でした、とおっしゃった。もしかすると須賀家伝来のものかもしれない。

須賀さんは気どりや虚栄を毛嫌いして、それを攻撃したりからかうのも好きだった。

「私、よそいきというのは嫌い」

通や蘊蓄がだめ、という大竹昭子氏に答えて、

「そう。何だっていいじゃないって気がするわね。そういうことで人の上に上がろうとする根性が嫌」

「食器とかそういうものも別にいいもの揃えてないし。よく雑誌に載ってるじゃない？　ああいうの見るとふるえちゃうわね」

「音楽会もあまり行かない。なにやら気恥かしい。あんな暗い所で、みんながすましていて」

須賀敦子は生れ育った階級に反逆した人である。会社社長の娘として育ち当時としては稀な高等教育を受けながら、ミラノで労働者階級の息子と結婚した。階級的転身とでもい

めで飲むのを好んだ。

うのか、転じた方に身を寄せて、手を汚さずに贅沢をする人びとと、農民や労働者を汚ないものをのようにいう人びとを憎み、額に汗して働く人を愛した。下町って好きよ、遠くたっていつでも行くわ、と須賀さんは根津や谷中のきれいとはいえない店で、ギュウギュウ詰めで飲むのを好んだ。

ただし差別を憎む一方で、土地の風俗や人気やささやかな差にも敏感だった。

「エミーリアってあまり好きじゃない」

「ナポリにはピッツァとパスタしか食べる物がない」

「ポー川の平野の人間はいわばつまんない人たちですけれども、よく働く人たちで」

「(ミラノ弁は) ヴェネツィアの軽さもないし、フィレンツェのウイットもないし、ローマのおしゃべりもないし」

「ナポリ人というのは非常にセンチメンタルで、ものすごく頭の回転がいいんです」

風土の歴然とした差とお互いけなしあう対抗意識、その裏にある郷土愛、それがなかったらこの世はどんなにつまらなくなるだろう、と須賀さんが思っていたのは確かだ。イタリアに深く根をおろしたその言葉で、私はこの国の細かなひだを知ることができる。私が神田と深川と谷中と浅草の言葉をかすかに聞きわけるように。

須賀敦子は小さいときからいつも自分を「はぐれもの」と思い、「何となく人からは受け入れられない人間」と感じていたらしい。そのわりに、厳しい躾と道徳の中で育ったため、次のようなこともいっている。

「わたしは臆病な所があって、ずっと流れに逆らって来ているくせに流れに逆らうのが怖くて……」

「怖い」という言葉は本書の中にくり返し出てくる。いつだったか、須賀さんから改まった手紙が届いた。「書評などということが自分に出来るか、とても怖くて、あなたたちが私を受け入れてくれなかったら、とっくに挫折していたでしょう」と書いてあったと思う。思うというのはどこかに大切にしまい込んだためにその手紙が見えなくなったから。

従順に生きればいいと教えられた日本女性の時代の臆病さを抱えながらも、天性の麗質というべきものが須賀敦子を「そのくせ、じつは大それた生き方」に追いやった。

だから彼女はいつも自分を「浅はか」と称していた。

「自分の求めているものを得るためにはヨーロッパに行かないと覆いがはずれないという気持ちがありました。行きたいという気持ちがあまりに強くて、行くことによって人生がどういうふうになるかとは浅はかにも考えなかったわけです」

そして出会った人びと、共同体、言葉をみつけ、自分で書くまでの苦闘については本書にもある。他の著書もまさにそのために書かれたのでこれ以上触れない。

もちろん魅力的な会話の技術というだけではなかった。それよりも、文学、歴史、美術、風土、生活まで、あらゆることを深く論じ、いいかげんに切りあげるということはなかった。ときに、引くのは承知しないわよ、という感じだった。辛辣ではあっても、それは悪口に聞こえず、言われた方が抱きとめられた風なのだった。

私にしても一人で子どもを三人育てながら、雑誌を作り一冊一冊を配って歩くという毎日、「チビちゃん元気？」「ちゃんとやってりゃちゃんと育つわよ」といった何げない須賀さんの言葉に、どれだけ励まされたかしれない。彼女は書くことの先達であるだけでなく、〝文学〟とか〝業界〟といったものに狭く閉じこもらず、町の中で人とつながり、この地上を少しでもいいところに変えようと悪戦苦闘した先輩だと思っていたから。

須賀さんがあまりに早く天に召され、私たちはかけがえのない輝かしい会話者、そして友人を失った。あのちょっとひしゃげた魅力的な声、大事なところになるとスローダウンして指先が動き出し、首がかしげられ、レモンをしぼったときのような香気ある笑いが広がる。

何年か、その恩恵にあずかっただけで幸せとあきらめよう。あんな幸せな日々はそう長くは続かないと。

「まゆみちゃん、自転車乗るのって面白い？　こんど目黒まで自転車でいらっしゃいよ」

須賀さんはいつも好奇心のかたまりで若々しかった。本書にこうある。

「本当は、私もデイパックにスニーカーで歩きたいところなんですけれども……」

私がTシャツにジーンズだと、大学帰りでスーツ姿の須賀さんは「あら、いいわね」とうらやましがった。でもいま思い出すと、須賀さんもときにデイパックでスニーカーだったじゃないの？

そんなことを、私はいまも心の中で話しかけている。

# 解題

本巻には、一九九二年から一九九八年にかけて発表された対談・鼎談、および、一九九二年から一九九六年にかけてラジオ・テレビにて放送・放映された対談・鼎談を収録した。
本巻に収録した対談・鼎談の初出紙誌、放送・放映日は、以下のとおりである。なお、収録日・収録場所に関しては判明した範囲で記す。

## 対談・鼎談I

西欧的なるものをめぐって
「マリ・クレール」一九九二年二月号　中央公論社
（一九九一年十一月、銀座〈レザンジュ〉にて収録）

豊富な知識が本の楽しさを倍加する
「現代」一九九二年四月号　講談社
（同年二月十五日、お茶の水〈山の上ホテル〉本館二階にて収録）

ゆらめく伝統の陰翳
「中央公論」一九九二年十二月号　中央公論社
（同年十月七日、渋谷Bunkamura〈ドゥ　マゴ〉にて収録）

女の遊び
「クロワッサン」一九九三年二月二十五日　マガジンハウス
（一九九二年十二月二十一日、天王洲アイル〈第一ホテル東京シーフォート〉にて収録）

歴史的都心を豊かに育むイタリア
「Mr. & Mrs.」一九九三年四月十五日　日本ホームズ
（同年一月二十九日、日本ホームズ六本木ビレッジにて収録）

わが内なるヨーロッパ
「文學界」一九九三年七月号　文藝春秋
（同年五月、元赤坂〈よしはし〉にて収録）

ドラマで聞くイギリス現代小説
NHKラジオ第二放送　一九九四年一月一日～三日
（一九九三年十二月二十八日、NHKスタジオにて収録）

イタリアの都市と文化
「三田評論」九三八号　一九九四年五月　慶應義塾

フランス、イタリア　小さな美術館巡り
「CLASSY.」一九九五年一月号　光文社／一九九九年四月二十五日、同社刊『楽しみの発見――モーツァルトから志ん朝まで』に再録
（一九九四年十一月、目黒区のレストランにて収録）

夏だからこそ過激に古典を
「CREA」一九九五年九月号　文藝春秋
（同年七月三日、文藝春秋にて収録）

人生の時間　文学の時間
「図書新聞」一九九六年一月一日
（一九九五年十二月、新宿〈プチモンド〉にて収録）

『池澤夏樹詩集成』付録
一九九六年一月三十一日　書肆山田
（一九九五年十月二十六日、有楽町〈炉端〉にて収録）

イタリアと日本
NHK総合テレビ「にんげんマップ」一九九六年十月二十八日
（一九九六年十月十五日、NHKスタジオにて収録）

魂の国境を越えて
「ユリイカ」一九九八年一月号　青土社

文学の中の20世紀の時空

（一九九七年十一月五日、表参道〈カフェ・ラ・ミル〉にて収録）

「文藝」一九九八年春号　河出書房新社

（一九九七年十一月十四日、イタリア文化会館にて収録。対談は、国際文化交流基金の招聘で来日したタブッキ氏が同センターで行なった講演にひきつづき行なわれた）

対談・鼎談Ⅱ　机の本ベッドの本

一九九三年から一九九四年にかけてＴＶＫテレビ「机の本ベッドの本」で放映された番組から選んで、テープより起こし、編集したものを収録した。放映日は以下のとおりである。

『バスラーの白い空から』　一九九三年一月二十二日（一月十日収録）
『日本橋魚河岸と文化学院の思い出』　同
『氷上旅日記』　一九九三年三月十二日（三月七日収録）
『アッシジ』　同
『犬婿入り』　一九九三年三月十九日（三月七日収録）
本とのすてきな出会い方　一九九三年三月二十六日（三月七日収録）
『ハザール事典』　一九九三年五月二十八日（五月二十二日収録）
『ちくま日本文学全集　深沢七郎』　同
『中国のアウトサイダー』　一九九三年六月四日（五月二十二日収録）

『蝶とヒットラー』　同
『脳に映る現代』　一九九三年七月三十日（七月二十一日収録）
『タンジール、海のざわめき』　同
『パリ時間旅行』　一九九三年八月六日（七月二十一日収録）
『歩くひとりもの』　同
『感受性の領分』　一九九三年九月十日（九月二日収録）
『すべての火は火』　同
読書歓談・私が選ぶベスト3　一九九三年九月二十四日（九月二日収録）
『血と影』　一九九三年十一月十二日（十一月四日収録）
『錬金術師通り』　一九九三年十一月十九日（十一月四日収録）
『都市の誘惑』　一九九四年二月四日（一月二十七日収録）

対談・鼎談者略歴（収録順）
辻邦生　一九二五年生まれ。仏文学者、作家。『廻廊にて』『背教者ユリアヌス』他。一九九九年没。
向井敏　一九三〇年生まれ。文芸評論家。『虹をつくる男たち』『文章読本』『傑作の条件』他。二〇〇二年没。
アラン・コルノー　一九四三年フランス生まれ。映画監督。監督作品に『インド夜想曲』『めぐり逢う朝』他。二〇一〇年没。
大竹昭子　一九五〇年生まれ。文筆家。『バリの魂、バリの夢』『眼の狩人』『図鑑少年』他。
陣内秀信　一九四七年生まれ。建築史家。『東京の空間人類学』『ヴェネツィア——水上の迷宮都市』他。
池澤夏樹　一九四五年生まれ。作家。『スティル・ライフ』『マシアス・ギリの失脚』『花を運ぶ妹』他。
小野寺健　一九三一年生まれ。英文学者。『英国文壇史』『英国的経験』、A・ブルックナー『秋のホテル』

（訳）他。二〇一八年没。
末吉雄二　一九四二年生まれ。慶應義塾大学文学部教授。
遠山公一　一九五九年生まれ。慶應義塾大学文学部教授。
饗庭孝男　一九三〇年生まれ。文芸評論家。『小林秀雄とその時代』『幻想の都市』『知の歴史学』他。二〇一七年没。
南美希子　一九五六年生まれ。エッセイスト、キャスター。『40歳からの子育て』他。
森まゆみ　一九五四年生まれ。地域雑誌「谷中・根津・千駄木」編集人。『抱きしめる、東京』『鷗外の坂』他。
清水徹　一九三一年生まれ。仏文学者、文芸評論家。『書物の夢　夢の書物』、ビュトール『時間割』（訳）他。
ねじめ正一　一九四八年生まれ。詩人、作家。詩集『ふ』、『高円寺純情商店街』他。
アントニオ・タブッキ　一九四三年イタリア生まれ。作家。『インド夜想曲』『供述によるとペレイラは……』他。二〇一二年没。
菅野昭正　一九三〇年生まれ。仏文学者、文芸評論家。『詩学創造』『ステファヌ・マラルメ』他。
三浦雅士　一九四六年生まれ。評論家。『私という現象』『メランコリーの水脈』他。
丸谷才一　一九二五年生まれ。作家。『たった一人の反乱』『樹影譚』『後鳥羽院』『忠臣蔵とは何か』他。二〇一二年没。
川本三郎　一九四四年生まれ。評論家。『大正幻影』『荷風と東京』『ロードショーが150円だった頃』他。
瀬戸川猛資　一九四八年生まれ。ミステリ評論家。『夢想の研究』『シネマ古今集』他。一九九九年没。

（編集部）

装　幀　水木　奏
カバー写真　ルイジ・ギッリ「モランディのアトリエ」より
Luigi Ghirri: Bologna 1989-90 Studio Morandi

本書は、二〇〇一年四月、小社より刊行された
『須賀敦子全集　別巻』を文庫化したものです。

須《す》賀《が》敦子《あつこ》全集《ぜんしゅう》 別巻《べっかん》［対談《たいだん》・鼎談篇《ていだんへん》］

二〇一八年 八 月一〇日 初版印刷
二〇一八年 八 月二〇日 初版発行

著 者 須《す》賀《が》敦子《あつこ》
発行者 小野寺優
発行所 株式会社河出書房新社
〒一五一－〇〇五一
東京都渋谷区千駄ヶ谷二－三二－二
電話〇三－三四〇四－八六一一（編集）
〇三－三四〇四－一二〇一（営業）
http://www.kawade.co.jp/

ロゴ・表紙デザイン 粟津潔
本文フォーマット 佐々木暁
印刷・製本 中央精版印刷株式会社



Printed in Japan ISBN978-4-309-41625-0

## ユルスナールの靴

須賀敦子 40552-0

デビュー後十年を待たずに惜しまれつつ逝った筆者の最後の著作。二十世紀フランスを代表する文学者ユルスナールの軌跡に、自らを重ねて、文学と人生の光と影を鮮やかに綴る長篇作品。

## 霧のむこうに住みたい

須賀敦子 41312-9

愛するイタリアのなつかしい家族、友人たち、思い出の風景。静かにつづられるかけがえのない記憶の数かず。須賀敦子の数奇な人生が凝縮され、その文体の魅力が遺憾なく発揮された、美しい作品集。

## 塩一トンの読書

須賀敦子 41319-8

「一トンの塩」をいっしょに舐めるうちにかけがえのない友人となった書物たち。本を読むことは息をすることと同じという須賀は、また当代無比の書評家だった。好きな本と作家をめぐる極上の読書日記。

## 須賀敦子全集 第1巻

須賀敦子 42051-6

須賀文学の魅力を余すところなく伝え、単行本未収録作品や未発表・新発見資料満載の全集全八巻の文庫版第一弾。デビュー作「ミラノ　霧の風景」、「コルシア書店の仲間たち」、単行本未収録「旅のあいまに」所収。

## 須賀敦子全集 第2巻

須賀敦子 42052-3

遠い日の父の思い出、留学時代などを綴った「ヴェネツィアの宿」、亡夫が愛した詩人の故郷トリエステの記憶と共に懐かしいイタリアの家族の肖像が甦る「トリエステの坂道」、およびエッセイ二十四本を収録。

## 須賀敦子全集 第3巻

須賀敦子 42053-0

二人の文学者の魂の二重奏「ユルスナールの靴」、西欧の建築や美術を巡る思索の軌跡「時のかけらたち」、愛するヴェネツィアの記憶「地図のない道」、及び画期的論考「古いハスのタネ」などエッセイ十八篇。

著訳者名の後の数字はISBNコードです。頭に「978-4-309」を付け、お近くの書店にてご注文下さい。